Kathinka Engel

Love is Bold

KATHINKA ENGEL

Love is BOLD

DU GIBST MIR MUT

ROMAN

PIPER

Mehr über unsere Autoren und Bücher:
www.piper.de

Wenn Ihnen dieser Roman gefallen hat, schreiben Sie uns unter Nennung des Titels »Love is Bold – Du gibst mir Mut« an *empfehlungen@piper.de*, und wir empfehlen Ihnen gerne vergleichbare Bücher.

Von Kathinka Engel liegen im Piper Verlag vor:

Finde-mich-Reihe:
Band 1: Finde mich. Jetzt
Band 2: Halte mich. Hier
Band 3: Liebe mich. Für immer

Love-is-Reihe:
Band 1: Love is Loud – Ich höre nur dich
Band 2: Love is Bold – Du gibst mir Mut
Band 3: Love is Wild – Uns gehört die Welt

MIX
Papier aus verantwortungsvollen Quellen
FSC www.fsc.org
FSC® C083411

Originalausgabe
ISBN 978-3-492-06225-1

Dieses Werk wurde vermittelt durch die
Michael Meller Literary Agency GmbH, München.
Redaktion: Anita Hirtreiter
Satz: Tobias Wantzen, Bremen
Gesetzt aus der Legacy Serif ITC
Druck und Bindung: CPI books GmbH, Leck
Printed in the EU

Für all die Mutigen. Für all die Ängstlichen.
Und für Sabine.

1

Bonnie

~ Vor vier Jahren ~

Im Fernsehen läuft *Millionaire Matchmaker,* unsere liebste Trash-TV-Sendung. Patti Stanger, die Moderatorin mit dem längsten Gesicht und den weißesten Zähnen der Welt, hat gerade einen ihrer Millionäre gerügt, er würde die Sache nicht ernst nehmen und wäre gar nicht auf der Suche nach der großen Liebe. Sie ist echt sauer, was nicht allzu oft passiert, und ich denke daran, dass ich Blythe morgen unbedingt von Pattis Ausbruch erzählen muss. Sie ist abends so müde, dass sie nicht einmal mehr fernsehen kann. Um kurz nach sieben wirft sie uns alle aus ihrem Hospizzimmer, damit sie schlafen kann.

Früher war diese Show Blythes und mein *guilty pleasure.* Ich weiß nicht einmal mehr, warum oder wie es angefangen hat. Als dann Weston auf die Welt kam und sie mit Jasper zusammenzog, wurde er ganz automatisch auch Teil von *Millionaire Matchmaker.* Weswegen ich, seit Blythe im Hospiz ist, mehrmals die Woche rüberkomme, um mit Jasper zusammen die Show zu sehen. Ein bisschen Normalität auf Blythes und Jaspers Sofa in dieser grauenhaften, unerklärlichen Zeit.

»Denkst du, tief im Innern würde Patti auch gern mal einen ihrer Millionäre daten?«, fragt Jasper.

»Sicher. Sie redet zwar immer von ihrer grandiosen Ehe, aber die Blicke, die sie manchen zuwirft …« Ich lache. Es soll ein unbeschwertes Lachen sein, seit Blythes Diagnose lacht allerdings niemand von uns mehr wirklich unbeschwert. Weston manchmal, doch ich glaube, er versteht einfach nicht, was passiert.

Aus dem Babyfon dringt leises Quäken, und Jasper bedeutet mir, kurz leise zu sein. Aber Maya ist anscheinend nicht wach geworden, denn nun ist sie wieder still. Die Vorstellung, dass sich die kleine Maus mit ihren achtzehn Monaten später einmal kaum an ihre Mom erinnern wird, ist unerträglich. Doch nur einer unter den Tausenden von unerträglichen Gedanken.

»Ich habe Angst«, sagt Jasper auf einmal. Der Fernseher läuft noch, aber wir hören beide nicht mehr hin. Er schluckt.

»Ich weiß.« Ich kann nur flüstern, weil das alles so furchtbar ist. Weil auch ich Angst habe. Angst davor, keine beste Freundin mehr zu haben. Aber verglichen mit Jaspers Angst, ist meine einfach nur albern. Und ich wette, seine ist nichts im Vergleich zu Blythes Angst.

»Ich kann das nicht allein«, sagt er leise und senkt den Blick.

»Du bist nicht allein, Jasper. Das verspreche ich. Wir sind alle für dich da.«

Er schüttelt kaum merklich den Kopf. Seine Schultern hängen herab. Eigentlich sollte ich ihm nicht so nah sein, wie ich es im Moment bin. Selbstschutz und so. Doch sein Kummer ist größer als meine dummen Gefühle.

Ich nehme sein Gesicht in meine Hände. Er hat sich länger nicht rasiert, und seine Bartstoppeln fühlen sich auf eine schöne Art kratzig an auf meinen Handflächen.

»Sieh mich an, Jasper«, sage ich sanft, aber bestimmt. »Sieh mich an.«

Er hebt den Blick, und ich schaue ernst in seine grünbraunen Augen. Ich liebe diese Augen, die seit Wochen dunkel umrandet sind und leicht rötlich gefärbt. Er schläft kaum und weint viel. Ich liebe seine langen Wimpern, die leicht gebogene Nase, seine geschwungenen Lippen. Seit ich ihn das erste Mal gesehen habe, liebe ich alles an ihm. Doch das spielt keine Rolle. Damals nicht und heute schon gar nicht.

»Wir werden das hinkriegen. Wir werden zusammen kaputtgehen, und dann werden wir uns irgendwie wieder zusammenflicken. Und wir werden für Weston und Maya da sein.«

Wieder schluckt er und nickt langsam.

Ich lasse sein Gesicht los und schlinge stattdessen die Arme um seinen Hals. Ich drücke ihn fest an mich und ignoriere das bescheuerte Herzklopfen in meiner Brust. Seine Schultern beben, doch ich halte ihn einfach. Versuche, die Starke zu sein für Jasper, für Blythe, für Weston und Maya. Obwohl ich selbst mit jedem Augenblick mehr in mir zusammenfalle.

Ich spüre seine starken Arme um meine Taille, spüre den Kummer in seinem Körper, so wie er meinen vermutlich ebenfalls fühlt.

»Ich brauche dich«, flüstert er nach einer Weile und löst sich etwas von mir.

Sofort sehnt sich mein Körper nach seiner Wärme, aber mein Körper hat die Klappe zu halten. Er hat keinen Anspruch auf Sehnsucht, kein Recht, etwas zu verlangen.

»Ich bin da«, sage ich leise, und diesmal ist es Jasper, der mein Gesicht in seine Hände nimmt.

»Versprich es«, sagt er, und seine Stimme bricht.

»Ich verspreche es.«

Mir ist beinahe, als näherte sich sein Gesicht dem meinen. Als käme ich ihm entgegen. Aber das kann nicht sein, weil es nicht sein darf. Und doch nehme ich seinen Duft auf einmal intensiver wahr als noch vor ein paar Sekunden. Ich glaube nicht, dass er in den letzten zwei Tagen geduscht hat, und so riecht er nach nichts als ihm selbst. Es ist der himmlischste Geruch, den ich mir vorstellen kann, und für diesen Gedanken schäme ich mich in Grund und Boden.

»Versprich es«, fleht er noch einmal, und unsere Lippen sind sich jetzt so nah, dass ich seinen Atem auf meinem Gesicht spüre.

»Ich … verspreche es«, erwidere ich so leise, dass ich mir nicht einmal sicher bin, ob ich es wirklich gesagt habe.

Jasper lässt seinen Kopf nach vorne sinken, und seine Lippen liegen nun auf meinen. Seine Arme sind wieder um meinen Körper geschlungen, und alles in mir schreit. Dass ich fliehen sollte, dass ich bleiben sollte, dass ich das Falsche tue, dass das hier genau richtig ist, dass wir alles zerstören, dass dies die Erfüllung all meiner Sehnsüchte ist, dass ich eine miese Verräterin bin, dass Jasper der Mann meiner Träume ist. Und dann schweigt meine innere Stimme. Und unsere Lippen sind gespitzt. Seine sind so warm, so weich. So … alles, was ich mir je erträumt habe. Sie verharren auf meinen, und ich schließe die Augen. Kann nicht anders. Platze beinahe innerlich.

Ich weiß nicht, wer zuerst die Lippen öffnet, doch auf einmal ist da mehr. Nicht viel, aber spürbar mehr. Unsere Münder bewegen sich kaum, und trotzdem wollen sie es. Wir sind vorsichtig, sanft, gebrochen. Ich höre mein Ausatmen, Jaspers erstickten Seufzer, der nach nichts anderem als tiefer Verzweiflung klingt. Und obwohl mein verräterisches Herz hasst, was ich tue, weiß ich doch, dass es das einzig Richtige ist.

»Das geht nicht«, sage ich und schiebe mich von ihm weg. Ein letzter Blick, dann krieche ich ans andere Ende des Sofas. »Was machen wir hier? Das dürfen wir nicht.«

»Entschuldige«, sagt Jasper und klingt ganz hohl, heiser. »Bitte verzeih.«

»O Gott«, entfährt es mir. Einerseits, weil ich mich nach ihm verzehre, und andererseits, weil ich der schlimmste Mensch auf dieser Welt sein muss. Ich vergrabe mein Gesicht in den Händen. Meine Haut glüht vor Scham.

»Es ist nichts passiert«, sagt Jasper, doch ich höre die leise Panik in seiner Stimme. »Wir sind beide verwirrt. Wir brauchen Nähe und Trost.«

Er kann nicht wissen, dass ich nun erst so richtig verwirrt bin. Aber natürlich war es das. Nähe und Trost. Doch es ist egal, was wir brauchen. Denn Blythe braucht uns. Blythe braucht ihren Mann, ihre beste Freundin.

»Ich sollte jetzt gehen.« Ich kann kaum sprechen, so sehr stehe ich unter Schock.

»Es ist nichts passiert«, wiederholt Jasper. »Okay? Es ist alles gut. Zwischen uns ist alles gut.«

»Ja«, hauche ich, doch ich weiß, dass nichts gut ist. Blythe stirbt, während wir uns küssen. Hat die Welt schon einmal so etwas Abscheuliches gehört?

Ich nehme noch wahr, wie Jasper etwas von »Extremsituationen« murmelt, dann ziehe ich die Tür hinter mir zu. Es ist eine schwüle Sommernacht, die Grillen zirpen, die Veranden der kleinen kreolischen Cottages werden durch Hängelampen und Lichterketten in ein warmes Licht getaucht. Es ist friedlich hier, beinahe zu friedlich.

Ich springe die Stufen von Jaspers Veranda nach unten. Das Gartentor klemmt, und ich brauche einen Moment, um es zu öffnen. Dass meine Finger zittern und hinter meinen Augen Tränen darauf warten, geweint zu werden, hilft nicht. Schließlich geht es auf, und ich renne. Renne die Straße entlang. Einmal nach rechts, dann nach links. Anschließend noch hundert Meter, und ich bin zu Hause.

Meine Mom sitzt vor dem Fernseher und sagt etwas zu mir, doch ich laufe einfach an ihr vorbei nach oben und in mein Zimmer. Hier, auf einem Regal, stehen zig Einweck- und alte Marmeladengläser. Ich gehe die einzelnen Bretter durch, bis ich ein unetikettiertes Glas gefunden habe. Der Deckel lässt sich leicht abschrauben, und ich sinke auf mein Bett. Ich schließe die Augen und durchlebe den Moment mit Jasper noch einmal in Gedanken. Ich lasse nichts aus. Spüre ihn, spüre den Schmerz. Spüre nichts als Schmerz und das kühle Glas in meinen Händen. Ich konzentriere mich darauf, alles, jedes noch so kleine Detail aus meinem Kopf zu verbannen, und dafür muss ich den Kuss mit Jasper erneut in seiner ganzen Schrecklichkeit und Schönheit durchleben. Dabei stelle ich mir vor, wie die Gedanken sich sammeln und dann als eine große Erinnerung in das Glas sinken.

Als ich mir sicher bin, dass nichts mehr davon übrig ist, schraube ich den Deckel wieder fest auf das Glas und klebe ein Etikett darauf. Unter das heutige Datum schreibe ich in fetten, schwarzen Buchstaben das Wort *Verrat.* Schließlich stelle ich das Glas aufs oberste Regalbrett. Ganz nach hinten an den Rand. Wo ich es hoffentlich nie wieder sehen muss.

2

Jasper

~ Vor vier Jahren ~

Meine Hände wandern langsam über die kühlen Klaviertasten. Sie spielen wie automatisch eine Melodie. Eine Melodie voller Traurigkeit, Demut. Voll verpasster Momente und ungelebter Liebe. Sie ist weg. Für immer. Meine Frau, Westons und Mayas Mom. Mein Augenstern, meine große Liebe, die Erfüllung all meiner Träume. Wir haben Lebewohl gesagt, und sie ist gegangen. Erst ihr Blick, dann ihr Atem, ihr Herz und schließlich sie.

Der Klang des Klaviers – wie Wellen aus Glasperlen, die kommen und gehen – vermischt sich mit schauerlichen Lauten, die tief aus meiner Kehle, aus meiner Seele zu stammen scheinen. Stöhnendes Schluchzen, ein Keuchen, das einem verzweifelten Schrei ähnelt. Tränen kullern meine Wangen herab und tropfen eine nach der anderen auf die Tasten, wo meine Finger sie verwischen.

Nichts ist wichtig in diesem Moment. Nichts spielt eine Rolle. Ich sehe ihr Gesicht vor mir. Blythes schönes Gesicht. Ihr müdes Lächeln, ihre matte Hand, die in meiner lag. Einfach nur lag. Weil sie den Druck nicht mehr erwidern konnte. Ich spüre die Liebe, die grenzenlose Liebe, die nie vergehen darf.

Mir fehlt die Kraft. Die Kraft, diese Leere durchzustehen.

Und doch muss ich es. Für Weston und Maya, die noch nicht einmal wissen, dass ihre Mutter nicht mehr da ist. Maya ist ohnehin zu klein, um sich noch an die Frau zu erinnern, die ihr das Leben geschenkt hat. Heute Nacht bleiben die Kinder bei Phoenix, der Tagesmutter. Zuerst dachte ich, ich könnte die Einsamkeit nicht ertragen. Ich spielte mit dem Gedanken, sie abzuholen. Aber nun, da ich nicht einmal die Energie habe, meinen eigenen Kopf zu stützen, weiß ich, dass es die richtige Entscheidung war. Ich brauche diesen Moment für mich. Diesen Augenblick der tiefsten Trauer, damit ich morgen für sie da sein kann. Milchpulver auflösen, Brei kochen, Windeln wechseln. Weston halten und halten und halten.

Blythes Bruder Link hat angeboten, mir unter die Arme zu greifen, da zu sein. Jeden Tag. Und ich weiß, er wird kommen, egal, ob ich ihn darum bitte oder nicht. Alle versprechen, dass ich nicht allein sein werde. Und doch ist es genau das, was ich will. Allein sein. Wenn ich nicht mit ihr zusammen sein darf, kann ich es mit niemandem sein.

Flashbacks der letzten Tage durchzucken meine Gedanken. Gedämpfte Gespräche im Hospiz, rot geweinte Augen, hoffnungsloses Kopfschütteln. Bonnies Gesichtsausdruck, als sie sich heute Vormittag verabschiedete. Sie wich meinem Blick aus, verschwand in den Weiten dieses seltsam friedlichen Ortes. Ich konnte sie nicht aufhalten. Konnte nicht von ihr verlangen, dazubleiben. Alles, was an diesem und an den Tagen zuvor von uns verlangt wurde, war zu viel.

Meine Hände zittern, und ich unterbreche die sanfte Melodie für einen Moment. Doch die Stille, die durchs Haus dröhnt wie der ultimative Beweis für das Ende, erschüttert mich. Sie geht durch Mark und Bein, durch Kopf und Herz. Und ich zwinge mich zu atmen. Befehle meinen Fingern, weiterzumachen, so, wie ich weitermachen werde. Gebrochen, ein Schatten meiner selbst. Das Leben ist ein Schatten *seiner* selbst. Es ist ein böser Hohn, dass es voranschreitet. Für manche. Für mich.

Maya weint seit Stunden auf meinem Arm, doch ich nehme ihre Laute kaum wahr. Ich gehe auf und ab. Auf und ab. Auf und ab. Weston ist eingeschlafen. Wir haben gemeinsam so lange geweint, bis er zu erschöpft war. Das war der Moment, in dem Maya aufgewacht ist. Sie will nichts essen, will nicht schlafen. Sie will weinen – und wer kann es ihr verübeln? All meine Versuche, sie zu beruhigen, schlugen fehl. Mein ersticktes Summen, das vorsichtige Wippen ihres kleinen Körpers in meinen Armen. Sie ist wütend auf die Welt, und ich bin es mit ihr.

Irgendwann setze ich mich zurück ans Klavier, meine letzte Zufluchtsstätte. Ich setze Maya auf meine Beine und beginne Melodien zu spielen, die Blythe liebte. Tatsächlich scheint es zu wirken. Maya beruhigt sich für einen Augenblick, und es gelingt mir sogar, ihr ein bisschen Milch einzuflößen. Ich gestatte mir einen Moment der Erleichterung, denn ich weiß nicht, wie lange es dauert, bis ein so kleines Kind dehydriert ist. Ich würde Charlie, Blythes Mom, fragen, aber ich bringe es nicht über mich, ihre Nummer zu wählen.

Ich lehne meinen Kopf gegen das dunkle Holz des Klaviers, spiele mit der rechten Hand eine langsame Melodie und halte mit der linken die Flasche in Position.

»Siehst du«, sage ich leise, »du hattest einfach Hunger.« Beim letzten Wort ist meine Stimme ganz dünn und zu einem hohen Schluchzen geworden.

So findet Link uns, als er wenig später kommt. Er sieht fertig aus. Blass. Seine Augen sind dunkel umrandet. Er nimmt mir Maya ab, schickt mich ins Bett. Er hat Schlaftabletten dabei.

»Ich bleibe, bis du wieder wach bist«, verspricht er. »Kann ohnehin nicht schlafen.«

»Dafür sind die Dinger«, sage ich und deute auf das orangefarbene Plastikdöschen, das zwischen uns auf dem Tisch steht.

Er lächelt müde. »Erst du.«

Ich nicke erschöpft. Dankbar. »Wenn Weston aufwacht …«

»Ich bin da.«

Wir stehen alle gemeinsam am Ufer des Mississippi. Die Asche wurde in den Wind gestreut, und Sal spielt auf seiner Trompete einen langsamen Trauermarsch. Die klaren Töne durchschneiden die warme, feuchte Luft. In meinem linken Arm trage ich Maya, in meinem rechten Weston. Wir sind das, was von unserer Familie übrig ist, und wir müssen zusammenhalten. So eng zusammen, wie nur irgend möglich. Deswegen drücke ich meine beiden Kinder fest an mich, obwohl meine Arme sich anfühlen, als würden sie bald abfallen.

Auf dem Weg zurück zu den Autos lasse ich meinen Blick über all die Menschen schweifen, die gekommen sind, um Blythe Lebewohl zu sagen. Es ist unglaublich, wie viele Leben sie berührt hat. Wie dankbar man sein muss, Teil ihrer Geschichte gewesen zu sein – auch wenn ihre Geschichte viel zu kurz war.

Ich bleibe an meinen Bandkollegen hängen. Link, Curtis und Sal. Bonnie steht etwas abseits, den Kopf gesenkt. Ihr Herz ist ebenso gebrochen wie meines. Wie unser aller Herzen. Fast will ich zu ihr gehen, doch dann legt Con, Blythes Vater, seinen Arm um mich.

»Na komm, mein Sohn«, sagt er, so wie er es immer tut, obwohl ich nur sein Schwiegersohn bin, und schiebt mich sanft in Richtung Straße zurück. »Noch ein paar Stunden, dann hast du es hinter dir.«

Hinter mir. Das klingt schön. Aber es stimmt nicht. Denn der tägliche Kampf wird andauern. Wird vielleicht noch härter, jetzt, da wir vermeintlich Abschied genommen haben. Jetzt, da für viele andere wieder Normalität einkehrt.

»Willst du auf meinen Arm, Weston?«, fragt Con, doch Weston schüttelt an meiner Halsbeuge den Kopf. »Ist er dir nicht zu schwer?«

»Nein«, sage ich mit mehr Vehemenz als beabsichtigt.

Ich bin tatsächlich erleichtert, als ich die letzten Gäste verabschiede. Es fühlt sich an wie ein *hinter mir*, obwohl es nur eine kleine Etappe ist.

Link und Curtis sind noch da und helfen mir beim Aufräumen. Aber schnell merke ich, dass auch das zu viel ist.

»Stellt die Sachen einfach in die Küche, ich kümmere mich morgen darum«, sage ich.

»Bist du sicher, Alter?«, fragt Curtis. »Ist kein Problem, noch zu bleiben.« Er klopft mir auf die Schulter. Curtis ist der Einzige, der vollkommen normal mit mir umgeht. Vermutlich liegt es daran, dass er Verlust kennt. Dass er die Ohnmacht erlebt hat, als er seine Eltern durch Hurrikan Katrina verlor.

»Danke, aber ich wäre am liebsten allein.«

Charlie und Con haben die Kinder ins Bett gebracht, und ich sehne mich nach Ruhe. Nach Ruhe und Melodie. Nach Melodie und Erinnerung. Nach Erinnerung und Schmerz. Nach Schmerz und Dunkelheit.

Wenig später gehe ich noch einmal durch das leere Haus, in dem wir bis vor Kurzem noch zu viert wohnten. Ich sehe Blythe vor mir. Ihr Strahlen, ihre wachen Augen. Immer öfter gelingt es mir, die müde, die kranke Blythe durch die wirkliche zu ersetzen. So, wie sie es sich gewünscht hat.

Aber ich sehe auch alle anderen, die diesen Weg mit mir – mit uns – gegangen sind. All die bunten, wunderbaren Menschen aus Tremé, die heute hier waren. Ihre Eltern, unsere Freunde. Link, Curtis und Sal. Und Bonnie.

3

Bonnie

~ Heute ~

»All my life I wanted nothing more than just to be … me and you«, singt Link mit heiserer, intensiver Stimme ins Mikrofon.

Ich sehe ihn lediglich von hinten, kann sein Mienenspiel nicht mitverfolgen, aber ich weiß ganz genau, dass er, während er einzig für seine Freundin Franzi singt, für jede Frau in unserem imaginierten Publikum die personifizierte Verheißung darstellt. Wäre das heute nicht einfach nur eine Bandprobe in der Tremé-Musikschule.

Hier jammen wir, sooft wir können. Hier sind wir eine Einheit aus Sound, Freundschaft, gemeinsamer Geschichte.

Meine Bass-Line ist anspruchsvoll, aber ich beherrsche sie im Schlaf. Meine Finger sind schnell, der Druck am Griffbrett kräftig. Das schnarrende Zupfen der Saiten, die Vibration des Instruments verleihen der Musik mehr Tiefe, Breite. Die Anwesenheit meines Klangs fällt den meisten unserer Zuhörer nicht auf. Erst durch seine Abwesenheit gewinnt der Kontrabass an Bedeutung. Das ist eine Facette meines Instruments, die ich bewundere. Die Bescheidenheit in Kombination mit Gewicht.

Schräg hinter mir kreist Curtis' Besen über sein Becken und seine Drums. Er ist der König des Minimalismus, wenn es darauf ankommt. Er weiß in jedem Moment genau, welche Art von rhythmischer Intensität ein Song braucht. Und dieser, der ironischerweise von einer Liebe handelt, die schon immer war, braucht Sanftheit und Vorsicht.

Während meine Finger über die Saiten meines Instruments klettern, schweifen meine Gedanken ab. Hinter Link an der Wand steht das Klavier, an dem Jasper sitzt. Und mein Blick fällt wie automatisch auf seinen Hinterkopf. Der definierte Haaransatz an seinem Nacken. Die dunklen kurzen Haare, die sich locken würden, wären sie nur ein paar Millimeter länger. Seine eleganten Ohren, die sich beinahe perfekt an die Seite seines Kopfs schmiegen. Sie sehen so weich aus, und ich stelle mir vor, wie es sich anfühlen würde, mit dem Finger ganz leicht über ihre Rundung zu fahren bis zum Ohrläppchen hinunter – und dann weiter, die Halsbeuge hinab.

»Leute, das war großartig«, sagt Link, als der Song verklungen ist, und reißt mich damit aus meinen Gedanken. Aus meinen verbotenen Gedanken.

Er dreht sich zu uns um, fordert Curtis auf, den nächsten Song einzuzählen.

»NOLA my love?«, fragt er, und Curtis nickt.

Kurz treffen sich unsere Blicke, und ich fühle mich seltsam ertappt. Meine Wangen werden heiß, obwohl Link natürlich nicht wissen kann, womit mein bescheuertes Gehirn beschäftigt war. Doch er ist der Einzige, der von *meinem Problem* weiß. Und wahrscheinlich ist das auch der Grund, warum ich in ihm einen moralischen Kompass vermute – selbst wenn das paranoid ist. Link würde mich nie verurteilen. Nicht für meine Gefühle und auch sonst für nichts. Im Gegenteil: Er ist für mich da, wenn ich mal wieder nicht weiß, wohin mit all dem nervtötenden Kummer. Meistens habe ich ihn im Griff, aber es gibt Momente, da bahnt er sich einen Weg an die Oberfläche und überlagert alles. Die guten Vorsätze, die Standhaftigkeit, die Akzeptanz meiner Situation.

Da möchte ich mich einfach zusammenrollen und zerfließen vor Gefühl und Hoffnungslosigkeit. Denn es gibt nichts, was ich gegen *mein Problem* tun könnte. Es ist nicht so, als hätte ich es nicht versucht. Doch mein Gehirn schüttet weiter Hormone aus, die dazu führen, dass ich verliebt bin. Unsterblich verliebt. Schon immer. Ich habe es gegoogelt. Es ist nichts anderes als eine Ausschüttung von Botenstoffen. Das sage ich mir wieder und wieder.

Auch in diesem Augenblick, als ich mit einer schnellen Melodie in unseren nächsten Song einsetze und die mächtige Vibration des Kontrabasses an meinem Körper spüre, zähle ich die kleinen Teufel in meinem Kopf auf: Dopamin, Oxytocin, Adrenalin. Nichts weiter. Doch wenn es nichts weiter ist, warum ist dann diese schmerzende Sehnsucht, die sich in mir eingenistet hat, so real? Warum fühlt es sich an, als zerrte man an meiner Seele?

Mein Herzschlag beschleunigt sich parallel zum Rhythmus, den Curtis vorgibt. Ich könnte es auf den Song schieben, aber ich weiß, dass Jaspers Rücken der wahre Grund ist. Seine fließenden Bewegungen. Das sanfte Hin-und-her-Wiegen, während seine Finger über die Tasten tanzen. Manchmal hüpfen seine Schultern regelrecht, und mein Herz mit ihnen. Ich schmachte, und ich hasse mich dafür. Vermutlich ebenso sehr, wie ich Jasper liebe.

»Ich würde euch gern noch eine neue Idee von mir zeigen«, sagt Link. »Wenn ihr noch Zeit habt?«

»Du sprühst ja geradezu vor Eingebungen in letzter Zeit«, sage ich. Und es stimmt. Seitdem Link verliebt ist – so richtig verliebt –, produziert er neue Songs wie am Fließband. Sie sind alle ein bisschen ruhiger, gefühlvoller, aber gleichermaßen schön. Und wir sind immer offen, Neues auszuprobieren.

Er spielt eine Melodie und singt dazu.

»This is where the magic begins. This is the sparkle, the glisten, the glint.«

»Where it begins?«, fragt Curtis. »Nicht vielleicht *where it happens?«* Er wackelt anzüglich mit den Augenbrauen.

»Curtis«, ermahnt Sal ihn, doch wir anderen grinsen. So ist er eben.

»Klingt cool«, sagt Jasper, und ich nicke begeistert. »Wirklich gut.«

»Bleib dran, Mann. Das kann echt was werden.« Curtis ist jetzt ganz ernst.

»Das tue ich«, verspricht Link. »Jasper, hast du Lust, mit mir daran zu arbeiten?«

»Es wäre mir eine Ehre, Hughes. Ich habe die ganze Nacht Zeit.«

»O Mann, Jasper, ich sag dir, hätte ich an deiner Stelle einmal im Leben die Kinder aus dem Haus, ich wüsste schon, was ich mit meinem freien Abend anstellen würde«, sagt Curtis grinsend. »Da würde überall *Magic* passieren. Im Bett, auf dem Sofa, auf dem Essti-«

»Danke, Curtis, aber ich glaube, wir wissen alle, was du anstellen würdest.« Jasper lacht.

»Selbst, wenn du die Kinder nicht los wärst«, biete ich an, und Curtis nickt.

»Sehr richtig«, sagt er. »Apropos, ich habe gehört, dass es bei mir heute keine *Magic* gibt, weil Amory mit dir verabredet ist.«

»Schuldig im Sinne der Anklage«, erwidere ich, denn Amory ist nicht nur Curtis' Mitbewohnerin *with benefits,* sondern auch die Person, die einer besten Freundin in meinem Leben am nächsten kommt.

»Langweilig«, sagt Curtis und zeigt auf mich. »Und langweilig.« Sein Finger wandert zu Jasper.

»Ja, nun, ich schreibe vielleicht gern einen Song mit meinem Lieblingsschwager«, sagt Jasper und spielt ein paar Akkorde, die klingen wie die in Musik gegossene Antiklimax.

»Eines Tages, Jasper, wirst du alt sein, und dann bereust du es vielleicht.« Curtis lässt nicht locker, und langsam ist es mir unangenehm, zuzuhören.

»Eines Tages, Curtis, wirst auch du alt sein. Und dann können wir uns ja noch einmal darüber unterhalten, ob ich mehr Sex hätte haben sollen«, sagt Jasper selbstbewusst. Das Wort »Sex« aus seinem Mund jagt mir einen Schauder über den Rücken, und ich ermahne mich, tief durchzuatmen. Denke an ein kühles Bier mit Amory im French Quarter. An Ablenkung und Spaß.

Als ich merke, dass Link mir erneut einen Blick zuwirft – ziemlich beabsichtigt diesmal –, bin ich auf einmal sehr beschäftigt damit, in meinen Noten zu blättern. Er ahnt, dass die Richtung, in die dieses Gespräch sich wendet, für mich schwer erträglich ist.

»Bonnie, hilf mir mal«, sagt Curtis. »Link?«

»Ich mische mich da nicht ein«, entgegnet Link, den Blick immer noch auf mich gerichtet.

»Sieht denn niemand, dass es für Jasper langsam an der Zeit ist, mal wieder unter Leute zu kommen?« Curtis ringt die Hände.

»Vielleicht hat Curtis tatsächlich recht«, murmle ich kaum hörbar. Ich versuche, cool zu sein. Link zu zeigen, dass ich darüberstehe. Auch wenn ich es ganz offensichtlich nicht tue, so wie mein bekloppstes Herz gerade rast.

»Ha!« Seinen Triumph unterstreicht Curtis mit einem Trommelwirbel.

»Ihr könnt sagen, was ihr wollt«, erwidert Jasper. »Es ist Gott sei Dank meine eigene Angelegenheit.«

Ich treffe Amory in einer etwas versteckten Bar am Rand des French Quarter. Die Touristen bleiben meist auf den ausgetretenen Pfaden um den Jackson Square, die Bourbon Street und die Frenchmen Street herum. Das *Barrel* ist eingerichtet wie ein Wohnzimmer. Plüschsofas und geblümte Lampenschirme, dazu Südstaatenblues aus alten Boxen.

Amory sitzt am Tresen und unterhält sich mit dem Barkeeper. Sie trägt ein bodenlanges Kleid mit Ethno-Muster, an ihrem Handgelenk klimpern goldene Armreifen. Kurz blicke ich an mir selbst hinab. Weites Bandshirt, Boyfriendjeans. Manchmal beneide ich Amory um den selbstbewussten Umgang mit ihrem Körper. Ich bewundere, wie sie ihre Weiblichkeit in Szene setzt. Ab und zu habe ich mich sogar dabei ertappt, wie ich mich gefragt habe, ob mir so etwas auch stehen würde. Aber dann verwerfe ich jedes Mal den Gedanken und rufe mir in Erinnerung, was passieren kann, wenn man sich zur Schau stellt.

»Aus Mississippi«, höre ich sie gerade sagen, als ich auf den Hocker neben ihr klettere.

»Und was machst du in New Orleans?«, fragt der Barmann.

»Keine Farmerin werden«, erwidert sie und lacht. Dann wendet sie sich mir zu. »Eric hier macht die besten Drinks. Das hier ist ein … wie heißt er noch mal?«

»Aviation«, sagt Eric.

»Probier mal.« Sie hält mir ihr Martiniglas mit einer blassrosa Flüssigkeit hin.

»O ja, sehr gut. Aber ich nehme trotzdem lieber ein Bier«, sage ich zu Eric.

»Können wir kurz über Curtis reden?«, fragt Amory. »Ich muss das einfach loswerden. Dann ist es genug mit Männern, versprochen.«

»Gemeinheit«, sagt Eric und stellt mir ein Bier hin.

»Ich meinte natürlich, dann reden wir nur noch über Eric.« Amory grinst ihn frech an.

»Du kannst so viel über Curtis reden, wie du willst, Am«, sage ich. Denn dafür hat man schließlich Freundinnen.

»Ja, aber ich weiß, wie blöd es für dich ist, weil du zwischen den Stühlen sitzt und so. Mit Curtis in deiner Band und mir in deinem Herzen …«

Ich lache. »Ach was, das macht mir nichts aus.«

»Siehst du, das ist dein Problem«, sagt Amory. »Du bist ein zu guter Mensch. Immer denkst du nur an die anderen.«

»Ich dachte, du wolltest mir etwas über Curtis erzählen. Wäre es da nicht besser, mein Angebot anzunehmen?«, frage ich lachend.

»Okay, Punkt für dich.« Sie nimmt einen Schluck von ihrem Drink. »Also, ich weiß, dass das mit Curtis und mir einfach eine lockere Affäre ist. Spaß und sonst nichts. Ich meine, du kannst dir nicht vorstellen, wie oft er betont hat, dass das zwischen uns ›nur Sex‹ ist. Dass ›keine Gefühle im Spiel‹ sind. Dass er ›keinen Bock auf den Stress‹ hat.« Sie malt begleitende Anführungszeichen in die Luft.

»Ich kann es mir, ehrlich gesagt, ganz gut vorstellen«, sage ich und denke an das Ende der Bandprobe. »Also, was ist das Problem?«

»Ich glaube, ich würde mich gern mit jemandem verabreden.«

»Oh«, sage ich.

»Ja, genau. Oh.«

Sofort habe ich eine Ahnung, was das Problem ist. Auch wenn Curtis nach außen den harten Kerl mimt, so tut, als könne ihm nichts etwas anhaben, wissen wir beide, dass er in Amorys Nähe zur Ruhe kommt.

»Aber ihm muss doch klar sein, dass diese lockere Sache

mit euch beiden nicht für die Ewigkeit ist …«, sage ich vorsichtig.

»Was ihm klar ist und was er draus macht, sind zwei völlig verschiedene Dinge.« Und damit hat Amory absolut recht.

Curtis ist wirklich nicht leicht zu handhaben. Er ist emotional ein absolutes Wrack, seit er mit zehn Jahren seine Eltern durch Hurrikan Katrina verloren hat.

»Aber du kannst doch nicht aus Rücksichtnahme auf jemanden, der nie in der Lage sein wird, dir das zu geben, was du dir vielleicht wünschst …«

»Nein, das kann ich nicht. Da hast du recht«, sagt Amory. »Ich bin nicht naiv, weißt du, mir ist klar, dass Curtis eine verlorene Seele ist und dass ich schauen muss, wo ich selbst bleibe. Aber es bricht mir trotzdem das Herz, dass ich ihm nicht helfen kann. Dass Liebe nicht reicht, ihn zu heilen.«

Ich bewundere Amory für ihre Abgeklärtheit. Dafür, dass sie sich in Momenten, in denen es drauf ankommt, selbst schützt. Curtis ist tief in seinem Innern so angeknackst, dass er Hilfe braucht, die weit über das hinausgeht, was wir zu geben imstande sind.

»Es hilft ja nichts«, sagt Amory seufzend. »Er wird sich benehmen müssen. Anders geht es nicht.« Sie nimmt noch einen Schluck von ihrem Drink, und ich tue es ihr nach, nippe an meinem Bier.

Man muss schauen, wo man selbst bleibt, da hat sie schon recht. In ihrem Fall bedeutet es, dass sie einem Freund das Herz bricht. In meinem … Ich wage kaum, es zu denken.

4

Jasper

~ Heute ~

Jemand zupft an meiner Hose.

Ich blicke von meinem zerfledderten Krimi auf. Maya, meine inzwischen fünfjährige Tochter, hält mir eine gekeimte Blumenzwiebel hin. Ihre Hände sind von der Erde ganz braun.

»Ui, pflanzt ihr die jetzt ein?«, frage ich.

Maya nickt. Eigentlich versuche ich, weniger Ja-Nein-Fragen zu stellen, um sie zum Reden zu bringen, so, wie es Jacob, Phoenix' Lebenspartner, empfohlen hat. Er ist Psychotherapeut und mein erster Ansprechpartner in allen Fragen, die mit Mayas Verweigerung zu sprechen zu tun haben. Aber oft habe ich keine Lust, darüber nachzudenken. Und auch Jacob sagt, dass es für Maya das Beste ist, wenn wir ungezwungen miteinander umgehen. Denn sie *kann* reden. Sie hat nur keine Lust darauf. Irgendetwas hemmt sie.

Sie läuft zurück zum Blumenbeet. Hugo, ihr Urgroßvater, der mindestens zwei grüne Daumen hat, reicht ihr die kleine Schaufel.

»Die Löcher graben sich nicht von allein, junge Dame«, sagt er, und Weston lacht.

Statt mein Buch wieder aufzunehmen, beobachte ich für einen Moment diese häusliche Harmonie, die sich in meinem

Garten abspielt. Es ist ein Bild für die Götter: Maya in ihrem ehemals gelben Kleid, das ihre Großmutter ihr gestrickt hat, Weston, der konzentriert Samen aussät, Hugo in seinem fleckigen Unterhemd mit Strohhut auf dem Kopf. Er hat auf alles ein Auge. Gibt Tipps, Anweisungen. Manchmal ist er für Maya zu ironisch, dann muss Weston übersetzen. Aber die beiden finden es ungeheuer spannend, seit Neuestem einen Urgroßvater zu haben.

Hugo ist vor ungefähr drei Monaten in unser Leben geplatzt. Erst hatte ich Angst, durch seine Gegenwart würden Dinge wieder an die Oberfläche gezerrt, mit denen ich längst abgeschlossen hatte. Ich wollte nicht, dass meine Kinder in ein neues Familiendrama hineingezogen werden, während sie noch mit ihrem eigenen zu kämpfen haben. Aber der kurze Abriss, den Hugo mir über sein Verhältnis zu meinem Vater gab, zeigte mir, dass ich nichts zu befürchten habe. Und solange ich nicht möchte, sprechen wir das Thema nicht an.

Themen, die wir allerdings ansprechen, sind: Mein Leben. Meine Musik. Meine Familie. Meine Träume. Er möchte alles über mich wissen, als würde er versuchen, die Zeit nachzuholen, die uns genommen wurde.

Maya winkt und zeigt auf die Blumenzwiebel.

»Ich schau dir zu, Süße«, rufe ich.

Zufrieden setzt sie die Blumenzwiebel in das Loch, das sie gebuddelt hat, und schaufelt mit den Händen Erde darauf.

»In ein paar Wochen blühen die schon«, sagt Hugo, und Maya sieht ihn mit großen Augen an.

Der Garten ist ein ganz schönes Chaos. Bevor Hugo angefangen hat, mit den Kindern zu gärtnern, war es einfach eine Brache. Alles, was wuchs, war hartnäckiges Unkraut. Als Blythe noch lebte, war dieser Ort eine Oase. Sie hatte ein Händchen für Pflanzen. Hatte Lust, Schönheit zu erschaffen.

Aber im ersten Jahr nach ihrem Tod hatte ich keine Kraft, mich darum zu kümmern. Ich nahm nicht einmal wahr, dass der Garten vor sich hin dörrte. Und dann war es irgendwie zu spät, etwas zu verändern. Wir gewöhnten uns an den Anblick. Blythe. Ihr würde gefallen, dass unsere Kinder die Sache nun in die Hand nehmen. Und ich bin Hugo dankbar, dass er die beiden anweist. Er hat zwei Beete angelegt. Ein Blumenbeet und eines für Kräuter und Gemüse. Er hat das, was früher fleckiges Grün war, umgegraben und neuen Rasen gesät. An der ein oder anderen Stelle keimt er schon. Es wird noch einige Monate dauern, bis das Gras so belastbar ist, dass man es betreten darf. Von Links Wohnwagen, der in der hinteren Ecke des Gartens steht, führt ein Pfad aus Steinen zum Haus. Hugo hatte früher eine Baufirma. Er kennt sich aus und hat einfach an alles gedacht.

»Sollen wir uns mal an die Büsche machen?«, fragt Hugo an Weston gewandt.

In Plastikeimern warten mehrere größere Pflanzen darauf, in ihr neues Beet gepflanzt zu werden.

»Weiß nicht, ob ich stark genug bin«, sagt Weston. »Vielleicht sollte Dad dir helfen?«

»Papperlapapp«, erwidert Hugo. »Deinen Dad lassen wir in Ruhe lesen.«

»Was höre ich da von wegen ›nicht stark genug‹?« Link hat im Haus geduscht und tritt in diesem Moment nach draußen.

»Kannst du uns helfen?«, fragt Weston.

»Nicht, dass du meine Hilfe nötig hättest, aber klar. Ich will auch mitmachen.«

Maya streckt ihre Hand nach ihm aus. »Du bist auch stark genug, hab ich recht?«

Sie nickt.

»Dann wollen wir mal«, sagt Hugo. Er hat bereits das

erste Loch gegraben und weist Weston und Link an, den ersten Busch aus dem Eimer zu ziehen. Maya hält einen der äußeren dünnen Äste.

Mit vereinten Kräften tragen sie ihn zu der Stelle, die Hugo vorgesehen hat, und lassen ihn vorsichtig in das Loch sinken.

»Maya, kannst du das Loch zuschaufeln?«, fragt Hugo, und sie macht sich sofort begeistert daran.

Es ist schön zu sehen, wie gut es den beiden geht. Dass es auch mir selbst gut geht. Dass sich der Kampf, den wir viel zu lange täglich kämpfen mussten, auszahlt. Man sagt, die Zeit heilt alle Wunden. Und so wenig ich daran glaubte, so offensichtlich ist es jetzt. Nicht, dass unsere Wunden alle geheilt wären. Aber sie werden überlagert von metaphorischen Verbänden und Pflastern. Von neuen Erfahrungen, schönen Tagen, die zu Erinnerungen werden. Von Freunden und Familie – auch wenn es keine normale Familie ist. Jeder von uns trägt täglich dazu bei, dass es besser wird. Vollständiger. Weniger leise und weniger traurig. Und tatsächlich ist inzwischen die Traurigkeit selbst so leise, dass ich sie oft gar nicht mehr wahrnehme. Was bleibt, ist das Schöne, das Wertvolle, das ich in meinem Kopf abgespeichert habe. Dankbarkeit für alles, was wir hatten. Für das, was ich danach mit viel Hilfe daraus gemacht habe. Und für die Hilfe selbst natürlich.

Hugo lässt den Stamm los, und alle klatschen. Der Busch hat ein neues Zuhause gefunden und steht in meiner Vorstellung für so viel mehr. Es fühlt sich an wie der Beginn von etwas Großem. Ein Neuanfang für den Garten und ein Neuanfang für uns. Wir machen keinen Cut, wir sprechen es nicht einmal aus. Aber die Tatsache, dass Hugo nun in unserem Leben ist, dass unser Garten wieder zu einem Ort wird, an dem man sich gerne aufhält, dass mein bester Freund und

Schwager jetzt bei uns wohnt, all das gibt mir das Gefühl von einem frischen Wind, der hier weht.

Die letzten Jahre waren hart. So hart, dass ich an manchen Morgen nicht wusste, wie ich es schaffen sollte, aufzustehen. Ich funktionierte für die Kinder, doch für mich selbst funktionierte nichts. Ganz, ganz langsam gelang es mir, nicht mehr nur zu funktionieren, sondern auch wieder vorsichtig zu leben. Musik zu machen. Musik zu schreiben. Ein Ventil zu finden für meine Traurigkeit. Und mit jedem Song, mit jedem Gig, mit jeder Tonfolge, die meine Finger spielten, wurde es ein bisschen besser. Mit jedem Wort, das Maya zu mir sagt, mit jedem Lächeln, das Weston mir schenkt. Mit jedem Tag, der vergeht.

Während meiner Grübeleien haben Link und Weston mit Mayas tatkräftiger Unterstützung auch den zweiten Busch eingepflanzt. Man erkennt den Garten jetzt schon kaum wieder, obwohl noch nichts blüht. Allein die Tatsache, dass die Mühe sichtbar ist, macht bereits einen enormen Unterschied.

»Wie sieht die nächste Woche aus?«, fragt Link und lässt sich auf einen der Plastikstühle neben mich fallen. »Kann ich dir unter die Arme greifen?«

Manchmal denke ich, Link glaubt, er hätte etwas wiedergutzumachen. Vor nicht allzu langer Zeit hatten wir einen ziemlich üblen Streit. Er hatte mich seit Blythes Tod hintergangen, lebte illegal in leer stehenden Warehouses, um mir heimlich seinen Anteil unserer Gage unterzujubeln. Doch wir versöhnten uns und haben nun ein Arrangement: Er wohnt in dem alten Wohnwagen in unserem Garten und darf drinnen im Haus Küche und Bad benutzen, und dafür zahlt er Miete. Erst wollte ich nicht einmal das annehmen. Schließlich hatte er in den letzten Jahren genug für mich und die Kinder getan. Aber er rechnete mir in aller Ruhe vor, dass ich es mir nicht leisten konnte, auf die zusätzlichen Einnahmen zu verzichten. Mit dem Klavierunterricht unter der Woche und den Gigs am Abend kommen wir zwar gerade so über die Runden, allerdings habe ich seit Blythes Tod einen Schuldenberg abzustottern, der größer ist als alles, was ich mir bis dahin vorstellen konnte. Nicht einmal das Sterben ist in diesem Land umsonst.

»Es steht nichts Besonderes an«, sage ich.

»Kommen die beiden mit zum Gig?«, fragt Link.

»Ich hoffe, sie können bei Phoenix schlafen«, sage ich. »Wenn nicht, muss ich sie mitnehmen.« Das ist ein Punkt, an dem ich bald etwas ändern möchte. Wenn ich keinen Babysitter finde und die Zeit nicht reicht, um Weston und Maya zu ihren Großeltern zu bringen, schlafen die beiden im Lager vom *Cat's Cradle,* während wir spielen. Sie dann aufzuwecken und in ein Taxi zu verfrachten, bricht mir jedes Mal das Herz. Es ist kein Zustand für Kinder, in Hinterräumen von Kneipen zu schlafen, während ihr Vater Musik macht. Aber manchmal gibt es keine andere Lösung.

»Jasper, hör auf, dir deswegen Sorgen zu machen. Den beiden geht's gut.« Er nickt in Richtung meiner Kinder, die gerade ihren Urgroßvater mit Erde bewerfen und lachen.

Ich schlucke. »Ja, oder?«

»Das Leben ist kein Bilderbuch, es ist ein Abenteuer. Deins, meins, Westons, Mayas …«

»Manchmal denke ich eben, ich enttäusche sie.«

»Du meinst Blythe, oder?«

»Ja.« Ich fixiere einen Brandfleck auf dem verblichenen weißen Plastiktisch, den Curtis dort hinterlassen hat.

»Sie war die Königin der Improvisation«, sagt Link. »Und du bist ein würdiger Nachfolger.«

Ich lächle. »Ja … vermutlich hast du recht.«

»Glaubst du, die beiden würden sich einen anderen Vater

wünschen? Denkst du, es gibt für die zwei einen besseren Dad als dich?«

»Vermutlich nicht, oder?«

»Sehr richtig.« Er klopft mir auf die Schulter. »Aber wenn es dich wirklich so wurmt, warum fragst du nicht Hugo, ob er ab und zu einspringt?«

Ich blicke wieder zu den dreien. Hugo ist es gelungen, sich Maya unter den Arm zu klemmen. Sie kreischt und quietscht.

»Dafür ist es noch zu früh. In ein paar Monaten vielleicht. Wir haben ihn gerade erst kennengelernt. Ich will sichergehen, dass er bleibt.« Es ist merkwürdig, das auszusprechen. So konkret habe ich noch nie darüber nachgedacht. Aber es stimmt wohl. Ich kann mir noch nicht zu hundert Prozent sicher sein.

»Oh, glaub mir, er bleibt«, sagt Link grinsend. »So, ich mache mich auf ins French Quarter.«

»Straßenmusik?«, frage ich.

»Die Miete zahlt sich nicht von allein.«

Nachdem er gegangen ist, schlage ich mein Buch wieder auf. Mit halbem Ohr höre ich auf das Gejohle der Kinder, um eingreifen zu können, falls es zu toll wird. Doch Hugo scheint alles im Griff zu haben. Und ich merke, wie sich erst mein Körper und dann mein Geist langsam, aber sicher entspannen.

5

Bonnie

~ Heute ~

»Lula?« Ich klopfe an ihre Zimmertür. »Lula, du musst aufwachen. Sie kommen gleich.«

Ich lausche, doch drinnen regt sich nichts. Bestimmt ist sie erst in den frühen Morgenstunden nach Hause gekommen. Freitags und samstags arbeitet sie meistens, bis der Nachtclub schließt.

»Lula!« Ich hämmere ein bisschen fester gegen die Tür. »Aufwachen!«

Natürlich könnte ich sie auch weiterschlafen lassen. Laut meiner Mom ist es uns selbst überlassen, ob wir an ihrem monatlichen Gemeindebrunch nach dem Gottesdienst teilnehmen, aber Lula und ich wissen beide ganz genau, dass es ihr wichtig ist. Und keine von uns will herausfinden, *wie* wichtig. Deswegen haben wir einen Deal. Obwohl ich jeden vierten Samstag im Monat selbst spät nach Hause komme, weil ich mit einer Veteranenband im *Vape* spiele, bereite ich den Brunch vor und lasse Lula so lange wie möglich schlafen, dafür kümmert sie sich später um den Abwasch.

Hinter der Tür erklingt ein genervtes Grunzen. »Bnwch«, krächzt sie.

Unten duftet es nach Speck und Pancakes. Der Esstisch im Wohnzimmer ächzt unter den Massen an gefüllten Schüsseln und Tellern. Eigentlich ist unser Haus zu klein für Einladungen dieser Größenordnung. Glücklicherweise ist es ein schöner Tag, und so werden sich die meisten Gäste wohl ohnehin auf der Veranda und im Vorgarten tummeln.

»Alison würde sich sicher freuen, wenn du sie mal wieder besuchst«, sagt Mrs Withers gerade. »Sie und Kenny sind einfach Zucker!« Sie zückt ihren Geldbeutel, um mir ein Hochzeitsfoto der beiden zu zeigen.

Alison und ich saßen in der Grundschule nebeneinander, Freundinnen waren wir allerdings nie wirklich. Dennoch sehe ich mir natürlich die Fotos an.

»Nichts macht einen fröhlicher als junges Glück«, fährt Mrs Withers fort. »Aber keine Sorge, du findest bestimmt auch bald den Richtigen.«

»Ja, sicher«, erwidere ich, denn es hat keinen Zweck, Mrs Withers zu erklären, dass nicht jeder Lebensplan einen Mann und Kinder vorsieht. Dafür ist in ihrer Vorstellung kein Platz.

»Vielleicht ist er ja sogar heute hier!«

Ich nicke mechanisch. Sie ist nicht die Einzige, mit der Lula und ich diese Art von Gesprächen führen. Die meisten Freundinnen unserer Mom sehen es als unsere Aufgabe auf dieser Welt an, uns zu vermählen und zu reproduzieren. Je früher, desto besser. Dass ich mich mit meinen dreiundzwanzig Jahren und in meiner Position als Langzeit-Single bisher nicht unbedingt intensiv mit diesem Thema auseinandergesetzt habe, behalte ich für mich. Lula ist da anders. Lula fragt jedes Mal direkt, ob sie Mann und Kinder dann mit in den Nachtclub nehmen sollte. Daraufhin sind die meisten Leute still. Aber ich will meine Mom nicht vor den Kopf stoßen, indem ich während eines ihrer Brunchs eine Diskussion lostrete.

»Sie kaufen gerade ein Haus hier in der Gegend. Das wäre

doch auch etwas für dich. Ein kleines Häuschen in der Nähe deiner Familie …«

Das ist meine Privatangelegenheit, würde ich gern sagen. Stattdessen erwidere ich: »Ja, das wäre sicher schön.«

»Emmy, Liebes, ich habe Bonnie gerade erzählt, dass Alison und Kenny sich ein Haus kaufen. Und dass ihr Traummann vielleicht näher ist, als sie denkt.« Mrs Withers zwinkert mir zu.

»Bestimmt, Süße«, sagt meine Tante Emmy. »Oft passiert es ja, wenn man es am wenigsten erwartet.«

Ich habe echt kein Interesse an einem eurer Junggesellen, würde ich gern sagen. Stattdessen drehe ich den Kopf zur Seite, damit niemand meinen inzwischen genervten Gesichtsausdruck bemerkt. Meine Erleichterung kennt keine Grenzen, als ich sehe, dass Amory in diesem Moment das Gartentor öffnet. Im Schlepptau hat sie Link und seine Freundin Franzi.

»Ich muss kurz meine Freunde begrüßen«, sage ich entschuldigend und bahne mir entschlossen den Weg durch, wie es scheint, die gesamte Nachbarschaft.

»Gott, bin ich froh, euch zu sehen!« Ich falle allen drei um den Hals. Gleichzeitig.

Link grinst. »Mrs Withers?«, fragt er.

»In Kombination mit Emmy.«

»Dann sind wir ja keine Sekunde zu spät.«

Franzi blickt fragend von Link zu mir. Sie ist heute zum ersten Mal bei unserem Gemeindebrunch.

»Nachbarschaftstratsch«, erklärt Amory. »Lasst uns was zu essen holen.«

Drinnen hat meine Mom ihre Haarschneide-Station aufgebaut. Sie war früher Friseurin in einem Salon, bevor er dichtmachte. Seither kommen die Leute zu ihr nach Hause. Während des Brunchs schneidet sie die Haare von Bedürftigen umsonst.

»Heute entkommst du mir nicht«, sagt sie, als sie Link erblickt. »Deine Haare müssen ab!«

Sie unterbricht ihre Arbeit an dem Jungenkopf, ermahnt den kleinen Kerl jedoch, sitzen zu bleiben. Dann wackelt sie auf uns zu.

»Amory!« Sie drückt sie fest an sich. Daraufhin wendet sie sich Link zu. »Mein Junge«, sagt sie und schließt Link in ihre mächtigen Arme.

»Annabella, das ist meine Freundin Frenzy«, stellt er seine Begleitung vor.

»Franzi«, korrigiert Franzi.

»Willkommen in der Familie«, sagt meine Mom und drückt sie ebenfalls an sich. »Wurde auch Zeit, dass unser Link mal jemanden mit nach Hause bringt. Zu *uns* nach Hause«, fügt sie noch hinzu.

Sie wackelt zu dem Jungen zurück, der vollkommen starr sitzen geblieben ist. Es ist schön zu sehen, wie groß der Respekt ist, den meine Mom hier genießt. Sie ist einer der Bausteine, der diese Community am Laufen hält. Jeder hilft jedem, man rückt zusammen. Man kennt sich, man mag sich mal mehr, mal weniger, aber niemals würde man einander hängen lassen.

Am späten Nachmittag haben sich die meisten Gäste verabschiedet. Auf dem Haarschneide-Stuhl sitzt inzwischen Lula, deren Kurzhaarfrisur schnell nachkorrigiert ist. Die Seiten ganz kurz, oben ein kleiner Afro.

Meine Haare sind glücklicherweise nicht so wartungsintensiv. Ich trage sie in langen, dicken Box Braids mit hineingeflochtenen weißen Strähnen, die ein paar Monate halten.

»So, Lula, fertig«, sagt meine Mom und gibt ihr einen Klaps auf die Schulter. »Link, du bist dran. Man sieht ja dein hübsches Gesicht kaum noch.«

Er streicht sich seine dunkelblonden Haare aus der Stirn und grinst. »Also gut, weil du es bist.« Er setzt sich auf den Stuhl und lässt sich von meiner Mom in den schwarzen Umhang hüllen.

Ich nehme Amory und Franzi mit nach draußen. Franzi will Lula erst mit dem Abwasch helfen, aber zu meiner Überraschung lehnt meine Schwester das Angebot ab. »Das schaff ich schon allein«, versichert sie.

»Danke für die Einladung«, sagt Franzi, als wir uns im Garten auf den alten Plastikstühlen niedergelassen haben. »Es ist schön, zu sehen, wie Links Freunde wohnen. Teil davon zu sein.«

Amory und ich werfen uns einen Blick der stillen Übereinkunft zu. Franzi ist Links Freundin. Sie hat bewiesen, dass sie Link glücklich macht, indem sie aus Deutschland nach New Orleans ausgewandert ist, nur um bei ihm sein zu können. Und wenn er sie liebt, werden wir es auf eine freundschaftliche Art auch tun.

»Für ihn ist es toll, dass du dabei bist«, sage ich. Denn es stimmt. Ich habe ihn noch nie so glücklich und gelöst erlebt. Nicht einmal früher, als alles noch in Ordnung war. Seine Familie noch vollständig.

»Wir sollten mal was zu dritt machen«, schlägt Amory vor, und ich nicke ihr dankbar zu. »Einen Filmabend oder so. Bei mir in der WG.«

Franzi lächelt. »Sehr gern.« Dann: »Deine Schwester wirkt sehr nett.«

»Haha, ja«, erwidere ich. »Sie ist interessant.«

»Man würde kaum glauben, dass ihr Zwillinge seid. Sie ist so …«

»Freizügig?«, bietet Amory lachend an.

Lula ist bis auf ihr Gesicht tatsächlich das ziemliche Gegenteil von mir. Abgesehen von den kurzen Haaren, zeigt sie außerdem gern so viel wie möglich von ihrer perfekten Figur und ihrer tätowierten Haut. Das war schon so, bevor sie anfing, in aufreizender Wäsche für Touristen zu tanzen. Vermutlich ist es deswegen ihr Traumjob. Sie liebt es einfach, sich zu zeigen. Und keiner kann es ihr verdenken. Ich im Gegensatz trage seit jenem Abend vor über vier Jahren nichts anderes als weite Jeans, in die ich weite T-Shirts stecke. Ich besitze nicht ein einziges Set hübsche Unterwäsche, sondern verstecke mich mithilfe von Sport-BHs und schlichten, schwarzen Baumwollpants.

Kurz ertappe ich mich bei dem Gedanken, dass es schön wäre, wenigstens mit Amory über die Gründe für meinen Kleidungsstil sprechen zu können. Abgesehen von Link, wusste und weiß niemand Bescheid. Schließlich war meine beste Freundin mit dem Objekt meiner verbotenen Gedanken und Gefühle verheiratet. Und Link weiß es auch nur, weil er in mich hineinsieht wie sonst niemand. Eines Tages kam er zu mir und sagte: »Du bist in Jasper verliebt, oder?« Eine Woche sprachen wir nicht miteinander. Dann erzählte ich ihm alles.

»Sollen wir zurückgehen? Sichergehen, dass meine Mom Link keinen militärischen Kurzhaarschnitt verpasst?«, frage ich, bevor meine Gedanken sich verselbstständigen.

Franzi sieht alarmiert aus.

»Keine Sorge, sie macht nur Witze«, sagt Amory. »Annabella ist eine Künstlerin.«

Tatsächlich sieht Link – sofern das überhaupt möglich ist – mit etwas kürzeren Haaren noch besser aus. Sie fallen ihm immer noch in die Stirn, aber längst nicht mehr so tief. Er wirkt reifer, ernsthafter. Und an Franzis Gesichtsausdruck erkenne ich, dass sie auch mehr als zufrieden mit dem Ergebnis ist.

»Alter«, sagt Lula, »wärst du nicht so blass, hätte deine

Freundin ein Problem.« Sie grinst anzüglich, während sie die spärlichen Reste des Brunchs auf einen Teller lädt.

»Dazu gehören immer noch zwei, Lula«, erwidert Link und wuschelt sich durch die neue Frisur.

»Als könntest du mir widerstehen.« Sie zwinkert ihm zu und leckt sich über die Lippen.

»Du bist wie eine Schwester für mich.« Link verzieht das Gesicht.

»Es wäre wirklich superekelig«, pflichte ich ihm bei.

»Ich mach nur Spaß«, sagt Lula und wirft erst ihm, dann Franzi eine Kusshand zu. »Keine Sorge.«

Kurz durchzuckt mich ein Stich, weil mir auf einmal schmerzhaft bewusst wird, dass das Glück, das Link und Franzi haben, für mich nicht bestimmt ist. Meistens komme ich mit dieser Tatsache zurecht. Aber in Momenten wie diesen, in denen ansonsten alles perfekt ist, die durch ihre Friedlichkeit und Seligkeit beinahe schmerzhaft schön sind, erschüttert mich der Gedanke daran. Dann ist es, als würde mein Herz trotz der dicken Mauern drum herum brechen. Für ein paar Sekunden bleibt mir die Luft weg, und ich muss die Augen schließen, um mich zurückzubesinnen. Jaspers Gesicht flackert kurz hinter meinen geschlossenen Lidern auf, doch ich vertreibe es mit aller Macht.

Als ich wieder in die Runde blicke, ist der stechende Anflug vorbei, und ich bin wieder da. Mit den Händen in den Hosentaschen meiner weiten Boyfriendjeans.

6

Jasper

~ Heute ~

Phoenix lebt in einem kreolischen Cottage, das unserem nicht unähnlich ist. Der Hauptunterschied ist wohl die Buntheit hier. Am Gartenzaun hängen Hunderte von Perlenketten, die mit jedem Mardi Gras mehr werden. Auf der Veranda stehen bemalte Blumentöpfe dicht an dicht. Statt Gardinen sind bunte gebatikte Tücher in den Fenstern angebracht.

»Hallo, ihr Schätze«, sagt Phoenix mit ihrer tiefen Männerstimme. »Bereit für unseren Mädelsabend?«

Maya nickt begeistert und reicht Phoenix ihren Stoffaffen, den sie zu jedem Übernachtungsdate mitschleppt.

»Ich bin kein Mädchen«, korrigiert Weston.

»Das weiß ich doch, *handsome,* aber man muss kein Mädchen sein, um einen schönen Abend zu haben.«

»Du hast aber ›Mädelsabend‹ gesagt«, beharrt er.

»Das ist doch nur ein Wort. Niemand wird ausgeschlossen.«

Deswegen liebe ich es, dass meine Kinder in Tremé aufwachsen. Die Vielfalt, mit der sie seit ihrer Geburt konfrontiert werden, macht ihr Leben reich und bunt. Genauso hätte ich es mir für mich selbst auch gewünscht. Stattdessen saß ich in prunkvollen Villen, erhielt klassischen Klavierunterricht und lernte für die Schule. Es war behütet, sicher – solange mein Vater nicht da war. Aber für einen kleinen Jungen unendlich langweilig. Bei der ersten Gelegenheit – ich kann kaum älter als vierzehn gewesen sein – stahl ich mich weg. Ich überlistete meine Nanny und wagte mich ins musikalische Leben von New Orleans. Mein Klavierlehrer hatte mir von einer Musikschule in Tremé erzählt, in der Kinder und Jugendliche Jazz und Funk spielten. Und dort ging ich hin, wann immer ich konnte. Ich lernte Bonnie und Link kennen. Und über sie Blythe.

Maya hat es sich bereits auf Phoenix' Sofa gemütlich gemacht. Weston stellt seine Schuhe ordentlich in den Eingangsbereich.

»Trinkst du noch einen Tee mit uns?«, fragt Phoenix, und da ich noch etwas Zeit habe, nehme ich dankend an.

Von einem kleinen, runden Tisch fegt Phoenix mit der Hand ein paar Bastelarbeiten in einen Korb auf dem Boden. Sie näht all ihre Kostüme selbst, und es sieht so aus, als wäre sie gerade dabei, neue Masken mit Federn und Pailletten zu gestalten.

»Also sag schon, Darling, was ist los?«, erkundigt sie sich, während sie einen dampfenden Becher mit Kräutertee vor mich stellt.

»Was meinst du?«, frage ich.

»Süßer, man sieht dir aus hundert Metern Entfernung an, dass du grübelst.«

Ich muss lachen. »Tut man das also?«

»In der Tat.« Sie streicht mir mit ihrer großen Hand über den Arm.

»Dann muss es wohl das Übliche sein«, sage ich.

»Das ›Übliche‹ haben wir alle, Schatz.« Sie sieht mich auf diese forschende Art an. Ihre Augen wirken durch die Masse an Schminke, die sie gekonnt darum verteilt hat, noch größer.

»Du weißt doch, wie es ist. Geld, Verantwortung … Manchmal spüren wir es mehr, manchmal weniger.«

»Das ist alles sehr wahr. Aber weißt du, was guttut?«, fragt sie und legt ihre Hand auf meine Hand. »Wenn man dabei nicht allein ist.«

»Ich bin nicht allein. Ich habe meine Band, dich, seit Neuestem einen Großvater …«

»Und wer ist da, wenn abends das Licht ausgeht?«

Mich durchzuckt etwas. »Meine Kinder und ich«, sage ich und lächle Phoenix müde an.

»Es ist jetzt wie lange her?«, fragt sie. »Vier Jahre? Mehr als das, oder?«

»Etwas.« Vier Jahre, in denen ich getrauert habe, gelernt habe, mit der Trauer um meine Frau zu leben, angefangen habe, mich auf die schönen Erinnerungen zu konzentrieren und den Schrecken zu vergessen.

»Es ist keine Schande, sich anlehnen zu wollen. Es ist kein Betrug«, sagt sie.

»Bietest du dich an?« Ich weiß nicht, wie ich auf ihre Worte reagieren soll. Deswegen bleibt mir nur die Flucht in den Humor.

»Du weißt, dass ich dir verfallen bin«, sagt sie theatralisch und klimpert mit ihren falschen Wimpern. »Aber das meine ich nicht.«

»Was ist nur los mit euch?«, frage ich grinsend. Mir fallen Curtis' Bemerkungen während unserer Bandprobe vor ein paar Tagen ein. Der Inhalt war zwar ein anderer – bei Curtis ging es wie immer um Sex –, aber die Botschaft war die gleiche. Und dann kommt mir Bonnies Blick in den Sinn. Eine Mischung aus Genervtheit und Unsicherheit in ihren mahagonifarbenen Augen. Ich habe seither ab und zu an diesen Blick gedacht. Und daran, dass sie anders aussah. Frischer. Auf merkwürdige Art schöner.

»Wir sehen dich«, sagt Phoenix. »Und nicht nur das. Wir sehen dich außerdem als einen Menschen, der Bedürfnisse hat.«

Kommen wir jetzt Curtis doch näher? »Phoenix!«, tadle ich sie scherzhaft.

»Ach, du denkst, es geht hier um Sex?« Sie lacht ihr dunkles Lachen. »Nein, Süßer, auch wenn ich nicht abstreiten würde, dass es mit dir ein reizvolles Thema wäre.«

Ich sehe mich nach Weston und Maya um, aber die beiden sind vertieft in ihr Spiel.

»Du, mein lieber Jasper, bist einsam.«

Ich verschlucke mich beinahe an meinem Tee. »Schwachsinn.«

»Ach ja?«, fragt Phoenix.

Es ist Schwachsinn. Ich habe alles, was ich brauche. Meine Kinder, meine Freunde. Seit Kurzem habe ich sogar einen Hugo, was auch immer das bedeutet. Ich bin nicht einsam.

»Du wehrst dich. Aber glaub mir, ich habe recht. Ich weiß das, weil ich deinen Gesichtsausdruck kenne. Früher habe ich auch so ausgesehen. Früher, als ich noch ... Hosen getragen habe.« Sie grinst. »Das Alleinsein ist deine Hose.«

Ich habe das Gefühl, Phoenix ist ihr Tee zu Kopf gestiegen. »Was hast du in die Mischung getan?«, frage ich und deute auf ihre Tasse.

»Nichts, wenn Kinder da sind. Das weißt du ganz genau.«

»Nur, weil man allein ist, bedeutet das nicht, dass man einsam ist, weißt du?«, versuche ich es.

»Oh, glaub mir, das ist mir bewusst. Und nur, weil man zweisam ist, bedeutet das auch nicht, dass man *nicht* einsam ist.«

Ich erinnere mich an Phoenix' Geschichte. Damals, als sie noch Moses war. Verheiratet mit einer Frau. Wie es sie beinahe alles gekostet hat, das Leben zu führen, das ihr gestattet, sie selbst zu sein. Und wie sie dann wie ein Phoenix aus der Asche aufstieg und zu einem glücklichen Menschen wurde.

»Ich will nur, dass du Folgendes weißt: Es ist keine Schande, Sehnsüchte zu haben und ihnen nachzugehen.« Auf einmal ist ihre Stimme ganz sanft. Sie nimmt wieder meine Hand und drückt sie einmal fest. »Du bist ein toller Vater. Ein toller Mensch. Du hast es verdient, glücklich zu sein.«

Ich schlucke. »Das weiß ich. Danke, Phoenix.«

Wir trinken unseren Tee, dann blicke ich auf die Uhr.

»Ich glaube, ich sollte wohl langsam mal los. Wenn was ist, Phoenix, ruf an. Die Nummer vom *Cat's Cradle* …«

»… hab ich. Mach dir keine Sorgen, Jasper, es ist nicht das erste Mal, dass die beiden Zuckerstücke hier übernachten.«

Ich weiß, dass sie recht hat. Und trotzdem plagt mich das schlechte Gewissen. Ich wäre gern in der Lage, meine Kinder selbst ins Bett zu bringen. Jeden Abend. Seit wir nur noch zu dritt sind, ist dieses Band zwischen uns so viel stärker und wichtiger geworden. Auch wenn Blythe in unseren Gedanken ist. Dafür sorge ich. Aber mein Job als Klavierlehrer reicht uns nicht zum Überleben. Nicht mit diesem enormen Schuldenberg. Und mir persönlich würde es auch nicht reichen. Ich brauche die Musik, die Gigs, das Leben. Das ist meine Berufung, meine Medizin gegen alles, was auf mir lastet.

»Also dann, ihr zwei, ich hole euch morgen ab!«, sage ich auf meinem Weg nach draußen und küsse meine beiden Kinder auf den Scheitel.

»Bye, Dad!«, sagt Weston, ist jedoch gleich wieder vertieft in irgendein Comicheft.

Maya winkt.

»Ab mit dir«, befiehlt Phoenix sanft. »Und hör auf, dir Sorgen zu machen. Es steht dir zwar, aber fürs Herz ist es nicht gesund.« Sie tippt gegen meine Brust. »Und das musst du schützen. Denn es ist das Einzige, was noch schöner ist als dein hübsches Gesicht.« Sie grinst, dann schiebt sie die Tür zu.

Das musikalische Zentrum von New Orleans, das selbst unter der Woche zu später Stunde aus allen Nähten platzt, ist unser zweites Zuhause. Mittwochs haben wir einen festen Slot im *Cat's Cradle,* einer der angesagtesten Bars in der Frenchmen Street. Über die letzten Jahrzehnte hat es sich den Ruf als eine der besten Adressen für Livemusik in ganz New Orleans erarbeitet. Die meisten Reiseführer listen die Bar unter ihren Geheimtipps auf, und das kommt uns Musikern zugute. Denn in New Orleans bekommen Bands keine feste Gage. Sie bekommen Slots in Bars und lassen am Ende einen Hut herumgehen. So war es schon immer. Es ist ein System, das für alle Beteiligten funktioniert, weil es einfach ist. Das bedeutet zwar, wir als Band tragen das Risiko, es heißt aber auch, dass wir an guten Abenden deutlich mehr einnehmen.

Heute wird so ein guter Abend. Ich habe es im Gefühl, als wir, einer nach dem anderen, auf die kleine Bühne springen. Man kann die Erwartung des Publikums förmlich spüren. Ein paar Wooohooo-Rufe und begeisterte Pfiffe ertönen.

»Guten Abend, *Cat's Cradle*«, ruft Link in sein Mikro, und die Soundkulisse schwillt an. »Wir sind After Hours und damit diejenigen, die euch während der nächsten Stunden mit ein paar Tunes versorgen werden!« Weitere Rufe und Pfiffe.

Link dreht sich noch einmal zu uns um und grinst. Wir nicken, erwidern sein Lächeln. Dann zählt Curtis unseren ersten Song ein – und wir spielen los.

Unser Sound ist eine Mischung aus all den Einflüssen, die wir seit unserer Kindheit aufgesogen haben. Ein Mix aus Südstaatenblues, New-Orleans-Funk und Singer-Songwriter-Melodien. Es ist etwas Eigenes und doch nicht fremd. Wir mischen Folk-Ideen mit der Freiheit des Jazz, wir improvisieren und bleiben gleichzeitig in einem festen, klangvollen Rahmen.

Links Stimme ist das Zentrum, um das wir unsere Songs aufbauen. Sein heiserer Sound jagt uns manchmal immer noch eine Gänsehaut über den Rücken, so gut ist er. In perfektem Einklang mit seiner Gitarre. Sal ist als begnadeter Trompeter der eigentliche Star der Band. Bonnie sorgt am Kontrabass für die Tiefe. Ich wende mich kurz zu ihr, und unsere Blicke treffen sich. Irgendetwas ist anders. Das war kein einmaliger Eindruck bei der letzten Bandprobe. Nein, sie ist auf gewisse Weise präsenter. Oder ist sie nur präsenter für mich?

Curtis zählt am Schlagzeug den ersten Song ein, und ich konzentriere mich auf die Tasten vor mir.

Diese Band ist Teil meiner Familie. Sie gibt mir die Geborgenheit, die ich dann an Weston und Maya weitergeben kann. Ohne meine Freunde wäre vieles in meinem Leben schwieriger. Ach, was rede ich, es wäre unmöglich. Und deswegen hat Phoenix auch unrecht. Ich bin alles andere als einsam.

7

Bonnie

~ Heute ~

»Vielen Dank, dass ihr heute Abend hier wart«, ruft Link ins Mikro, während Curtis und ich den Rhythmus beibehalten und Jasper den ein oder anderen Akkord dazu spielt. »Am Keyboard, *Ladies and Gentlemen,* Jasper Hughes!«

Jasper spielt eine schnelle, kunstvoll improvisierte Melodie und erntet seinen verdienten Beifall.

»Die Naturgewalt an der Trompete: Salomon Wallace!«

Abgesehen von Link, bekommt Sal immer den tosendsten Applaus. Er ist wahrhaftig eine Naturgewalt an der Trompete.

»Am Kontrabass: Bonnie Bailey!«

Ich tue es Jasper und Sal gleich und spiele eine funkigschnarrende Tonfolge.

»Am Schlagzeug: Curtis Sullivan, der, wenn mich nicht alles täuscht, noch ein Date für heute Abend sucht!«

Ein Kreischen geht durch die Menge, und ich verdrehe die Augen, während Curtis seine Sticks herumwirbelt und auf sein Schlagzeug eindrischt. Den ganzen Abend hat er sich zurückgehalten, aber dies ist sein Moment. Jetzt zeigt er, was er draufhat.

Jasper beugt sich zu seinem Mikro vor. »An der Gitarre: Lincoln Hughes. Ladys, lasst es euch gesagt sein, er wird euer Herz brechen.«

Wieder ertönt ein schrilles Kreischen, gepaart mit lauten Pfiffen.

»Wir sind After Hours.« Ich höre das schelmische Grinsen in Links Stimme. »Und es war uns eine Ehre, heute Abend für euch zu spielen.«

Wir nehmen den Song wieder auf. Link stellt seine Gitarre ab und springt mit einem geübten Satz von der Bühne. Er nimmt den Hut, der dort für Dollarnoten deponiert ist, und bahnt sich damit einen Weg durch die Menge. Dutzende Hände werfen Scheine hinein und spornen uns so dazu an, noch einmal alles in das Finale unseres letzten Songs zu legen, obwohl wir schon völlig ausgelaugt sind. Heute Nacht werden mich hoffentlich keine Gedanken an einen schlanken Nacken und dunkle Haare wachhalten. Heute Nacht werde ich gut schlafen.

Nachdem wir geendet haben, leert sich die Bar langsam. Ein großer, blonder Kerl verwickelt mich in ein Gespräch, dem ich aber nur mit halbem Ohr folge. Mit einem Auge beobachte ich meine Bandkollegen. Denn ich muss um jeden Preis verhindern, dass sie verschwinden, ohne dass ich es mitkriege. Es ist ein Drahtseilakt, ein schmaler Grat, auf dem ich mich bewege. Eine Kunst, die ich mit der Zeit perfektioniert habe. Niemals mit Jasper allein sein. Die Prävention geht immer vor. Seit jenem unglückseligen Moment vor gut vier Jahren. Doch noch sind sie alle hier, sodass ich mich entspanne.

»Im nächsten Leben entscheidest du dich sicher für ein kleineres Instrument«, sagt der Kerl vor mir. Ungefähr zehn Minuten lang hat er versucht, mich damit zu beeindrucken, dass er mit seiner College-Basketballmannschaft irgendein wichtiges Spiel gewonnen hat und sie deswegen für ein paar Tage nach New Orleans gekommen sind, um zu feiern. Jetzt ändert er anscheinend seine Strategie, indem er über mich spricht. Nur leider mit dem ältesten Spruch der Welt.

»Ja, haha, im nächsten Leben werde ich Flötistin«, sage ich und gebe mir Mühe, nicht zu gelangweilt auszusehen. Er ist nett, er ist hübsch. Es gibt keinen Grund, fies zu ihm zu sein. Auch wenn ich mir wünschte, er würde zu seinen Kumpels zurückkehren. Sie stehen an der Bar und werfen uns ab und zu ungeduldige Blicke zu.

»Flötistin also.« Er zieht anzüglich die Augenbrauen hoch, und ich ahne, was nun kommt. Hätte ich doch nur Geigerin gesagt!

Um uns beiden die Peinlichkeit zu ersparen, hebe ich die Hand. »Tu uns den Gefallen, und verkneif dir den nächsten Spruch.«

Er lacht. »Die Masche funktioniert bei dir wohl nicht?«

»Hat sie das denn bei irgendwem schon mal?«

»Vermutlich nicht. Sorry.«

Wieder lasse ich kurz meinen Blick schweifen. Sal verabschiedet sich, und ich erwidere seinen Gruß mit der Hand. Link ist ebenfalls auf dem Sprung. Aber solange Curtis noch hier ist, ist alles gut.

»Okay, Bonnie«, sagt der Basketballspieler, »schau, ich finde dich ziemlich süß. Und ich habe mich gefragt, ob du Lust hättest, vielleicht noch ein bisschen mit uns abzuhängen?«

Ich räuspere mich und blicke kurz zu Boden. Gelegentlich denke ich, vielleicht sollte ich es mal wieder probieren. Dann fällt mir auf, dass ich keine Lust darauf habe.

»Danke für das Kompliment«, sage ich deswegen. »Und du scheinst wirklich ein korrekter Typ zu sein. Nicht zu aufdringlich, nicht uncharmant. Aber heute Abend ... das wird leider nichts.«

»Bist du sicher?«, fragt er und sieht ein bisschen enttäuscht aus.

Aus dem Augenwinkel nehme ich wahr, dass Jasper mit

Curtis abklatscht. Das bedeutet, er geht vor ihm. Perfekt. Ich winke und wende mich wieder meinem Gesprächspartner zu.

»Ganz sicher.«

Er zuckt mit den Schultern. »Na, macht auch nichts. Vielleicht sieht man sich ja noch mal.«

»Ja, vielleicht«, sage ich.

Dann beugt er sich zu mir hinunter und umarmt mich. Er riecht gut nach Männerparfüm.

»Hat mich sehr gefreut, Bonnie mit dem Kontrabass.«

»Na endlich«, grölt einer seiner Kumpels, als er zurückkehrt. Es ist mehr als offensichtlich, dass sie weiterziehen wollen. Und das tun sie auch, nachdem zwei von ihnen den Rest ihres Biers geext haben. Lärmend und johlend verlassen sie die Bar, und ich bin seltsam erleichtert. Jetzt sind nur noch Mikey, der sich ins Lager verdrückt, um die Kasse zu machen, und ich hier. Und –

Shit!

In diesem Moment öffnet sich die Tür, und Jasper betritt die Bar. Mein Herzschlag beschleunigt sich, und mein Mund fühlt sich auf einmal ganz trocken an.

»Du bist noch da?«, frage ich und bemühe mich, ihn nicht anzusehen.

»Ich habe draußen noch mit Curtis gequatscht. Mein ganzes Zeug ist aber noch hier.« Er deutet auf seine Tasche.

Gut vier Jahre lang. Über vier Jahre ist es mir gelungen, kein einziges Mal mit ihm allein in einem Raum zu sein. Bis heute. Irgendwann musste es ja mal schiefgehen. Also ist es wohl ratsam, das Beste aus der Situation zu machen.

»Ist dein Verehrer abgedampft?«, fragt er.

»Mhmh«, mache ich. Verdammt, es sollte nicht so krampfig wirken. Ich muss mich zusammenreißen.

»Weißt du, was Phoenix vorhin zu mir gesagt hat?«

Er redet einfach, als wäre das hier das Normalste auf der Welt. Und für ihn ist es das ja auch. Wahrscheinlich hat er nicht einmal gemerkt, dass wir nie zu zweit waren.

»Was?«, frage ich und blicke kurz auf. Direkt in seine grünbraunen Augen. Das Gefühl, das einmal durch mich hindurchfährt, ist bekannt und doch beängstigend.

»Sie hat gesagt, mein Herz sei das Einzige, was noch schöner sei als mein hübsches Gesicht.«

O Gott. Was für ein großartiges Gesprächsthema. »Niemand flirtet so unverblümt wie Phoenix.«

»Apropos Flirten«, sagt Jasper und grinst. Wieder durchzuckt es mich auf diese schmerzhaft verlangende Weise. »Du bist auch länger nicht mehr auf Flirtversuche eingestiegen, oder?«

Danke, dass du mich daran erinnerst, würde ich antworten, wenn wir normal miteinander umgehen könnten. So entgegne ich nur: »Kann sein«, und denke daran, wie ich versucht habe, es zu meinem Ding zu machen. Wie ich dachte, wenn ich mich ablenke, würde alles besser werden. Und wie ich dann während dem Sex spürte, dass es nicht das war, was ich wollte. Die Tatsache, dass ich mit jemandem ins Bett ging, der nicht Jasper war, machte mich innerlich so leer, dass ich am liebsten geweint hätte. Jedes einzelne Mal. Die Abwesenheit des einen wurde mir durch die Anwesenheit eines anderen viel zu bewusst, sodass ich seit einiger Zeit nicht mehr auf die Avancen von Kerlen eingehe. Vielleicht sollte ich ins Kloster gehen.

»Ist alles in Ordnung mit dir?«, fragt Jasper, und ich sehe eine kleine Sorgenfalte zwischen seinen Augenbrauen. Eine Sorgenfalte, die man wegküssen sollte – *Hör auf damit, Bonnie!*

»Ja, alles gut. Ich bin nur müde.«

Ich nähere mich zögerlich der Bühne, wo mein Kontrabass darauf wartet, eingepackt zu werden. Mikey braucht hinten sicher nicht ewig, und wenn wir dann nicht fertig sind, wird er sauer.

»Ist das alles?«, fragt Jasper.

Nein, das ist nicht alles. Ich liebe dich über alles, und es macht mich kaputt, wäre die Wahrheit.

Jasper sieht mich unverwandt an. In seinem Blick hat sich etwas verändert. Er sieht mich anders an. Durchdringender. Es ist so schwer erträglich, dass eine Unterhaltung übers Kinderkriegen mit den Kirchenfreundinnen meiner Mom dagegen richtig erstrebenswert scheint.

Er fährt sich durch die Haare, und meine dummen Finger sehnen sich danach, es ihm gleichzutun. Ihn zu berühren. Aber ich stecke sie tief in meine Hosentasche und mache einen Schritt an ihm vorbei auf die Bühne.

»Weißt du, ich habe nachgedacht. Über das, was Curtis gesagt hat …«

»Man sollte nicht zu viel über Dinge nachdenken, die Curtis sagt«, erwidere ich, um einen Witz zu machen.

»Es ist alles ein Lernprozess«, fährt er unverwandt fort. »Erst musste ich Verlust lernen, dann das Alleinsein. Und vielleicht hat Phoenix recht, vielleicht muss man auch irgendwann das Zusammensein wieder lernen.«

Ich stoße mit voller Wucht gegen den Mikrofonständer, woraufhin er krachend gegen das Keyboard fällt. Was wird das hier?

»Hoppla«, sagt Jasper und ist mit einem Satz da, um ihn in letzter Sekunde aufzufangen.

»Und? Hast du schon jemanden im Blick?«, frage ich und zerre hektisch an der Kontrabasshülle. Die Luft habe ich angehalten.

»Haha«, macht er und sieht mich wieder auf diese Weise an – und ich stoße etwas zu laut die Luft aus. »Ich bin nicht auf der Suche, oder so. Es sind nur die Sachen, die Curtis und Phoenix gesagt haben.« Er lacht. Lacht dieses Jasper-Lachen. Leicht, fröhlich. Ein bisschen wehmütig, so, wie es immer war. »Und du?«, fragt er dann.

Jetzt ist es an mir zu lachen. Doch leicht und fröhlich klingt es nicht. Eher bitter. »Definitiv nicht.« Das war zu entschieden. Ich weiß es sofort.

»Okay ...«, sagt Jasper, aber es klingt wie eine Frage.

»Ich habe einfach anderes im Kopf«, beeile ich mich hinterherzuschieben.

»Hast du eigentlich mal wieder etwas von Joe gehört?«

Joe ... Mein Ex-Freund. Der eine Ex-Freund. Wir waren zwei Jahre zusammen. Zwei Jahre, in denen ich ihn und mich – und meine beste Freundin – belogen habe. Bis ich es nicht mehr aushielt und mich von ihm trennte, weil das alles so unfair war.

»Schon länger nicht mehr. Er ist nach Memphis gegangen.«

»Ihr wart ein tolles Paar. So einen solltest du mal wieder kennenlernen«, sagt Jasper und beugt sich zu mir herab, um mir mit der Hülle zu helfen, die heute aufgrund meiner fahrigen Bewegungen störrisch ist. Mit zwei gekonnten Handgriffen hat er sie über den Körper des Basses gezogen und schließt nun den Reißverschluss.

Wir waren ein schreckliches Paar. Er hat alles für mich getan, während ich immer nur an dich gedacht habe, würde ich niemals sagen, auch wenn es stimmt. Stattdessen: »Danke, den Rest schaffe ich allein.« Doch er macht keine Anstalten, sich zu entfernen.

»Na, immerhin bin ich nicht der Einzige, für den diese ganze Sache kompliziert ist«, sagt Jasper und lächelt mich an. Lächelt mich an, sodass mir kurz die Luft wegbleibt.

Ich pruste und schlage mir im nächsten Moment die Hand vor den Mund. Das war eine absolut ungefilterte Reaktion auf seine Worte. Das passiert mir inzwischen so gut wie gar nicht mehr. Ungefiltert. Immer bin ich darauf bedacht, das Richtige zu sagen oder zu tun. Und das Richtige beinhaltet, dass ich meine Klappe halte. Oder unverfängliches Zeug rede. Dopamin, Oxytocin, Adrenalin, denke ich, aber es hilft nicht.

»Was ist so witzig?«, fragt er, und sein Lächeln wird breiter, sodass ich den Blick abwenden muss, weil ich sonst hier und auf der Stelle zerschmelzen würde.

Dass du die Komplikation bist, ist die ungefilterte Variante. »Dass wir beide kompliziert sind«, sage ich, obwohl das mehr Information ist, als gut für mich ist.

»Komm, lass mich den nehmen«, sagt Jasper, da ich Anstalten mache, meinen Bass zu schultern.

»Geht schon«, erwidere ich, aber er nimmt ihn mir trotzdem ab.

»Nein, Jasper, bitte!« Ich klinge flehend und muss mich dringend wieder fangen.

»Okay, okay.« Er hebt abwehrend die Hände und überlässt mir mein Instrument.

»Sorry«, murmle ich.

»Ich würde mir ein Uber bestellen, falls du Interesse hast …« Er lächelt, doch an seinem Tonfall höre ich, dass er davon ausgeht, ich hätte kein Interesse. Und so ist es auch. Hätte es diesen unseligen Moment vor ungefähr vier Jahren nicht gegeben, würde ich sein Angebot annehmen. Aber ich kann es nicht.

Ich lächle zurück, auch wenn es sich ein bisschen gequält anfühlt. Es ist, als unterlägen meine Mundwinkel heute Abend einer ganz besonderen Schwerkraft. Doch es gelingt. Und das muss es auch. Denn das labile Gleichgewicht, das seit Kurzem wieder zwischen uns allen herrscht, darf nicht gestört werden. Nicht von mir, nicht von *meinem Problem.* Nicht, nachdem wir uns gerade erst wieder zusammengerauft haben. Ein Streit zwischen Link und Jasper war der Auslöser dafür, dass wir uns beinahe aufgelöst hätten. Wir erholen uns, ehrlich gesagt, immer noch davon.

»Danke für das Angebot. Aber ich … wollte noch bei Lula vorbei.«

»Alles klar, Bonnie«, sagt er und nimmt seine Tasche. »War schön, mit dir zu reden.«

Er hat keine Ahnung, was diese Worte in mir anrichten. Deswegen beeile ich mich, Abstand zwischen uns zu bringen. Ich steige von der Bühne und gehe zur Tür.

»Sag Mikey liebe Grüße, wenn du ihn noch siehst.«

Ich habe ein Gefühl in meinem Körper, als hätte ich mich innerlich selbst entzündet.

Draußen schlage ich alibimäßig den Weg Richtung Zentrum und Bourbon Street ein, orientiere mich aber an der nächsten Kreuzung nach rechts Richtung Tremé. Von der Frenchmen Street ist es ein ungefähr dreißigminütiger Fußmarsch zu mir nach Hause, und es gefällt mir, nachts allein durch die Straßen meiner Stadt zu laufen. Besonders jetzt, da der Winter langsam vom Frühling abgelöst wird, es nicht mehr kalt ist, allerdings auch noch nicht so drückend heiß wie während der Sommermonate.

Der Kontrabass ist schwer, aber sein Gewicht, das mich weit nach vorne gebeugt laufen lässt, fühlt sich gesund an. Gerechtfertigt. Als hätte ich die Last verdient. Doch ich komme dennoch rasch voran. Meine Beine sind zwar kurz, aber ich bin eine schnelle Geherin.

Ich umlaufe den Louis Armstrong Park, der nachts geschlossen ist, gehe unter der Interstate 10 hindurch. Ein paar Teenager lungern vor einem heruntergekommenen Shotgun-Haus herum. Es riecht nach Gras, nach jugendlichem Leichtsinn und vertanen Chancen. Der Geruch meines Viertels.

Das hier ist meine Hood. Die Gehwege sind rissig, Mülltonnen quellen über. Im schummrigen Schein der Straßenlaternen werfen Stromkabel geschwungene Schatten auf den Asphalt. In der Ferne heult eine Polizeisirene auf – ein Geräusch, das ich gelernt habe, zu ignorieren.

Einige der Grundstücke, an denen ich vorbeilaufe, liegen seit Katrina brach. Die Häuser waren oft nicht mehr zu retten, viele Besitzer kehrten nie wieder in ihre Heimat zurück. Dunkle Schatten huschen durch die verwilderten Gärten. Katzen oder Waschbären. Vielleicht auch ein streunender Hund.

Nach zehn weiteren Minuten erhebt sich zu meiner Rechten mächtig St. Peter Claver, die Kirche, die meine Mom jeden Sonntag besucht, vor dem Nachthimmel.

Wenig später öffne ich unser knarzendes Gartentor. Ich gebe mir Mühe, so leise wie möglich zu sein, als ich durch unseren ungepflegten Vorgarten schleiche, um meine Mom nicht zu wecken. Im Zwielicht sieht unser Cottage mit der ehemals gelben Holzverkleidung und den türkisfarbenen Fensterläden etwas gespenstisch aus.

Beinahe lautlos schließe ich die Haustür auf. Drinnen riecht es nach Holz, Wärme und kaltem Zigarettenrauch. Nach meinem Zuhause. Ich lasse den Kontrabass von meinen Schultern auf den Boden gleiten und lehne ihn gegen die Wand. Dann streife ich mir meine Sneakers von den Füßen. Mein Magen knurrt, weil ich seit einem kleinen Snack heute Nachmittag nichts mehr gegessen habe, und ich schleiche auf Zehenspitzen in die Küche. Meine Mom hat keinen sonderlich tiefen Schlaf, und ich bin mir sicher, dass Lula weniger Rucksicht nehmen wird, wenn sie später nach Hause kommt. Wenigstens ich will sie nicht wecken.

Da es zu spät ist, um mir etwas Richtiges zu essen zu machen, öffne ich den Kühlschrank und hole den Plastikkanister mit Milch heraus, öffne den Verschluss, setze ihn an meine Lippen und nehme drei kräftige Schlucke im Schein der Kühlschranklampe. Das muss reichen.

Dann schleiche ich mich in den ersten Stock. Die Stufen knarzen unter meinen Schritten, und ich bin froh, als ich endlich meine Zimmertür hinter mir mit einem leisen Klicken schließe. Erschöpft lasse ich mich auf mein Bett sinken. Meine Kraft reicht gerade noch, um mir die Jeans von den Beinen zu streifen.

Die Augen fallen mir schon fast zu, aber ich weiß, was ich sehe, wenn sich meine Lider schließen. Ich weiß, wessen Gesicht sich in der Dunkelheit in meine Gedanken schleicht. Jede verdammte Nacht. Und ich kann nichts dagegen tun. Ich kann es lediglich ignorieren. Doch besonders nach unserer Unterhaltung heute Abend wird es mir kaum gelingen. Nach diesem dummen Zufall.

Wie konnte ich nur so leichtsinnig sein? So nachlässig?

Hitze breitet sich aus meinem Magen überallhin aus. Eine unangenehme Hitze, eine Hitze, die ein Eigenleben hat. Die Wünsche und Sehnsüchte hat und nicht zulässt, dass sie ungehört bleiben. Eine Hitze, der ich nie wieder die Kontrolle überlassen kann.

Ich werfe einen Blick auf das Regal an der gegenüberliegenden Wand. Das Regal, das meine Erinnerungen beherbergt, als wäre ich ein gestörter Freak. Sauber aufgereiht stehen fest verschlossene Einweckgläser mit kleinen Etiketten nebeneinander. Nur die Hitze in mir lässt sich leider nicht in ein Glas sperren. Hitze lässt sich überhaupt nicht wegsperren. Hitze steckt an, verbreitet sich.

Die meisten der Gläser enthalten Notizen oder kleine Gegenstände, mit denen ich etwas verbinde. Die mich in einen besonderen Moment zurückversetzen. Lediglich eines von ihnen ist leer. Es steht ganz oben am äußersten Rand. Es ist die Erinnerung an diesen unseligen Abend vor über vier Jahren.

8

Jasper

~ Vor sechs Jahren ~

»Na, Mr Hughes? Bist du bereit?« Link streckt seinen Kopf ins Auto.

»Noch heiße ich Reed«, sage ich. Aber nicht mehr lange. Das hier sind die letzten Minuten mit meinem alten Familiennamen, von dem ich mich leichten Herzens verabschiede.

»Alter, dann sind wir so was wie Brüder!« Er grinst.

»Und als so was wie dein Bruder sage ich dir, dass du dein Hemd falsch zugeknöpft hast.« Ich deute auf seine Brust, wo ein Knopf ins Leere blickt.

»Ups.« Er wird rot. Für seine sechzehn Jahre lässt er wirklich nichts anbrennen. Denn sowohl er als auch ich wissen, dass das Hemd vor einer halben Stunde noch perfekt geknöpft war. »Kann den Besten passieren«, murmelt er.

Er klopft aufs Autodach, um mir zu bedeuten, dass es Zeit wird hineinzugehen. Das Marriage Office befindet sich in einem schmucklosen grauen Ziegelkasten in der Tulane Avenue. Aber uns geht es nicht um Pomp und Eleganz an diesem Tag. Uns geht es um uns, um unsere Freunde. Mir geht es vor allem darum, offiziell Teil dieser Familie zu sein. Und gleichzeitig meine hinter mir zu lassen.

Es ist heiß draußen, heiß und feucht, wie es typisch ist für den Mai in Louisiana. Definitiv kein Klima für einen Anzug, und ich merke, dass ich beginne zu schwitzen. Die Eingangstür quietscht, aber drinnen ist es immerhin klimatisiert.

Vor dem Raum, in dem wir gleich heiraten werden, haben sich schon die Gäste versammelt. Charlie und Con, Blythes Eltern, die Weston im Schlepptau haben, Curtis, Bonnies Zwillingsschwester und ihre Mom. Bonnies Freund Joe. Mein Klavierlehrer Simon und ein paar Freunde aus der Musikschule. Die Stimmung ist fröhlich gespannt, und hier und da klopft mir jemand auf den Rücken.

Es fühlt sich unwirklich an, hier zu sein, in diesem seltsam fremden Gebäude, in dem es gleichermaßen nach Putzmittel und miefigem Teppichboden riecht.

Ich nehme meine Umgebung kaum wahr, bin viel zu beschäftigt, meine Gedanken zu sortieren. Wie leicht mir die Entscheidung fiel, alles hinter mir zu lassen – meinen giftigen Vater, der nach nichts als Geld strebt, meine von sich selbst besessene Mutter –, weil es die einzig richtige war. Ich habe sie bereits vor über zwei Jahren getroffen, als ich wusste, dass ich Vater werden würde.

Sobald wir in den Raum gelassen werden, der für die Eheschließung vorgesehen ist, legt Link mir eine Hand auf die Schulter, ganz so, als würde er spüren, dass ich an meine Eltern denke.

Die Gäste nehmen Platz, ich stehe ein bisschen bedröppelt neben einem Pult und bin unendlich froh, dass Link als mein Trauzeuge bei mir ist.

»Nervös?«, fragt er in meinem Rücken.

»Nein.«

»Einsam?«

Ich lache leise. Er ist ein Teenager, der wenig anderes als Sex und Musik im Kopf hat, und trotzdem ist er einer der schlausten Menschen, die ich kenne.

»Nur noch heute«, sagt er. »Dann bist du offiziell einer von uns.«

Ich drehe mich zu ihm um und nicke. »Ich weiß.«

»Zeit wurde es«, flüstert er noch, dann hört man von draußen Schritte.

Ein Raunen geht durch die Menge der Gäste, als Blythe und Bonnie in den Raum treten. Blythe lächelt und senkt den Blick. Ich sehe sie an und weiß, dass ich nie jemand anderen gebraucht habe. Nicht meine Eltern, nicht meine Nannys.

»Hi«, flüstert sie und platziert sich mir gegenüber. Bonnie steht schräg hinter ihr.

»Hi«, sage ich, dann beginnt die kurze Zeremonie.

Während die Beamtin das Prozedere erklärt, schaue ich Blythe an. Dann fällt mein Blick auf Bonnie, die zwei Jahre jünger ist als ihre beste Freundin. Doch davon hat man nie etwas gemerkt. Sie sieht mir direkt in die Augen, und ich lächle. Sie erwidert es. Nickt mir zu. Ich nicke zurück.

Es ist das Richtige, sagt sie mit den Augen. *Und das weißt du.*

Ja, erwidere ich mit einem erneuten Lächeln.

Sie wendet sich ab und sucht die Gäste nach Joe ab, und ich widme mich wieder meiner zukünftigen Frau.

Ich erinnere mich noch an das »Ja, ich will«, das erst ich, dann Blythe sprachen. An den alles entscheidenden Satz: »Hiermit erkläre ich Sie zu Mann und Frau.« An den Jubel, die Glückwünsche. Und dennoch geht all das unter in einem Nebel aus Glückseligkeit und dem Gefühl, angekommen zu sein. Als Jasper Reed habe ich das Gebäude betreten, und als Jasper Hughes verlasse ich es wieder, mit meiner Frau an der Hand, meinem Sohn auf dem Arm. Mit unseren Freunden hinter uns, die, sobald wir nach draußen treten, Reis und Konfetti in die Luft werfen.

Dieser Moment gehört uns allen. Das hier sind nicht nur

Blythe und ich, das hier ist die ganze Nachbarschaft. Die Gemeinschaft, zu der wir gehören. Eine große, bunte, verrückte Familie. Und mittendrin stehe ich und besinne mich für einen Augenblick darauf, was für ein Glückspilz ich bin. Wie weit ich gekommen bin – nicht in dem Sinne, den mein Vater für den einzig wahren, gültigen hält. Denn Materielles habe ich nicht vorzuweisen. Wir sind arm wie die Kirchenmäuse – besonders, seit wir uns entschlossen haben, ein renovierungsbedürftiges Haus in Tremé zu kaufen – und doch reicher als alle, die ich zurückgelassen habe. Reicher an Glück, reicher an Leben. Reicher an Liebe, reicher an *uns*.

9

Bonnie

~ Vor sechs Jahren ~

Blythe und ich wiegen uns im Takt zu Links Gitarrenklängen im Garten. Die Feier ist beinahe vorbei. Ein rauschendes Fest ohne unnötigen Schnickschnack. Denn dafür hat hier niemand Geld. Es gab jede Menge Livemusik, jeder der Nachbarn brachte etwas zu essen und zu trinken mit. Das Haus ist eigentlich noch kaum bewohnbar, aber trotzdem bestanden Blythe und Jasper darauf, hier zu feiern. »Immerhin kann nichts kaputtgehen«, sagte Blythe, als ich Bedenken äußerte.

Das ist es nun. Ihr Haus. Ihr Leben. Ich freue mich unglaublich für sie und Jasper. Sie sind füreinander geschaffen. Beide sind sie auf gewisse Weise edel. Auf Tremé-Weise. Beide sind sie wunderschöne, gute Menschen. Und ich könnte kaum glücklicher sein, dass sie sich gefunden haben und ihr Leben nun miteinander teilen.

Ich blicke zu Joe, der am Tisch sitzt und sich mit Curtis und Jasper unterhält. Joe ist ebenfalls gut. Als er bemerkt, dass ich ihn ansehe, lächelt er mich an, und mich durchzuckt es. Die Ungerechtigkeit dessen, was ich ihm antue. Die Unehrlichkeit, mit der ich uns beide belaste. Denn das, was wir haben, ist nicht echt. Nur von seiner Seite. Zumindest glaube ich das. Ach was, ich weiß es. Natürlich weiß ich es. Ich sehe es in jedem seiner Blicke. Es sind die gleichen Blicke, die Blythe und Jasper einander schenken. Die gleichen Blicke, die ich Jasper schenke, wenn ich sicher sein kann, dass es niemand bemerkt.

Ich schließe die Augen und lasse mich von Blythe im Takt der Gitarre drehen. Grillen zirpen. Der Schein der Lampions dringt durch meine geschlossenen Lider. Es ist so friedlich, so zauberhaft, hier zu sein, inmitten all des Glücks. Es hat mir in den letzten Jahren alles abverlangt, ihnen dieses Glück zu gönnen. Nie war ich missgünstig. Kein einziges Mal. Aber anfangs war es schwerer. Inzwischen habe ich meinen Frieden damit gemacht. Mit der Tatsache, dass ich dieses Glück nie selbst haben werde. Doch ich bin zufrieden, wenn ich sehe, wie Blythe und Jasper dieses Glück teilen. Sie haben so viel davon, dass sicherlich etwas auf mich abfärbt.

Ich ziehe Blythe in eine Umarmung. »Ich freue mich irrsinnig für dich«, flüstere ich.

»Und ich bin dir so dankbar«, sagt sie und legt ihre Arme um meinen Hals. Sie sieht mich mit ihren blauen Augen an. »Ernsthaft, Bonnie. Ich bin dir so dankbar für alles.«

Ich weiß nicht genau, was sie meint, und lächle einfach.

Auf einmal wird unsere Aufmerksamkeit auf eine Bewegung im Garten gelenkt. Link und Curtis führen irgendetwas im Schilde. Sie tuscheln, hantieren mit Feuerzeugen.

»Ich habe noch eine Überraschung für dich«, sagt Jasper und legt die Arme von hinten um seine Frau.

Joe stellt sich neben mich. Seine Finger suchen nach meiner Hand. Mit einem pfeifenden, zischenden Geräusch rast die erste Rakete in den Himmel und explodiert in einem Farbenmeer aus goldenen Lichtern. Gleich darauf fliegt die nächste hinauf. Ihre Lichterperlen sind grün.

»Wow«, flüstert Blythe. Sie liebt Feuerwerke. Nicht laute, knallende, vor dem sich kleine Kinder und Hunde erschrecken, sondern bunte, leuchtende.

»Ich dachte, das wäre ein perfektes Finale dieses wunderschönen Tags«, sagt Jasper. »Alle sollen wissen, wie glücklich wir sind.«

Blythe kichert und schmiegt sich an ihn. Ich lehne mich an Joe, konzentriere mich auf das Farbenspiel am Himmel, die Wärme seines Körpers. Er ist toll. Er ist da. Er ist für mich da. Und doch fehlt etwas. Etwas Essenzielles, das ich ignoriere, so gut es geht. Aber manchmal gelingt mir das nicht.

Wenig später setzen wir uns zu den anderen an den Tisch.

»Ich werde das hier zu einem richtigen Garten machen«, verkündet Blythe, und Jasper nimmt ihre Hand, presst einen Kuss darauf. Da ist er, dieser Blick. Und ich ertappe mich dabei, dass ich ihn kopiere. Dabei darf ich das nicht. Nicht so, nicht in aller Öffentlichkeit vor den anderen. Wenn herauskäme, was ich die ganze Zeit verheimliche, wäre das das Ende. Das Ende unserer Freundschaft, wie sie ist. Und die zu gefährden kommt nicht infrage.

Ich stehe etwas hektisch auf und werfe beinahe den Stuhl um, auf dem ich gesessen habe. »Ich muss mal auf die Toilette«, murmle ich entschuldigend.

Drinnen stütze ich mich aufs Waschbecken und spritze mir Wasser ins Gesicht. Ich sehe mich in dem halb blinden Spiegel an, den die Vorbesitzer dagelassen haben. Mein Gesicht wirkt seltsam verzerrt. Aber es liegt nicht am Spiegel, sondern an mir. Und da wird mir bewusst, dass es Traurigkeit ist. Traurigkeit um meinetwillen. Ich war so damit beschäftigt, mich für Blythe und Jasper zu freuen, dass mir entgangen sein muss, wie schwierig dieser Tag für mich war. Weil ich trotz all des Glücks leide. Unter meinen Gefühlen, die ich unterdrücke, so gut es geht. Unter der Scharade mit Joe. Unter dieser erschlagenden Gewissheit, dass die Schönheit, die ich heute miterlebt habe, mir nicht vergönnt ist. Es ist in Ordnung, aber es ist auch bittertraurig. Eine Träne kullert meine Wange hinab, und ich schnappe nach Luft, so eng fühlt sich mein Brustkorb an.

»Bonnie? Ist alles in Ordnung?« Joe klopft an die Tür. Ausgerechnet.

»Ja, ich komme gleich«, sage ich und merke, wie erstickt ich klinge. Als müsste sich meine Stimme einen Weg an dem fetten Kloß in meinem Hals vorbeibahnen.

»Süße?« Er merkt natürlich, dass etwas nicht stimmt. Wie lange bin ich schon hier drin? Fünf Minuten? Zehn?

»Joe?«, frage ich, als ich die Tür öffne. Ich lasse mich gegen seinen Brustkorb sinken. Die Tränen versuche ich hinunterzuschlucken, doch es gelingt mir nicht. »Ich glaube, wir müssen Schluss machen.«

»Was?« Ich spüre, wie er sich versteift. »Bist du betrunken?«

Ich schüttle den Kopf. Atme seinen Geruch ein. Genieße seine Wärme. Denn ich habe ihn wirklich gern. So gern. Aber nicht so gern, wie er es verdient hat.

»Es ist nicht fair.«

»Was redest du denn da? Es läuft doch alles wunderbar!« Er schlingt seine Arme um mich und hält mich.

»Ich weiß!«, schluchze ich. »Deswegen ist es ja so eine Scheißsituation!« Ich sollte nicht so viel sagen.

»Kannst du mir erklären, was los ist?«, fragt er besorgt. »Du wirkst nicht rational.«

Vermutlich bin ich das auch nicht. Aber es fühlt sich so ungeheuer falsch an, ihn an mich zu binden, ihm die Möglichkeit auf eine Freundin zu nehmen, die ihn wirklich und wahrhaftig liebt. Denn er ist liebenswert. Nur ist in meinem bescheuerten Herzen kein Platz. Wie sehr ich es dafür hasse.

»Es tut mir leid, Joe«, sage ich. »Bitte nimm es einfach als das, was es ist.«

Er muss die Dringlichkeit in meiner Stimme hören, denn

er fragt nicht weiter. Er löst auch seine Arme nicht. Wir stehen einfach weiter so da. Bis ich mich beruhigt habe.

»Ich schätze, ich gehe dann mal«, sagt er schließlich. »Tut mir leid, dass es nicht gereicht hat.«

»*Mir* tut es leid. Wenn ich einen Wunsch frei hätte, würde ich mir wünschen, dich zu lieben, Joe.«

Er lacht leise, doch in seinen Augen sehe ich nichts als tiefste Traurigkeit. »Wenn ich einen Wünsch frei hätte, würde ich mir dasselbe wünschen«, sagt er. Dann dreht er sich um und geht.

10

Jasper

~ Heute ~

»Spiel es noch mal langsamer. Nur diese beiden Takte«, sage ich und deute auf das Notenblatt von *Autumn Leaves.*

»Lass es mich noch einmal probieren. Diesmal schaff ich es auf jeden Fall.« Lexie sieht mich bittend an.

»Du verhaspelst dich jedes Mal. Deine Finger haben sich einfach noch nicht an die Bewegung gewöhnt. Deswegen gehen sie viel zu schnell drüber hinweg und verschlucken die Hälfte. Diese zwei Takte. Zehnmal langsam. Dann kannst du es noch mal probieren.«

Lexie ist wirklich gut, dafür, dass sie erst seit zwei Jahren Klavierunterricht nimmt. Aber leider ist sie auch ein bisschen faul, was das Üben anbelangt. Und das Notenlesen. Sie lernt am liebsten alles sofort auswendig. Das ist der Grund, warum sie bei schwierigen Passagen länger braucht, als sie müsste.

Ich mache ihr einmal vor, was ich meine. Meine Finger spielen ganz langsam die relativ komplexe Tonfolge.

»Jetzt du.«

Widerwillig legt sie ihre rechte Hand auf die Tasten und tut es mir nach. Einen Ton nach dem anderen. Ganz langsam.

»Sehr gut. Noch mal!«

Sie wiederholt die Übung.

»Und noch mal!«

Wieder und wieder spielt sie die Töne. Jedes Mal ein bisschen schneller.

»Nun nimm die linke Hand dazu. Aber nur diese beiden Takte.«

Durch das Erfolgserlebnis angestachelt, vergisst sie sogar die Widerworte und tut einfach, was ich ihr sage. Und es funktioniert. Langsamer zwar, als sie es gern hätte, aber immerhin klingt es jetzt richtig.

»Probier mal, mit der linken Hand mehr über die Tasten zu gleiten. Als würdest du sie ganz sanft in das Klavier hineinschieben, statt sie einfach nur hinunterzudrücken. Das macht den Klang gefühlvoller.«

Wieder folgt sie meinen Anweisungen, und diesmal klingt es fast perfekt.

»Wow!«, sagt sie.

»Siehst du.« Ich lächle sie an. »Das war wirklich schön. Willst du es noch einmal komplett spielen? Dafür reicht die Zeit noch.«

Sie nickt, legt ihre Finger auf die Tasten, atmet einmal tief ein, dann spielt sie los. Mir fällt auf, dass sie sich mehr Zeit lässt als bei den Versuchen davor. Und sie schlägt die Töne mit mehr Gefühl an. Die schwierige Stelle meistert sie zum ersten Mal, ohne innezuhalten.

»Yeah«, sage ich, um sie anzufeuern, und nicht einmal davon lässt sie sich aus der Ruhe bringen. Sie spielt das gesamte Stück von Anfang bis Ende, ohne einen Fehler zu machen. Als der letzte Ton verklungen ist, dreht sie den Kopf und sieht mich stolz an.

»Ich hab's geschafft!«, sagt sie.

»Ich wusste, dass du es kannst«, erwidere ich, und wir geben uns ein High Five. »Für nächstes Mal übst du bitte ein paar Tonleitern. Du kannst dir aussuchen, welche. Aber sie müssen mindestens zwei Vorzeichen haben, okay? Arpeggios, die nächsten beiden Fingerübungen aus dem Heft. Und noch einmal *Autumn Leaves.*«

»Noch mal? Aber ich hab es doch perfekt gekonnt!«

»Ja, noch mal. Wenn es nächstes Mal auf Anhieb sitzt, fangen wir was Neues an, okay?«

»Okay.«

Lexie steht auf und packt die Noten in ihre Tasche.

»Wirst du heute abgeholt?«, frage ich. Denn sonst würden Weston und ich sie nach Hause begleiten. Es liegt nicht wirklich auf dem Weg, aber so groß ist der Umweg auch nicht.

»Mein Dad müsste schon da sein«, sagt Lexie und hüpft vom Klavierhocker. »Bis nächste Woche, Jasper!«

»Bis nächste Woche, Lexie.«

»Oh, und danke!«, ruft sie noch, dann ist sie zur Tür raus.

Mein »Nichts zu danken« wird von der Stille verschluckt.

Ich packe meine Sachen zusammen – die Noten, mein Metronom, mein Notizheft –, nehme mein inzwischen leeres Wasserglas und schalte die Lichter aus. Dann ziehe ich die Tür hinter mir zu.

»Feierabend?«, fragt Aurora. Sie gibt Gesangsunterricht in der Musikschule und ist ein paar Jahre älter als ich. Sie räumt ebenfalls gerade ihr Geschirr in die Spülmaschine.

»Jep. Und du?«

»Heute war mein kurzer Tag.« Sie lächelt.

Meine Tage enden meistens früher als die der anderen Lehrer, weil ich die alleinige Verantwortung für zwei Kinder trage.

»Ich habe Weston vorhin gehört. Er wird richtig gut!«, sagt sie. Ihr Unterrichtsraum ist auf der gleichen Etage, auf der Weston Gitarrenunterricht bekommt.

»Sein Onkel ist sein großes Vorbild«, erkläre ich. »Lincoln Hughes?«

»Ein gutes Vorbild«, sagt sie. Dann: »Hör mal, hättest du ... zufällig Lust, mal zum Abendessen zu kommen?«

Ich runzle die Stirn, versuche mich an einem entschuldigenden, bedauernden Lächeln. »Ähm ... das ist sehr nett, Aurora ...« Ich denke an das, was Phoenix gesagt hat. An Curtis' Kommentare. »Ich weiß nicht, ob das eine so gute Idee ist.«

»Mit ein paar Kollegen mache ich das regelmäßig«, sagt sie. »Wir kochen zusammen, essen, unterhalten uns.« Sie zuckt mit den Schultern. »Manchmal wirkst du, als könntest du ein bisschen unbeschwerte Zeit gebrauchen.«

»Tu ich das?«, frage ich und ziehe die Augenbrauen hoch. Dann schiebe ich erklärend hinterher: »Es ist einfach viel mit den Kindern ...«

»Ich weiß«, sagt Aurora lächelnd. »Also, wenn du Lust hast ...«

Nachdem es nicht so klingt, als wäre es ein Date, spricht eigentlich nichts dagegen, mit ein paar Kollegen zu Abend zu essen.

»Weißt du, Aurora, das hört sich wirklich nett an. Ich würde gern kommen.«

Ich weiß nicht, woran es liegt, aber auf einmal habe ich richtig Lust darauf, meine Komfortzone zu verlassen. Es ist wie das Gras, das Hugo gesät hat. Ein einziger flüchtiger Gedanke. Ein Funken Hoffnung, der zu keimen scheint. Der durch Curtis' Gerede gegossen und durch Phoenix' Weisheiten gedüngt wurde. Mein Herz pocht. Genauso habe ich mich neulich nach dem Gespräch mit Bonnie gefühlt. Lebendig.

»Ich freu mich«, sagt Aurora. »Hab einen schönen Abend.« Mit diesen Worten verlässt sie die Küche. Wenn sie geht, tänzelt sie beinahe. Es ist ein leichtfüßiges, beschwingtes Fortbewegen, und ich wundere mich, dass es mir ausgerechnet jetzt auffällt.

»Na, Kumpel?«, frage ich Weston. »Bist du bereit, nach Hause zu gehen? Link und Maya warten sicher schon.«

Westons Gitarrenlehrer Calisto achtet leider nicht ganz so penibel auf die Zeit wie ich.

»Der Junge wird immer krasser«, sagt Calisto, während er den nächsten Schüler hereinwinkt.

»Link übt viel mit ihm, seit er bei uns wohnt«, sage ich.

»Das zahlt sich aus.« Calisto nickt anerkennend. »In ein paar Jahren hast du mich überholt, Knirps. Dann nehme ich vielleicht ein paar Stunden bei *dir.*«

Weston grinst. »Wenn du sie dir leisten kannst.«

»Hoho«, lacht Calisto, »dein Selbstbewusstsein sollte man haben!«

Weston schnappt sich seinen Gitarrenkoffer, und gemeinsam machen wir uns auf den Weg.

»Dad?«, fragt Weston und weicht einem Schlagloch im Gehweg aus.

»Hm?«

»Meine Klasse fährt für zwei Tage zum Campen. Ich wollte fragen, ob ich mitkann.«

Mein Herz sackt spürbar nach unten. Solche Ausgaben sind normalerweise nicht drin. Selbst die laufenden Kosten sind eigentlich nicht drin.

»Weißt du schon, was es kostet?«, frage ich. Nichts wäre mir lieber, als meinem Sohn all seine Wünsche zu erfüllen. Nichts würde mich glücklicher machen. Aber mit einem sechsstelligen Schuldenberg und einer Hypothek auf dem Haus haben wir keinerlei Spielraum.

»Achtzig Dollar«, sagt Weston und klingt dabei, als hätte er die Hoffnung bereits aufgegeben. »Für die Fahrt, Verpflegung und die Ausrüstung, die wir mieten müssen.«

Ich schlucke. Vielleicht kann ich mir bei Link oder meinen Schwiegereltern etwas leihen, auch wenn die ebenfalls kaum Geld haben. »Ich kann dir nichts versprechen, Wes«, sage ich. »Aber ich versuche das Geld aufzutreiben, okay? Und wenn nicht, können wir vielleicht zusammen im Garten zelten. Was meinst du?«

»Klar, das wäre auch schön«, sagt er, doch ich höre deutlich die Enttäuschung in seiner Stimme.

Eine Weile laufen wir schweigend nebeneinanderher, hängen unseren Gedanken nach. Mich frisst das schlechte Gewissen innerlich auf, und Wes ist in seiner eigenen Welt.

»Du?«, fragt er, als wir in unsere Straße einbiegen. »Was hat Phoenix gemeint, als sie gesagt hat, dass du einsam bist?«

Wieder versetzen mir die Worte meines Sohnes einen Stich. Während ich mich darüber ärgere, dass ich ihm nicht das bieten kann, was er verdient, ist er meinetwegen bekümmert. Dabei hatte ich gehofft, er hätte das Gespräch mit Phoenix nicht mitbekommen.

»Sie hat sich wohl Sorgen um mich gemacht.« Ich habe keine Ahnung, wie ich meinem achtjährigen Sohn erklären soll, was der Gegenstand unseres Gesprächs war. Vor allem will ich nicht, dass er der Nächste ist, der sich um mich sorgt. Ich sollte mich um ihn sorgen, nicht umgekehrt.

»Aber du hast doch uns. Wie kann sie denken, du seist einsam?«

»Das hat sie wohl kurz vergessen«, sage ich.

»Während wir auf dem Sofa gesessen haben?«

»Das war ziemlich dumm von ihr«, gebe ich zu.

»Dad!«, tadelt Weston, der offenbar merkt, dass ich ihm nicht die ganze Wahrheit sage. »Es ging darum, dass dir niemand das Licht ausmacht – oder so ähnlich.«

Und wer ist da, wenn abends das Licht ausgeht?, waren ihre genauen Worte.

»Das mache ich immer selbst«, erwidere ich.

»Früher hat Mom das gemacht, oder?«, fragt Weston und springt über einen Riss im Asphalt.

»Wir haben uns abgewechselt, würde ich sagen.«

»Wenn du willst, kann ich es auch mal ausmachen. Ich bin jetzt groß genug.«

In diesem Moment bin ich so voller Liebe für ihn, dass ich das Gefühl habe, mein Herz platzt.

»Das wäre schön«, sage ich. »Aber dann müsste ich vor euch ins Bett gehen.«

»Können wir doch mal machen. Heute, zum Beispiel.«

Ich grinse. »Und wer kümmert sich darum, dass ihr Zähne putzt?«

Weston denkt kurz nach. »Okay, ich habe eine Idee«, sagt er dann. »Wir gehen gleichzeitig ins Bett. Maya und ich schlafen bei dir. Und ich mache das Licht aus.«

Ich bleibe stehen. Weston dreht sich fragend zu mir um, als ich in die Hocke gehe und meine Arme ausbreite. »Komm mal her, mein Großer«, sage ich und drücke ihn ganz fest an mich.

»Du zerquetschst mich!«, beschwert er sich, und ich lasse ein wenig lockerer. »Also? Machen wir das?«

»Ja, okay.«

Nach dem Abendessen, bei dem Link und Franzi uns Gesellschaft leisten, fängt Weston an, umzuräumen. Er bringt einige von seinen und Mayas Stofftieren in mein Schlafzimmer, dazu ein paar Bilderbücher.

»Maya, hilf mal«, sagt er und schleppt Decken und Kissen an. Sie watschelt brav hinter ihm her und hebt auf, was er auf dem Weg verliert.

»Kann ich auch etwas tun?«, frage ich grinsend.

»Deinen Schlafanzug anziehen«, sagt Weston.

»Wie bitte?«

»Ja, und Zähne putzen.«

Ich tue, wie mir geheißen, entledige mich meiner Jeans und ziehe ein altes T-Shirt statt meines Hemdes an.

Das Zähneputzen absolvieren wir gemeinsam. Denn Maya braucht noch ein bisschen Unterstützung. Weston ist dennoch sehr zufrieden mit seiner Rolle.

»Und jetzt ab ins Bett mit dir«, sagt er, und Maya kichert.

»Ja, ab ins Bett«, sagt sie leise. Die Momente, in denen ich ihre Stimme höre, sind beinahe die schönsten für mich. Sie geht so spärlich mit Worten um, dass ich jedes einzelne wie einen Schatz hüte.

Gemeinsam schieben mich die beiden aus dem Badezimmer und den Flur entlang in mein Zimmer. »Ich kann auch allein gehen«, sage ich lachend, aber ich lasse es geschehen. In meinem Schlafzimmer lege ich mich brav auf meine Seite des Bettes.

»Wo sind eigentlich eure Schlafanzüge?«, frage ich, doch Weston legt den Finger auf seine Lippen.

»Psssst«, sagt er. »Du sollst schon mal müde werden.«

Ich schlüpfe unter die Bettdecke, und Weston stopft sie um mich herum fest. Maya versucht zu helfen, aber so richtig weiß sie wohl nicht, was der Sinn dieser Übung ist, denn sie zupft mehr, als dass sie stopft.

»Als Nächstes die Schlafanzüge«, sagt Weston und reicht Maya ihren. Er hat wirklich an alles gedacht, und ich beobachte die beiden. Weston hilft Maya, ihren Kopf durch das richtige Loch zu stecken. Denn erst versucht sie es eine ganze Weile mit dem Ärmel. Sie quietschen und lachen, und besonders als Maya auf den Hintern fällt, weil sie das Gleichgewicht verliert, kreischen sie vor Vergnügen. Ich lache mit, und in mir macht sich pures Glück breit.

»Und jetzt lesen wir vor«, sagt Weston, platziert Maya

links von mir und legt sich auf die andere Seite. Dann nimmt er *Wo die wilden Kerle wohnen* zur Hand.

Maya kuschelt sich an mich, und ich merke, wie ich tatsächlich langsam schläfrig werde. Ich könnte mich daran gewöhnen, ins Bett gebracht zu werden.

Nach Blythes Tod haben wir eine Zeit lang zusammen in meinem Bett geschlafen. Maya war noch so klein, dass ihr Gitterbettchen ohnehin bei mir stand, aber wir brauchten mehr Nähe als das.

Während Weston liest – und er liest echt gut –, schweifen meine Gedanken ab. Ist das Abendessen bei Aurora wirklich so unschuldig, wie es scheint? Und ist es das, was von mir erwartet wird? Dass ich eines Tages wieder beginne zu daten? Welche Frau, die noch ganz bei Sinnen ist, würde sich einen alleinerziehenden Vater mit zwei kleinen Kindern und einem gigantischen Schuldenberg antun? Das kann man niemandem zumuten.

Außerdem kennt Maya dieses Haus nur ohne Mutter. Mich nur ohne Partnerin. Wie würde sie reagieren? Und hätte Weston das Gefühl, ich würde seine Mutter ersetzen wollen?

Und was ist mit mir? Bin ich bereit, Blythe hinter mir zu lassen? Kann ich es jemals?

Kurz poppt wieder die Erinnerung an Bonnie auf. Daran, dass sie behauptet, ebenso kompliziert zu sein wie ich. An ihre großen dunklen Augen. Ihre eleganten Braids.

»Nun machen wir das Licht aus und schlafen«, beschließt Weston, als das Buch zu Ende ist, und bringt mich damit zurück ins Hier und Jetzt. Er klappt es mit einem Knall zu und legt es neben sich auf den Nachttisch. Dann klettert er aus dem Bett und schaltet das Licht aus. Mondlicht fällt durch die Jalousien und erhellt die Dunkelheit ein klein wenig.

Als Weston zurück unter die Decke gekrochen ist, schmiegt auch er sich in meinen Arm.

»Gute Nacht, Dad«, sagt er.

»Gute Nacht, Weston.« Ich küsse ihn auf den Scheitel.

»Gute Nacht, Maya«, fährt er fort.

»Gute Nacht, Maya«, echoe ich und presse ihr ebenfalls einen Kuss auf die Haare.

Sie piepst leise.

»Gute Nacht, Mom«, sagen Weston und ich im Chor, und ich weiß, dass Maya wie jeden Abend dazu ihre Lippen bewegt, auch wenn sie keinen Ton von sich gibt.

11

Bonnie

~ Heute ~

Die Begegnung mit Jasper steckt mir auch während der nächsten Tage noch in den Knochen. Was auch immer ich tue, wieder und wieder gehe ich alles durch, was ich gesagt habe. Was er gesagt hat. Als ich auf einer goldenen Hochzeit als Bassistin einspringe, denke ich an sein Herz, das laut Phoenix das Einzige ist, was noch schöner ist als sein Gesicht.

Beim Frühstück versuche ich mich auf das bunte Rätsel auf der Rückseite meiner Packung Lucky Charms – meine Lieblingsfrühstücksflocken – zu konzentrieren. Zwei Einhornbilder nebeneinander. Finde die sieben Unterschiede. Stattdessen sehe ich Jaspers Grinsen vor mir, als er mich über die Flirtversuche des Basketballspielers ausfragt. Finde die sieben Unterschiede in seinem Gesicht zwischen damals und heute. Ich könnte Tausende von Unterschieden nennen, weil ich sein Gesicht seit so vielen Jahren studiere.

Während ich so tue, als würde ich beim Wäscheaufhängen Lulas Arbeitsgeschichten zuhören, denke ich an Amory. Und kurz gibt ihr Mut mir selbst Mut. Schauen, wo man selbst bleibt. Trotz der Unmöglichkeit. Es verwirrt mich. Es verwirrt mich kolossal, und ich beschließe, Amory auf den Filmabend festzunageln, den sie beim Brunch meiner Mom versprochen hat. Ablenkung wird mir guttun.

Ich bin froh, als Curtis darum bittet, die Bandprobe zu verschieben, weil er einen Gig angeboten bekommen hat. Aber Jasper nicht zu sehen führt nur dazu, dass ich weiter an ihn denke, obwohl ich mich mit aller Macht dagegen wehre. *Erst musste ich Verlust lernen, dann das Alleinsein. Und vielleicht hat Phoenix recht, vielleicht muss man auch irgendwann das Zusammensein wieder lernen.* Und ich muss dann das Zusehen wieder lernen.

Ich sehne mich nach jemandem, mit dem ich sprechen kann. Link weiß zwar Bescheid, doch Blythe war seine Schwester. Ich möchte ihn nicht mit dem neuen Ausmaß dieser Misere belasten. Ich könnte mit Lula sprechen, aber sie würde nur Chancen sehen, keine Hindernisse. *Go for it, Schwesterchen,* würde sie sagen. In ihrer Welt ist das so einfach. In einer Welt, in der Existenzen von unserer Musik abhängen, gilt das leider nicht.

»Komm rein, komm rein«, sagt Amory. »Franzi ist auch schon da.« Sie grinst verschwörerisch und flüstert: »Sie war auf die Minute pünktlich.«

Amory wohnt in einer hübschen kleinen Wohnung am Rande des French Quarter. Ihre Eltern haben eine Farm in Mississippi, die genug abwirft, sodass sie ihrer Tochter den Luxus dieser Wohnung ermöglichen können.

»Im Wohnzimmer gibt's Snacks und Wein«, sagt Amory. »Und Bier«, fügt sie hinzu, als sie meinen Blick sieht.

Im Wohnzimmer laden zwei große Sofas dazu ein, es sich gemütlich zu machen. Und Amory hat nicht zu viel versprochen. Es gibt verschiedene Knabbereien mit Dips und Wein in einem Kühler.

»Ist es für euch okay, wenn ich meinen BH ausziehe?«, fragt Amory. »Der nervt mich schon den ganzen Tag.«

»Tu dir meinetwegen keinen Zwang an«, sage ich. Allerdings bin ich Amory auch gewohnt.

Ich lasse mich auf die Couch sinken und dippe Nachos in Guacamole.

»Bevor wir uns einen Film anschauen, will ich erst mal wissen, wie es euch geht«, sagt Amory. »Bereust du deine Entscheidung schon, dein Leben für Link geopfert zu haben?«

»Was? Nein«, erwidert Franzi. »Ich bin wirklich froh, hier zu sein. New Orleans hat mir eine neue Perspektive auf alles gegeben. Ich will Dinge erleben. Leben. Nur das Problem mit dem Visum hat sich noch nicht gelöst, weil ich noch keinen festen Job habe.« Ein leicht bekümmerter Ausdruck schleicht sich auf ihr Gesicht.

»Shit, das ist echt nervig«, sagt Amory. »Wie lange hast du noch? Kann man dir irgendwie helfen?«

»Das Visum, das ich gerade habe, kann ich noch mal um ein paar Monate verlängern. Aber dann sollte ich einen Job gefunden haben.«

»Du hast Informatik studiert, oder?«, frage ich.

Franzi nickt.

»Da sollte doch wohl was zu machen sein«, sagt Amory.

»Dachte ich auch. Deswegen habe ich mich ja überhaupt erst dafür entschieden. Weil es ›etwas Sicheres‹ sein sollte.« Franzi verdreht die Augen. »Aber es stellt sich heraus, die meisten Firmen sind gar nicht so scharf darauf, jemanden einzustellen, der kein Visum hat.«

»Das wird schon«, sagt Amory. »Jetzt hast du ja uns. Wir sind so was wie Superheldinnen, stimmt's, Bonnie?«

Ich schnaube. »Du vielleicht. Apropos Superheldin, wie läuft's mit Curtis?«

»Und was genau läuft mit Curtis?«, fragt Franzi neugierig.

Ich merke, dass sich mein Kopf und mein Herz gleichermaßen entspannen. Hier mit Amory und Franzi zu sitzen ist eine wahre Wohltat.

Amory verdreht die Augen. »Es ist … wie soll ich sagen …«

»… kompliziert?«, biete ich an.

»Vermutlich mehr als das.«

Ich lehne mich zurück und höre zu, wie Amory über Curtis spricht. »Wir sind nicht zusammen oder so. Wir wohnen zusammen. Haben bis vor Kurzem zusammen geschlafen.«

»Miteinander«, korrigiere ich grinsend.

»Auch das. Nicht zu knapp.«

Franzi lacht. »Und hier beginnen die Komplikationen?«, fragt sie.

»Da gibt es diesen Typen aus der Uni. Richard. Er ist ganz süß und definitiv Beziehungsmaterial.«

»Und Curtis ist es nicht?«, will Franzi wissen.

Sowohl Amory als auch ich prusten los.

»Curtis ist nicht so der Gefühlsmensch«, erkläre ich.

»Und das ist noch untertrieben«, präzisiert Amory.

»Immerhin funktioniert bei mir die Beziehungssache. Zumindest, solange ich im Land bleiben darf.« Franzi zuckt mit den Schultern.

»Auf Link. Darauf, dass er einer von den Guten ist«, biete ich an, und wir lassen unsere Gläser aneinanderklirren.

»Und du, Bonnie?«, fragt Amory jetzt. »Gibt's bei dir was zu erzählen?«

Beinahe verschlucke ich mich an meinem Bier. Normalerweise sprechen wir über sie und ihre Probleme. Um meine mache ich bewusst einen großen Bogen. Wäre Blythe nicht meine beste Freundin gewesen; hätte es diesen grauenhaften Kuss nicht gegeben; wären wir nicht in derselben Band; wäre es also möglich, auszusprechen, was los ist, würde ich einfach sagen: »Ich bin seit ungefähr dreizehn Jahren unsterblich in Jasper verliebt.«

Alle Augen sind auf mich gerichtet. Amory schlägt sich die Hände vor den Mund. »Was?«, fragt sie.

»Was?«, frage ich. Ich habe es doch nicht etwa laut ausgesprochen? Das kann nicht sein.

»Süße«, sagt Amory, »machst du Witze?«

Mein Mund ist auf einmal ganz trocken. »Ja?«, versuche ich es leise. Meine Stimme ist hoch.

»Wirklich witzig ist es allerdings nicht.« Amory legt eine Hand auf meinen Arm.

Eine gefühlte Ewigkeit sagt niemand ein Wort, und ich wage es nicht, woandershin zu blicken als auf das Polster des Sofas. In meinen Ohren rauscht es, in meinem Kopf überschlagen sich die Gedanken. Das hier ist ungeheuerlich. Es ist eine Katastrophe. Ich weiß nicht, wie ich mich aus dieser Situation wieder hinausmanövrieren kann. Ob es überhaupt geht. Vermutlich nicht. Ich gebe auf.

»Ich …«, bringe ich unter enormer Anstrengung hervor.

»Nimm erst mal einen Schluck«, rät Amory. Ihr Allheilmittel.

Doch tatsächlich hilft das Gefühl des kühlen Biers, das meine Kehle hinunterrinnt. Ich lasse meinen Blick kurz nach oben flackern, aber als ich in die erschrockenen Gesichter von Amory und Franzi blicke, schlage ich die Augen schnell nieder.

»Fuck«, sage ich.

»Du wolltest das nicht erzählen, oder?«, fragt Franzi.

Ich schüttle den Kopf. Wie konnte das passieren? Nachdem ich all die Jahre so gut gefiltert habe. Erst die Unaufmerksamkeit im *Cat's Cradle* und nun das.

Na, immerhin bin ich nicht der Einzige, für den diese ganze Sache kompliziert ist, höre ich Jaspers Stimme in meinem Kopf.

»Willst du jetzt, wo es raus ist, vielleicht drüber reden?«, fragt Amory vorsichtig und streicht wieder und wieder über meinen Arm.

»Ich … ich glaub nicht«, sage ich, und es klingt beinahe

wie ein Wimmern. Erbärmlich. »Oder … vielleicht doch?« Ich weiß es nicht. »Ich weiß es nicht«, sage ich und merke, dass sich wenigstens meine Stimme zu beruhigen scheint.

»Menschenskinder, das ist vielleicht ein Hammer«, sagt Amory. »Wie lange schon, sagst du?«

Dass sie Fragen hat, hilft mir, mich zu sortieren. »Soll ich ehrlich sein?«, frage ich, und ein seltsames Lachen löst sich aus meiner Kehle.

»Ich bitte darum«, sagt Amory.

»Seit ich ihn das erste Mal gesehen habe.« Erneut kommt dieses kehlige Lachen aus mir heraus. »Ist das nicht beschissen?«

»Alter …«

Ich zwinge mich, aufzublicken. Amorys Augen sind weit aufgerissen, und Franzi sieht bestürzt aus. »Sorry, dass ich die Stimmung gekillt habe. Das war wirklich nicht meine Absicht. Keine Ahnung, wie das plötzlich geschehen ist.« Ich nehme noch einen Schluck Bier. »Wollen wir jetzt einen Film schauen?«

»Definitiv nicht«, sagt Amory. »Das holen wir ein andermal nach. Erzähl alles!« Als sie Franzis tadelnden Blick sieht, schiebt sie hinterher: »Ja, vielleicht bin ich eine Sadistin. Na und? Es ist für einen guten Zweck.«

»Ach ja? Und der wäre?«, frage ich und versuche mich an einem vorsichtigen Lachen.

»Wenn du das seit über zehn Jahren mit dir herumschleppst, wird es Zeit, dass du es loswirst. Sonst platzt du irgendwann. Und es wäre eine Schande, wenn es auf meinem schönen Teppichboden passiert.«

Nun lachen wir immerhin alle.

»Du musst nicht drüber reden, wenn es dir unangenehm ist«, sagt Franzi. Aber irgendwas an ihrer Stimme bewirkt, dass ich ihr vertrauen will.

»Das Problem ist«, beginne ich, »dass es nichts ändert. Ich kann euch davon erzählen, jetzt ist es ja ohnehin raus. Aber an meiner beschissenen Lage ändert es nichts.«

»Aber vielleicht fühlst du dich danach weniger allein«, schlägt Franzi vor. Und vermutlich hat sie recht.

»Link weiß übrigens Bescheid«, sage ich. »Allerdings nicht, dass es immer noch so akut ist.«

»… immer noch so akut«, wiederholt Amory. »War es jemals besser?«

Ich schüttle zum ungefähr hundertsten Mal den Kopf. »Nein, es war immer so, wie es jetzt ist. Unerträglich. Aber solange er mit Blythe zusammen war, konnte ich mich immerhin für ihr Glück freuen.«

»Das …«, beginnt Amory.

»… macht einen ziemlich sprachlos, oder?«, biete ich an.

»Er weiß es nicht, nehme ich an?«, fragt sie weiter.

»Um Himmels willen. Und das muss auch so bleiben.«

»Aber …«

»Da gibt es kein Aber.«

»Aber …«

»Nein.«

»Aber …«

»Amory!« Schlimm genug, dass ich mich gerade vollkommen entblößt fühle. Das gesamte Ausmaß des Elends vor Amory und Franzi auszubreiten, sprengt meine Kapazitäten.

»Du bist seit über zehn Jahren unglücklich«, sagt Amory. »Das ist doch kein Zustand.«

Was sie sagt, verletzt mich. Nicht, weil es ihre Worte sind. Nicht, weil es nicht teilweise der Wahrheit entspräche. Aber mein Leben als ein Unglück wahrzunehmen, ist falsch.

»Erstens: Nein. Nur weil dieser eine kleine Aspekt nicht funktioniert, heißt es nicht, dass ich nicht glücklich bin. Und zweitens …«

»Kleiner Aspekt?« Amory sieht sich Hilfe suchend nach Franzi um.

»Und zweitens würde ich alles verlieren, was mich tatsächlich glücklich macht. Meine Freunde, meine Band. Lassen wir das. Bitte. Schauen wir uns einen Film an.«

Franzi ist glücklicherweise schneller als Amory und wählt einfach auf gut Glück einen Film aus dem Streaming-Menü aus. Es ist irgendein Teil von *The Fast and the Furious*, doch niemand traut sich, etwas anderes vorzuschlagen. Also sitzen wir nebeneinander auf dem Sofa und sehen uns an, wie irrsinnig teure Autos in einem Parkhaus um die Wette fahren.

»Ist es wegen Blythe?«, fragt Amory nach ungefähr einer halben Stunde, so leise, dass nur ich es hören kann.

»Es ist wegen *allem*«, erwidere ich.

»Aber ist es auch ihretwegen?«

Ich sage nichts, doch für Amory ist das vermutlich Antwort genug.

Der Film ist eine Zumutung, und die Stimmung könnte kaum seltsamer sein. Doch wir halten durch. Bis zum Ende sagt niemand ein Wort. Die Kommunikation beschränkt sich auf die halb amüsierten, halb perplexen Blicke, die wir uns bei besonders blöden Sprüchen zuwerfen.

Als der Film vorbei ist, wendet sich Amory wieder mir zu.

»Okay, du willst nicht drüber reden«, sagt sie. »Ist notiert. Und okay, du willst auch nichts unternehmen. Verstehe ich. Aber irgendwas musst du tun.«

»Was meinst du damit?«, frage ich.

»Dass dir das heute Abend rausgerutscht ist, kann kein Zufall gewesen sein.«

Ich sehe sie einigermaßen verständnislos an.

»Glaub mir, ich habe eine gute Menschenkenntnis. Und ich kenne dich. Und die Tatsache, dass du all das vor mir verheimlicht hast, seit wir uns kennen, ist bemerkenswert. Aber noch bemerkenswerter ist es, dass es dir heute nicht mehr gelungen ist. Das muss doch einen Grund haben.«

Ob sie recht hat? Die paar Minuten mit Jasper allein haben mit Sicherheit irgendwas in mir aufgewühlt. Sie haben meine Gewohnheiten durchkreuzt und es beinahe unmöglich gemacht, die Gedanken auf etwas anderes als ihn zu kanalisieren.

»Vielleicht brauche ich mal ein bisschen Ablenkung«, schlage ich vor.

»Schwebt dir was Bestimmtes vor?«, fragt Amory. »Wir sind bei allem dabei, oder, Franzi?«

»Was machst du denn normalerweise, wenn du dich ablenken willst?«, fragt diese.

»Hm.« Das letzte Mal, dass ich mich von irgendwas ablenken musste, war kurz vor Blythes Tod. Wir hielten es alle nicht aus. Das Elend, ihre Schmerzen. Die Angst, dass es jeden Tag vorbei sein konnte. Zusammen mit Link und Curtis habe ich damals unser Haus gestrichen. »Wir könnten unser Haus streichen«, schlage ich vor.

»Perfekt«, sagt Amory. »Körperliche Betätigung in der Sonne. Wahrscheinlich schwitzt du deine ganzen Gefühle einfach aus.«

Das ist tatsächlich etwas, das ich noch nicht versucht habe.

12

Jasper

~ Heute ~

Ich summe die Melodie zu Links neuer Akkordfolge in C-Dur noch einmal vor mich hin, lasse sie in meinem Kopf nachklingen. Wir sitzen in meinem Wohnzimmer und arbeiten endlich an dem Song, den er uns vor zwei Wochen bei der Bandprobe gezeigt hat.

»Probier es mal statt der Subdominante mit einem Moll-Akkord. d-Moll?«, schlage ich vor, und Link tut wie geheißen. »Fast. f-Moll?«

Link versucht es. »Ja!«

»Der ist es!« Ich selbst spiele die Akkordfolge mit der linken Hand auf dem Klavier nach. Einmal, zweimal. Dann kommt eine schnelle improvisierte Melodie dazu. Währenddessen zupft Link weiter an den Saiten.

»This is where the magic begins. This is the sparkle, the glisten, the glint«, singt er leise, während ich eine zweite Stimme dazu summe.

»Es funktioniert«, sage ich. »Es klingt nach *magic* und *sparkle,* wenn du mich fragst.«

»Bin mit dem Text, ehrlich gesagt, alles andere als glücklich. Zu kitschig. In meinem Kopf ist in letzter Zeit nur noch Platz für Kitsch«, sagt er grinsend und verdreht die Augen. »Vielleicht könntest du dir etwas überlegen. Etwas, bei dem ich keine Schweißausbrüche bekomme, weil es mir peinlich ist.«

»Was immer du brauchst.«

Link beugt sich vor und nimmt einen Schluck Bier aus der Flasche, die vor ihm auf dem Boden steht.

»Was hältst du davon, wenn du ihn singst?«, fragt Link.

»Es ist dein Song«, sage ich. »Du solltest ihn singen.«

»Ehrlich gesagt, höre ich eher deine Stimme dazu. Und deinen Text.«

Ich überlege. Der Song ist sanfter als die anderen, die wir spielen. Er ist leiser und verspielter. Vielleicht passt Links tiefe, heisere Stimme tatsächlich nicht so gut.

»Wir haben ewig keinen Song mehr für dich geschrieben!«, sagt Link. »Komm schon.«

»Das liegt daran, dass ich lange keine gute Idee mehr hatte. Jedenfalls keine, die zu meiner Stimme passt.«

»Das ist Unsinn, und das weißt du auch.«

Aber es ist kein Unsinn. Ich habe im letzten Jahr vielleicht zwei brauchbare Songs geschrieben. Früher sprühte ich nur so vor Kreativität, doch der Alltag mit den Kindern, die Termine mit der Bank, all das erstickt meine Ideen.

»Bei keinem unserer neuen Songs singst du die Hauptstimme.« Link klingt beinahe vorwurfsvoll, aber ich weiß, wie er es meint.

»Du bist schließlich auch unser Sänger«, gebe ich zu bedenken.

»Weißt du, was ich glaube?«, sagt er. »Ich glaube, du richtest es dir gerade relativ gemütlich ein in deiner Komfortzone.« Er nimmt noch einen Schluck Bier.

»Wie bitte?«, frage ich. »Komfortzone?« Ich muss lachen.

»Ja, Komfortzone.«

»Das ist albern«, sage ich.

»Ist es das?« Link zieht eine Augenbraue nach oben.

»Wann bist du das letzte Mal von deinem normalen Ablauf abgewichen?«

»Oh, lass mich mal nachdenken … vielleicht … als ich dich gebeten habe, bei mir einzuziehen?« Ich reiße einen kleinen Fetzen vom Etikett meiner Bierflasche und rolle ihn zwischen meinen Fingern zu einer kleinen Kugel, die ich in Links Richtung schnippe.

»O ja, stimmt, wir teilen uns ein Badezimmer«, sagt er sarkastisch.

»Was willst du noch? Eine Schublade in meinem Schlafzimmer für deine Socken?« Ein weiteres Papierkügelchen findet seinen Weg zu ihm.

»Wie romantisch wäre das!«, sagt er und formt mit seinen Händen ein Herz in meine Richtung.

Ich trinke einen Schluck, und das kühle Bier rinnt wohltuend meine Kehle herab. »Sag mir eines, Link. Warum ist das auf einmal ein Thema?«

»Was meinst du?«

»Die ganze Welt scheint sich im Moment in mein Leben einmischen zu wollen. Gibt es irgendeinen Anlass?«, frage ich.

»Die ganze Welt?« Link gluckst. »Ich bin nicht der Einzige?« Er schiebt gespielt beleidigt die Unterlippe vor.

»Erst Curtis. Phoenix hat letzte Woche damit angefangen. Dann Aurora, die Gesangslehrerin, weißt du? Und jetzt kommst du …«

»Aurora?« Link grinst und fängt sich dafür ein weiteres Papierkügelchen ein.

»Sie hat mich zu sich zum Abendessen eingeladen.«

»Ein Date?«

»Es ist kein Date.«

»Hast du Ja gesagt zu eurem Date?«

»Ja, aber es ist kein Date.«

»Das sehen wir dann.«

Statt mich weiter an dieser Unterhaltung zu beteiligen, spiele ich noch einmal Links Melodie auf dem Klavier.

»Man hört Franzi raus«, sage ich. »Es ist die perfekte Mischung aus Leichtigkeit und Ernst. *Love is mild*«, zitiere ich *Blythe's Song*, ein Lied, das ich mit Link einige Zeit nach ihrem Tod geschrieben habe.

»Das stimmt tatsächlich«, sagt Link. »Mild und laut und wild und alles, was man sich nur vorstellen kann.«

»Ich weiß.« Ich grinse ihn an. Nicht jeder von uns hat so lange gebraucht, um das herauszufinden. Ich war gerade mal siebzehn, als ich Blythe um unser erstes Date bat.

»Sorry, Mann«, sagt Link. »Ist vielleicht nicht das beste Thema.«

»Mach dir keinen Kopf«, erwidere ich. »Vier Jahre sind vier Jahre. Eine ganz schön lange Zeit.« Ich halte kurz inne. Dann: »Aber eben auch nicht mehr als das. Zeit.«

»Denkst du, du wirst irgendwann wieder jemanden in dein Leben lassen?«, fragt Link vorsichtig. Offenbar kann er es nicht auf sich beruhen lassen.

Ich gebe mir einen Ruck. Möglicherweise ist es kein Zufall, dass all diese Dinge sich gerade häufen. Möglicherweise ist es an der Zeit, darüber zu sprechen. Doch warum taucht Bonnies Gesicht vor meinem inneren Auge auf? Schon wieder? »Wer würde sich das antun?«, frage ich, vertreibe das Bild und mache eine ausladende Bewegung, die stellvertretend für all das Chaos stehen soll, das mich umgibt.

Link hebt eine Augenbraue.

»Die Schulden, die Kinder …«

»Aber würdest du es wollen?«, fragt er weiter.

»Vielleicht. Vermutlich. Ich weiß es nicht«, sage ich wahrheitsgemäß.

»Es gibt Menschen, nach denen kann vielleicht niemand mehr folgen«, bietet Link an.

»Ja …« Ich weiß nicht, was ich sagen soll. Denn einerseits stimmt es, ich hätte nie gedacht, dass ich irgendwann einmal wieder derartige Gedanken zulassen könnte. Aber andererseits heilt die Zeit vielleicht ja doch alle Wunden.

»Und trotzdem hat man schließlich Bedürfnisse, oder?«

»Curtis'sche Bedürfnisse?« Ich lache. Es ist erstaunlich leicht, mit Link über all das zu reden. Dennoch schnippe ich ein weiteres Papierkügelchen in seine Richtung.

»Beispielsweise. Vor allem, weil dieses Etikett-Abpfriemeln, das du die ganze Zeit machst, ein untrügliches Zeichen für sexuelle Frustration ist.«

Ich will laut auflachen, doch auf einmal habe ich einen Kloß im Hals. Bevor ich weiterspreche, schlucke ich hart. »Die Bedürfnisse hat man wohl«, sage ich stattdessen.

»Und was wird aus ihnen?«

»Bislang nichts. Sie werden knallhart ignoriert«, erwidere ich und versuche mich an einem Lächeln.

Auf einmal ändert sich Links Gesichtsausdruck. Das Neckische verschwindet. Und an seine Stelle tritt etwas, das aussieht wie Bestürzung. »Du weißt, dass du mir oder meinen Eltern nichts schuldest, oder?«

Jetzt muss ich tatsächlich lachen. »Denkst du, ich habe deinetwegen keinen Sex?«

»Na ja, indirekt vielleicht. Wir müssen alle weitermachen.«

Ich möchte nicht, dass Link sich in irgendeiner Weise verantwortlich fühlt. Deswegen greife ich zu drastischeren Maßnahmen. »Wenn es dich beruhigt und du es unbedingt wissen willst«, sage ich leise, »ich habe mir neulich einen runtergeholt und nicht an Blythe gedacht.«

»Okay«, sagt Link und klingt seltsam erleichtert.

»Aber es fühlte sich falsch an, und seither habe ich es nicht mehr gemacht.« Ich zucke mit den Schultern, nehme noch einen Schluck von meinem Bier.

»Was? An jemand anderen gedacht?«

»Mir einen runtergeholt.«

»Lass das nicht Curtis hören«, empfiehlt Link.

»Wollte es dich auch nicht hören lassen, wenn ich ehrlich bin«, sage ich lachend. »Aber du lässt mir ja keine Ruhe.«

»Sorry. Ich schätze, ich mache mir nur Sorgen.«

»Ja, ihr alle tut das anscheinend. Curtis, Phoenix, du ...« Selbst Weston, fällt mir in diesem Moment auf. »Aber es geht mir gut. Hörst du? Mir geht es gut.« Ich sage es mit so viel Nachdruck, wie nötig ist, damit er mir hoffentlich glaubt, und mit einiger Erleichterung sehe ich, dass er nickt. Doch dann passiert etwas. Etwas Seltsames. Denn ich frage mich auf einmal, ob das wirklich stimmt. Link mag ich überzeugt haben. Aber plötzlich spüre ich, wie ich selbst zu zweifeln beginne. Und wieder sehe ich zwei mahagonifarbene Augen umgeben von einem feinen, hübschen Gesicht.

Ich räuspere mich und trinke mein Bier aus. »Magst du noch eins?«, frage ich und stehe auf, um aus dem Kühlschrank Nachschub zu holen.

»Klar.«

In der Küche nehme ich zuerst einen Schluck Wasser. Ich stütze mich auf der Anrichte auf, fahre mir mit der Hand über den Nacken. Was ist nur los mit mir? Ich muss an all diese merkwürdigen Gespräche denken. An Curtis, der will, dass ich Sex habe. An Phoenix, die will, dass ich mich irgendwo anlehne. An Weston, der mich ins Bett bringt, und an Aurora, die mich zu sich nach Hause einlädt. An Bonnie, die so anders aussieht in letzter Zeit. Erwachsen und fraulich. Obwohl das natürlich Blödsinn ist. Seit Jahren ist sie erwachsen und eine Frau. Dass Link nun auch noch auf diesen Zug aufgesprungen ist, bringt das Fass zum Überlaufen. Dass mein Verstand sich dann selbstständig macht, ist wenig verwunderlich.

»Weißt du«, sage ich, als ich ins Wohnzimmer zurückkehre und Link eine der kleinen Flaschen reiche, »vielleicht hast du recht. Vielleicht könnte ich wirklich meine Komfortzone mal wieder verlassen. Ich singe deinen Song, wenn du willst. Aber nur unter einer Bedingung. Im Refrain gibt es eine zweite Stimme.«

»Ich finde echt nicht, dass ich –«

Doch ich unterbreche ihn. »Ich würde es gern mit Bonnie singen. Unsere Stimmen passen gut zusammen.« Ich habe keine Ahnung, woher diese Idee auf einmal kommt, aber jetzt, da ich sie geäußert habe, gefällt sie mir.

Er grinst. »Das tun sie«, sagt er. »Und zusammen kriegt ihr sicher auch einen Text hin, bei dem sich meine Fingernägel nicht aufrollen.«

Ich nicke zufrieden. Ein guter Kompromiss. Auf diese Weise kommt auch Bonnie mal wieder aus ihrer Komfortzone. Wenn alle Welt davon ausgeht, dass es für mich an der Zeit ist, die Vergangenheit ruhen zu lassen, ist es das für sie auch.

Ich spiele noch einmal die Melodie und singe leise Links vorläufige Lyrics dazu. Und dann denke ich, dass ich heute Abend gerne allein in meinem Bett wäre. Denn es ist wahr. Man hat schließlich Bedürfnisse.

13

Bonnie

~ Heute ~

Ich fühle mich gut. Ich fühle mich herausragend. Mit Amory und Franzi gesprochen zu haben verleiht mir neue Kraft. Die ganzen merkwürdigen Zufälle in letzter Zeit waren eben genau das. Zufälle. Nichts, worüber man sich den Kopf zerbrechen müsste. Es hat sich nichts verändert. Die Band, meine Familie, meine Freunde – alles beim Alten. Beim geruhsamen, entspannten Alten, das die Grundlage für einen gesunden Verstand und ein halbwegs gesundes Herz ist.

Meine Mom war schwer begeistert, als ich ihr erzählte, dass wir dem Haus endlich mal wieder einen neuen Anstrich verpassen wollen. Sie liebt es bunt und ist auf ihr Haus, das sie sich hart erarbeitet hat, stolz. Vor allem, wenn es in frischen Farben erstrahlt. Am Rand von Tremé sehen die Häuser allesamt gepflegter aus als in unserer Gegend. Dort kümmert man sich regelmäßiger um einen neuen Anstrich, um den Touristenaugen zu gefallen. Je weiter man ins Viertel vordringt, desto einfacher werden die Häuser. Die Autos werden schäbiger, die Hinterhöfe dunkler. Und vielleicht ist genau das der Grund, warum ich es hier so liebe. Weil Fassade eben nicht alles ist. Weil man dahinterblicken muss, um zu sehen, wie die Menschen ticken. Oder weil man sich hinter neuer Farbe verstecken kann. Ein neuer Anstrich ist wie ein frisches

Lächeln. Was dahinter geschieht, teilt man nur mit denjenigen, die man dazu auserwählt.

In meinem Fall sind das nun - ob zufällig oder nicht - Amory und Franzi. Und ich freue mich sehr, sie zu sehen, als sie an diesem Samstagmorgen zur Tür hereinspazieren. Beide tragen ebenso wie ich alte Klamotten, bei denen es egal ist, falls sie hinterher nur noch für die Mülltonne gut sind. Amory sieht trotzdem wie immer makellos aus. Ich weiß nicht, wie sie das macht. Aber jedes Mal, wenn ich sie sehe, habe ich das Gefühl, sie ist noch schöner geworden. Es ist, als würde sie von innen heraus strahlen.

»Also, wie gehen wir vor?«, fragt Franzi interessiert.

Ich führe die beiden nach hinten in den Garten, wo sich neben zwei Leitern außerdem die Farbeimer und das Schleifgerät unseres Nachbarn befinden.

»Was für Farben habt ihr ausgesucht?«, fragt Amory mit einem Blick auf die abblätternde gelbe Farbe der Hauswand.

»Meine Mom hat ein leichtes Mintgrün für die Wand gewählt. Und ein blasses Gelb für die Fensterläden und Türrahmen.« Ich deute auf die Eimer. »Aber bevor wir mit dem Streichen anfangen können, müssen wir die Fensterläden aushängen und die alte Farbe abschleifen.«

Wir sind zwar nur zu dritt, doch Franzi und Amory sind begeistert bei der Sache. In nicht einmal einer Stunde haben wir alle Fensterläden ausgehängt und die Tür- und Fensterrahmen abgeklebt. Währenddessen habe ich begonnen, die alte Farbe abzuschleifen. Es ist eine befriedigende Arbeit. Aus Alt mach Neu. Es ist ungefähr das Gegenteil von mir, die ich die meiste Zeit in der Vergangenheit lebe. Aber vielleicht kann ich, genauso, wie das Haus seine abgeblätterte Farbe loswird, auch ein bisschen was von meinem Ballast abwerfen.

Unter der Plastikbrille komme ich schnell ins Schwitzen, sodass ich beschließe, mein weites Band-T-Shirt mit den hochgekrempelten Ärmeln auszuziehen und in meinem alten Bikinioberteil weiterzumachen.

»Wow, Bonnie«, sagt Amory, die einen Knoten in ihr Shirt gebunden hat, um sich ebenfalls ein bisschen abzukühlen.

»Was?«, frage ich.

»Du hast eine Form.« Sie grinst.

»Witzig«, sage ich und drohe ihr scherzhaft mit dem ausgeschalteten Schleifgerät.

Sie lacht, doch dann wird sie auf einmal merkwürdig still. »Sag mal«, beginnt sie zögerlich.

»Hm?«

»Deine weiten Klamotten ...« Sie zeigt auf meine abgeschnittene Jeans und das T-Shirt.

»Was ist damit?«

»Trägst du die ... weil du nicht auffallen willst?«

Für jemanden wie Amory ist es vermutlich unvorstellbar, sich ein bisschen zurückhaltender zu kleiden. In dieser Hinsicht ist sie wie Lula, nur etwas bedeckter.

Ich schüttle den Kopf und wende mich ab, um keine Antwort geben zu müssen. Aber ich weiß, dass Amory es weiß. Und sie weiß, dass ich es weiß.

»Das ergibt Sinn, schätze ich«, sagt sie. Dann legt sie einen bereits abgeschliffenen Fensterrahmen auf zwei Böcke und zückt ihren Pinsel.

Am späten Vormittag habe ich die komplette Rückseite des Hauses abgeschliffen, inklusive der Fensterläden. Diese trocknen alle brav in der Sonne, nachdem Amory und Franzi die blassgelbe Farbe daraufgepinselt haben.

Drinnen in der Küche hört man Lula rumoren, die aufgestanden ist. Sie war nicht gerade begeistert, als ich ihr erzählt habe, dass wir frühmorgens anfangen würden, das Haus zu renovieren.

»Morgen, Schwesterherz«, sagt sie nun und tritt nach

draußen, in der Hand einen großen dampfenden Becher Kaffee. »Und Morgen, Freundinnen von ihr.« Sie runzelt die Stirn, als könnte sie kaum glauben, was sie sieht. »Hi, Amory, hi, Franzi. Wusste nicht, dass das hier eine Mädelsveranstaltung wird. Hätte ich das geahnt, hätte ich mich auch angemeldet.« Sie grinst.

»Es gibt genug zu tun«, sage ich und gestikuliere grob Richtung Hauswand. »Schnapp dir einen Pinsel, und leg los.«

Stattdessen setzt sie sich auf die oberste Stufe der kleinen Treppe, die aus der Küche nach draußen führt. »Ich schau erst mal zu, ob es wirklich so viel Spaß macht, wie ich glaube.«

Ich schüttle amüsiert den Kopf. Ich liebe meine Schwester. So unterschiedlich wir auch sind, sie ist einer der wichtigsten Menschen in meinem Leben, obwohl man das vielleicht nicht meinen würde, wenn man uns kennt. Ich bewundere sie für so vieles - und ganz besonders für die Fähigkeit, sich aus Dingen herauszuhalten, die ihr keinen Spaß machen.

Amory löst mich am Schleifgerät ab, sodass Franzi und ich die dicken Pinsel in die mintgrüne Farbe tunken und beginnen, die Rückseite des Hauses zu streichen. Sie rechts, ich links von der Tür. Lula blickt von Franzi zu mir und lächelt.

»Sieht tatsächlich schön aus«, sagt sie.

Und es *ist* schön. Die körperliche Betätigung in der Sonne, die einem den Schweiß auf die Stirn treibt, das Gefühl, etwas zu schaffen, Vergangenes loszuwerden - es ist beinahe reinigend.

Die dickflüssige Farbe tropft von meinem Pinsel und läuft in dicken Nasen von der Wand nach unten. So gut es geht, fange ich die Tropfen auf, vermale sie mit dem Rest. Es ist eine langsame, meditative Arbeit, die - ich kann es nicht anders sagen - glücklich macht, weil sie sinnvoll ist. Weil sie bunt ist. Und im Gegensatz zum letzten Mal, als wir das Haus vor vier Jahren gestrichen haben, warten wir diesmal nicht auf das Unausweichliche. Damals war es ein Versuch, vor Traurigkeit nicht den Verstand zu verlieren. Ein gemeinsames Projekt, das zusammenschweißte, während wir nicht mehr vollständig waren. Nun scheint das Streichen heil zu machen.

»Okay, lass mich mal«, sagt Lula. »Ich will auch.«

»Nimm dir einfach einen eigenen Pinsel«, sage ich und steige auf eine der Leitern, die an der Hauswand lehnt, um Lula meinen Platz frei zu machen.

Sie singt, während sie pinselt. Irgendeinen Song, zu dem sie nachts tanzt, nehme ich an. Ich male um die Fensterbretter im ersten Stock herum, klettere von der Leiter, um sie ein Stück nach rechts zu schieben, steige wieder hinauf - und verschwende keinen Gedanken an Jasper. Nur diesen einen. Jetzt gerade. An seinen Hinterkopf mit den fein gelockten Haaren. Seine gerade Nase im Profil.

Als ich merke, dass ich abdrifte und die ganze Aktion ihren ursprünglichen Zweck zu verfehlen droht, löse ich Amory an der Schleifmaschine ab. Der Lärm leert meinen Kopf, und Amory ist froh über die Abwechslung.

»Und? Funktioniert es?«, fragt sie noch, ehe sie um die Hausecke zu den anderen biegt.

»Es funktioniert«, sage ich und bin froh, dass sie nicht hinter meine Fassade sehen kann.

Am späten Nachmittag haben wir zweieinhalb Seiten des Hauses komplett abgeschliffen. Ebenso alle Fensterläden und Türen. Einige von ihnen sind zusammen mit zwei kompletten Wänden bereits fertig gestrichen. Morgen kommen die beiden restlichen Wände dran. Dazu das Geländer der Veranda und die Holzsäulen vor dem Eingang.

»Wow!«, sagt Franzi, als sie sich mit einem Bier in der Hand in einen der weißen Plastikstühle fallen lässt.

»Müde?«, fragt Lula.

»Ich spüre jeden einzelnen Knochen«, bestätigt sie, und uns Übrigen geht es nicht anders. Wir sind so fertig, dass wir kaum sprechen, sondern selig schweigend an unseren Bierflaschen nippen.

»Kann man euer Werk schon bewundern?«, fragt eine Männerstimme aus der Küche.

Noch ehe ich den Kopf wende, weiß ich, dass es Link ist. Mit einem Lächeln im Gesicht drehe ich mich um – und erstarre. Denn er ist nicht allein, sondern hat Jasper im Schlepptau.

Sofort bin ich mir der Tatsache bewusst, dass ich obenrum nichts trage als mein Bikinioberteil. Mein Bauch und mein Dekolleté sind mit Farbe bespritzt. Und unwillkürlich rasen meine Gedanken auf diesen einen Moment vor über vier Jahren zu. Als wir uns nicht unter Kontrolle hatten. Als die Traurigkeit und Einsamkeit in einem schlimmen Fehler resultierten.

Ich spüre Amorys und Franzis Blicke auf mir, als ich mich langsam erhebe und zu meinem T-Shirt stolpere. Doch es sind nicht die einzigen Blicke. Ich sehe kurz auf, und meine Augen treffen Jaspers. Er lächelt. Vorsichtig, unschuldig. Hebt die Hand zum Gruß.

»Hi«, sagt er.

»Hi«, sage ich und mache eine halbe Pirouette, um mir mein Shirt überzuziehen. Damit fühle ich mich der Situation gewachsen. »Wollt ihr auch was trinken?«, frage ich.

Mit erstaunlich langen Schritten für meine kurzen Beine gehe ich in die Küche. Ich öffne den Kühlschrank, und die kalte Temperatur, die herausdringt, ist eine Wohltat für mein plötzlich überhitztes Gesicht.

»Kann ich dir was helfen?«, fragt Jasper.

»Zwei Flaschen Bier schaffe ich gerade so allein.« Was

eigentlich ein neckender Spruch hätte sein sollen, klingt in meinen Ohren auf einmal patzig. Obwohl es das Gegenteil von dem ist, was ich sein möchte.

»Hör zu, Bonnie«, sagt Jasper. »Wenn ich dir neulich Abend zu nahegetreten bin mit irgendwas …«

»Ach was«, sage ich, denke an Fassaden und habe mich nun wieder vollkommen im Griff.

»Es ist nur …«, beginnt er, doch ehe er etwas sagen kann, schiebe ich den Kühlschrank energisch zu, lächle und reiche ihm ein Bier.

»Cheers«, sage ich.

»Cheers«, erwidert er. Er nimmt einen Schluck und fährt sich mit der Hand über die Haare. »Alles gut?«

»Alles gut«, bestätige ich.

Wir gehen gemeinsam nach draußen, aber ich achte darauf, mich so zu setzen, dass ich weder neben ihm sitze, noch in Verlegenheit komme, ihn die ganze Zeit ansehen zu müssen. Denn Sinn und Zweck der heutigen Aktion war Ablenkung. Und ich habe vor, es dabei zu belassen. Auch wenn derjenige, von dem ich mich ablenken muss, nicht einmal einen Meter von mir entfernt ist.

14

Jasper

~ Vor vier Jahren ~

Sie sieht müde aus. Ihr Kopf liegt auf das weiße Kissen gebettet, und durch die warme Beleuchtung ihres Zimmers sieht sie aus wie ein Engel. Ein müder, schwacher Engel.

»Was machst du denn schon wieder hier?«, fragt sie lächelnd. »Solltest du nicht längst zu Hause sein?«

»Die Kinder schlafen bei deinen Eltern«, sage ich. »Deswegen wollte ich noch mal herkommen.« Ich streiche ihr über die Wange. Sie ist ganz warm.

»Du alter Streber«, sagt sie und lacht leise. Es klingt immer noch wie sie. Unbeschwert und fröhlich. Und doch hat es sich verändert.

Vor allem hat sich meine Wahrnehmung verändert. Denn jetzt weiß ich, dass nur noch eine begrenzte Anzahl von ihrem Lachen übrig ist. Wenn ich darüber nachdenke, fühlt es sich an, als würde ich mir mein eigenes Herz aus der Brust reißen. Aber solange ich bei ihr bin, halte ich mich aufrecht. Versuche, sie nicht herunterzuziehen. Ich will ihr unbeschwerte Momente schenken. So viele, wie sie noch erleben kann. Ich brauche sie ebenso. Brauche sie, damit ich davon zehren kann, wenn das Unsagbare eintritt.

»Hast du was gegessen?«, frage ich mit einem Blick auf das Tablett, das vollkommen unberührt neben ihr steht.

Sie schüttelt den Kopf. »Schmeckt alles wie Pappe.«

»Aber du musst essen«, beharre ich. Sie darf nicht schwächer werden.

»Dann besorg mir was Anständiges«, sagt sie. Wie jedes Mal. Wenn ich ihr allerdings etwas vorbeibringe, riecht sie einmal daran, lächelt selig und lässt es doch wieder stehen.

»Worauf hast du Lust?«, frage ich. »Ich bringe dir alles, was du willst.«

Ihre Hand liegt unbeweglich in meiner. Mit dem Daumen fahre ich langsame Kreise auf ihrem Handrücken nach.

»Hmmmm.« Sie denkt nach. »Am liebsten will ich alles.« Ihr Lächeln wird noch müder, sofern das überhaupt noch möglich ist.

»Dann muss ich mit dem Laster kommen.«

»Perfekt.« Sie dreht sich auf die Seite und blickt mich an. Ganz sanft. Ganz verliebt. So wie sie mich immer angesehen hat. »Ich liebe dich«, sagt sie.

»Ich dich auch.«

»Ich weiß.«

»Du bist eingebildet.« Ich versuche mich an einem Scherz.

»Aus gutem Grund«, erwidert sie. »Denn ich bin ja auch ziemlich phänomenal.«

»Das bist du.«

»Aber …«

Ich habe Angst vor ihren Abers. In letzter Zeit gibt es viel zu viele davon. *Ich weiß, du wünschst dir einen Ort, an dem du trauern kannst, aber ich will lieber, dass ihr mich verstreut.* Oder *Ich weiß, du hängst an dieser Matratze, aber bitte, bitte kauf dir eine neue. Du machst dir den Rücken kaputt.* Oder *Du kannst zusammenbrechen, aber für die Kinder musst du der Starke sein.*

»Bitte kein Aber«, stöhne ich.

»Schhhhh«, macht sie und verwebt unsere Finger miteinander. »Lass mich das sagen.«

»Aber es ist nie gut, wenn deine Sätze mit ›aber‹ anfangen.«

»Nicht jeder Satz muss gut sein.«

Damit bin ich entwaffnet.

»Ich bin phänomenal, aber ich will, dass du irgendwann wieder glücklich bist.«

»Blythe!« Ich ertrage es nicht, wenn sie über das Danach spricht. Wenn sie über solche Sachen redet.

»Das ist wichtig, Jasper.«

»Ich will nicht …«

»Es geht aber nicht darum, was du willst. Ich bin diejenige, die hier stirbt. Und deswegen geht es darum, was ich will.«

Wieder kann ich dagegen nichts sagen und gebe mich geschlagen.

»Es wäre eine absolute Verschwendung, wenn du dich vor der Möglichkeit verschließen würdest. Dafür bist du zu toll. Also versprich mir bitte, dass du nicht allein bleibst.«

»Ich verspreche dir überhaupt nichts!«, sage ich auf einmal aufgebracht. »So was verspreche ich nicht. Ich will nicht mal daran denken. Du bist hier. Ich bin hier. Das ist alles, was zählt.«

»Nein, das stimmt nicht. Und das weißt du. Außerdem hat der Arzt gesagt, ich soll mich nicht aufregen. Also hör auf, mich aufzuregen.« Ihre Stimme ist ganz sanft.

»Entschuldige.«

»Ich möchte nur, dass du mir versprichst, dass du dich nicht davor verschließt, erneut zu lieben. Wenn du bereit bist. Wenn du es kannst. Du schuldest mir keine Treue.«

»Aber …«

»Du schuldest mir keine Treue. Ist das klar?«, sagt sie mit gespielter Strenge.

»Ist klar«, nuschle ich.

»Gut. Also versprichst du's?«

»Dass ich mich nicht verschließe?«

»Ja.«

»Nein.«

»Jasper!«

»Du kannst mich nicht zwingen. Ich habe keine Lust darauf.«

»Versprichst du mir, dass du dich nicht verschließt, solltest du eines Tages Lust darauf haben?«

»Das wird nicht passieren, aber okay. Ja. Das verspreche ich.«

Sie grinst zufrieden. »Gut. Mehr wollte ich nicht.«

Es klopft an der Tür. Im nächsten Moment steckt Bonnie den Kopf ins Zimmer. In ihren kurzen Hotpants und den Flipflops sieht sie aus, als käme sie direkt vom Strand.

»Oh, sorry, ich wusste nicht, dass du noch …«

»Komm rein!«, sagt Blythe und strahlt. »*The more, the merrier.*«

»Was gab's heute?«, fragt Bonnie und hebt den Plastikdeckel von Blythes Abendessen.

»Pappe mit Pappe«, erwidert Blythe.

»Meine liebste Kombination«, sagt Bonnie. »Und es sieht auch aus wie Pappe mit Pappe. Allerdings wie Pappe, die schon einmal gegessen wurde. Mmmmh!«

Blythe lacht. Und ich ebenfalls. Bonnie ist so gut darin, ihren Kummer vor der Tür zu lassen. In Blythes Zimmer ist sie stark. Lustig. Sie selbst. Aber auf den Fluren des Hospizes, bei Bandproben, außerhalb dieses Raums, merkt man auch ihr an, wie sehr sie das alles mitnimmt. Es zieht uns alle nach unten. Jeden Einzelnen von uns. Man sieht es sogar an der Körperhaltung. Wir gehen alle irgendwie geduckter durch die Welt. Manchmal halten wir uns, stützen wir uns, um einen kurzen Augenblick aufrechter zu sein. Doch die Wirkung ist nie von langer Dauer.

Ich beschließe, Blythe und Bonnie einen Moment zu zweit zu gönnen. »Mag noch jemand einen Tee?«, frage ich und stehe auf.

»Gern«, sagt Blythe, obwohl ich weiß, dass sie ihn stehen lassen wird. Sie will mir einfach nur einen Gefallen tun.

Vor der Tür merke ich, wie meine Schultern hinabsacken, meine Mundwinkel automatisch nach unten wandern. Wie mein Kopf und mein Herz schwer werden. Ein paar Sekunden lehne ich mich an die Wand neben Blythes Zimmertür und versuche mich irgendwie aufrecht zu halten.

15

Bonnie

~ Vor vier Jahren ~

»Er fühlt sich besser, wenn er mir Tee mitbringen kann«, sagt Blythe lächelnd. »Auch wenn wir beide wissen, dass ich ihn nicht austrinke.«

»Du bist zu gut für diese Welt«, sage ich und kuschle mich wie jedes Mal, wenn ich Blythe besuche, neben sie aufs Bett.

»Wäre ich wirklich so gut, würde ich ein bisschen was von der Pappe essen. Stattdessen werde ich ihm morgen erzählen, dass ich ein paar Löffel hinuntergewürgt habe. Er wird wissen, dass das gelogen ist. Und dann nehme ich ihm im Gegenzug ein Versprechen ab, von dem wir beide wissen, dass er es halten wird, ob er will oder nicht.«

»Was für ein Versprechen?«, frage ich und lege vorsichtig meinen Arm über ihren inzwischen so dünnen, so zerbrechlichen Körper.

»Beziehungskram«, sagt Blythe, und ich frage nicht weiter.

Ein paar Minuten liegen wir einfach so da. Hören unserem Atem zu, meinem beinahe lautlosen, ihrem schweren, leicht rasselnden.

»Ich hab was für dich«, sagt sie nach einer Weile. »Was Kitschiges.«

Ich richte mich auf und sehe sie fragend an.

»In der Schublade.« Sie nickt zu ihrem Nachttisch, der genauso grau ist wie die gesamte Einrichtung. »Mach auf.«

Ich ziehe die Schublade auf und finde darin einen Briefumschlag, auf dem in Blythes feiner, ordentlicher Schrift mein Name steht.

»Du hast mir einen Brief geschrieben?«, frage ich. »Wie früher?« In der Schule schrieben wir uns Briefe, die wir während der Pausen in unsere Spinde warfen. Irgendwann hatten wir einen Block, den wir mit unseren Gedanken, Sehnsüchten und Ängsten füllten und hin und her tauschten.

»Ja, aber dieser ist ein bisschen anders«, sagt sie.

»Inwiefern?«

»Es ist ein Abschiedsbrief, und du darfst ihn erst lesen, wenn ich ... ähm ... nicht mehr da bin.« Sie lächelt. Sie sagt solche Dinge und lächelt.

»Blythe ...«

»Nein, bitte, fang du nicht auch noch an. Ich kann nicht die einzig Vernünftige hier sein.« Ihr Lächeln ist tiefer geworden. Verständnisvoller.

»Ich ...«

»Hör zu, Bonnie. Es ist schon kaum zu ertragen, dass Jasper sich so vehement gegen den Gedanken wehrt, dass es demnächst mal vorbei sein wird. Bitte, tu du mir den Gefallen, und sei mit mir zusammen realistisch.«

Ich sehe sie einen Moment lang einfach nur an. Ihre fahle Haut, die dunkel umrandeten Augen, die viel zu groß für ihren Kopf wirken. Der Tropf mit den starken Schmerzmitteln neben ihr.

»Okay«, sage ich leise.

»Also, was hast du da?«, fragt sie.

»Deinen Abschiedsbrief«, flüstere ich.

»Und wann sollst du ihn lesen?«

Ich schlucke. »Wenn du nicht mehr da bist.«

»Versprichst du mir das?«

»Natürlich.«

»Dann steck ihn ein. Verlier ihn nicht. Lies ihn, wenn du bereit bist. Und jetzt sprechen wir über was anderes. Was Schönes. Erzähl mir was.«

Ich stütze mich auf den Ellenbogen, sodass ich sie ansehen kann. »Mom hat herausgefunden, dass Lula nicht als Bedienung arbeitet«, sage ich. »Bei uns ist seit gestern die Hölle los.«

»Oje«, sagt Blythe, kichert aber leise.

»Du kennst sie ja. Dass ihre Tochter halb nackt vor irgendwelchen besoffenen Touristen tanzt, ist für sie so ungefähr der größte Albtraum.«

»Hat sie aus der Bibel zitiert?«

»Mehrfach«, sage ich.

»Dann ist es wirklich schlimm.«

»Sie hat sogar mit Dad telefoniert. Das erste Mal seit – keine Ahnung – zehn Jahren?«

»Was sagt er?«

»Dass Lula tun soll, was sie glücklich macht. Daraufhin ist Mom nur noch wütender geworden. ›Er war damals ein Nichtsnutz, und heute ist er es im Quadrat‹, hat sie gebrüllt. ›Auf niemanden ist Verlass. Als Nächstes erzählst du mir, dass du dich einem Satanistenzirkel angeschlossen hast!‹ So ging es den ganzen Tag.«

Ich spüre, wie Blythes Körper neben mir vor Lachen bebt. »Ach, Annabella«, sagt sie.

»Ich werde demnächst mit Curtis mal in diesem Club vorbeischauen. Wahrscheinlich ist es gar nicht so schlimm, wie sie denkt. Aufreizend, ja. Aber es ist schließlich kein Stripclub.«

»Warum mit Curtis?«, fragt Blythe.

»Weil er mich ohnehin die ganze Zeit löchert, wo sie arbeitet.«

Jasper kommt mit zwei Plastikbechern zurück. Einen stellt er auf Blythes Nachttisch, den anderen behält er in der Hand. Er setzt sich zurück auf den Stuhl neben Blythes Bett. Ich bleibe neben ihr liegen.

»Ihr könntet Jasper mitnehmen«, sagt Blythe leise lachend.

»Wohin?«, fragt er.

»In den Nachtclub, in dem Lula tanzt«, sagt sie.

Er stöhnt und verdreht die Augen. »Du bringst mich noch ins Grab«, sagt er.

»Ich bringe *mich* ins Grab«, sagt sie und lacht etwas lauter.

Jasper und ich werfen uns unsichere Blicke zu. Dann zwingen wir uns, mitzulachen.

»Ihr seid echt süß«, sagt Blythe, die ganz genau weiß, dass uns eigentlich nicht nach Lachen zumute ist. »Aber jetzt muss ich schlafen.« Als sie Jaspers Blick bemerkt, fügt sie hinzu: »Wenn ich etwas gegessen habe. Keine Sorge.«

Wie zum Beweis zieht sie das Tablett näher zu sich.

Wir verabschieden uns, versprechen, dass wir morgen wiederkommen. Wie jeden Tag.

Vor der Tür bleiben wir stehen.

»Fuck«, sagt Jasper, und ich höre, dass seine Stimme bricht. »Das ist so eine Scheiße, es ist nicht auszuhalten.«

»Ich weiß«, sage ich.

Und dann umarmen wir uns. Minutenlang. Wir stehen einfach nur so da, halten uns aneinander fest. Ich spüre seine Arme auf meinem Rücken, seinen Herzschlag, seine Brust, die sich bei jedem Atemzug hebt und senkt. Erst schnell, dann mit der Zeit immer ruhiger, bis er sich so weit gefangen hat, dass wir uns voneinander lösen können.

Gemeinsam warten wir auf den Bus, der uns zurück nach

Tremé bringt. Wir schweigen. Als wir uns im Bus nebeneinandersetzen, schweigen wir. Als wir eine halbe Stunde später aussteigen und gemeinsam die letzten Meter zu Blythes und Jaspers Haus laufen, zu dem Haus, in das sie nicht mehr zurückkehren wird, schweigen wir.

»Danke«, sagt er und bleibt vor dem Gartentor stehen. »Danke, dass du da bist. Bei ihr. Bei mir.«

»Immer«, gebe ich zurück.

Dann gehe auch ich nach Hause und in mein Zimmer, wo ich Blythes Brief aus der Hosentasche meiner Hotpants ziehe und in das große Einweckglas lege, das ich für unsere gemeinsamen Erinnerungen reserviert habe.

16

Jasper

~ Heute ~

»Franzi hat erzählt, dass ihr tatsächlich fertig geworden seid mit Streichen«, sagt Link an Bonnie gewandt, während er seine Gitarre behutsam in ihren Kasten legt.

»Ja.« Sie massiert sich mit der rechten Hand den Nacken. »Montagmittag.«

»Und jetzt? Rückenschmerzen?«, fragt Curtis.

»Ich habe solchen Muskelkater, das kannst du dir nicht vorstellen. Ich hatte ja keine Ahnung, dass ich überhaupt so viele Muskeln habe!«

»Das kenne ich sonst nur von …«

Bonnie hebt die Hand. »Ich weiß, Curtis. Ich weiß.«

Er grinst. »Sorry, ist eben so.«

»Dass Amory es mit dir aushält …«

»Meinst du wohntechnisch oder sextechnisch?«

»Beides, ehrlich gesagt.«

»Also wohntechnisch weiß ich nicht. Aber s–«

»Ehrlich gesagt, wollte ich es gar nicht unbedingt hören.« Bonnie lacht.

Die Stimmung heute ist gelöst. Amorys Nähe tut Curtis wirklich gut, auch wenn er das nie zugeben würde. Link schwebt ohnehin auf Wolke sieben, Sal ist drauf wie immer – was gut oder schlecht sein kann, er spricht nicht darüber –

und Bonnie wirkt nach unserem Gespräch neulich wieder ganz normal.

Auf meinem Handy öffne ich die Uber-App.

»Hat sie nicht über mich gesprochen?«, fragt Curtis jetzt grinsend. »Beim Streichen, meine ich? Ich dachte, ihr Frauen redet über so was.«

»Wenn du mit ›so was‹ Sex meinst, nein, darüber haben wir nicht gesprochen. Wenn du mit ›so was‹ Amorys gestörten und selbstverliebten Mitbewohner meinst, ja, dann haben wir tatsächlich darüber gesprochen.«

Sal gluckst, klatscht mit Bonnie ab und winkt in die Runde. »Bis zum nächsten Mal!«

»Bye, Sal!«, rufen wir im Chor.

»Ich wüsste zu gern, was er treibt«, sagt Link, als die Tür hinter ihm zugefallen ist.

Wir spekulieren oft über Sals Leben. Er ist nicht einmal nur schweigsam, er ist regelrecht verschwiegen. Wir wissen rein gar nichts über sein Leben. Ob er eine Freundin hat, verheiratet ist, Kinder hat …

»Stellt euch vor, wenn er ganz langweilig in einem Häuschen in irgendeinem Vorort lebt. Wie enttäuschend das wäre nach all den Jahren des Mutmaßens«, sagt Bonnie.

»Ich bleibe dabei. Ich glaube, er wohnt noch bei Mama und Papa und sagt deswegen nichts. Weil es ihm peinlich ist.«

»Ach Quatsch, Curtis. Das könnte er uns doch erzählen«, sagt Bonnie.

»Gibt es etwas, das er uns nicht erzählen könnte?«, erwidert Link. »Ich meine, wir sehen doch alles ganz entspannt, oder?«

Ich räuspere mich lautstark. Schließlich ist es nur wenige Monate her, da hatte Link noch Geheimnisse vor mir.

»Ja, okay, stimmt auch wieder«, sagt er und reibt sich verlegen über den Nacken.

»Leute, habt ihr noch fünf Minuten?« Mikey kommt hinter der Bar hervor. »Ich würde gern etwas mit euch besprechen.«

Wir werfen uns unsichere Blicke zu.

»Äh, klar, Mann«, sagt Link. »Sal ist allerdings schon weg.«

»Kein Problem, ihr werdet ihm schon Bescheid geben.« Mikey fährt sich durch seinen langen Bart. »Also …«

»Mach's nicht so spannend, Alter«, sagt Curtis, doch das Neckische ist aus seiner Stimme gewichen.

»Die letzten Monate waren ein Auf und Ab, wie ihr wisst«, fängt er an. »Erst ein langes Auf, dann ein kurzes, aber rasantes Ab.«

»Sorry«, sagt Link, »das war scheiße. Wir hätten dich nicht hängen lassen sollen.«

»Sehr richtig. Hättet ihr nicht. Glücklicherweise gibt es in New Orleans mehr als genug Bands, die sich darum reißen, im *Cat's Cradle* aufzutreten. Großartige Bands.«

»Ernsthaft jetzt?«, fragt Bonnie. »Wir sind wieder voll da. Wir sind besser als je zuvor.«

»Ich habe tausend neue Song-Ideen«, fügt Link hinzu.

Mikey hebt die Hand, um sie zum Schweigen zu bringen. »Dummerweise gibt es nicht viele Bands, die ich dauerhaft hier haben möchte«, fährt er fort. »Deswegen wollte ich euch fragen, ob ihr zusätzlich zum Mittwoch auch den Montag wiederhaben wollt. Allerdings den frühen Slot.«

Mir bleibt der Mund offen stehen. Und ich glaube, den anderen geht es genauso.

»Ist das dein Ernst?«, fragt Bonnie, und ihre Stimme überschlägt sich fast. »Ist das dein *fucking* Ernst?« Sie springt auf ihn zu, fällt ihm um den Hals und küsst ihn auf die Wange. »Du bist der Beste!«

Ich weiß nicht, wie es kommt, aber auf einmal frage ich

mich, wie es sich anfühlt, Bonnies Lippen auf der Wange zu spüren.

»Na, na«, macht Mikey. Er reibt sich über die Stelle, die gerade von Bonnies Lippen berührt wurde, und wird rot. Ich tue es ihm nach und wende mich ab. »Ihr wisst, dass ich euch liebe.«

»Und wir lieben dich«, sagt Bonnie und drückt ihn noch einmal.

»Ab nächstem Monat dann.«

»Wir werden dich nicht enttäuschen, Mann«, sagt Link.

»Das will ich euch auch nicht geraten haben.«

Nachdem ich meine seltsamen Gedanken vertrieben habe, möchten meine Mundwinkel gar nicht mehr nach unten sinken. Das zusätzliche Geld brauche ich dringend. Seitdem wir nur noch einen festen Abend hatten, sind viele Rechnungen liegen geblieben. Denn das Wichtigste ist und bleibt die Tilgung meiner Schulden bei der Bank, um das Haus zu behalten. Das Zuhause meiner Kinder.

Ich blicke meine Bandkollegen an, denen es ebenso geht wie mir. Curtis, dessen blaue Augen funkeln. Link, der grinst, als wäre er high. Und Bonnie. Sie hat Mikey noch zwei weitere Küsse auf seine bärtigen Wangen gedrückt. Und ich kann mir nicht helfen und blicke erneut auf ihre Lippen.

Ich schüttle kaum merklich den Kopf und zücke mein Handy. Die App zeigt mir an, dass mein Uber fünf Minuten entfernt ist.

»Okay, Leute, ich hole die Kinder, dann bin ich weg. Bonnie, wenn du mit deinem Muskelkater mitfahren willst, der Wagen hat eine Ladefläche für deinen Kontrabass.« Es wäre schön, ihre Gesellschaft zu haben. Wirklich schön, fällt mir auf.

Ohne ihre Antwort abzuwarten, gehe ich nach hinten ins Lager, wo Weston und Maya auf dem Sofa schlafen.

»Hey, ihr Süßen«, sage ich leise und streiche Weston eine dunkelblonde Haarsträhne aus dem Gesicht, die er von seiner Mutter geerbt hat. »Das Taxi ist gleich da.«

»Darfichvornesitzen?«, nuschelt Weston verschlafen und reibt sich die Augen.

»Klar, weißt du doch.« Es ist schließlich das Mindeste.

Maya streckt die Arme nach mir aus. Ihre Lider sind noch halb geschlossen. Ich nehme sie hoch, und sie schmiegt ihren Kopf in meine Halsbeuge. Bestimmt ist sie gleich wieder eingeschlafen.

»Hey, Großer«, sagt Curtis und klatscht mit Weston ab, als wir zu den anderen zurückstoßen. »Alles klar?«

Weston nickt.

»Wann ersetzt du endlich Link in unserer Band?«

Er zuckt mit den Schultern. »Kann nicht mehr lange dauern«, sagt er voller Überzeugung.

»He!« Link spielt den Empörten. »Mach mir keine Angst, Wes! Ich brauche den Job.«

»Ich vielleicht auch«, sagt er und grinst schief, als hätte er es sich von Link abgeschaut.

»Wofür brauchst du denn einen Job?«, fragt Link.

»Für eine Klassenfahrt in die Sümpfe.« Und in mir zieht sich alles zusammen.

Während Maya meine dunklen Haare geerbt hat, kommt Weston eindeutig nach seiner Mutter. Deswegen ist die Ähnlichkeit zu Link in Momenten wie diesen frappierend.

»Und, Bonnie? Fährst du im Taxi mit?«, frage ich, obwohl ich mir sicher bin, dass sie wieder ablehnen wird.

17

Bonnie

~ Heute ~

»Ähm«, sage ich und blicke unsicher von meinem Kontrabass zu Jasper. Mein Rücken tut mir schon beim Gedanken an das Gewicht auf meinen Schultern weh. Mein dämliches Herz allerdings beim Gedanken daran, mit Jasper auf engstem Raum zu sein. Doch dann gewinnt die Vernunft. Wir haben gerade großartige Neuigkeiten erhalten, sind Bandkollegen. Freunde.

Ich gebe mir einen Ruck. »Ich glaube, wenn es okay wäre, würde ich das Angebot tatsächlich annehmen.« Ich räuspere mich, weil meine Stimme ein bisschen kratzig ist.

»Aber ich darf vorne sitzen«, sagt Weston.

»Ich wollte dir deinen Platz nicht streitig machen«, erwidere ich lachend.

»Okay, der Fahrer ist da«, sagt Jasper mit einem Blick auf sein Handy. »Gute Nacht allerseits.«

Weston und er gehen nach draußen, und Curtis, ganz Gentleman, trägt meinen Kontrabass und legt ihn behutsam auf die Ladefläche des großen Pick-ups.

Jasper lässt sich mit Maya auf dem Arm hinter Weston nieder, und ich gehe einmal um den Wagen herum, um hinter dem Fahrer einzusteigen.

»Anschnallen«, ermahnt Jasper Weston gerade.

»Du bist ja lange wach«, sagt der Fahrer. »Ich bin Kyle. Wie heißt du?«

»Weston«, sagt Weston. Er schnallt sich brav an und erklärt Kyle, dass sein Vater Klavier in einer Band spielt.

Ich liebe Weston und Maya. Nicht nur, weil sie die Kinder meiner besten Freundin sind. Beide sind etwas so Besonderes. Weston mit seiner nachdenklichen, vernünftigen Art. Und dennoch ist er frech und keck. Maya ist einfach das goldigste Mädchen überhaupt. Ich habe den Verdacht, dass sie die tiefgründigsten Gedanken mit sich herumschleppt. Nur teilt sie sie niemandem mit. Es liegt mit Sicherheit daran, dass sie die Leere spüren konnte, die Blythes Tod hinterlassen hat.

Aus dem Augenwinkel betrachte ich sie, und sie tut im Schlaf einen ganz tiefen Atemzug, der beinahe einem Seufzer gleichkommt.

»Ich hoffe, sie schläft durch«, sagt Jasper. »Ich habe die Kunst perfektioniert, sie so vorsichtig ins Bett zu legen, dass sie nicht aufwacht.«

Als mir auf einmal bewusst wird, wie nahe ich ihm bin, zucke ich zurück und lehne mich mit dem Kopf gegen das Fenster.

»Es kann losgehen«, sagt Jasper zu Kyle. »Wir sind vollständig.«

»Anschnallen, Bonnie«, ermahnt mich Weston von vorne.

»Ich bin gerade dabei!« Ich ziehe den Gurt über mich, doch irgendwie will das blöde Ding nicht einrasten.

»Das klemmt manchmal«, meldet sich Kyle von vorne und setzt dann die Unterhaltung mit Weston über die Musikszene von New Orleans fort.

»Lass mich mal sehen«, sagt Jasper. Er löst seinen rechten Arm von Maya und nimmt mir den Gurt aus der Hand.

»Geht schon, danke.« Ich will seine Hand bereits vorsichtig

wegschieben, da treffen sich unsere Blicke, und mein fehlgeleitetes Herz setzt einen Schlag aus. Diesen Moment nutzt Jasper und fixiert den Gurt mit einem beherzten Stoß ins Schloss.

»Na bitte.«

»Danke.«

Ich blicke aus dem Fenster und sehe, wie das French Quarter an uns vorbeizieht. Die leuchtenden Schilder, der sanfte Schein der Straßenlaternen. Ab und zu müssen wir anhalten, weil angetrunkene Touristen achtlos auf die Straße laufen. Mehr als Schrittgeschwindigkeit ist nicht drin. Die Lichter der Bars, der Eckläden, die Stimmen der Menschen und die Klänge der Bands – diese bunte Mischung erfüllt mich mit einem ungeheuren Frieden.

»War ein guter Abend, oder?«, fragt Jasper. Seine Stimme ist so warm wie die Luft draußen.

Ich nicke und lächle. »Dass wir wieder zwei Abende haben …«

»Ich glaube, du hast Mikey sehr glücklich gemacht.« Er gluckst leise.

Mir steigt Hitze ins Gesicht. »Ich glaube, ich habe ihn etwas überfordert.«

»Aber auf die gute Art.« Unter seinen Worten hört man ein Lächeln. Ein Lächeln, das macht, dass ich innerlich ein wenig schmelze. Es ist, als würde flüssiger Honig durch mich hindurchfließen. Eine fast unerträgliche Süße, gepaart mit dieser enormen Sehnsucht. Aber ich bin es gewohnt. Und ignoriere es einfach.

Wir lassen das belebte French Quarter langsam hinter uns, erreichen den Louis Armstrong Park, den wir umfahren müssen.

»Bonnie?«, fragt Jasper, und sein Tonfall verrät mir, dass er etwas Ernsthaftes zu sagen hat. Die friedliche Stimmung wird von einer vorsichtigen Alarmbereitschaft abgelöst.

»Hm?«

Er spricht nicht sofort, sondern wartet, bis Kyle und Weston vorne ihre Unterhaltung wiederaufgenommen haben.

»Du fehlst mir.«

Ich halte die Luft an. Erstarre.

Du mir auch. Jede Sekunde jeder Minute jeder Stunde jedes Tages. Am liebsten würde ich es in die Welt hinausschreien, um endlich diesen Druck in mir abzulassen. Stattdessen sage ich … nichts. Ich tue nichts. Ich stelle mich tot.

»Bonnie?«

Langsam drehe ich den Kopf. Mein Herz rast.

»Hast du gehört?«

Ich nicke. »Ja«, sage ich leise.

»Mir fehlt unsere Freundschaft. Zeit mit dir zu verbringen. Ich weiß, dass es für dich hart sein muss, weil dich alles an sie erinnert. Aber ich würde mir wünschen, dass wir das wieder hinkriegen. Trash-TV und Bier oder so.« Er nimmt meine Hand. »Denkst du, wir könnten es probieren?«

Ich atme tief ein. Und aus. Und wieder ein. »Ich möchte das auch«, sage ich dann leise. Denn natürlich möchte ich es. Ich möchte ihn zurück in meinem Leben. Und mehr. Ich seufze. »Ich will es auch, Jasper«, sage ich, denn es ist die Wahrheit.

»Okay, gut.« Aus seiner Stimme spricht so viel Erleichterung, dass es mir die Kehle zuschnürt.

Wir fahren unter der Interstate 10 hindurch und sind nun in Tremé.

»Wir sind doch Freunde, oder?«, fragt er.

»Das waren wir immer«, erwidere ich und merke, wie sich die Wärme seiner Hand auf mich überträgt.

»Aber es wird Zeit, zur Normalität zurückzukehren.«

»Ja.« Normalität.

»Link und ich haben an seinem neuen Song gearbeitet«,

sagt Jasper dann, und ich bin froh über den Themenwechsel. Meine Atmung beruhigt sich etwas. »Er wird richtig gut.«

»Bin gespannt.«

»Er will, dass ich ihn singe.«

»Das kann ich mir gut vorstellen, nach allem, was ich bislang gehört habe.« Die Melodie ist wie für Jaspers warme Stimme gemacht.

»Das sagt Link auch. Allerdings finden wir beide, dass du die zweite Stimme singen solltest.«

Ich spüre Jaspers Blick auf mir. Und als ich den Kopf wende, sehe ich direkt in seine Augen.

»Bist du dabei?«, fragt er.

Ich glaube nicht, dass das eine gute Idee ist, würde ich sagen, wenn ich meinen Verstand beisammenhätte. Doch mit Jasper auf engstem Raum zu sein, hat mir offenbar die Sinne vernebelt. Deswegen sage ich: »Okay.«

»Cool. Das freut mich.« Und ich kann hören, dass er die Wahrheit sagt.

Wir halten vor Jaspers Haus.

»Danke, Mann«, sagt Jasper zu Kyle. »Meine Freundin müsste nur dreihundert Meter weiter. Meinst du, das ist noch drin?«

»Das passt schon«, sage ich schnell. »Ich laufe den Rest.«

»Wäre aber kein Problem. Echt nicht.«

»Danke, aber ich glaube, der kurze Spaziergang tut mir gut.«

Wir steigen aus, und ich hebe den Kontrabass von der Ladefläche.

»Nacht, Weston«, sage ich und umarme ihn.

»Nacht.« Er gähnt.

»Nacht, Jasper.« Wieder treffen sich unsere Blicke. Und so unerträglich es ist, so sehr liebe ich es, ihn anzusehen.

»Gute Nacht, Bonnie.« Er lächelt. Dann versucht er sich an einer Umarmung. Allerdings kann er nur einen halben Arm von Maya lösen, und ich habe meinen Kontrabass auf der Schulter, sodass sie gründlich misslingt. Wir lachen beide etwas unbeholfen.

»Bis bald.«

»Ja, bis bald.«

Ich mache mich auf den Weg nach Hause. Gehe von Lichtkegel zu Lichtkegel, sehe meinem Schatten dabei zu, wie er größer wird und dann wieder verschwindet, bis ich mich der nächsten Straßenlaterne nähere. Es ist der erbärmliche Versuch, meinen Kopf abzulenken. Doch mein Verstand rattert. Während der letzten Jahre habe ich auf mich achtgegeben. Habe es mir angewöhnt, auf der Hut zu sein. Aber auf einmal bin ich mir nicht mehr sicher, ob die Distanz, die ich zwischen uns aufgebaut habe, die beste Lösung war. Denn wenn ich ganz ehrlich zu mir bin, hat sie auch nichts besser gemacht. Meine Gefühle sind immer noch da. Sie sind nicht einen Deut weniger geworden.

Nähe zu Jasper. Die Idee scheint absurd. Und doch … Ihm auszuweichen war ebenso unerträglich wie ihm nahe zu sein.

Ich biege in meine Straße ein, atme die warme, feuchte Nachtluft. Schon von Weitem sieht man unser Haus, jetzt, da es frisch gestrichen ist. Es strahlt. Strahlt, wie Jaspers Augen. Doch im Gegensatz zu seinem Blick ist das hier nur Fassade. Denn innen herrscht das gleiche Chaos wie vorher auch. Und genauso werde ich es angehen. Ich werde für Jasper eine Freundin sein. Wie ich es auch die letzten Jahre hätte sein sollen. Während ich das Feuer, das mich von innen verbrennt, mit warmem Honig lösche.

18

Jasper

~ Heute ~

Aurora lebt in Lakeview gleich neben dem City Park in einem kleinen einstöckigen Backsteinhaus. Der Rasen davor ist frisch gemäht, und unter den Fenstern sind Beete angelegt.

Ich bin es nicht gewohnt, abends irgendwo eingeladen zu sein, und meine Babysitter waren überpünktlich, sodass ich nun eine Viertelstunde zu früh dran bin. Da der Himmel heute in ein wenig einladendes Grau getunkt ist, als würde er nur darauf warten, sich endlich zu entladen, und die Temperatur schwer auf die Erde drückt, entschließe ich mich dennoch dazu, gleich zu klopfen.

Es dauert einen Moment, bis ich von drinnen Schritte höre. Dann wird die Tür geöffnet.

»Oh, hi, Jasper«, sagt Aurora, ein schnurloses Telefon in der Hand. »Ich, ähm …«

»Ich bin zu früh, entschuldige«, sage ich, weil es offensichtlich ist, dass sie noch nicht mit Besuch gerechnet hat.

»Macht gar nichts, komm rein, komm rein!« Sie kickt etwas unbeholfen gemusterte Pantoffeln von den Füßen, als wären sie ihr peinlich. »Ich muss noch eben …« Sie deutet auf das Telefon. »Aber mach es dir schon mal im Wohnzimmer …« Mit einer ausladenden Geste winkt sie mich in einen Raum, der von dem dunklen Eingangsbereich abgeht.

Ich nicke und folge ihrer Armbewegung. Das Wohnzimmer ist gemütlich. Ein bisschen altbacken, vielleicht, aber das stört mich nicht. Zwei große Blumensofas stehen um einen gläsernen Couchtisch herum. Neben einer Schrankwand befindet sich ein Keyboard. Nicht das teuerste Modell, aber qualitativ hochwertig.

»Sorry, Dad«, höre ich Auroras Stimme von nebenan. »Ich habe Gäste heute Abend.«

Ich setze mich auf eines der Sofas und fühle mich etwas merkwürdig. Fehl am Platz. Die Hände lege ich auf meine Oberschenkel. Aber das wirkt steif.

»Es tut mir leid«, sagt Aurora gerade. »Du weißt, dass das nicht stimmt. Es ist zu deinem Besten, Dad. ... Nein, ich hätte mich nicht um dich kümmern können. Ich habe einen Job. Du brauchst jemanden, der rund um die Uhr da ist. ... Aber es ist mein Traum, Dad.«

Das Gespräch ist offensichtlich nicht für meine Ohren bestimmt, und ich bemühe mich, meine Konzentration auf etwas anderes zu lenken. Den Himmel, die Schrankwand.

»Bitte, Dad«, sagt sie in flehendem Tonfall. »Natürlich hab ich dich lieb. Aber ... Es ist fies, so etwas zu sagen. Ich komme dich morgen besuchen, in Ordnung?«

Das Klirren von Geschirr ertönt.

»Nein, morgen. Ich habe dir doch gesagt, ich habe heute Gäste. ... Nein, keine Orgie, Dad. Was denkst du von mir?«

Ich fahre mir mit den Händen übers Gesicht. Was für eine peinliche Situation.

»Bye, Dad. Ich hab dich lieb. ... Doch, das habe ich. ... Doch, das habe ich. ... Denk doch, was du willst.«

Ein erneutes Klirren dringt ins Wohnzimmer. Lauter diesmal.

»Bitte entschuldige«, sagt sie, als sie im nächsten Moment

in der Tür steht. Ihre dunkelblonden Haare hat sie zu einem Dutt nach oben gebunden. Sie trägt ein weites Blumenkleid und bunte Leggins.

»*Mir* tut es leid, dass ich so früh bin.«

»Halb so wild. Mein Dad … er ist vor ein paar Monaten in ein Altenheim gekommen. Er braucht mehr Pflege, als ich ihm geben kann. Aber es ist schwierig für ihn. An manchen Tagen … ist er garstig.«

Auroras Stimme klingt traurig und dennoch warm und voll.

»Wie wär's mit einem Glas Wein?«

Ich nicke, dankbar, dass dann wenigstens eine meiner beiden Hände etwas zu halten hat.

Sie verschwindet wieder in die Küche, und ich beschließe, ihr zu folgen. Dieses Herumsitzen ist mir zu unangenehm.

Ich stelle mich in den Türrahmen und vergrabe meine unsicheren Hände in den Hosentaschen.

»Ein hübsches Haus hast du«, sage ich.

»Danke. Es gehört eigentlich meinem Dad. Wir haben hier immer zusammengelebt. Jetzt bin ich allein, schätze ich.« Sie schenkt mir ein Lächeln.

Obwohl sie nur ein paar Jahre älter ist als ich, haben sich um ihre Augen hauchdünne Fältchen gebildet, die mir noch nie aufgefallen sind, und ich frage mich, ob Aurora eine attraktive Frau ist. Es ist lange her, dass ich mir derartige Fragen gestellt habe. Doch in letzter Zeit schleichen sie sich wie automatisch in meine Gedanken. Aber bei Bonnie bin ich mir sicher. Sie *ist* attraktiv. Vielleicht sogar mehr als das.

»Fehlt er dir?«, frage ich, verfluche mich jedoch im gleichen Moment dafür. Das ist eine sehr persönliche Frage.

Doch Aurora scheint sich daran nicht zu stören. »Manchmal«, sagt sie. »Aber das Alter hat ihn nicht unbedingt freundlicher gemacht, wenn du verstehst …«

Ich nicke und nehme das Rotweinglas entgegen.

»Prost«, sage ich. »Danke für die Einladung.«

»Schön, dass es geklappt hat«, erwidert Aurora und lächelt.

Vermutlich ist sie attraktiv.

»Was kochen wir heute Abend?«, frage ich, um die unangenehme Stille zwischen uns zu durchbrechen.

»Rote Bohnen mit Reis«, sagt Aurora und beginnt, Zutaten aus dem Kühlschrank und einem Küchenregal zu holen. »Die anderen müssten auch bald kommen. Matt hat leider abgesagt. Matt, der Saxofonlehrer?«

Ich kenne Matt. Nicht gut, aber ich weiß, von wem sie spricht. »Schade, er wirkt nett.«

»Ja, das ist er auch. Aber deswegen sind wir wohl nur zu viert.«

Ich bin ein wenig erleichtert, dass die Runde heute Abend überschaubar bleibt. Und zusammen mit Calisto, Westons Gitarrenlehrer, und seiner Freundin Lorena haben wir schnell Zwiebeln, Knoblauch, Karotten, Sellerie und die Andouille-Wurst geschnippelt. Aurora hat mir die ehrenvolle Aufgabe übertragen, einen Teil der roten Bohnen mit einer Gabel zu zerdrücken.

Nach und nach erfüllt der wunderbare Duft selbst gekochten Essens die Küche. Mein Magen knurrt leise.

»Jasper ist Westons Dad«, erklärt Calisto gerade seiner Freundin.

»Der talentierte kleine Junge?«, fragt Lorena.

»Genau der.«

Stolz erfüllt mich. Stolz auf meinen Sohn, von dem Calisto offenbar zu Hause erzählt hat.

»Aus ihm kann ein richtiger Musiker werden«, sagt Calisto.

»Wenn es das ist, was er möchte«, sage ich, »bin ich sicher

der Letzte, der sich ihm in den Weg stellt. Allerdings hätte ich auch nichts dagegen, wenn er sich für eine Karriere als Anwalt oder Arzt entscheidet.« Ich lache. »Manchmal schadet es nicht, etwas Sicheres zu haben. Mit weniger finanziellem Kampf.«

Aurora nickt. »Amen.«

»Was? Wie unromantisch ihr seid«, beschwert sich Calisto. »Das Musikerleben ist eins der schönsten!«

»Natürlich ist es das«, sage ich. »Aber je mehr Menschen davon abhängig sind, dass Geld ins Haus kommt, desto schwieriger wird es.«

»Klar, Mann, du hast ja zwei von der Sorte«, sagt Calisto.

»Was machen deine Eltern beruflich, Jasper?«, fragt Aurora und stellt vier Schüsseln auf die Arbeitsplatte.

»Oh. Ähm. Meine Eltern«, sage ich. »Heikles Thema.«

»Ich wollte dir nicht ...«

»Nein, schon gut«, unterbreche ich sie. »Mein Vater ist Immobilienmakler. Und meine Mutter ... war Ehefrau. Was sie jetzt tut, weiß ich nicht.«

»Habt ihr kein gutes Verhältnis?«, fragt Lorena.

»Wir haben, ehrlich gesagt, gar kein Verhältnis.«

»Oh«, macht Aurora, und ich sehe, wie unangenehm es ihr ist, gefragt zu haben.

»Meine Eltern sind ganz anders als ich«, fahre ich fort. Einerseits, damit Aurora sich nicht mehr schlecht fühlt, andererseits ist es inzwischen so lange her, dass ich ohne Schwierigkeiten darüber sprechen kann. »Reich, versnobt ... Sie haben es immer gehasst, dass ich mich in der Musikszene herumgetrieben habe. Aber verbieten konnten sie es schlecht. Dazu waren sie zu wenig da. Als meine Frau schwanger wurde, habe ich den Kontakt abgebrochen.«

»Waren sie gegen euch?«, fragt Lorena.

»Das ist noch untertrieben«, erwidere ich. »Ihre Familie hat mich dann gewissermaßen adoptiert.«

»Wie alt warst du da?«, fragt Lorena weiter.

»Achtzehn«, sage ich.

»Wow. Ich liebe solche Geschichten. Wenn sie gut ausgehen.« Sie grinst.

»Na ja, so richtig gut geht sie leider nicht aus. Meine Frau ist vor vier Jahren gestorben.«

Lorena schlägt sich die Hände vor den Mund. »Ach, du Scheiße«, sagt sie. »Entschuldige.«

»Ist schon in Ordnung.« Ich schlucke. »Wie gesagt, es ist vier Jahre her. Und das Leben muss weitergehen.« Und das tut es. Mein Blick trifft den von Aurora, und sie lächelt mich schüchtern an.

»Okay, der Reis ist gleich fertig. Wollt ihr schon mal ins Wohnzimmer gehen?«, fragt Aurora. An mich gewandt sagt sie: »Ich habe leider keinen Esstisch. Wir müssen auf den Sofas essen.«

Ich nehme die offene Rotweinflasche und mein Glas und folge Calisto und Lorena nach nebenan.

»Aurora ist eine fantastische Köchin«, sagt Lorena. »Wir treffen uns hier ungefähr einmal im Monat. Normalerweise sind noch andere dabei. Matt oder Liam. Manchmal Marcus mit seiner Frau. Allerdings ist die jetzt schwanger.«

Liam und Marcus arbeiten ebenfalls in der Musikschule. Allesamt wirklich nette Leute, mit denen ich aber bislang kaum etwas zu tun hatte. Vielleicht wird es Zeit, das zu ändern.

»Okay, hier kommt das Essen«, sagt Aurora. Sie trägt ein Tablett mit vier Schüsseln darauf herein. »Und keine Sorge, es gibt noch mehr.«

Es schmeckt absolut köstlich. Perfekt gewürzt, leicht scharf.

Ein kollektives »Mmmmmhh« geht durch die Runde.

»Aber sag mal, Jasper«, nimmt Lorena den Faden wieder auf, »hattest du nie das Bedürfnis, die Wogen zu glätten?«

Hm. Das ist eine gute Frage. »Ganz ehrlich?«, sage ich. »Nein. Denn das hätte nur zu ihren Bedingungen geschehen können. Und ich war und bin nicht bereit, mich dem zu beugen.«

»Arm, aber glücklich«, sagt Lorena. »Darauf trinke ich.«

Wir heben alle unsere Gläser. »Arm, aber glücklich«, sagen wir im Chor und lassen sie aneinanderklirren.

»Mein Großvater ist vor Kurzem wieder in mein Leben getreten«, sage ich. »Er scheint anders zu ticken. Wir hatten kaum Kontakt zu ihm, als ich aufgewachsen bin. Vermutlich aus gutem Grund, wie ich jetzt weiß.«

»Und? Wie ist er?«, fragt Aurora.

»Ein bisschen verrückt. Verschroben. Auf freundliche Art mürrisch, wenn das Sinn ergibt. Er kann gut mit Weston und Maya umgehen. Die drei verwandeln unseren vernachlässigten Garten in etwas, das den Namen verdient hat.«

»Passt er heute auf die Kinder auf?«, fragt Calisto.

»Nein, heute sind Link und Bonnie da. Aus meiner Band?«

Calisto und Aurora nicken.

»Für Hugo – so heißt mein Großvater – wäre es noch zu früh, glaube ich. Ich vertraue ihm zwar, aber er ist erst seit wenigen Monaten Teil unseres Lebens. Und bei meinen Kindern …«

»… willst du auf Nummer sicher gehen«, sagt Lorena. »Verstehe ich.«

Ich lehne mich zurück, die Schüssel mit dem Reis auf meinem Schoß. Es ist ganz erstaunlich, aber ich bin kolossal entspannt. Genieße die Gesellschaft von Calisto, Lorena und vor allem Aurora und frage mich, wovor ich eigentlich Angst hatte. Ob ich Angst hatte oder ob es etwas anderes war.

Aurora beugt sich vor, um nach der Weinflasche zu greifen, und streift zufällig mein Bein. Es ist nur eine leichte Berührung, doch auch diese löst etwas in mir aus. Kein Verlangen oder so etwas. Ich will mich nicht lächerlich machen. Aber es ist dennoch ein Eindringen in meinen persönlichen Raum, von dem ich bis gerade eben dachte, dass es mich stören würde. Doch das Gegenteil ist der Fall.

Aus dem Augenwinkel betrachte ich sie. Und inzwischen bin ich mir sicher, dass Aurora attraktiv ist. Beinahe kommt es mir lächerlich vor, dass ich es vorhin noch nicht mit Gewissheit sagen konnte. Sie ist vermutlich Mitte dreißig, eine selbstbewusste Frau, deren Leben sich ebenso wie meins um die Musik dreht. Eine Frau, in der mehr steckt als einfach nur die Gesangslehrerin mit den bunten Klamotten. Eine Frau mit Nöten und Sorgen, einem alten Vater, der ihr das Leben schwer macht. Es lohnt sich eben, hinter die Fassade zu blicken.

»... und dann habe ich ihm gesagt, er kann mich mal«, beendet Lorena gerade eine Ausführung über einen extrem aufdringlichen Gast, der sie gestern in dem Restaurant, in dem sie arbeitet, zur Weißglut trieb. »Glücklicherweise gibt es bei uns null Toleranz für solches Verhalten. Egal, wie viel Geld jemand bei uns lässt. Anzügliche Kommentare sind schon ein Grund, jemanden rauszuschmeißen. Aber wenn ein Gast dann auch noch touchy wird ...« Sie grinst. »Jedenfalls hat mein Kollege von der Security ihn hochkant rausgeworfen. Der Kopf des Typen war so rot wie der Hummer, den er bestellt hatte.«

Calisto sieht sie besorgt an. »Ich hasse es, dass du dich mit solchen Kerlen rumärgern musst.«

»Ach«, erwidert Lorena, »mir ist es lieber, sie nerven mich und ich wehre mich, als dass sie es bei einer von den jungen Bedienungen versuchen, die vielleicht überfordert ist.«

Ich nippe an meinem Rotwein und sehe von Lorena zu Aurora. Die beiden sind komplett unterschiedlich. Lorena ist laut, aufwendig geschminkt mit perfekten Wellen in den

Haaren. Aurora auf der anderen Seite sieht aus wie eine Frau, die Ausdruckstänze in einem von Räucherstäbchen benebelten Raum aufführt. Was beide jedoch gemeinsam haben, ist die Selbstverständlichkeit, mit der sie ihre Persönlichkeit vor sich hertragen. Ein bisschen wie Lula und Bonnie, fällt mir auf. Die eine sexy, flirty und offensiv, die andere mit dem Kopf in Wolken aus schweren Erinnerungen und Musik und dem Körper in Klamotten, die praktisch und bequem sein sollen, statt Aufmerksamkeit zu erregen. Nicht, dass sie diese nicht dennoch erregen würde mit ihren spektakulären Braids, dem feinen Gesicht und dem riesigen Instrument, das sie mit sich herumschleppt. Schon wieder driften meine Gedanken zu Bonnie ab, und ich beginne mich ernsthaft über mich selbst zu wundern.

»Ich schätze, die Frauen in der Musikschule sind ziemlich verwöhnt, was den Umgang mit aufdringlichen Leuten angeht«, sagt Aurora gerade. »Mir ist noch nie jemand zu nahe gekommen. Und wenn, würde ich ihn einfach mit meiner Stimmgabel entmannen.«

Wir lachen, und mir fallen feine graue Haare auf, die zwischen ihren hellbraunen Strähnen hervorblitzen. Beinahe funkeln sie. Als sie bemerkt, dass ich sie ansehe, streicht sie sich eine dieser Strähnen hinters Ohr und schenkt mir ein Lächeln.

»Schön, dass du heute dabei bist«, sagt sie leise, während Calisto und Lorena darüber diskutieren, wer weiter Wein trinken darf und damit von den Pflichten als Fahrer für heute Abend entbunden ist. »Komm ab jetzt gern öfter.«

Sie legt mir kurz die Hand auf meinen Oberarm. Eine Geste der Vertraulichkeit und beinahe Vertrautheit. Wir blicken uns an. Und ich denke, es ist Zeit.

19

Bonnie

~ Heute ~

Maya hat sich in ihrem weichen Schlafanzug auf meinen Schoß gekuschelt. Sie und ihr Bruder sind bereits bettfertig, doch wir haben ihnen erlaubt, noch etwas fernzusehen.

»Hast du es warm genug?«, frage ich, weil der Ventilator über uns leise brummend im Kreis wirbelt.

Maya nickt, und ich schließe meine Arme um sie. Weston und Link sitzen neben uns auf dem Sofa und amüsieren sich über ein Wrestling-Match, das im Fernsehen läuft. Ein gigantischer Rothaariger, der sich selbst als »der Ire« bezeichnet, ist gerade außer sich vor Wut, beschimpft die Kampfrichter und tritt gegen einen Plastikstuhl, weil sein Gegner, ein schmierig aussehender Schönling – für Wrestling-Verhältnisse –, anscheinend die Mutter des Iren beleidigt hat. Statt es in einem Fake-Kampf auszutragen, plärrt und wütet er nun. Es ist alles Teil der Show, und obwohl ich nicht unbedingt ein Fan von dieser Art des Zeitvertreibs bin, ist es doch unterhaltsam, Link und Weston dabei zuzuhören, wie sie mit gespielter Ernsthaftigkeit das Geschehen kommentieren. Ich bin mir nicht sicher, ob die Sendung und die Kommentare ihres großen Bruders und Onkels geeignet für Maya sind, aber Link ist der Überzeugung, dass für Babysitter andere Regeln gelten als für Erziehungsberechtigte.

»Wo bleibt sonst der Mehrwert für die Kinder?«, fragt er.

»Außerdem haben wir mit Phoenix schon oft Wrestling geschaut«, sagt Weston.

Offenbar ist die Mutter des Iren im Publikum und feuert ihren »Sohn« jetzt an, endlich die Familienehre zu verteidigen. Ich bin froh, dass Maya konzentriert mit meinen Braids spielt, als der Ire sich tatsächlich bequemt, den Schönling durch die Luft zu wirbeln.

Auf dem Couchtisch vor uns leuchtet Links Handy auf. Er macht keine Anstalten, seine Nachricht zu lesen. Doch es leuchtet noch mal. Und noch mal.

»Vielleicht ist es etwas Wichtiges?«, sage ich.

»Und die Familienehre des Iren ist nicht wichtig?«, fragt er, und Weston lacht.

Doch nachdem sein Handy noch dreimal aufleuchtet, gibt er sich geschlagen.

»Na gut, was ist so wichtig, dass es nicht einmal diesen alles entscheidenden Kampf abwarten kann?« Er liest seine Nachrichten. »Oh«, sagt er dann.

»Was?«, frage ich.

»Con …« Sein Vater Constantine, der nur Con genannt wird.

»Was ist mit ihm?«

»Er hat wohl einen Hexenschuss oder so. Liegt auf dem Wohnzimmerboden und kann sich nicht rühren.« Er blickt mich an. »Er fragt, ob ich vorbeikommen kann, um ihm wenigstens ins Bett zu helfen.«

Da Links Mutter Charlie nach einem Arbeitsunfall vor Ewigkeiten im Rollstuhl sitzt, kann sie natürlich nicht viel ausrichten. Ich weiß, dass es eine von Links größten Ängsten ist, Charlie könnte ohne Con aufgeschmissen sein.

»Na, worauf wartest du?«, frage ich. »Mach dich auf den Weg!«

»Aber die Kinder ... Ich habe dich schließlich genötigt, mir Gesellschaft zu leisten, und jetzt lasse ich dich hier allein?«

»Bist du bescheuert? Deine Eltern brauchen dich. Ab mit dir.«

»Ab mit dir«, kommt es ganz leise von meinem Schoß zurück.

Ich blicke vollkommen überrascht zu Link. Seine Augen sind weit aufgerissen.

»Hat sie gerade ...«, formt er lautlos mit den Lippen.

Ich nicke, wage es kaum, mich zu rühren. Dann sehe ich zu Weston, der ebenfalls den Blick vom Wrestling abgewendet hat. Seine Augen sind auf seine Schwester gerichtet, in seinem Gesicht sehe ich nichts als Stolz. Er lächelt, dann beugt er sich vor und streicht Maya einmal sanft durch die Haare.

Es ist nicht so, dass Maya nie sprechen würde. Aber ich bin mir nicht sicher, ob einer von uns jemals gehört hat, wie sie einfach so etwas sagt. Ohne dass sie etwas gefragt wird, das einer Antwort bedarf.

Man merkt deutlich, wie sowohl Link als auch ich versuchen, uns zurückzuhalten. Eigentlich erfordert dieser Moment Jubelschreie, ein Durch-die-Luft-Wirbeln mindestens. Und doch wollen wir Maya das Gefühl geben, dass alles normal ist. Dass Sprechen normal ist.

»Ähm, okay«, sagt Link nach ein paar Augenblicken, in denen sich die Stimmung wieder normalisiert. »Dann mache ich mich mal besser auf den Weg und lese meinen Vater vom Boden auf.«

»Was schätzt du, wie schwer Grandpa ist?«, fragt Weston.

»Puh, keine Ahnung. Aber ich werde ihn definitiv fragen, bevor ich mir einen Bruch hebe.«

»Vielleicht könntest du ihn mit solchen Gummiseilen, wie

sie sie am Wrestling-Ring haben, ins Bett schießen«, schlägt Weston vor.

»Wenn alle Stricke reißen, werde ich das wohl ausprobieren«, sagt Link lachend.

»Mach ein Video davon, wie er durch die Luft fliegt.«

»Klar. Wenn er durch die Luft fliegt, halte ich das für die Ewigkeit fest.« Link klatscht mit Weston ab. »Tschüss, Süße«, sagt er dann zu Maya und gibt ihr einen Kuss auf den Scheitel. »Und tschüss, Süße.« Auch mich küsst er auf den Kopf, woraufhin Weston und Maya in schallendes Gelächter ausbrechen.

»Spinner«, sage ich und bedeute ihm mit einer Geste, endlich zu verschwinden.

Ein paar Minuten später wird der Schönling zum Sieger des Wrestling-Matches gekürt. Der Ire verlässt geschlagen die Arena, jedoch nicht ohne drohend seine Faust zu heben und zu versprechen, dass er nicht ruhen wird, bis seine Familienehre wiederhergestellt ist.

»Ich glaube, es wird langsam Zeit fürs Bett«, sage ich mit Blick auf die Uhr. Es ist bereits halb neun.

»Ich darf immer noch im Bett Comics lesen«, sagt Weston. »Dad sagt, ich kann selbst entscheiden, wann ich das Licht ausmache, weil ich derjenige bin, der am nächsten Tag müde ist.«

»Ich hab früher auch Comics gelesen«, sage ich. »Am liebsten eine Reihe über sechs Jugendliche, die herausfinden, dass ihre Eltern kaltblütige Verbrecher sind, und daraufhin von zu Hause abhauen. Wie hieß das noch gleich?«

»*Runaways*«, sagt Weston perplex. »Du kennst das?«

»Ich hab die Reihe geliebt! Alle haben immer gesagt, ich sei noch zu jung …« Ich lache.

»Echt jetzt?«, fragt Weston. »Das sagen sie zu mir auch!« Er kriegt ganz große Augen. »Wer ist deine Lieblingsfigur?«

»Ähm …« Ich muss kurz nachdenken, weil ich mich an die Namen nicht mehr so gut erinnere. »Da war dieses eine Mädchen. Die mit dem Stab …«

»Nico Minoru«, sagt Weston ehrfürchtig.

»Stört dich das Licht nicht beim Einschlafen, Maya?«, frage ich. »Wenn Weston noch liest?«

Sie schüttelt den Kopf.

»Die schläft tief und fest. Musst ihr nur noch was vorlesen. Echt krass, dass du *Runaways* kennst … Ich mag Karolina am liebsten.« Er grinst.

Das Kinderzimmer ist überraschend aufgeräumt. Wenn ich daran denke, wie Lula und ich in unseren Zimmern früher gehaust haben … In einem Regal stehen Kisten mit Spielsachen, darüber hängt eine Weltkarte, die verschiedene Tierarten auf den jeweiligen Kontinenten abbildet. In einer Ecke steht Blythes altes Puppenhaus, mit dem Maya jetzt spielt. Con hat es selbst gebaut, und Charlie hat die Puppen gebastelt. Ich kann mich noch gut daran erinnern, wie es in Blythes und Links altem Zimmer stand.

»Wer schläft wo?«, frage ich, doch im gleichen Moment sehe ich die Comichefte im oberen Bett.

»Hier schlafe ich«, sagt Weston und klettert geschickt die schmale Leiter hinauf.

»Na, dann viel Spaß mit den Comics.« Ich grinse, als Weston die richtige Seite sucht. »Was soll ich dir denn vorlesen, Maya?«

»Hmmm«, macht sie und baut sich vor dem Bücherregal auf. Ihren kleinen Finger lässt sie über die verschiedenen Buchrücken wandern. Bei einem Buch bleibt sie hängen und zieht es aus dem Regal.

»*Der Grüffelo* also«, sage ich und nehme es ihr aus der Hand. »Darüber habe ich bislang nur Gutes gehört. Aber gelesen habe ich es noch nie.«

Sie macht große Augen und sieht beinahe erschrocken über die Tatsache aus, dass es auf dieser Welt jemanden gibt, der den Grüffelo nicht kennt.

»Und Weston, stört es dich nicht, wenn wir das hier unten lesen?«

»Nee, ich kenne die Bücher alle auswendig. Kann einfach weghören. Außerdem ist es gerade richtig spannend.«

Das kann ich mir vorstellen. »Also gut, dann los«, sage ich, und Maya kriecht unter ihre Decke.

Ich will mich gerade auf dem Sessel neben dem Bett niederlassen, da klopft sie hektisch aufs Bett und schüttelt den Kopf. »Kannst du hier lesen?«, fragt sie leise.

»Oh, ach so, du willst, dass ich mich zu dir lege?« Ein Lächeln hat sich auf meinem Gesicht ausgebreitet. Maya sprechen zu hören ist wunderbar.

Sie nickt, und so lege ich mich neben sie. Sie bettet ihren Kopf auf meinen Arm. Dann beginne ich zu lesen. In der Geschichte gelingt es einer kleinen Maus nicht nur, mithilfe einer List die anderen Tiere davon zu überzeugen, sie in Ruhe zu lassen, sondern schließlich auch dem Grüffelo, der zunächst lediglich in ihrer Fantasie, dann aber auch in Wirklichkeit existiert, weiszumachen, dass er sich vor ihr fürchten muss. Am Ende hat sie endlich ihre Ruhe und knackt genüsslich Nüsse.

»Ende«, sage ich und klappe das Buch zu.

»Bleibst du noch kurz?«, fragt Maya, und wieder geht mir das Herz auf. Wie könnte ich ihr etwas abschlagen, wenn sie sich so überwindet und tatsächlich fragt?

»Ein bisschen noch«, sage ich und schalte die Leselampe aus.

Von oben dringt ein vorsichtiger Lichtschein zu uns. In regelmäßigen Abständen hört man, wie Weston eine Seite umblättert. Ich schließe ebenso wie Maya die Augen und gebe mich meinen Gedanken hin.

Fake it till you make it. Das ist die Devise der Maus gewesen. Eine ziemlich schlaue Maus, die es nicht nur Fuchs, Eule und Schlange gezeigt hat, sondern am Ende sogar dem grausigsten Monster, das sie sich hatte ausmalen können. Ihre Fassade hat ihr das Leben gerettet. So wie meine Fassade … Wobei, ganz so dramatisch ist meine Situation natürlich nicht.

Am Rande meines Bewusstseins nehme ich wahr, dass Weston sein Licht ausschaltet. Ich könnte aufstehen und noch etwas fernsehen, warten, bis Link zurückkommt, und dann nach Hause gehen. Doch ich gönne mir noch ein paar Minuten in Mayas warmem Bett. Es ist überraschend gemütlich – ja, friedlich. Meine Gedanken werden langsamer, unkonkreter …

Leise Töne dringen an mein Ohr. Es klingt wie ein diamantenes Windspiel. Leicht und sehnsüchtig. Ich muss weggedämmert sein. Langsam gewöhnt sich mein von Schlaf benebelter Geist an den Zustand des Wachseins, und ich nehme nun deutlicher wahr, was um mich herum passiert. Neben mir geht Mayas Atem regelmäßig. Und tatsächlich, aus dem Wohnzimmer dringt ein vorsichtiges Klimpern an mein Ohr. Wellen aus Klängen, hinauf und hinab. Virtuos, denke ich.

Jasper ist nach Hause gekommen. Mit einem Mal bin ich hellwach, und mein Herzschlag beschleunigt sich.

Ich habe Links Rückkehr verpasst, bin eingeschlafen. Tief eingeschlafen. Jasper ist wieder da, er ist im Wohnzimmer und spielt leise Klavier. Vor meinem inneren Auge sehe ich ihn, wie sich sein beinahe vornehmer Oberkörper in der gedämpften Ekstase der Melodie hin und her wiegt. Wie sein langes, schlankes Bein auf und ab wippt, während sein Fuß das Pedal bedient. Ich stelle mir seine Finger vor, die langen eleganten Finger, die über die Tasten fliegen, als wären sie nur dafür geschaffen. Ich muss mich ermahnen, ruhig zu atmen.

Jaspers Melodie ist einerseits verspielt, andererseits klingt sie melancholisch, beinahe schwermütig. Sie erinnert mich an das leise Tröpfeln von Wasserperlen, die in der Sonne glitzern. Dieses Stück ist von einer Sehnsucht, wie ich sie in meinen schlimmsten Momenten fühle. Es ist wie das Nach-Hause-Kommen nach einer langen Reise, wie der erste Kuss nach einer langen Zeit der Trennung. Es ist Verheißung und süße Zerstörung in einem. Ebenso wie der Mann, der es spielt.

Kurz wäge ich meine Optionen ab. Ich könnte hier liegen bleiben, bis Jasper ins Bett geht, und mich dann hinausschleichen. Doch die Gefahr, dass ich wieder einschlafe und das nächste Mal morgen früh erwache, ist groß. Ich könnte mich in den Sessel neben das Bett setzen und abwarten. Aber den Bildern, die Jaspers Melodie in meinem Kopf erweckt, halte ich auf die Dauer nicht stand. Ich treffe eine Entscheidung: Jasper begrüßen. Ihm sagen, dass ich eingeschlafen bin und nun nach Hause gehe. Abhauen.

Vorsichtig schäle ich mich aus Mayas Bett, binde mir meine Braids wieder zu einem Zopf zusammen. Ich strecke mich und trete an die Tür. Für einen kurzen Moment unterbricht Jasper sein Klavierspiel, dann beginnt er das Stück von Neuem.

Ganz behutsam öffne ich die Tür des Kinderzimmers. Sofort sind die Klavierklänge lauter und nicht mehr durch die Tür gedämpft. Es sind klare Töne, die sich beinahe erfrischend für meine Ohren anfühlen. Ebenso lautlos, wie ich sie geöffnet habe, ziehe ich die Tür wieder zu und schleiche mich auf Zehenspitzen den Flur entlang zum Wohnzimmer. Erst jetzt fällt mir auf, dass Jasper in vollkommener Dunkelheit sitzt. Das Mondlicht erhellt den Raum so weit, dass ich seine Bewegungen und, ja, nach einer Weile sogar sein Gesicht erkennen kann. Er hat die Augen geschlossen und wiegt sich genau wie in meiner Vorstellung zu der wunderschönen Melodie hin und her. Für ein paar Sekunden verharre ich in meiner Position. Ich kann meinen Blick nicht von seiner Schönheit abwenden.

»Hi, Bonnie«, sagt er leise, ohne sich umzublicken oder das Stück zu unterbrechen.

Woher weiß er ... »Hi«, sage ich, meine Stimme noch etwas heiser.

»Passiert mir auch oft.«

»Was meinst du?«, frage ich.

»Dass ich beim Vorlesen einschlafe.« Ich höre das Lächeln in seiner Stimme. »Ich habe einen Blick ins Kinderzimmer geworfen, als ich nach Hause gekommen bin, und dich schlafend neben Maya gesehen.«

In diesem Augenblick fühle ich mich seltsam verletzlich. Jasper hat mich schlafend gesehen. Hat mich wahrgenommen. Während ich keine Ahnung hatte.

»Link lässt dir Grüße ausrichten«, fährt Jasper fort, als wäre nichts gewesen. Und für ihn hat dieser Abend natürlich auch keine große Bedeutung.

»Hat er gesagt, wie es Con geht?«, frage ich und bemühe mich, beiläufig zu klingen.

»Er ist in ein paar Tagen wieder auf den Beinen. Ist nicht der erste Hexenschuss.« Jaspers Finger werden langsamer. Noch einmal spielt er die Melodie, diesmal in halbem Tempo. »War mit den Kindern alles gut?«

»Ja«, erwidere ich und will gerade ansetzen zu sagen, dass ich mich jetzt auf den Weg mache, da fällt mir ein, dass ich ihm unbedingt von Maya erzählen muss. Auf einmal bin ich ganz aufgeregt. »Stell dir vor, Maya hat mit mir geredet!«

Er unterbricht sofort sein Spiel und dreht sich zu mir um. Das Weiß seiner Augen hebt sich von der Dunkelheit ab. »Was?«

»Sie hat mit mir geredet.« Ich kann nicht anders, als breit zu lächeln.

»Was hat sie gesagt?« Jaspers Stimme klingt aufgekratzt.

»Also, erst hat sie irgendeinen Satz wiederholt, den ich zu Link gesagt habe. Dass er zu Con gehen soll oder so.«

»Einfach wiederholt?«, fragt er beinahe atemlos.

»Ja. Link hat es auch gehört. Wir waren völlig perplex.«

»Wow«, haucht er und jagt mir damit einen Schauder über den Rücken. »Was noch?«

»Dann habe ich zwei Sachen falsch gemacht. Erst wollte ich mich zum Vorlesen in den Sessel setzen. Da hat sie gefragt: ›Kannst du hier lesen?‹, und als ich danach aufstehen wollte, bat sie mich, noch zu bleiben.«

»Die kleine Quasselstrippe«, sagt Jasper, und die Rührung in seiner Stimme ist kaum zu überhören. »Danke, dass du es mir erzählt hast.«

»Ist doch klar«, entgegne ich. Als unsere Blicke sich treffen, fällt mir ein, dass ich eigentlich schleunigst nach Hause wollte. »Also dann ...«

»Willst du schon gehen?«, fragt er.

»Es ist spät.«

Ich stoße mich vom Türrahmen ab und mache einen Schritt, da fragt er: »Hast du Lust auf Trash-TV und Bier? Wobei vermutlich nichts mehr läuft ...«

Nichts lieber als das, würde ich sagen, wenn ich nicht wüsste, dass es mein dämliches Herz noch schwerer machte. »Ich glaube, ich sollte wirklich ...«

»Bitte?«, fragt er.

Und wieder sehen wir uns an. Ich seufze. Das hier ist Jasper. Der Vater von Weston und Maya. Blythes Mann. Früher. Wir sind Freunde, und ich habe ihm gerade erzählt, dass seine kleine Tochter mit mir gesprochen hat. Natürlich möchte er, dass ich noch bleibe.

Er räuspert sich. »Ich glaube, Bonnie«, sagt er leise, »ich schätze, ich bin in letzter Zeit ein bisschen einsam gewesen. Deswegen würde ich mich freuen, wenn du …«

»Okay«, sage ich, ohne darauf Rücksicht zu nehmen, was ich mir selbst damit antue. Doch das Lächeln, das sich auf Jaspers Gesicht breitmacht, ist es absolut wert.

Im Wohnzimmer schalte ich das Licht ein und setze mich aufs Sofa, auf dem ich vor einigen Stunden noch mit Link und den Kindern Wrestling geschaut habe, und versuche mein dummes, dummes Herz zum Schweigen zu bringen, während es Anstalten macht, mir aus der Brust und Jasper vor die Füße zu springen – dabei hält er es ja bereits ohne sein Wissen fest in der Hand.

Kurz darauf tritt Jasper mit zwei Bierflaschen in den Raum. Er schraubt einen der Verschlüsse ab und reicht mir die Flasche. Dann lässt er sich neben mich auf die Couch fallen.

»Cheers.«

Wir lassen die grünen Flaschen aneinanderklirren. Der Fernseher bleibt aus.

»Wie war dein Abend?«, frage ich, um etwas zu sagen.

»Nett. Echt nett.« Er blickt auf. »Mir ist aufgefallen, dass ich meine Kollegen gar nicht wirklich kenne. Ich arbeite seit Jahren in der Musikschule, und abgesehen von oberflächlichem Small Talk, hatte ich bis heute keine direkten Berührungspunkte mit ihnen.«

»Du hast ja auch viel um die Ohren«, sage ich und halte seinem Blick stand. Sehe ihm direkt in seine grünbraunen Augen, zwischen denen sich eine Furche gebildet hat.

»Ja, aber ich glaube, das entbindet mich nicht davon, darauf zu achten, dass ich ab und zu mal rauskomme. Etwas für mich tue.«

Ich nicke vorsichtig, weil ich nicht weiß, was er mir sagen

will. Mit den Fingernägeln kratze ich am Etikett meiner Flasche.

Jasper lacht leise.

»Was?«, frage ich.

»Ach, nichts.«

»Sag schon.« In einem unbedachten Moment boxe ich ihn sanft in den Oberschenkel. Danach werde ich das Gefühl an meinen Fingerknöcheln nicht mehr los.

»Ich habe neulich genauso an meinem Etikett herumgedoktert. Und Link ... konnte sich einen Kommentar nicht verkneifen.«

Ich sehe ihn mit nach oben gezogenen Augenbrauen an.

»Na, du weißt schon, was man sagt. Dass das ein Zeichen für sexuelle Frustration ist.« Er grinst und zuckt entschuldigend mit den Schultern. »Links Worte, nicht meine.«

Mein Herz unternimmt einen weiteren Versuch, durch meinen Brustkorb zu springen. Es macht mich regelrecht wütend, dass ich nicht einfach hier sitzen und mit einem Freund ein Bier trinken kann, ohne dass mein Körper vollkommen durchdreht. Es ist frustrierend.

Hitze steigt mir in den Kopf. Und obwohl ich weiß, dass es eine dumme Idee ist, kann ich nicht anders. »Und?«, frage ich. »Glaubst du, da ist etwas dran?«

»In meinem Fall sicher«, sagt er, ohne mit der Wimper zu zucken, und langsam habe ich den Verdacht, mein Herz möchte in Jasper hineinspringen, sich direkt neben sein Herz setzen und dann dessen Rhythmus kopieren. Blödes Ding. »Bei dir ist es vermutlich ein Zeichen von Langeweile.« Er grinst.

Im Gegenteil, würde ich gern sagen. *Meine sexuelle Frustration übersteigt deine bei Weitem.* Dann würde ich ihm am liebsten die Kleider vom Leib reißen und mich auf ihn stürzen. Meine Finger in seinen Haaren vergraben. Die Seine sein.

Wenn auch nur für einen Augenblick. Stattdessen: »Na ja …« Mehr kommt mir nicht über die Lippen.

»Könnte sein, dass ich wirklich langsam wieder bereit bin, weißt du?«

Ich merke, wie ich innerlich erstarre. Sogar mein bescheuertes Herz hält für einen Moment in seinem Wahnsinn inne. »Etwas für dich zu tun?«, frage ich und hoffe, dass er mir nicht anhören kann, wie viel Mühe es mich kostet.

»Wenn du es so ausdrücken willst …« Sein Grinsen wird schelmischer. Und ich habe das Gefühl, dass ein Stück vom alten Jasper durchblitzt.

»Du hast es vorhin so ausgedrückt.« Ich schlucke und widerstehe dem Drang, erneut eine Ecke von meinem Etikett abzuziehen.

»Das war allgemeiner gesprochen«, sagt er.

In den letzten Jahren habe ich keinen Gedanken daran verschwendet, was mit mir passiert, wenn Jasper wieder anfängt zu daten. Natürlich wusste ich, dass er nicht für immer allein bleiben würde. Und dass ich nicht diejenige sein würde, die diese Rolle in seinem Leben einnehmen würde. Aber es jetzt aus seinem Mund zu hören schnürt mir die Kehle zu. Atmen wird auf einmal zu einer ungeheuren Anstrengung.

»Damit meinte ich beispielsweise auch uns«, fährt er fort.

Uns. Er hat keine Ahnung, was dieses Wort in mir auslöst. Was mein Herz für einen albernen Tanz aufführt. »Uns?«, frage ich, und meine Stimme klingt ganz piepsig.

»Unsere Freundschaft.«

Natürlich. Diese wunderschöne Grausamkeit, die die einzige Erfüllung ist, die mir zusteht. Ich würde zu gern irgendetwas treten.

»Weißt du«, fährt er in vollkommenem, himmlischem Unwissen fort, »es ging ja am Ende auch ohne dich. Aber du hattest es versprochen.« Er redet leise, ohne jeden Vorwurf in der

Stimme. Und obwohl er nicht konkret wird, weiß ich doch sofort, wovon er spricht.

»Es tut mir so leid«, flüstere ich, weil mir meine Stimme nun den Dienst versagt. »Ich konnte nicht …« Die Erinnerung an unseren schrecklichen, schrecklichen Kuss kehrt in ihrer gesamten Grausamkeit zurück. Die Tatsache, dass wir nun zum ersten Mal seit damals gemeinsam auf diesem Sofa sitzen, schlägt mit aller Macht in mein Gewissen ein, hinterlässt einen tiefen Krater.

»Es ist okay. Inzwischen ist es okay. Du konntest es nicht, und das ist vollkommen in Ordnung.« Seine Worte klingen gefestigter.

Doch ich habe dennoch das Gefühl, mich entschuldigen, ja, verteidigen zu müssen. Obwohl ich nicht darüber reden möchte. Nie wieder. »Nach der Sache …« *Mit uns,* will ich sagen, aber es kommt mir nicht über die Lippen.

Er lacht leise. »Nicht so konkret, Bonnie.«

»Du weißt schon.«

»Nach Blythes Tod?«, fragt er. »Sprich es ruhig aus.«

Ich sehe ihn an, und in seinen Augen kann ich nichts lesen. Ist es möglich, dass er sich an unseren Kuss nicht erinnert? Dass er diesen schlimmsten Verrat verdrängt hat?

Doch ich bin nicht in der Lage, mit ihm darüber zu reden. Kann die Erinnerung nicht wiederaufleben lassen. Deswegen nicke ich.

»Ich weiß«, sagt Jasper und klingt so sanft, so verständnisvoll. »Ich weiß, wie hart es für dich war.« Er fährt sich mit der Hand über sein Gesicht. Ich höre das Geräusch der Bartstoppeln unter seinen Fingern.

Wieder nicke ich nur. Ich merke, dass es nicht mehr lange dauern kann, bis ich implodiere. Vor Dingen, die ich nie ausgesprochen habe. Vor unterdrückten Gefühlen. Vor Unwohlsein.

»Komm her«, sagt er, und ohne dass ich eine Chance habe, mich zu wehren, zieht er mich in eine Umarmung. »Wir hätten uns längst aussprechen sollen.«

Ich merke, wie sich hinter meinen Augen Tränen stauen. Über all das nachzudenken, an dem Ort, an dem es passiert ist, in der Umarmung des Mannes, mit dem es passiert ist, ist zu viel. Die Tatsache, dass er sich nicht zu erinnern scheint. Aber natürlich nicht. Für ihn war es Sehnsucht nach Trost. Für mich Sehnsucht nach ihm. Das ist wohl der Unterschied.

Kurz wage ich es aufzusehen. In sein wunderbares Gesicht.

»Es ist schon gut. Es ist ja alles gut.« Er zieht mich wieder an sich, und während mein Herz Freudentänze aufführt, leidet mein Kopf still. Irgendwie muss ich mich wieder in den Griff kriegen. Denn hier in Jaspers Nähe, umgeben von seinem Geruch, werde ich nicht lange überleben. Atmen. Ein und aus. Ein und aus. Er übt ganz leichten Druck mit seinen Armen aus. Doch ich spüre es so intensiv, als würde er mich erdrücken. Ein schönes, warmes, sanftes Erdrücken.

Jasper Brust hebt und senkt sich mit jedem Atemzug. Am liebsten würde ich mich fallen lassen. Mich an ihn lehnen. Für einen Moment vergessen, was war. Mein Gewissen ausschalten. Und dann – tue ich genau das. Lehne mich gegen seine Brust, lasse mich einhüllen von Wärme, Nähe, Duft. Es ist die süßeste Qual, der Himmel auf Erden. Während sein Herz einmal schlägt, klopft meins zweimal gegen meine Rippen.

20

Jasper

~ Heute ~

Dies ist eine ganz andere Art von Nähe als die zufälligen Berührungen von Aurora. Bonnie ist mir so vertraut. Auch wenn sie sich in den letzten Jahren etwas zurückgezogen hatte. Sie ist seit über einer Dekade Teil meines Lebens. Wir waren so lange Freunde, enge Freunde, dass ich das Gefühl habe, sie in- und auswendig zu kennen.

Ich streiche ihr über den Rücken, über ihre schwarz-weißen Braids, die sich unter meinen Fingern fest und beinahe kühl anfühlen. Abgesehen von ihrem flachen Atem, regt Bonnie sich überhaupt nicht. Ihr Körper ist einfach an mich gepresst. Ihre Wärme geht auf mich über und umgekehrt. Trotz der Vertrautheit ist die Situation ungewohnt. Einerseits, weil sie in krassem Kontrast zu dem Abstand steht, den Bonnie eingehalten hat, andererseits, weil es Jahre her ist, dass ich eine Frau in meinem Arm hatte. Natürlich ist es nur Bonnie. Natürlich könnte es normal sein, seine gute Freundin und Bandkollegin zu umarmen. Und doch ist es das eben nicht.

Aber, wird mir auf einen Schlag bewusst, es ist schön. Es ist leicht. Es ist nicht beängstigend, fühlt sich nicht nach Grenzüberschreitung oder großem Schritt an.

Als sie sich langsam von mir löst, bin ich beinahe versucht, sie festzuhalten. Doch so bin ich nicht.

»Geht's wieder?«, frage ich vorsichtig.

Sie nickt. »Alles gut.«

Sie angelt nach ihrer Bierflasche, die sie neben das Sofa auf den Boden gestellt hat, und nimmt einen Schluck und noch einen. Und noch einen und noch einen. Bis die Flasche leer ist.

»Okay, ich glaube, ich sollte dann echt mal. Wie spät ist es eigentlich?«

»Gleich zwei Uhr.«

»Oh, okay, dann wird es wirklich Zeit.«

»Für mich auch. Um sieben steht Maya bei mir im Zimmer.« Ich lächle beim Gedanken an die winzige Person, die jeden Morgen mit ihrem Stoffaffen in der Hand zu mir ins Bett kriecht.

»Um sieben? Jeden Morgen?« Bonnie sieht mich ungläubig an. »Entschuldige. Das ist ja eigentlich klar. Ich habe mir nie Gedanken darüber gemacht.«

»Wenn ich Glück habe, kriege ich sie dazu, noch ein bisschen mit mir zu dösen.«

»Na, wie auch immer, ich mache mich auf die Socken. Danke für das Bier und … du weißt schon.« Sie fegt einen imaginären Fussel von ihrer Jeans.

»Ich danke *dir* fürs Babysitten.«

»Ach, ist doch klar«, sagt sie und macht eine wegwerfende Handbewegung.

»Nein, ist es nicht«, widerspreche ich. »Mir ist bewusst, dass du und Link euren Abend lieber mit etwas anderem verbracht hättet. Und das ist völlig okay. Man darf nicht anfangen, solche Dinge für selbstverständlich zu nehmen. Ich weiß, was ich für ein Glück habe mit euch. Mit meinem Sicherheitsnetz. Ohne euch wäre das alles nicht machbar.«

Ich sehe, dass sie schluckt. »Jederzeit, Jasper«, sagt sie. »Du kannst ab jetzt auf mich zählen.«

Gerade will ich aufstehen, um sie noch mal zu umarmen,

da hebt sie die Hand zum Abschied. Und so tue ich es ihr nach.

»Gute Nacht, Jasper.«

»Gute Nacht, Bonnie«, sage ich. Dann macht sie sich auf den Heimweg.

Ich sammle die beiden Bierflaschen ein und spüle sie in der Küche kurz mit Wasser aus. Anschließend gehe ich ins Bad. Beim Zähneputzen sehe ich mich im Spiegel an. Ich wirke ein bisschen müde. Aber gleichzeitig entspannt. Könnte es sein, dass ich im Begriff bin, wieder glücklich zu werden? Während der letzten Jahre, besonders am Anfang, glaubte ich, dass es etwas Derartiges wie Glück auf dieser Welt nicht geben könne, so allumfassend war meine Traurigkeit. Eine Traurigkeit, die ich versuchte, für mich und in mir zu behalten, bis ich am Abend die Kinderzimmertür hinter mir zuzog. Erst dann konnte ich meinen Gefühlen freien Lauf lassen.

Und jetzt – Blythe ist nicht aus meinen Gedanken verschwunden. Das wird sie nie. Aber sie ist so etwas wie eine wunderschöne Erinnerung. Ein Engel aus einer anderen Zeit. Manchmal, wenn ich Weston anblicke, sehe ich sie in ihm. Doch Dankbarkeit ist alles, was ich dabei in letzter Zeit empfinde. Tiefe Dankbarkeit statt Leere.

Mein Bett knarzt leise, als ich mich hineinfallen lasse. Die Matratze ist durchgelegen, und ich nehme mir vor, demnächst mal nach Angeboten zu sehen. Für einen Moment ertappe ich mich dabei, wie ich mich mitreißen lasse von einer Welle aus nostalgischer Sehnsucht. Auf dieser Matratze habe ich neben Blythe geschlafen. In unserer Hochzeitsnacht. Bei Mayas Zeugung. Aber schon damals war diese Matratze eine Zumutung. Da wir kein Geld hatten, haben wir auf eine eBay-Anzeige reagiert. Und weil wir jung waren, war uns egal, in welchem Zustand sie war. Jugend kennt keine Rückenschmerzen.

Ich ziehe die leichte Decke über mich, und auf einmal nehmen meine Gedanken eine andere Abzweigung. *Sexuelle Frustration,* schießt es mir durch den Kopf. Was für ein Blödsinn. Was für eine hirnrissige Wahrheit. Meine Hand findet wie automatisch den Weg zu meinen Boxershorts. Kurz halte ich inne. Sehr lange habe ich mich nicht getraut, mich selbst zu berühren. Seit einiger Zeit tue ich es wieder regelmäßig, doch so richtig entspannt bin ich dabei bislang immer noch nicht. Curtis, Phoenix und Link haben leicht reden.

Meine Hand wandert unter den Stoff der Shorts. Streicht vorsichtig an meinem Penis entlang. Und er reagiert. Natürlich reagiert er, denn er hat keinen Kopf. Er hat eine Funktion, der er bereitwillig nachkommt, wenn man ihn lässt.

Ich frage mich, was Aurora unter ihrem Kleid anhatte. Was für eine Art Unterwäsche sie wohl trägt. Ich konzentriere mich auf das Gefühl, das ihre Nähe in mir ausgelöst hat. Die flüchtigen Berührungen. Ich stelle mir vor, wie sie das Kleid von ihren Schultern streift, es auf den Boden fällt. In meiner Vorstellung ist ihre Unterwäsche sportlich, jedoch nicht unsexy. Schwarz. Das ist das Einfachste. Das bedarf keiner blühenden Fantasie. Sie berührt sich. Berührt mich. Ich berühre mich. Berühre sie in meiner Vorstellung. Lasse meine Finger über ihr Dekolleté streichen. Über ihre glatte Haut. Ihre dunkle Haut.

Stopp. Aurora hat keine dunkle Haut. Ich schüttle den Gedanken ab, konzentriere mich erneut. Ihre Haut ist warm. Warm wie meine Hand um meinen Schaft. Ihre Haare sind weich und fallen ihr über die Schultern, weil sie den Dutt gelöst hat. Ihre langen Box Braids –

Was, zur Hölle? *Ihre dunkelblonden Haare,* ermahne ich mich. *Dunkelblond, du Trottel.* Ihre dunkelblonden Haare fallen ihr über die Schultern. Sie beißt sich in die Oberlippe. Ich trete auf sie zu. Ich reibe mich. Verfalle in einen guten

Rhythmus. Sie ist kleiner als ich, einen halben Kopf vielleicht. Doch als ich mir vorstelle, meine Arme um sie zu schließen, ist sie plötzlich viel kleiner. Schmächtiger.

Ich stoße ein frustriertes Stöhnen aus und nehme die Hand aus meiner Hose. Ich bin verwirrt von unserem Gespräch vorhin. So viel steht fest. Aber ich werde mit Sicherheit nicht hier liegen und mir zu meinen Gedanken an Bonnie einen runterholen. *Das* überschreitet nun wirklich Grenzen. Auf vielen verschiedenen Ebenen. Und jede Einzelne davon ist ein Grund, schleunigst damit aufzuhören.

Mein Penis pocht noch eine Weile, aber ich ignoriere ihn. Er und mein Verstand kommen heute Nacht offensichtlich nicht zusammen.

21

Bonnie

~ Vor dreizehn Jahren ~

Er ist der schönste Junge, den ich je gesehen habe. Und ich wusste nicht einmal, dass Menschen wirklich schön sein können. Bislang habe ich sie in Jung und Alt, Schwarz und Weiß, Mädchen und Jungen unterteilt. Jetzt unterteile ich sie in alle anderen und – Jasper.

Vor fünf Minuten ist er in den Probenraum gekommen. Keine Ahnung, wieso. Keine Ahnung, woher. Alles, was ich weiß, ist, dass er anders wirkt als wir. Verschlossener, stiller. Ich habe das Gefühl, er ist das, was meine Mutter mit »wohlerzogen« meint, wenn sie Lula und mich schimpft.

»Jasper spielt Klavier und würde gerne bei uns mitmachen«, sagt Meredith, unsere Musiklehrerin, die mit uns, den Jazz Kids, heute wieder übt, zu improvisieren.

Ich klammere mich unnötig fest an meinen Bassetto, den kleinen Kontrabass für Kinder. Die Saiten schneiden in meine Finger ein, trotz der Hornhaut, die sich inzwischen gebildet hat. Ich habe sie mit Links Fingern verglichen. Meine sind härter.

»Wenn es ihm gefällt, kommt er ab jetzt vielleicht öfter her.« Meredith legt Jasper die Hand auf die Schulter, und ich ertappe mich dabei, wie ich mich frage, ob sein T-Shirt sich weich anfühlt.

Jasper ist ein schlaksiger Teenager. Und ich bin mir sicher, dass er sich in den Augen von all den anderen nicht sonderlich von den älteren Kids unterscheidet. Für mich ist es ein himmelweiter Unterschied.

»Willst du uns vielleicht etwas vorspielen?«, fragt Meredith.

Jasper nickt. Er setzt sich ans Klavier. Sein Rücken ist kerzengerade. Er schließt die Augen, atmet einmal tief ein. Dann beginnt er. Was er spielt, ist definitiv kein Jazz. Im Musikunterricht haben wir ähnliche Musik schon einmal gehört. Klassische Musik. Er spielt sanfte Akkorde. Mit viel Gefühl. So viel Gefühl, dass ich sehe, wie ich eine Gänsehaut auf dem Arm bekomme. Die Melodie ist einfach, verspielt. Aber unter Jaspers Fingern klingt es wie die göttlichste Medizin. Er wiegt seinen Oberkörper leicht hin und her, als könne er jeden Ton in sich spüren. Als würde jeder Ton etwas in ihm auslösen. Eine Sehnsucht, vielleicht. In mir löst dieses Stück ebenfalls etwas aus. Den Drang, auf der Stelle loszuheulen, weil ich nicht verstehe, was passiert. Es fühlt sich an, als würde mich jemand innen berühren. In mir drin.

Die anderen Kinder um mich herum beginnen zu tuscheln. Ein paar Jungs kichern. Und ich wünschte, sie wären still. Einem von ihnen werfe ich einen wütenden Blick zu, aber er ignoriert mich. Jasper spielt unbeirrt weiter. Doch das Flüstern wird lauter. Bis zu dem Moment, als ein Junge ruft: »Was bist du denn für ein Lauch?«

Kurz stelle ich mir vor, wie ich ihm den Stachel meines Basses in die Kehle ramme. Oder ihm wenigstens in die Eier trete. Von Link weiß ich, dass das so ungefähr das Schlimmste ist, was man tun kann.

Jasper unterbricht das Stück, und ich will am liebsten laut rufen, dass er weitermachen soll. Immer weiter. Für immer und ewig. Er dreht sich zu uns um und ist ganz rot im Gesicht. Meine Wut auf den bescheuerten Jungen, der das mit dem Lauch gerufen hat, wächst ins Unermessliche. Er ist zwei Klassen über mir, ich kenne ihn aus der Schule. Irgendetwas werde ich mir ausdenken müssen, um ihn für den blöden Spruch zu bestrafen. Etwas Grauenhaftes. Eine tote Ratte in seinem Spind, vielleicht. Aber so, dass sie übers Wochenende drinbleibt und alles so richtig vollstinkt. Lula kann Spinde im Schlaf aufbrechen.

»Wow«, sagt Meredith gerade. »Du bist wirklich gut, Jasper.«

»Ein Lauch ist er«, ruft jetzt der dumme Kerl von gerade eben. »Was soll das überhaupt für Musik sein?«

»Okay, Curtis, ich glaube, wir haben alle verstanden, dass du gerne über Gemüse redest. Aber wenn du nicht die Klappe hältst ab jetzt, fliegst du wieder raus. Das ist dann das dritte Mal in diesem Monat. Und dann müssten wir vielleicht noch mal darüber reden, ob du hier richtig bist.«

Der Gedanke daran, dass Curtis – nun weiß ich auch wieder, wie er heißt – rausfliegen könnte, gefällt mir. Spielen wir eben ohne Schlagzeug. Mein Rhythmusgefühl ist mindestens genauso gut.

»Ähm«, macht Jasper, und ich halte die Luft an. Seine Stimme! Er ist bereits im Stimmbruch und klingt wie eine Mischung aus Reibeisen und Junge. Und beinahe finde ich es noch schöner als sein Klavierspiel. Seine dunklen Haare sind kurz geschnitten. Und er fährt sich nun unsicher darüber. Ich will das auch. Über seine Haare fahren. »Also … ich würde gerne Jazz lernen. Aber meine Eltern erlauben es mir nicht.«

Curtis prustet laut. »Laucheltern.«

Ich weiß, dass Curtis seine Eltern vor zwei Jahren durch Hurrikan Katrina verloren hat. Bislang hat er mir immer leidgetan deswegen. Aber gerade tut mir nur Jasper leid.

»Ich finde es toll, dass du ganz allein hierhergekommen bist«, sagt Meredith. »Und ich bin mir sicher, bei deinem

Talent hast du jede Menge Gefühl für Jazz. Wenn du willst, kannst du heute erst mal zuhören, was wir hier so machen.«

Jasper nickt. »Vielen Dank.«

Er ist höflich, und das gefällt mir. Gerade glaube ich, er könnte auf den Boden spucken und es würde mir noch gefallen, obwohl ich das bei den Jungs in der Schule immer ekelhaft finde.

Während der restlichen Stunde bin ich unkonzentriert. Ich spiele nicht so gut, wie ich es eigentlich kann, weil ich nicht in der Lage bin, meine Augen oder meine Gedanken von Jasper abzuwenden. Glücklicherweise bin ich heute nicht die einzige Bassistin, sodass es nicht auffällt.

»Jasper, wenn du willst, zeige ich dir noch ein paar Sachen, die du üben kannst«, sagt Meredith, als wir anderen zusammenpacken.

»Das wäre großartig, danke«, sagt er und räuspert sich, weil sich seine Stimme überschlägt.

Nach und nach verlassen die anderen Kinder den Raum.

»Kommst du, Bonnie?«, fragt Link. Normalerweise begleitet er mich noch nach Hause, ehe er zu sich radelt.

»Habnochwasvor«, nuschle ich.

»Oh, okay, dann bis morgen.« Er winkt mir, geht zu Jasper und sagt: »Ich fand's übrigens cool.« Deswegen ist Link mein bester Freund. Deswegen habe ich ihm verziehen, dass er mir an unserem ersten Tag hier die Gitarre weggeschnappt hat. Obwohl ich ihn eigentlich verprügeln wollte. Doch dann fand ich heraus, dass Nico Minoru, meine Lieblingsfigur aus den *Runaways,* meiner liebsten Comicserie, Bass spielen will. Das war Links großes Glück.

Als alle gegangen sind, wuchte ich den Bass auf meinen Rücken und gehe zur Tür.

»Tschüss, Meredith. Tschüss, Jasper.« Letzteres sage ich ein bisschen leise.

»Tschüss, Bonnie«, antwortet Meredith, und Jasper hebt die Hand.

Er hat mich angesehen, schießt es mir durch den Kopf, während ich den Raum verlasse. Ich tue so, als würde ich die Tür zuziehen, lasse sie aber einen Spalt offen. Dann lehne ich den Bass an die Wand und setze mich daneben auf den Boden. In meinem Kopf überschlagen sich die Gedanken. Es herrscht absolutes Chaos. Wie bei Nico Minoru, denke ich. Das Gehirn rast in alle möglichen Richtungen.

»Also, dann wollen wir mal«, höre ich Merediths Stimme. Sie sitzt sicher neben ihm auf einem Klavierhocker. Das Leben ist ungerecht. »Ich schätze, du kannst Tonleitern spielen?«

Ich sehe zwar nichts, aber ich bin mir sicher, dass Jasper nickt. Wer so Klavier spielen kann, beherrscht alberne Tonleitern im Schlaf.

»Was ist mit Septakkorden?« Meredith demonstriert, was sie meint, spielt einen Dur- und einen Moll-Septakkord. Und Jasper tut es ihr nach. In verschiedenen Tonarten. Ich kann seinen und Merediths Anschlag auseinanderhalten. Seiner ist ganz weich und sanft. Merediths kraftvoll.

»Ich habe hier ein Songbook, das du haben kannst«, sagt Meredith. »Cole Porter. Du kannst sicher vom Blatt spielen, oder?«

Ich höre das Rascheln von Papier, und gleich darauf spielt Jasper eine Melodie.

»Sehr gut«, sagt Meredith. »Das hier, was über den Noten steht, sind die Akkorde. Siehst du? Die könntest du mit der linken Hand dazu spielen, wenn du weißt, was sie bedeuten.«

»So?«, fragt Jasper, und ich schließe beim Klang seiner Stimme die Augen.

Er spielt nun eine Melodie und begleitet sie mit der linken Hand. Beinahe klingt es schon wie Jazz. Wie vorsichtiger Jazz.

»Also, ganz ehrlich, Jasper, dein Klavierlehrer hat ganze Arbeit geleistet. In ein paar Wochen bist du so weit, würde ich sagen.«

»Meinst du wirklich?«, fragt er, und ich höre ein Lächeln in seiner Stimme. »Darf ich also wiederkommen?«

»Bei uns ist jeder willkommen, der Lust auf Musik hat«, sagt Meredith. »Und wenn du willst, kannst du das Songbook mitnehmen zum Üben.«

»Besser nicht«, erwidert er. »Wenn meine Eltern das finden, nehmen sie es mir nur weg. Aber ich könnte …«

»Hm?«

»Ich könnte vielleicht nach der Schule herkommen und hier üben?«, fragt er hoffnungsvoll.

»Wenn deine Eltern das erlauben, sicher. Hier ist immer irgendwo ein Klavier frei.«

»Toll! Dann komme ich morgen wieder.«

Und ich auch, denke ich. Ich werde morgen ebenfalls wiederkommen und dir zuhören. Ich werde mich mit dir anfreunden und mit dir Musik machen. Und wenn du willst, suche ich noch eine zweite tote Ratte, die kannst du dann im Schlafzimmer deiner Eltern deponieren. Denn sie klingen nicht wie Leute, die ohne tote Ratte im Schlafzimmer sein sollten, wenn du mich fragst.

22

Jasper

~ Vor dreizehn Jahren ~

Ich bin irre froh, dass ich auf Simon gehört habe und mich getraut habe, in die Musikschule zu gehen, in der er unterrichtet, wenn er nicht – wie er sagt – hoffnungslose Fälle aus gut betuchten Familien zu *Für Elise* zwingt. Mich hat er natürlich ausgenommen. Obwohl meine Familie gut betucht ist. Aber ich weiß, was er meint. Mein Glück, dass ich gerne Klavier spiele. Und gar nicht mal schlecht.

»He, Lauchgesicht, bist du jetzt immer hier?«, fragt ein Junge, der sich benimmt wie ein Arsch und auch so aussieht. Sein Gesicht scheint immer wütend zu sein, seine Klamotten immer zerrissen. Ein bisschen Angst habe ich vor ihm, obwohl er kleiner ist als ich. Und ziemlich sicher auch jünger. Aber das hier ist sein Territorium.

»Lass ihn in Frieden, Curtis«, sagt ein afroamerikanisches Mädchen. »Zieh Leine.«

Und tatsächlich verschwindet Curtis. Nicht, ohne uns den Stinkefinger zu zeigen, aber das hat noch nie jemandem wehgetan.

»Danke«, sage ich zu dem Mädchen.

»Er ist ein Penner. Aber harmlos. Außer, er will sich prügeln.«

»Will er das oft?«, frage ich. Wenn ich in eine Schlägerei geraten würde, könnte das zu unangenehmen Fragen zu Hause führen.

»Ab und zu.« Sie zuckt mit den Schultern.

»Hier bist du!« Der blonde Junge, der neulich mein Klavierspiel gelobt hat, kommt um die Ecke. »Ich dachte, du wartest draußen auf mich!«

»Ich musste Curtis vertreiben«, sagt sie.

»Ich bin Jasper«, stelle ich mich vor, so, wie man es mir beigebracht hat.

»Bonnie«, sagt das Mädchen. Dann zeigt sie auf den Jungen. »Das ist Lincoln.«

»Nenn mich Link«, sagt Lincoln.

»Ihr seid auch in Merediths Gruppe, oder?«

Bonnie nickt lächelnd. »Sie ist cool.«

»Was spielt ihr?«, frage ich.

»Ich spiele Kontrabass. Link Gitarre.«

»Seid ihr in einer Band?« Ich weiß nicht, wie alt die beiden sind oder wie alt man sein muss, um eine Band zu haben.

»In der Big Band«, sagt Link.

»Ähm«, mache ich, weil ich nicht weiß, ob das vielleicht zu früh ist, »hättet ihr vielleicht Lust, mal Musik zu machen? Also zusammen?«

Bonnies Augen beginnen zu leuchten. »Klar!« Sie blickt sich zu ihrem Freund um.

»Meinetwegen«, sagt der. »Bist du denn schon so weit?«

»Weiß nicht«, gebe ich zu.

»Zeig einfach mal, was du draufhast, dann sag ich dir, ob das was werden kann mit uns.« Er grinst schief.

»Du kannst echt ein Arsch sein, Lincoln«, sagt Bonnie.

»Was denn? Um berühmt zu werden, muss ich eben mit guten Leuten spielen.«

»Bislang spielst du mit Merediths Big Band. Damit wirst du sicher nicht berühmt.« Sie lacht.

Wir betreten zusammen den leeren Musikraum, den Meredith mir heute zur Verfügung gestellt hat. In der letzten Zeit war ich jeden Tag hier, immer in einem anderen Raum. Aber ich habe jedes Mal Cole-Porter-Stücke geübt. Habe die Melodie mit den vorgesehenen Akkorden begleitet, angefangen zu variieren. Dass Simon mir so viel Musiktheorie beigebracht hat, hilft mir jetzt sehr. Ich habe die Songs in verschiedene Tonarten transponiert. Ich habe Akkordverschiebungen gelernt und mit chromatischen und diatonischen Harmonien experimentiert, um variabler zu werden. Dann habe ich Moll-Tonleitern geübt: äolisch, harmonisch und melodisch. Danach habe ich dorische, pentatonische und Blues-Tonleitern in jeder Tonart bis zum Erbrechen gespielt und begonnen, Töne daraus in die Melodien von Cole Porter einzufügen und Originaltöne wegzulassen. Ich bin von Tag zu Tag sicherer geworden und fühle mich gewappnet.

Ich entscheide mich für *So in Love* in f-Moll, weil mir die Melodie am besten gefällt. Um meine Nervosität unter Kontrolle zu bringen, spiele ich zunächst die Noten, wie sie im Songbook stehen. Doch nach ein paar Takten fange ich an zu variieren, füge Zwischentöne ein, traue mich, verspielter zu werden. Aus dem Augenwinkel sehe ich, wie Bonnie mich anblickt. Und wenn ich es richtig deute, scheine ich meine Sache nicht so schlecht zu machen. Davon beflügelt, traue ich mich mehr, lasse meine Intuition übernehmen. Ein kleiner Triller mit der rechten Hand, rhythmische Akkordfolgen mit der linken. Ich fühle die Musik, fühle den Groove. Es ist ein unbeschreibliches Gefühl. Es ist wie Freiheit. Die Freiheit, hier zu sein, gepaart mit Freiheit in der Musik.

»Und?«, frage ich, als ich geendet habe.

»Gar nicht so schlecht«, sagt Link und nickt anerkennend. »Ein bisschen steif vielleicht noch.«

»Link!« Bonnie sieht ihn genervt an.

»Vielleicht solltest du mal unter Beweis stellen, was du so draufhast. Vielleicht bist du mir ja auch nicht gut genug«, sage ich, weil ich sein Benehmen ein bisschen albern finde. Er kann kaum älter als zehn Jahre alt sein. Von so einem Kleinkind muss ich mir nichts gefallen lassen.

»Ja sicher«, sagt er und schnaubt.

Ich sehe fragend zu Bonnie. »Er ist leider echt gut. Aber dummerweise wurde ihm das auch oft genug gesagt«, flüstert sie, sodass er es hören muss.

»Und was ist mit dir?«

»Ich spiele mit dir«, sagt sie, ohne auch nur eine Sekunde zu zögern, und streckt Link die Zunge raus.

»Bist du verknallt, oder was?«, fragt Link. Dann, nach einer kurzen Pause, in der er so tut, als würde er angestrengt nachdenken: »Ja, okay. Du hast Potenzial.«

Bonnie verdreht die Augen, und ich muss lachen.

»Großartig«, sage ich. »Das freut mich wirklich sehr.«

Anscheinend war das falsch, denn nun verdreht Link die Augen. »Ich habe auch schon den perfekten Bandnamen für uns: Die coolen Kids und der Lauch.«

23

Bonnie

~ Heute ~

Während jeder Bandprobe habe ich Sorge, dass Jasper und Link den neuen Song ansprechen könnten. Seit ich zugesagt habe, ihn mit Jasper zu singen, haben wir kein Wort mehr darüber verloren, und ich selbst werde den Teufel tun und mich schon wieder in eine Situation katapultieren, die mir emotional über den Kopf wächst. Auch heute haben wir erneut vieles ausprobiert, an ein paar Songs gefeilt, die in unseren Ohren noch nicht ganz fertig klingen, und gejammed. Doch Jaspers und mein Duett scheint immer noch nicht weit genug oben auf der Prioritätenliste zu stehen.

Als wir langsam müde werden, ist es allerdings Curtis, der noch etwas zu sagen hat.

»Habt ihr noch zehn Minuten?«, fragt er. »Du auch, Sal?«

Wir hören auf, einzupacken, und wenden uns Curtis zu.

»Was gibt's, Mann?«, fragt Link interessiert.

»Also … ich habe eine Frage. Besser gesagt: Amory hat eine Frage.«

»Okay?« Jasper runzelt die Stirn, sodass sich wieder die Falte zwischen seinen Augenbrauen bildet. Schnell wende ich den Blick ab, ehe ich anfange zu starren.

»Es geht um die Hochzeit ihrer Cousine. Die soll in

zwei Wochen stattfinden. Eigentlich hatte sie einen DJ gebucht …«

Sal schnaubt.

»Ja, ja, ich weiß«, sagt Curtis und hebt die Hand, um sich wieder Gehör zu verschaffen.

DJs sind in der Musikszene von New Orleans nicht gerade hoch angesehen, weil sie sich als Einzelpersonen gut bezahlte Gigs unter den Nagel reißen und dabei oft einfach nur ihre Playlists runterlaufen lassen.

»Der DJ hat sich jedenfalls den Arm gebrochen und daher Mel – das ist die Cousine – ziemlich kurzfristig abgesagt.«

»Karma«, nuschelt Sal, und ich muss lachen.

»Sein Pech könnte unser Glück sein«, fährt Curtis unbeirrt fort. »Wenn ihr Interesse habt.«

»Was? Ja, natürlich«, sagt Link.

»Keine Frage«, kommt es sofort von Sal.

Auch ich nicke begeistert, und wenn ich Jaspers Miene richtig deute, ist er ebenfalls nicht abgeneigt. Allerdings denkt er mit Sicherheit schon über Babysitter nach.

»Die Sache hat einen Haken«, sagt Curtis.

»Sie zahlt scheiße?«, fragt Link.

»Sie wünscht sich Kuschelrock?«, stöhnt Jasper.

»Die Gage ist okay. Sie hat ein Budget von zweitausend Dollar. Und musikalisch lässt sie uns weitestgehend freie Hand. Sie hätte gern Jazz zum Empfang und ›etwas Tanzbares‹ für später. Das Problem ist eher … die Location.«

»Okay?«, sage ich.

»Also … es ist eine alte Plantage hinter St. Francisville. Kurz vor der Grenze zu Mississippi.«

»Echt jetzt?« Sal verdreht die Augen.

»Das ist ja scheußlich«, sagt Link. »Wer kommt denn auf so eine Idee?«

»Sieht vermutlich gut auf Instagram aus«, schlage ich vor,

auch wenn ich selbst ebenfalls ziemlich genervt bin. Aber ich weiß, wie wichtig das Geld für Link und Jasper ist, deswegen will ich mich nicht querstellen.

»Amory hat aber auch dafür einen Plan«, nimmt Curtis den Faden wieder auf. »Sie hat eine Voodoo-Puppe gekauft, die sie dort vergraben möchte.«

Ich pruste laut los. »Manchmal wüsste ich wirklich gern, was in Amorys Kopf vor sich geht.«

»Also, was sagt ihr?«, fragt Curtis. »Für Kost und Logis ist natürlich gesorgt«, schiebt er noch hinterher.

»Ich könnte das zusätzliche Geld echt gut gebrauchen«, sagt Jasper und wird ein wenig rot. »Aber nur, wenn es für die anderen in Ordnung geht.«

»Ich bin auch dabei«, sagt Link.

»Also meinetwegen.« Sal zuckt mit den Schultern. »Aber die Voodoo-Puppe vergrabe ich höchstpersönlich.«

»Bonnie?«

Es steht für mich außer Frage, Jasper und Link zu helfen. Daher zögere ich nicht lange. »Ihr könnt auf mich zählen.«

Kurz berichtet Curtis uns von den Einzelheiten. Wir sollen Freitagabend anreisen und bis Sonntagmorgen bleiben, damit wir frühzeitig aufbauen und zum Empfang am Mittag und während der Party abends spielen können.

»Ich sage gleich Amory Bescheid, damit sie ihre Cousine beruhigen kann.« Mit diesen Worten geht er nach draußen.

Als Curtis wieder zurückkehrt, befinden wir uns im Aufbruch.

»Und? Hat sie sich gefreut?«, fragt Link.

»Jep«, sagt Curtis, »sie war ganz aus dem Häuschen.« Ich weiß nicht, ob noch jemandem der sarkastische Unterton auffällt. Das ist nicht gut. Gar nicht gut. »Habt ihr Bock, ein bisschen die Sau rauszulassen?« In seinen Augen blitzt etwas auf. Jedoch ist es keine Freude. »Unseren *Erfolg* zu feiern?«

Ich habe keine Ahnung, warum er das so seltsam gedehnt sagt, doch in mir schrillen die Alarmglocken.

»Sorry, Mann, aber ich muss nach Hause zu den Kids«, sagt Jasper und mit Blick auf die Uhr: »O ja, ich sollte schleunigst los.«

»Heute kann ich leider nicht. Datenight«, schließt sich Link an und wackelt mit den Augenbrauen.

Sal ist bereits zur Tür raus.

»Und was ist mit dir, Süße?«, fragt er mich. Ich hasse es, wenn er mir Kosenamen gibt, doch gerade bin ich auf der Hut. Und in dieser Stimmung lasse ich Curtis sicher nicht allein.

»Okay, was schwebt dir vor?« Ich blicke ihn aufmerksam an.

»Mal wieder richtig feiern. Alles vergessen. Wie früher.«

Wie früher. Nur, dass früher eben vorbei ist. Und in Curtis' Fall hatte man gehofft, dass es so bleibt. Unterbrochen von dem ein oder anderen Rückfall – aber es sah gut aus.

»Ein paar Drinks und dann *Funk House*«, beschließt er. Es ist keine Frage.

Ich lasse meinen Bass in der Musikschule. Fünf Minuten entfernt gibt es eine Spelunke, in der abgestürzte Musiker und fertige Gewohnheitstrinker ein und aus gehen. Curtis holt an der Bar zwei Bier und zwei klare Shots – Wodka, vermutlich – und setzt sich dann zu mir in die hinterste Ecke der dunklen Kneipe.

»Cheers.« Er hebt das Shotglas und kippt es in einem Zug hinunter. »Wooohooo!« Er grinst mich an, doch in seinen Augen liegt nach wie vor dieses zornige Funkeln. »Was ist, Bonnie? Lass mich nicht hängen! Mach dich locker!«

Ich exe ebenfalls meinen Shot. Tatsächlich ist es Wodka, der in meiner Kehle brennt.

Curtis zündet sich eine Zigarette an und inhaliert tief. Eigentlich darf man drinnen nicht rauchen, aber hier, mitten in Tremé in der abgefucktesten Kneipe weit und breit, interessiert das niemanden.

»Also, Süße, erzähl mal«, sagt er. »Ist ja 'ne Weile her, seit wir das letzte Mal zusammen aus waren.« Mit einem Schwenk des leeren Shotglases signalisiert er der Frau hinter der Bar, dass er noch einen möchte.

»Kannst du nicht herkommen, wenn du was willst?«, ruft sie, doch Curtis grinst nur. Und tatsächlich, fünf Minuten später stehen zwei weitere Wodkashots vor uns. Curtis hat seinen sofort wieder heruntergekippt, ich bleibe erst einmal lieber beim Bier. Denn wenn das hier eskaliert, sollte wenigstens einer von uns seinen Kopf einigermaßen beisammen behalten.

»Ist das Leben nicht schön?«, sagt Curtis. »Geile Musik, kaltes Bier, schöne Frauen ...« Bei Letzterem zwinkert er mir zu.

Ich lache. »Curtis«, ermahne ich ihn.

»Ist doch wahr, Bonnie. Ich check nicht, warum dich nicht jemand vom Fleck weg heiratet.«

»Vielleicht gehören dazu zwei?«, schlage ich vor.

»Oooooh, du willst richtiges Balzverhalten?« Er steht auf und beginnt einen übertrieben albernen Tanz aufzuführen. Dann nimmt er meinen Shot, kippt ihn hinunter und setzt sich neben mich.

»Du spinnst«, sage ich lachend.

»Die Welt spinnt.« Er legt den Arm um mich und zieht mich an sich. »Aber dich mag ich, Bonnie.«

Wieder muss ich lachen. »Ich weiß, Curtis.«

»Ich weiß, dass du das weißt. Trotzdem sag ich es dir.«

»Das ist lieb von dir.«

Einen Moment trinken wir schweigend, und Curtis rutscht wieder ein Stück von mir weg.

»Ich glaube, du solltest heute Abend Sex haben«, sagt er dann.

Wieder muss ich lachen. »Ich glaube, das ist meine Angelegenheit.«

»Ich glaube, ich suche dir einen attraktiven Kerl aus.«

»Ich glaube, das lässt du besser.«

»Ich glaube, ich sollte vielleicht Sex haben. Suchst du mir jemanden aus?«

Ich sehe mich um. Abgesehen von der rundlichen Frau hinter dem Tresen und zwei alten Männern, ist die Bar leer.

»Nicht hier, Puppe. Später.«

»Nenn mich nicht so.«

Curtis bestellt zwei weitere Shots und zündet sich noch eine Zigarette an.

»Verrätst du mir, was los ist?«, frage ich.

»Was soll los sein?« Sein Blick ist nicht mehr ganz so fokussiert. Der Alkohol beginnt zu wirken.

»Warum auf einmal der Drang, einen draufzumachen?« Ich lächle ihn unschuldig an.

»Darf man nicht Lust auf einen Abend mit einer guten Freundin haben?« Er nimmt meine Hand und deutet einen Kuss an.

»Du bist albern.«

»*Du* bist albern.«

»Du bist albern*er*.«

»Ich wehre mich nicht gegen dich, Bonnie«, sagt er und kippt erst seinen, dann meinen Wodka hinunter.

Als wir gegen halb elf ins *Funk House* aufbrechen, ist Curtis schon ziemlich betrunken, und ich habe fast die Hoffnung, dass sie uns nicht mehr reinlassen. Doch mein Onkel Trevor arbeitet heute und winkt uns sofort rein.

Drinnen ist es noch dunkler als in der Kneipe. Und es ist laut. Eine Funk-Band spielt auf der Bühne, davor tanzen ein paar Leute. Es ist noch zu früh, in ein bis zwei Stunden ist die Tanzfläche gerammelt voll. Curtis steuert zielsicher die Bar an und setzt sich auf einen der Hocker.

Eigentlich habe ich Lust zu tanzen. Die Band ist gut, ich habe sie schon etliche Male gehört. In ein paar Jahren werden sie es sicher von der Vorband zum Main Act geschafft haben. Aber ich kann Curtis nicht allein lassen.

»Was willst du trinken, *Babe?*«, fragt er.

»Wasser«, sage ich, weil ich die drei Pints bereits spüre.

»Ach was! Wir sind nur einmal jung. Zwei Bier«, ruft er dem Barmann zu.

Aus dem Augenwinkel studiere ich Curtis' Gesicht. Der Rausch lässt ihn die Selbstkontrolle ein wenig vergessen, sodass ab und zu eine echte Emotion durchblitzt. In meinen Augen sieht es aus wie Schmerz, doch bei Curtis weiß man nie.

»Komm, wir tanzen«, sagt er und zieht mich von meinem Barhocker.

Curtis bewegt sich gut. Als Drummer hat er ein sagenhaftes Rhythmusgefühl. Und nicht nur das – er weiß seinen Körper zu bewegen. Es hat mich nie gewundert, dass er bei Frauen gut ankam, auch wenn sein Gesicht ein bisschen grob aussieht. Nicht schlecht, im Gegenteil. Aber er hat etwas Raues, Wildes an sich, das mich abschrecken würde und das in diesem Moment noch deutlicher sichtbar ist.

Wir tanzen zusammen. Mal enger, mal weiter auseinander. Und ich merke, wie ich mich entspanne, weil ich sehe, dass es Curtis guttut, sich zu bewegen. Er ist ausgelassen, und das Grinsen in seinem Gesicht wirkt weniger angespannt und gezwungen als noch vor zehn Minuten.

»Und, *Babe?* Gefällt dir jemand?«, fragt er, sein Mund dicht an meinem Ohr.

»Ich bin nicht auf der Suche, *Babe.* Was ist mit dir?«

»Alle«, ruft er und wirft die Arme in die Luft. Er ist beinahe ekstatisch, und ich bin es mit ihm. Die Musik reißt mich mit, lässt mich Sorgen und Nöte vergessen, die sonst meinen Kopf auf Trab halten.

Curtis trinkt erst sein Bier, dann meins. Anschließend holt er uns Nachschub. Ich habe längst aufgehört zu zählen, wie viel er inzwischen intus hat. Solange er tanzen kann, ist alles gut, auch wenn sein Blick glasiger und seine Aussprache verwaschener wird. Dennoch war es eine gute Idee, hierherzukommen. Alles hinter uns zu lassen, egal, was auch bei Curtis gerade los ist. Es hat mir gefehlt, loszulassen.

Die Tanzfläche ist inzwischen ziemlich voll, und wir werden immer wieder aneinandergepresst. Es ist heiß, wir sind verschwitzt, aber ausgelassen und fröhlich. Die Band heizt die Stimmung an, heizt den Tanzenden ein. Als ihre eigene Interpretation von *Express Yourself* erklingt, grölt der ganze Club mit. Und Curtis und ich mittendrin. Er nimmt meine Hände, und wir hüpfen und taumeln und singen und jubeln. Bis auf einmal die Stimmung kippt.

Curtis macht einen ausladenden Schritt nach hinten und stößt mit einem bulligen Kerl zusammen, der ihn wieder zurückschiebt.

»Hey«, ruft Curtis und dreht sich zu ihm um. In diesem Bruchteil einer Sekunde sehe ich, wie sich der Ausdruck in seinem Gesicht komplett verändert hat. Er ist finster geworden. Wütend.

»Pass ein bisschen auf, ja?«, sagt der Typ und will sich wieder abwenden.

»Pass du ein bisschen auf, Alter«, ruft Curtis.

»Wir wollen hier alle nur Spaß haben.«

»Dann sei kein Arsch und lass mich in Ruhe.«

»Curtis?« Ich berühre ihn an der Schulter und werfe dem Mann einen entschuldigenden Blick zu.

»Wie hast du mich gerade genannt?«

»Wisch dir die Tränen aus dem Gesicht«, sagt Curtis.

»Hey, Mann, lass den Scheiß«, versuche ich es.

»Mach mich nicht an, du Pisser.« Auch bei dem Kerl ist die Stimmung umgeschlagen.

Curtis baut sich vor ihm auf, das Kinn nach vorne gereckt. Es ist eine Drohung. »Pass auf, was du sagst, Wichser.«

»Mach dich nicht lächerlich.« Der Mann, der mit Sicherheit einen Kopf größer ist als Curtis und ungefähr doppelt so breit, schiebt ihn von sich. Doch Curtis schlägt seine Arme weg. Ich weiß ganz genau, wenn niemand einschreitet, eskaliert das hier schnell zu einer ausgereiften Schlägerei. Es ist nicht das erste Mal, dass ich Zeugin davon werde.

»Okay, das reicht, Curtis«, sage ich und trete mit dem Mut einer Wahnsinnigen zwischen die beiden Streithähne.

»Lass mich, Bonnie. Das ist meine Sache.«

»Ist es nicht. Du hast mich mitgeschleift.«

»Hör besser auf deine Alte«, empfiehlt der bullige Typ.

»Vorsicht«, sage ich an ihn gewandt, denn auch mir gefällt sein Ton nicht. Obwohl Curtis angefangen hat. Und vermutlich mit voller Absicht. Ich versuche hier gerade zu schlichten, da kann er sich ein bisschen zusammenreißen.

Mit einem Satz ist Curtis an mir vorbeigesprungen und hat dem Kerl eine verpasst. Allerdings ist er so betrunken, dass er ihn nicht richtig trifft. Doch sein Widersacher ist nüchtern genug und streckt ihn mit einem gezielten Faustschlag nieder. Ein paar Leute kreischen.

»Kannst du bitte abhauen?«, schreie ich den Typen an. Er muss kapiert haben, dass es mir ernst ist, denn er wendet sich ab und ist im nächsten Moment in der Menge verschwunden. »Hast du jetzt endlich genug?«

Curtis reibt sich den Unterkiefer, der in den nächsten Tagen in den schönsten Farben leuchten wird. »Ichbringihnum«, nuschelt er und versucht sich aufzurichten.

»Nein, das tust du nicht.« Ich war selten so froh darüber, Trevors Gesicht zu sehen.

Als wiege er nichts, hebt mein Onkel Curtis auf die Beine und schleppt ihn nach draußen.

»Für heute Abend ist Schluss für dich«, erläutert er ihm draußen. »So einen Zirkus brauchen wir hier nicht.«

»Aberderandere …«

»Hör auf zu sprechen, Curtis, sonst erteile ich dir Hausverbot.«

»Aber …«

»Bring ihn nach Hause, Bonnie. Schaff ihn hier weg. Ich hab keinen Bock, dass die Bullen hier auftauchen.«

Ich lege mir Curtis' Arm um die Schulter und versuche ihn aufrecht zu halten.

»Kannst du laufen, Curtis?«, frage ich.

»Meineleichtesteübung.«

Wir schwanken bedrohlich, doch nach einer Minute scheint er sich gefangen zu haben. Wir laufen zwar beeindruckende Schlangenlinien, bewegen uns aber einigermaßen aufrecht fort.

»Du schläfst heute bei mir«, beschließe ich.

»Istdasweit?«

»Fünfzehn Minuten. Zwanzig in deinem Tempo.«

»Okeh.«

Wir entfernen uns vom *Funk House.* Die Musik und die Stimmen werden leiser, die Beleuchtung spärlicher.

»Siebringteindatemit.«

»Was?«, frage ich.

»Amory.«

»Was ist mit Amory?« Ich habe kein Wort von seinem besoffenen Genuschel verstanden.

»Amory … Sie bringt ein Date mit.«

»Wohin?«

»Zur Hochzeit.«

Daher weht also der Wind.

»Und das verletzt dich?«

»Bist du bescheuert? Es könnte mir nicht egaler sein.«

Ja, genau. Deswegen besäuft er sich und fängt völlig willkürlich eine Schlägerei an.

»Du weißt, dass es okay ist, jemanden zu mögen?«, frage ich vorsichtig, während sein Gewicht auf meiner Schulter immer drückender wird.

»Pfff«, macht er.

»Ich meine ja nur. Du kannst auch mal durch den Wind sein, wenn eine Frau wie Amory mit jemandem auf eine Hochzeit geht, der nicht du ist.«

»Sie kann machen, was sie will.«

»Ich weiß. Natürlich kann sie das. Schließlich seid ihr nicht zusammen.«

»Näh.« Er spuckt es beinahe aus.

Ich wünschte so sehr, Curtis könnte aus seiner Haut und einfach mit Amory zusammen sein. Glücklich sein. Mit der Frau, die es geschafft hat, ihn runterzubringen.

Wenig später bugsiere ich ihn so leise wie möglich ins Haus und die Treppe hoch in mein Zimmer. Mein Bett ist groß genug für zwei, und ich habe kein Problem damit, es mit meinen Freunden zu teilen.

»Alter, Bonnie, was ist mit den ganzen Gläsern?«, fragt Curtis und lässt sich mit halb geschlossenen Augen aufs Bett plumpsen.

Er meint meine Erinnerungen, die fein aufgereiht in meinem Regal stehen.

»Das ist so eine komische Angewohnheit von mir«, sage ich.

»Erzähl es mir.« Er schließt die Augen und dreht sich zur Wand.

»Wenn du deine Schuhe ausziehst«, sage ich, denn morgen hat er es ohnehin wieder vergessen.

Tatsächlich setzt er sich mühsam auf und versucht die Schleifen seiner Schuhe zu lösen. »Kannst du mir helfen?«, fragt er und lässt hilflos die Arme sinken.

Ich knie mich aufs Bett und ziehe ihm die Schuhe aus. Währenddessen macht er sich an seinem T-Shirt zu schaffen.

»Mir ist warm«, sagt er als Erklärung. »Und jetzt erzähl von deinen Gläsern.«

»Also. Immer, wenn etwas passiert, das ich nie vergessen will, fülle ich kleine Gegenstände in ein Glas, die mich daran erinnern sollen.«

»Klingt schön«, sagt Curtis und lässt sich mit nacktem Oberkörper auf mein Bett zurückfallen. Seine Augen sind wieder geschlossen, und ich nutze den Moment, um mich meiner verschwitzten Klamotten zu entledigen und in ein Schlafshirt zu schlüpfen. »Was für Erinnerungen?«

»Zum Beispiel unser erster Gig«, sage ich und hebe ein Glas hoch. Darin befinden sich die zusammengefaltete Setlist und die Telefonnummer von irgendeinem Typen.

»Das war ein Abend … Was noch?«

»Als ich mit meinem Dad und Lula im Zoo war. Da war ich neun.« In dem Glas befindet sich die Eintrittskarte, der Stiel von meinem Eis und das getrocknete Blatt von irgendeiner Pflanze, die ich interessant fand.

»Du hast einen Dad?«

Ich lache. »Jeder hat einen Dad.«

»Ich nicht.«

Kurz schlucke ich. »Du hast auch einen Dad. Nur ist er nicht mehr da.«

»Wo ist deiner?«

»In North Carolina.«

»Das ist näher als meiner. Was noch?«

Ich schalte das Licht aus und lege mich neben Curtis. »Mein erster Tag an der Highschool.« Das Glas enthält unter anderem mein Namensschild und einen Radiergummi, den ich auf dem Boden gefunden habe.

»Was noch?«

»Schlaf jetzt, Curtis.«

»Kuscheln wir?«

Ich lache leise. »Du kannst deinen Arm um mich legen, aber das war's.«

»Danke.«

Sein schwerer Arm wandert auf meinen Körper. Er ist tatsächlich ganz warm.

»Ich mag das. Wenn jemand neben mir liegt.«

Ich mag es auch. Auch wenn Curtis der Falsche ist. »Tut dein Gesicht weh?«, frage ich.

»Ja.«

»Soll ich dir Eis holen?«

»Nein, ich mag das.«

»Dass es wehtut?«

Ich spüre, wie er an meinem Hals nickt, und mein Herz zieht sich zusammen.

Als ich schon beinahe weggedämmert bin, regt Curtis sich noch mal kurz. »Sie ist so weich«, flüstert er.

24

Jasper

~ Heute ~

Als Bonnie mit ihrem Kontrabass auf dem Rücken um die Ecke biegt, haben wir uns bereits geeinigt. Sal fährt in Curtis' Pick-up, und Link, Bonnie und ich nehmen das Auto meines Schwiegervaters. Nachdem ich Weston und Maya vorhin dort abgesetzt habe, bin ich mit seinem alten Subaru zurückgefahren.

Bonnie legt ihren Bass zu Schlagzeug und Verstärkern auf Curtis' Ladefläche, und gemeinsam zurren sie eine Plane über die Instrumente und das sonstige Equipment.

In der feuchten Nachmittagswärme scheint alles wie in Zeitlupe abzulaufen. Jede Bewegung zieht sich, fällt schwer, ist schwerfällig. Deswegen sind alle froh, als wir abfahrbereit sind. Cons Wagen ist zwar so alt, dass er keine funktionierende Klimaanlage mehr hat, aber der Fahrtwind ist besser, als in der prallen Sonne zu stehen und darauf zu warten, dass man zerfließt.

»Ich würde vorschlagen, ihr fahrt uns einfach nach«, sagt Curtis. »Dann könnt ihr euch unterwegs die Setlists überlegen. Oak Valley heißt die Plantage, oder?«

Sal nickt und hebt sein Handy. »Hab die Adresse schon eingegeben.«

»Perfekt. Dann sehen wir uns dort«, sage ich.

Bonnie klettert auf den Rücksitz von Cons Subaru, Link setzt sich auf den Beifahrersitz.

Autotüren werden zugeschlagen, und Curtis startet den Motor seines Pick-ups. Er lenkt ihn auf die Straße, und ich tue es ihm nach.

Link schaltet das Radio ein und dreht eine Weile an den Knöpfen herum, bis er einen Sender gefunden hat, dessen Musik ihm zusagt. Es ist ein leichter, verspielter Jazz-Sound. Er lehnt sich zurück und seufzt.

»Ich liebe Roadtrips«, sagt er.

»Großes Wort für eine Fahrt von ungefähr zwei Stunden«, meldet sich Bonnie von hinten. Sie ist in die Mitte der Rückbank gerutscht, sodass sie direkt in meinem Sichtfeld sitzt, wenn ich in den Rückspiegel blicke. Ihre Braids trägt sie heute offen, und es wirkt so, als würden sie einen Rahmen um ihren Körper bilden. Ich ertappe mich dabei, wie mir das Gefühl der dicken Zöpfe unter meinen Fingern in den Sinn kommt. Ich lasse meinen Blick für einen Moment auf ihrer leicht gekräuselten Stupsnase verweilen. Dann ermahne ich mich selbst und konzentriere mich auf die Rücklichter von Curtis' Wagen.

»Es ist ein Trip, wir sind auf der Straße«, sagt Link grinsend. »Das reicht für mich.«

Er lässt seinen Arm aus dem offenen Fenster hängen und trommelt im Takt der Musik von außen gegen die Autotür. Bonnie hat die Ellbogen auf ihre Knie gestützt und zückt nun einen kleinen Block und einen Stift.

»Sollen wir Ideen für die Setlist sammeln?«, fragt sie.

»Für den Empfang spielen wir Standards«, schlage ich vor. *»All of Me, Black Orpheus …«*

»Take the A-Train«, sagt Link. *»Misty, My Funny Valentine, …«*

Ein weiterer Blick in den Rückspiegel verrät mir, dass Bonnie mitschreibt. Und dass ihr Gesicht noch etwas hübscher ist, wenn sie sich konzentriert. Wir werfen immer wieder einen Titel in die Runde, diskutieren, ob und wann wir ihn spielen sollen.

»Wenn wir wirklich ein paar Swing-Klassiker spielen, bin ich dafür, sie an einem Stück zu spielen«, sagt Link. »Augen zu und durch.«

»Die Braut wünscht es sich …«, gebe ich zu bedenken und ordne mich hinter Curtis in die richtige Spur ein. Interstate 10 Richtung Osten.

»*Autumn Leaves* ist auch so eine Easy-Listening-Nummer. Könnten wir als Übergang vom Swing zurück zum Jazz nehmen«, schlägt Bonnie vor. »Dann machen wir davor *Have You Met Miss Jones?* und *Fly Me to the Moon* und haben einen Übergang, der ganz smooth ist. Was meint ihr?«

»Klingt gut.«

»Passt für mich«, sagt auch Link, und Bonnie lächelt, während sie schreibt.

Ich ertappe mich dabei, wie ich öfter in den Rückspiegel sehe, als ich müsste.

Bald haben wir New Orleans und den Lake Pontchartrain hinter uns gelassen und folgen dem Flusslauf des Mississippi, der sich zu unserer Linken in Schlangenlinien durchs Land windet. Gigantische Zuckerrohr-, Mais- und Sojabohnenfelder werden von kleinen Nebenarmen des Flusses unterbrochen. Wir fahren mitten durch das Mississippi-Delta, das sogenannte Mündungsschwemmland. Ab und zu wird aus den Nebenflüssen und Seen eine einzige Wassermasse links und rechts von uns. Lediglich die inzwischen nur noch zweispurige Straße ist trocken. Bäume ragen aus diesem gigantischen See heraus, der über die Sommermonate wieder zurückgedrängt, in seine Bahn gelenkt werden wird. Einige von ihnen mit Blätterkrone, andere kahl und tot wie das Louisiana-Moos, das sich gespenstisch im sanften Wind wiegt. Hier und da wurden Häuser von der Flut überrascht. Das Einzige, was man von ihnen noch sieht, sind die Dächer – umgeben von nichts als graubrauner Überschwemmung, die in der Sonne glänzt. Die Blues-Musik aus dem Radio unterstreicht diese seltsam friedliche und doch bedrohliche Stimmung. Die Macht der Natur kontrastiert vielleicht nirgendwo eindringlicher zivilisatorischen Verfall.

»Haben sich Weston und Maya auf ein Wochenende bei ihren Großeltern gefreut?«, fragt Link in die nachdenkliche Stille hinein, die sich wie automatisch über uns gelegt hatte.

»Maya ganz besonders«, sage ich und denke an das freudige Jauchzen, das ihr entfuhr, als sie ihre Großmutter erblickte. Charlies Rollstuhl stand auf der Veranda, und die Kleine rannte auf sie zu und sprang auf ihren Schoß, als hätte sie sie seit Ewigkeiten nicht gesehen. Dabei sind wir regelmäßig bei Charlie und Con. Zum Essen, zum Spielen, zum Erinnern ... »Sie liebt Charlie abgöttisch«, sage ich.

»Spricht sie mit ihr?«, fragt Link.

»Nicht mehr als mit mir. Aber ich glaube, dass sie trotzdem eine besondere Bindung zu ihr hat.«

»Ist ja auch Blythes Mom.« Bei Bonnies Worten blicke ich wieder in den Rückspiegel. Doch sie hat den Kopf zur Seite gedreht, scheint ganz versunken in die wüste Landschaft, die uns umgibt. Und ich denke daran, dass sie in meinen Gedanken war, als sie es nicht hätte sein sollen. Seltsam ertappt lenke ich den Blick wieder auf die Straße, auf Curtis' Wagen vor mir.

»Meinst du, das ist es?«, fragt Link. »Sehnt sie sich nach ihrer Mutter, obwohl sie sie nie gekannt hat?«

Ich zucke mit den Schultern. Dieser Gedanke ist mir nicht neu. Schon oft habe ich mich gefragt, was es für meine Kinder bedeutet, nur mit mir aufzuwachsen. Mit einem Dad, der erst die Rolle als alleinerziehender Vater akzeptieren und lernen musste – und dann auch die Rolle der Mutter.

»Ich glaube, es ist noch mal etwas völlig anderes, als Familie mit Verlust umzugehen. Immer, wenn es allein um mich ging, wusste ich, wie ich damit fertigwerde. Aber bei den Kindern ist es anders«, sage ich. »Ich dachte lange, es würde reichen, wenn ich mein Bestes gebe. Aber ich muss unser beider Bestes geben.« Für Weston und Maya. Und für Blythe.

»Das ist unmöglich«, sagt Link.

»Nein, weißt du, das ist es nicht. Man wächst über sich hinaus.« Und genau das tue ich seit Jahren. Seit der Diagnose. Denn man glaubt nicht, dass dieses Unsagbare passieren kann. Man versucht es auszublenden, lässt die Gedanken nicht zu. In diesem Moment fällt es mir wie Schuppen von den Augen. »Ich war es. Ich habe nicht gesprochen«, sage ich.

»Du warst was?«, fragt Link.

Ich räuspere mich. Es ist auf einmal so klar. »Ich habe blockiert. Dichtgemacht. Ich war da, habe funktioniert. Aber ich habe nie über meine Trauer gesprochen.«

»Willkommen im Club«, sagt Link. »Aber was hat das eine mit dem anderen zu tun?«

»Ich habe nicht gesprochen, Maya spricht nicht … Ich hatte keine Antworten für sie. Ich hatte auch keine Fragen für sie. Ich …« Der Rest des Satzes bleibt mir im Hals stecken. »Ich mache mir um beide Sorgen. Um Weston und Maya. Aber Maya ist diejenige, die nicht spricht. Weston kann ich fragen, wie er sich fühlt. Bei Maya bin ich hilflos, weil ich nicht weiß, ob es ihr gut geht.«

»Alter«, sagt Link.

Im Rückspiegel trifft mein Blick den Bonnies. Ich sehe direkt in ihre mahagonifarbenen Augen. Für einen Moment ist mir mein Ausbruch unangenehm. Aber das muss die Lösung sein. Die Leerstellen, die Blythes Tod hinterlassen hat, gepaart mit den Leerstellen, die durch mein Schweigen hinzugekommen sind.

»Ich bin mir sicher, es geht ihr gut«, murmelt Bonnie. Ihre Stimme ist ganz sanft. So behutsam, als hätte sie Sorge, etwas Falsches zu sagen.

Wir sehen uns weiterhin an, und in mir breitet sich eine große Wärme aus. Wärmer als der Fahrtwind, der sich anfühlt, als würde man von einem Föhn angeblasen. Wärmer als Mayas Atem an meinem Hals, wenn ich sie ins Bett trage. Wärmer als die verblassenden Erinnerungen. Denn mit Bonnie hat meine Tochter gesprochen.

Nach etwas über einer Stunde erreichen wir Baton Rouge, Louisianas Hauptstadt. Die verschlafene Landschaft weicht Autobahnkreuzen, dichtem Verkehr und Industrieanlagen. Auf großen Schildern werden Fast-Food-Restaurants und riesige Supermärkte angepriesen.

Kurz verlieren wir Curtis' Wagen aus den Augen, weil er wie ein Irrer die Spuren wechselt. Doch er gewinnt dadurch höchstens ein paar Meter.

Trotz des Verkehrs haben wir die Stadt schnell hinter uns gebracht und folgen nun dem Highway 61.

Aus dem Radio erklingt ein Country-Song, metallener Gitarrensound, eine Männerstimme, die von verpassten Chancen auf Liebe singt. Bonnie summt die Melodie mit. Es ist beinahe eine Verschwendung, dass sie in unserer Band immer nur die zweite Stimme singt. Wenn überhaupt.

Für einen Moment sehe ich wieder meine Fantasie vor Augen. Ihre Haut, ihren Blick. Mein Herzschlag beschleunigt sich, und ich versuche die Vorstellung schnell wieder aus meinem Kopf zu kriegen. Doch obwohl ich starr geradeaus auf die Straße sehe, setzt sich die Wärme in mir fest.

Ich versuche meine Gedanken wieder auf Maya und auf die Frage zu richten, was genau ihr fehlt. Ist es ihre Mutter? Ist es *eine* Mutter?

Doch erneut werden meine Gedanken unterbrochen. Und auf einmal ist mir klar, was es bei mir ist. Blythe wird immer einen Platz in meinem Herzen haben. Wird immer die Mutter meiner Kinder sein, meine erste Frau. Doch ich habe genug davon, allein zu sein. Genug davon, mich zu verschließen. Es ist nach über vier Jahren an der Zeit, etwas zu wagen.

Ich setze mich aufrecht hin, strecke meine Arme durch, blicke auf die vollkommen gerade Straße vor uns. Eine Linie. Wie das Leben. Ohne, dass man sicher weiß, was als Nächstes kommt. Man sieht immer nur, was direkt vor einem ist. Je weiter man versucht, in die Zukunft zu sehen, desto verschwommener wird es. Noch vor einem Jahr wären die Gedanken, die ich nun habe, unmöglich gewesen. Nie hätte ich gedacht, dass ich irgendwann einmal wieder in der Lage sein würde, mich der Vorstellung von Gefühlen zu öffnen. Aber heute bin ich auf meiner Linie so weit vorangeschritten, dass es vor mir zu liegen scheint. In greifbarer Nähe. Und wer weiß, vielleicht sitzt das, was vor mir liegt, hinter mir. Mein Kopf scheint es zu glauben. Zu wollen.

Ich atme geräuschvoll aus. Ein beinahe erleichtertes Seufzen. Oder ist es sogar mehr als das? Link dreht den Kopf, sieht mich fragend an. Und ein Blick in den Rückspiegel verrät mir, dass Bonnie die seltsame körperliche Reaktion auf meine Gedanken ebenfalls wahrgenommen hat.

»Ist alles in Ordnung?«, fragt Link.

»Alles gut«, erwidere ich. »Ich freue mich einfach, mal rauszukommen.«

Der Ortseingang von St. Francisville gleicht all den anderen unspektakulären Ortschaften, durch die wir gefahren sind. Ein Best Western zu unserer Rechten, eine Kirche zu unserer Linken. Das Schild davor verkündet, dass Gott gut ist. Zu beiden Seiten der Straße wechseln sich Tankstellen und Diners ab. Ampeln sind quer über den Highway gespannt und schalten auf Rot, als wir uns nähern. Nach dem unablässigen Brummen und Vibrieren des Motors während der letzten Stunde ist die Ruhe, die uns nun umgibt, eine Wohltat für die Ohren.

Einige Hundert Meter weiter setzt Curtis den Blinker, und wir biegen nach rechts ab.

»New Orleans kommt einem vor wie eine bunte Insel, oder?«, fragt Link. Und wenn ich mir die einstöckigen Backsteinhäuser ansehe, hat er recht.

Kurz darauf biegen wir erneut ab. Ein weißes Schild mit geschwungenen goldenen Lettern sagt uns, dass wir unser Ziel erreicht haben. *Oak Valley Plantation.*

Wir fahren eine schmale Allee entlang. Die Eichen zu beiden Seiten bilden ein Dach über uns und malen Schattensprenkel auf die staubige Straße. Louisiana-Moos hängt von ihren Ästen und verleiht ihnen den Anschein einer schweren Last, die sie zu tragen haben. Die Last der Vergangenheit vielleicht.

Als wir auf dem Besucherparkplatz ankommen, will ich gerade die Tür öffnen, doch Bonnie hält mich zurück.

»Vielleicht müssen wir ein bisschen auf Curtis achtgeben«, sagt sie.

»Was meinst du?«, fragt Link, und ich drehe mich zu ihr.

»Amory bringt ein Date mit«, erklärt sie.

»Scheiße«, entfährt es mir. Uns ist allen klar, dass Curtis in Amory verliebt ist. Er würde das nie zugeben, aber es ist offensichtlich. Nur, dass Amory zu pragmatisch und zu klug ist, um sich auf sein Chaos einzulassen.

»Deswegen die Schlägerei im *Funk House?*«, fragt Link.

Bonnie nickt. »Er wird sich schon zusammenreißen, nehme ich an. Nur für den Fall der Fälle …«

»Ich behalte ihn im Auge«, sage ich.

25

Bonnie

~ Heute ~

Das Haupthaus von Oak Valley ist eine opulente zweistöckige Südstaatenvilla. Verzierte weiße Säulen erstrecken sich vom Boden bis zum Dach. Eine ebenfalls weiße Flügeltür bildet den Haupteingang, daneben werden deckenhohe Fenster von schwarzen Fensterläden flankiert. Das Glas ist alt und wirkt leicht uneben. Neben der langsam untergehenden Sonne taucht eine warm scheinende Laterne über dem Eingangsbereich die Veranda in ein gelbes Licht. Der Balkon, der im ersten Stock um das komplette Gebäude herumführt, wird ebenfalls künstlich beleuchtet. Die Szenerie hat etwas Unwirkliches, beinahe Magisches. So gern ich diesen Ort auch verabscheuen möchte, selbst ich muss zugeben, dass die heutige Stimmung perfekt ist für eine Hochzeit.

Wir werden von einer rundlichen Frau in Empfang genommen. Sie stellt sich ziemlich barsch als Judy vor und betont, nicht für uns verantwortlich zu sein, bietet uns aber ein wenig missgelaunt eine kurze Führung durchs Haus an.

»Salon, Schlafzimmer, Küche.« Man merkt, dass sie kein Interesse hat, für uns die Fremdenführerin zu mimen. Die glänzenden antiken Möbel aus dunklem Holz sind trotz ihrer Unlust lebendige Geschichte und erzählen von den vergangenen Bewohnern.

Im Flur gehen wir an einer Vitrine mit alten Gewehren vorbei. Ich erhasche einen kurzen Blick auf eine goldverzierte Flinte aus rotbraunem Holz.

In einem »Zimmer für die Damen«, wie Judy es ausdrückt, bestimmt eine steife geblümte Sitzecke die Szenerie. Ich kann mir lebhaft vorstellen, wie die Dame des Hauses hier ihren Nachmittagstee eingenommen hat. Die Knie zusammengepresst, die Schultern nach hinten gestreckt. Vielleicht ein paar Kinder in ihr stilles Spiel vertieft. Stickende Frauen hier, rauchende Männer im Salon, Sklaven, die den Betrieb am Laufen halten.

»Sie sind offensichtlich im Nebengebäude untergebracht. Die Gasträume im Haupthaus sind dem Hochzeitspaar und ein paar anderen ausgewählten Gästen vorbehalten«, sagt Judy, als wir wieder im Empfangsbereich angekommen sind.

»Offensichtlich«, flüstert Curtis von hinten und lacht leise.

Beim Nebengebäude handelt es sich um ein deutlich kleineres, ebenfalls in Weiß gehaltenes Haus, das hinter ein paar Kiefern durchschimmert.

Die Einrichtung ist einfach, aber nicht ungemütlich. Tatsächlich fühle ich mich hier sogar wohler.

»Ihre Zimmer befinden sich im ersten Stock«, sagt Judy, und wir folgen ihr eine knarzende Treppe hinauf. »Es gibt ein Gemeinschaftsbad und unten eine weitere Toilette. Wir haben zwei Einzelzimmer und ein Gemeinschaftszimmer mit Schlafkojen. Sie müssen allerdings darauf achten, dass die Türen der Einzelzimmer von außen nur mit Schlüssel geöffnet werden können.«

»Hat das einen historischen Hintergrund?«, fragt Jasper.

»Die Einzelzimmer waren den Frauen vorbehalten. Man wollte verhindern, dass sich nachts ungebetene Gäste Zutritt verschaffen.«

»Wow«, sage ich, und mir wird ein wenig schlecht.

Judy öffnet die Tür zum ersten Einzelzimmer. »Junge Dame?«, fragt sie, und bei ihrem Tonfall wage ich nicht, zu widersprechen. Außerdem bin ich froh, Judy und ihre schlechte Laune los zu sein.

Ich werfe meinen Rucksack auf das Bett und lasse mich daneben fallen. Die Tür gleitet mit einem leisen Klicken ins Schloss, und ich bin allein. Das Zimmer ist einfach, ein Bett, ein kleiner Tisch mit einem Stuhl davor.

Vom Flur dringen die Stimmen der anderen zu mir hinein.

»Die meisten Gäste kommen erst morgen. Das Brautpaar sowie einige Verwandte sind bereits hier. Abendessen gibt es im Haupthaus um halb acht. Sie sollten besser pünktlich sein.«

Ich frage mich, ob Amory auch zu denen gehört, die schon früher kommen. Und wenn ja, ob mit oder ohne ihr Date. Ich wünschte, Curtis wäre in der Lage, Amorys *plus one* zu sein. Ich kenne ihn nun lange genug, um zu wissen, dass er nicht aus seiner Haut kann. Glücklicherweise weiß Amory es auch und wartet nicht darauf, dass er sich für die Liebe ändert. Aber es macht mich traurig, zu sehen, was möglich wäre. Wahrscheinlich fühle ich mich ihm in dieser ausweglosen Situation besonders verbunden.

Das Abendessen verläuft ohne Zwischenfall. Wir sitzen an langen Tafeln, bedienen uns an einem simplen Büfett. Es gibt Salat mit Dressing, das zu hundert Prozent aus Mayonnaise besteht, und ein trocknes Stück Fleisch. Wenig glamourös, aber ein junger Typ, Daniel, der seiner Aussage nach Judys Sohn ist und hier den Sommer über in den Gartenanlagen arbeitet, versichert uns, dass das Essen für die Hochzeit deutlich besser sein wird – da ein externer Cateringservice damit beauftragt wurde.

»Trinkt ihr noch was mit mir?«, fragt Daniel. »Ich kann uns aus der Küche ein paar Lager klauen, wenn ihr Bock habt.«

»Immer«, sagt Curtis und grinst schelmisch. Oder diabolisch.

Ich bin eigentlich zu müde, will Curtis jedoch definitiv nicht allein lassen. Jemand muss ein Auge darauf haben, dass er seine Grenzen nicht überschreitet.

»Ein Bier, aber dann sollten wir ins Bett. Wir müssen morgen früh raus, damit der ganze Aufbau passt, wenn die Gäste kommen«, sagt Link, und ich werfe ihm einen Blick zu, aus dem meine gesamte Dankbarkeit spricht. Er lächelt und bedeutet mir mit einem Nicken, dass ich verschwinden solle. Anscheinend sieht man mir meine Müdigkeit an.

»Pst, Bonnie«, erklingt auf einmal ein Flüstern hinter mir.

Ich drehe mich um und sehe, dass Amory barfuß hinter mir herläuft. »Hey«, sage ich, »du bist ja schon da!«

»Vor einer halben Stunde angekommen.«

Nebeneinander laufen wir über die terrakottafarbenen Steinplatten, die den Weg zum Nebengebäude markieren.

»Wie findest du's?«, fragt sie.

»Es ist verblüffend schön«, sage ich. »Irgendwie unwirklich.«

Um uns herum zirpen Grillen, und ein leichter Wind lässt die Blätter der Eichen rascheln. Ich blicke in den dunklen Nachthimmel und erstarre beinahe.

»Wow«, entfährt es mir, »die Sterne!«

In der Stadt sieht man sie nie in dieser Intensität. Zu viele Lichtquellen erhellen dort die Nacht. Aber hier, wo die paar schmutzigen Laternen gegen die Dunkelheit wenig ausrichten können, funkelt der gesamte Himmel. »Als würden sie auf uns herabschauen«, sage ich und muss unwillkürlich kurz an Blythe denken. Dann blicke ich zu Amory.

»Was?«, fragt sie.

»Ach, ich bin einfach froh, dich zu sehen«, antworte ich. Froh, jemanden zu sehen, vor dem ich nicht mehr filtern muss.

Als hätte sie meine Gedanken gelesen, fragt sie: »Wie ist es mit Jasper?«

»Hier, meinst du?«

»Nein, ich meine allgemein.«

Es hat keinen Sinn, ihr zu sagen, dass sie mich das nicht fragen muss. Denn ich trage meine Gefühle seit über zehn Jahren mit mir herum. Und seit über zehn Jahren ist meine Situation unverändert. Doch weil sich für sie die Dinge seit meinem unfreiwilligen Geständnis geändert haben, sage ich: »Wir singen Links neuen Song zusammen.«

»Waaaas?«

»Schhhhh«, mache ich. »Es ist keine große Sache.«

»O doch, das ist es«, sagt Amory und kichert. »Wenn sich eure Stimmen vereinigen …«

»Amory«, ermahne ich sie.

»Ja, ja, verstanden. Bin schon still. Vielleicht kann dich das hier besänftigen?« Sie zieht eine kleine Puppe hinter ihrem Rücken hervor. Sie sieht aus wie die typischen Voodoo-Puppen, die man in den Touristenshops im French Quarter kaufen kann. Ein schiefer Körper, ein verzerrtes Gesicht mit runden Augen und aufgerissenem Mund.

»Ernsthaft?«, frage ich lachend.

»Ich hab's schließlich versprochen.«

»Und was machen wir damit?«, frage ich.

»Wir verbuddeln sie.« Mit zwei Schritten hat sie den Weg verlassen und beginnt mit den Händen in einem frischen Beet herumzugraben.

»Du bist komplett irre«, sage ich lachend.

Schnell hat sie eine Mulde gegraben, die tief genug für die

Puppe ist. »Tschüss, du Gruselpuppe«, sagt sie, und ich höre ein Glucksen in ihrer Stimme.

Sie legt die Scheußlichkeit in die Erde, und gemeinsam graben wir das Loch wieder zu.

»So, erledigt«, sagt sie.

»Und wozu haben wir das gemacht?«, frage ich.

»Na, um die Toten zu beschützen oder so.« Und eigentlich ist es auch egal, es fühlt sich ziemlich gut an, *etwas* gemacht zu haben.

Oben in meinem Zimmer knarzt mein Bett, als ich mich darauf fallen lasse. Die Matratze ist weich und durchgelegen, die Bettdecke etwas muffig. Aber ich bin so müde, dass mir nicht einmal die Mücke etwas ausmacht, die hoch summend ihre hungrigen Bahnen zieht und nur darauf wartet, mir einen ekelhaft juckenden Stich zu verpassen.

Wie von sehr weit weg nehme ich wahr, dass die anderen irgendwann ins Haus kommen. Sie sind leise, ich höre kaum ihre Schritte. Und im nächsten Moment bin ich eingeschlafen.

Ich werde davon wach, dass mein Mund ganz trocken ist. Meine Zunge klebt am Gaumen, und ich verfluche die trockene Luft der Klimaanlage, die leise vor sich hin summt. Natürlich habe ich mir keine Wasserflasche neben das Bett gestellt. Anfängerfehler.

Kurz diskutiere ich mit mir selbst, ob ich einfach versuchen sollte, wieder einzuschlafen. Ich werde heute Nacht nicht verdursten, und wenn ich jetzt aufstehe, ist die Wahrscheinlichkeit groß, dass es mir schwerfällt, innerhalb der nächsten Stunde wieder einzuschlafen. Bin ich einmal wach, kann ich das Gedankenkarussell kaum wieder ausschalten.

Doch der Durst ist stärker als das Bedürfnis nach Gemütlichkeit. Schlaftrunken knipse ich meine Nachttischlampe an. Meine Finger sind etwas unkoordiniert in ihren Bewegungen. Ich setze mich auf und reibe mir den Schlaf aus den Augen. Dann erhebe ich mich tapsig vom Bett und schlurfe zur Tür. Kurz sehe ich mich nach etwas um, das ich mir überziehen kann, verwerfe den Gedanken aber gleich wieder. Um diese Zeit treibt sich ohnehin niemand draußen herum.

Leise öffne ich die Tür und schleiche mich nach draußen. Hinter mir höre ich das leise Klicken des sich schließenden Schlosses. *Des sich schließenden Schlosses! Fuck!* Mit einem Satz bin ich wieder zurück und rüttle am Türknauf. Doch es tut sich nichts.

»*Fuck*«, flüstere ich diesmal laut. Das darf ja wohl nicht wahr sein! Wie konnte ich nur vergessen, dass man von außen einen Schlüssel braucht! Den Schlüssel, der auf meinem Nachttisch liegt. Direkt neben der Lampe. Ich meine mich sogar noch zu erinnern, ihn kurz gesehen zu haben, als ich mich aufgesetzt habe. Aber mein Gehirn war noch zu sehr mit dem Aufwachen beschäftigt und konnte eins und eins nicht zusammenzählen.

Noch einmal versuche ich, den Türknauf zu drehen. Ich presse meinen Körper mit aller Macht dagegen, doch ohne Erfolg. Die Tür bleibt zu.

Mein Mund ist immer noch trocken, und so beschließe ich, mir erst einmal eine Flasche Wasser zu holen. Im Gemeinschaftsraum am Ende des Flurs gibt es einen Kühlschrank mit Getränken. Und ein Sofa, auf das ich mich vielleicht legen kann.

Meine nackten Füße tapsen über den kalten Steinboden. Die einzige Lichtquelle sind Mond und Sterne, die durch die Fenster scheinen. Auch im Gemeinschaftsraum verzichte ich auf elektrisches Licht. Als ich den Kühlschrank öffne, muss ich blinzeln, weil seine Helligkeit mich blendet. Ich nehme eine Wasserflasche heraus und schließe die Tür wieder.

Ehe ich einen Schluck trinke, begutachte ich das Sofa. Es ist nicht groß, aber groß genug für mich. Das drängendere Problem stellt die Tatsache dar, dass es keine Decke zu geben scheint. Durch die klimatisierte Luft ist es kühl, und ich habe nichts an als mein Schlaf-T-Shirt und einen Slip.

Langsam schraube ich den Deckel meiner Wasserflasche ab und genehmige mir ein paar tiefe Schlucke.

»Kannst du auch nicht schlafen?«, fragt auf einmal eine männliche Stimme in meinem Rücken.

Ich wirble herum. Im Zwielicht erkenne ich Jaspers Silhouette in der Tür, und mein blödes Herz beginnt natürlich sofort zu rasen. In diesem Tempo ist es noch vor Sonnenaufgang zurück in New Orleans.

»Hi.« Meine Stimme krächzt, und ich räuspere mich. »Ich hatte Durst.« Wie zum Beweis hebe ich die Wasserflasche hoch.

Jasper betritt den Gemeinschaftsraum, und erst jetzt nehme ich seinen nackten Oberkörper wahr. Ich will ihn eigentlich nicht ansehen, aber offenbar hat mein Gehirn aufgehört, Befehle zu senden. Mein Blick ist auf ihn gerichtet, wandert über seine Brust. Ich habe Jasper früher ein paarmal oben ohne gesehen. Als wir noch jünger waren. Wenn er bei Charlie und Con im Garten gearbeitet hat oder wenn wir alle zusammen schwimmen waren. Ich habe ihn dann gern angesehen und mich immer dafür geschämt. Dieses altbekannte Gefühl bricht nun mit aller Macht über mich herein. Begehren und Scham zu gleichen Teilen.

Mir fällt auf, dass der jungenhafte Jasper einem Mann gewichen ist. Er hat jetzt fein gelockte dunkle Haare auf der Brust. Es juckt mich in den Fingern, darüber zu streichen. Beinahe habe ich den Eindruck, als hätten meine Finger selbst genug Fantasie, um zu wissen, wie er sich anfühlt.

Hallo, Gehirn, versuche ich es, *übernimm bitte wieder die Kon-*

trolle! Aber mein Kopf lehnt sich zurück und beobachtet. Oder er ist wieder eingeschlafen.

Jasper geht ebenfalls zum Kühlschrank und holt sich ein Wasser. Kurz wird er beleuchtet, und ich sehe, dass seine weiten Boxershorts bunt gemustert sind. Ich bekomme eine Gänsehaut. Ob vor Kälte oder blöder Begierde, lässt sich nicht sagen.

Ich komme ein Stück näher, weil es sich seltsam anfühlt, mitten in der Nacht an zwei Enden eines Zimmers zu stehen. Und so lehne ich mich an den Tresen, der Kühlschrank und Waschbecken vom Rest des Raums abtrennt.

Jasper stellt sein Wasser darauf ab und macht einen Satz, um auf der Arbeitsplatte zum Sitzen zu kommen. Er ist direkt neben mir. Viel zu nah. Eigentlich. Uneigentlich möchte ich meinen Kopf an seine Brust lehnen. Mich an ihn kuscheln, sodass seine Wärme auf mich übergeht.

»Du frierst«, sagt er, als könne er Gedanken lesen.

Er muss wohl meinen fragenden Blick bemerken, denn er streicht einmal mit seiner Hand über meinen Oberarm und sagt: »Du hast eine Gänsehaut.«

Seine Berührung – so warm seine Hand auch ist – jagt mir einen weiteren Schauer über den Rücken. Und dort, wo seine Fingerspitzen waren, bleibt ein Pfad aus Erinnerung zurück. Warme, prickelnde Erinnerung. Als hätte meine Haut ein Gedächtnis.

Ich verschränke die Arme vor der Brust, um mich selbst zu wärmen. Und um mein beknacktes Herz davon abzuhalten, meinen Brustkorb zu sprengen. Denn wenn es so weitergeht, wird das unweigerlich passieren. Es wird herausspringen, direkt in Jaspers Hand. Dort fängt es dann mit Sicherheit an zu schnurren wie eine rollige Katze.

»Ist alles klar bei dir?«, fragt Jasper. Vermutlich, weil ich bislang nichts zu unserer Unterhaltung beigetragen habe.

Ich nicke. »Ja, alles gut.« Ich blicke auf den Tresen vor mir, doch dummerweise liegt genau dort Jaspers Hand. Die, mit der er mich gerade berührt hat. Die, deren Spur ich immer noch auf meinem Arm fühle. Ich kann nicht anders, als sie anzustarren, mir zu wünschen, er würde sie wieder auf meinem Körper platzieren. »Du hast nicht zufällig irgendwo eine Wolldecke oder so liegen sehen?«, frage ich. Schließlich habe ich eigentlich drängendere Probleme als mein Herz, meine Haut, meinen Körper, der sich von meinem Kopf abgekoppelt hat.

»Mach doch einfach die Klimaanlage aus«, sagt Jasper, und ich sehe, wie seine Fingerknöchel zucken. Nur ganz leicht. Und dennoch reicht es, um das Sehnen in meiner Haut noch mal stärker zu entfachen.

»Die Klimaanlage ist nicht das Problem«, erwidere ich leise. »Ich habe mich ausgesperrt.« Letzteres klingt kleinlaut, wie ein Kind, das etwas angestellt hat.

»Du hast dich ausgesperrt?« Ich höre ein leises Glucksen in Jaspers Stimme.

»Das ist nicht witzig«, sage ich, doch auch ich muss auf einmal grinsen.

»Ein bisschen schon«, gibt Jasper zurück.

»Was ist nun? Hast du eine Idee, wo ich eine Decke auftreiben kann, um hier auf dem Sofa wenigstens noch ein bisschen Schlaf zu bekommen? Ich gehe nicht davon aus, dass man Judy nachts um einen Ersatzschlüssel bitten sollte …«

»O Gott, ich gebe dir zwanzig Dollar, wenn du das machst.« Er lacht leise. »Ich wette, Curtis legt auch noch was drauf.« Dann wird er wieder ernst. »Ich habe keine Ahnung, ob es hier noch Decken gibt.«

»Verdammt.« Ich fahre mir mit den Händen über meine eiskalten Arme, um ein wenig Wärme zu erzeugen.

»Schlaf bei mir«, sagt er auf einmal, und ich bin froh,

dass ich gerade keinen Schluck Wasser im Mund habe. Sonst hätte ich mich mit Sicherheit verschluckt.

Mein Herz jubelt, aber mein Kopf ist glücklicherweise wieder da. Deswegen sage ich: »Das ist sehr nett, danke. Aber ich will dir dein Bett nicht wegnehmen. Es wird schon so gehen.«

»Bist du verrückt?«, fragt er. »Du frierst. Es ist mitten in der Nacht. Ich habe ein Bett und eine Decke, die groß genug für zwei ist. Sei nicht albern.«

Albern. Von wegen! »Ich glaube wirklich, dass es schon gehen wird. Es ist vor allem der Steinboden, der so kalt ist.«

Jasper streckt seine Hand aus und befühlt mit seinen Knöcheln meinen Oberarm. Ich wünschte, die Berührung würde für immer dauern. Ich wünschte, es hätte sie nie gegeben. Ich bin so hin- und hergerissen, dass es mir schwerfällt, einen klaren Gedanken unterzubringen.

»Du bist eiskalt, Bonnie. Keine Diskussion.«

»Aber …« Bei jedem anderen. Doch ich kann nicht mit Jasper in einem Bett schlafen.

»Dir ist kalt, du bist winzig. Ich habe ein Bett mit einer großen Decke. Was ist das Problem?«

Und da hat er mich. Ich kann ihm nicht sagen, was das Problem ist. Und ich bin nicht in der Lage, mir ein alternatives Problem auszudenken, das ihn überzeugen würde. »Ich schätze, es gibt keins«, sage ich deswegen.

»Dachte ich mir«, antwortet er und springt vom Tresen. »Dann bringe ich dich mal ins Bett.« Er grinst schelmisch, und ich bin mir sicher, dass mein Herz morgen jede Menge blauer Flecken haben muss, so fest, wie es gegen meinen Brustkorb springt.

Jasper schläft in einer der Schlafkojen, von denen Judy gesprochen hat. Ein Bett, das nur durch einen Vorhang vom Rest des Schlafraums abgetrennt ist.

»Über uns schläft Link«, flüstert er und deutet auf den Vorhang auf Augenhöhe. »Curtis liegt dort drüben.«

Jasper schiebt den Vorhang zur Seite und bedeutet mir, in die Koje zu klettern. Er folgt dicht hinter mir und leuchtet mit der Taschenlampe seines Handys, sodass wir beide einigermaßen Platz finden. Er hatte recht, das Bett ist tatsächlich groß genug für zwei Personen. Allerdings nicht groß genug für zwei Personen und Raum zwischen ihnen. Ich seufze innerlich, mein Herz tanzt.

Jasper breitet die Decke über uns, und augenblicklich spüre ich die wohltuende Wärme, die von seinem Körper ausgeht. Seine wohltuende Präsenz. Ich versuche mich nicht auf seine Anwesenheit, nicht auf seinen Geruch zu konzentrieren. Will mit aller Macht das Bild seines nackten Oberkörpers aus meiner Erinnerung verbannen. Beinahe wünschte ich mir ein Einweckglas, in das ich meine Gedanken symbolisch sperren könnte. Stattdessen drehe ich mich auf die Seite, rutsche so weit an die Wand wie nur irgend möglich und zähle lautlos Botenstoffe auf, die für den Wahnsinn hier verantwortlich sind: Dopamin, Oxytocin, Adrenalin. Mein Kopf weiß das. Aber es hilft mir nicht.

Jasper legt sein Handy weg, und nun ist es stockdunkel um uns herum.

»Gute Nacht, Bonnie«, sagt er, und durch die Vibration seiner Stimme merke ich, wie nah er mir ist.

Ich fühle mich, als würde ich innerlich zerrissen vor Verlangen, ihm nah zu sein, und der Gewissheit, dass es falsch ist. Ich atme einmal tief ein. Dann sage ich: »Gute Nacht, Jasper.« Und allein der Klang seines Namens aus meinem Mund bewirkt, dass mein gesamter Körper kribbelt und sticht.

Meine Augen sind fest geschlossen, und ich bemühe mich, den Fokus auf die Geräusche um mich herum zu legen. Ich höre Curtis leise schnarchen. Jasper neben mir atmen. Das

Bett knarzt leise, als Link sich über uns umdreht. Die Minuten verrinnen, doch mein gesamter Körper – und mein Geist – ist angespannt. Es ist zwar immerhin warm, aber die Tatsache, dass es sich um Jaspers Wärme handelt, macht mich fertig. Es fühlt sich an, als wäre ich vollkommen von ihm umgeben. Von dem Mann, den ich so sehr liebe wie nichts auf der Welt. In mir tobt ein Sturm, der sich eigentlich durch Tränen einen Weg nach draußen bahnen müsste. Oder durch schallendes Gelächter, weil die Situation so selten dämlich ist. Aber nichts davon steht mir zur Verfügung.

Jaspers Atem geht regelmäßiger. Seine Atemzüge werden tiefer. Er schläft ein. Das ist gut. Es ist gut für mich, denn nun kann ich mich etwas entspannen, versuchen, meine Gedanken auf etwas zu lenken, das so weit weg von dieser Nacht ist wie nur irgend möglich.

Lula. Meine Mom. Musik. Die Band. Jasper. *Fuck.*

Der Geruch von Farbe. Sonnenschein. Tremé. Zu Hause. Jasper. *Fuck.*

Lärm im French Quarter. Jubelndes Publikum. Der Typ, der mich mit zu sich nehmen will. Feierabend. Jasper. *Fuck.*

Es hilft nichts. Er ist in meinen Gedanken. Und er ist direkt neben mir. Und er kommt näher. Ich spüre, wie er sich regt. Wie er sich umdreht. Wie er –

Ich erstarre. Wie er seinen Arm um mich legt. O Gott, o Gott, o Gott. Der dünne Stoff meines T-Shirts bietet keinerlei Schutz gegen das, was hier passiert. Gegen das Gewicht von Jaspers Arm auf mir, gegen den leichten Druck seiner Berührung. Gegen seine Brust an meinem Rücken. Gegen seine Beine an meinen Beinen. Gleich explodiere ich. Jeden Moment muss es so weit sein. Die Welt um mich herum vibriert, und mein Körper zittert. Nicht vor Kälte, sondern vor Wärme. Vor Hitze. Vor innerer Hitze, die sich ausbreitet. Die bewirkt, dass es mich beinahe zerreißt. Oder passiert es wirklich?

Jaspers Atem ist an meinem Hals. Nach wie vor regelmäßig und tief. Er schläft. Das hier geschieht, während er schläft. Kurz habe ich das Gefühl, seine Lippen an meiner Schulter zu spüren, aber das muss ich mir eingebildet haben.

Hier liege ich nun, den Mann, den ich mehr will als alles andere auf der Welt, dicht an mir. Würde ich mich umdrehen, wir lägen Stirn an Stirn, Lippen an Lippen. Mein Atem wäre seiner, und sein Atem wäre meiner. Ich wage nicht, mich zu rühren. Einerseits habe ich Angst, Jasper zu wecken. Er würde seinen Fehler bemerken, peinlich berührt lachen, sich wegdrehen. Andererseits wünsche ich mir nichts mehr, als dass diese Nacht nie vergeht.

Meine Eingeweide zerren an mir, aneinander. Ich gebe mir Mühe, regelmäßig zu atmen. Leise, durch den Mund, um mich zu beruhigen. Es gibt ohnehin keinen Ausweg aus dieser Lage. Und als mir das klar wird, gebe ich mich geschlagen. Ich liege in Jaspers Arm, kann nichts tun – und beginne es zu genießen. In meinem ganzen Leben habe ich noch nie etwas so Schönes, so Intimes gefühlt. Es ist, als wären wir eins. Schon immer gewesen. Als hätte man uns auseinandergerissen und nun wieder zusammengefügt. Zu etwas Ganzem. Der Wunsch, zu weinen und zu lachen gleichzeitig, ist immer noch da, allerdings verschiebt sich langsam der Grund dafür. Dass es am nächsten Morgen vorbei sein muss. Dass Jasper nie wissen wird, wie es sich angefühlt hat. Dass die Sehnsucht nur noch schlimmer wird mit jedem bisschen, das ich mir gestatte. Es ist unerträglich. Unerträglich süß, unerträglich schmerzhaft, unerträglich schön.

26

Jasper

~ Heute ~

Ich bin es gewohnt, früh aufzustehen, und wache meist vor dem Klingeln meines Weckers auf. Allerdings bin ich es nicht gewohnt, beim Aufwachen jemanden in meinem Arm zu haben, den ich nicht gezeugt habe. Fast bin ich erstaunt, dass Bonnie und ich uns anscheinend kein bisschen bewegt haben in den paar Stunden, die wir gemeinsam in meinem Bett geschlafen haben. Als ich, einem Impuls folgend, meinen Arm um sie legte, hatte ich beinahe erwartet, sie würde mich wegschieben. Aber nichts dergleichen geschah. Bis zu diesem Moment, in dem ich erwache und ihren Körper immer noch an meinem spüre.

Ihre Braids kitzeln meine Nase. Bonnies Geruch, der Duft von Zuhause, von Geborgenheit und Zusammenhalt lässt mein Herz schneller schlagen. Warum auch immer, der Drang, sie noch fester an mich zu ziehen, ist stark. So stark, dass ich mich mit aller Macht dagegen wehren muss. Denn ich will sie nicht wecken. Zum einen, weil sie sich dann sicher aus meiner Umarmung winden würde. Zum anderen, weil ich ihren Schlaf nicht stören möchte.

Sie fühlt sich gut an neben mir. So gut, dass man meinen könnte, wir würden immer nebeneinander einschlafen – und in meinem Fall aufwachen. Es passt. Das ist es. Ihr Körper passt zu meinem, meiner zu ihrem. Dies ist der Inbegriff von Gemütlichkeit, von Stimmigkeit. Von Sinnhaftigkeit.

Das hier ist … schön! Verblüffend schön. Schöner als in meiner Vorstellung. Weil es echt ist. Es ist bekannt und doch neu. Es ist nah und doch fremd. Es ergibt auf einfachste Weise absolut Sinn.

Widerwillig hebe ich meinen Arm. Ganz behutsam, um sie nicht zu wecken. Dort, wo ihr Körper an meinem lag, empfinde ich eine erstaunliche Kälte – und Leere. Als würde nun etwas fehlen. Ist es wahrhaftig möglich? Ist es Bonnie? Könnten wir beide … Ich denke den Gedanken nicht zu Ende, während ich vorsichtig den Vorhang meiner Schlafkoje zur Seite ziehe und mich aus dem Bett schäle.

Unter der Dusche lächle ich vor mich hin. Ein dämliches Grinsen, das nicht verschwinden will. Denn ich fühle mich ganz leicht. Das Gefühl in meinem Innern, dieses sanfte Tanzen, die Wärme … Ich kenne es. Und doch ist es neu. Auf unschuldige Weise neu. Es ist vertraut und trotzdem ganz anders. Bonnie. Beim Gedanken an ihren Namen zieht es meine Mundwinkel noch weiter nach oben. Bonnie.

Ich weiß nicht, wie lange ich unter der Dusche stehe und mich wundere. Freue. Lächle. Erst als ich die Tür zum Gemeinschaftsbad höre, drehe ich das Wasser endlich ab.

»Jasper? Bist du das?« Es ist Curtis' Stimme. »Hab von deiner Heldentat gehört.«

»Wie bitte?«, frage ich.

»Retter der ausgesperrten Damen.«

Ich muss lachen. »Ja, so nennt man mich.«

»Und ich schätze, Bonnie ist klein genug, um das Bett mit ihr zu teilen.«

Und warm genug. Weich genug. Duftend genug.

»Ja, sie braucht wirklich nicht viel Platz. Und Bettdecken klaut sie auch nicht.« Weil wir so eng nebeneinanderlagen.

»Ist auch ein selten dämliches Prinzip mit diesen Türen. Mag ja früher seinen Sinn gehabt haben. Aber heute?«

Ich beiße mir auf die Zunge. Denn ich bin eigentlich sehr froh, dass es so gekommen ist. Ich schnappe mir das Handtuch von der Duschtür und rubble meinen Körper ab. Dann binde ich es mir um die Hüfte und trete hinaus zu Curtis. Seine Haare stehen in alle Richtungen ab, und er sieht ziemlich verschlafen aus.

»Die Dusche ist frei«, sage ich überflüssigerweise.

Dann mache ich mich auf den Weg zurück in unseren Schlafsaal, in der Hoffnung, Bonnie dort noch anzutreffen. Ich würde gerne in ihrem Gesicht forschen. Warum ist sie nicht von mir weggerückt? Warum hat sie sich nicht von meinem Arm befreit? Doch als ich unsere Tür öffne, ist sie nicht mehr da.

Beim Frühstück, das wir zusammen mit ein paar Angestellten der Plantage in der großzügigen Küche einnehmen, ist alles wie immer. Wir scherzen, wir lachen. Wir gehen noch einmal die Setlist durch. Ich suche einige Male Bonnies Blick, doch sie ist zu beschäftigt. Und auf einmal kommt mir ein Gedanke. Hat sie etwa schon geschlafen? Ist es möglich, dass sie nichts von unserer Umarmung weiß? Aber das kann nicht sein. Ich habe ihren Herzschlag unter meinem Arm gespürt. Und der ging schnell. Ihr Atem war noch zu unregelmäßig. Wieder sehe ich sie an, doch sie ist in ein Gespräch mit Link vertieft.

»Du hast nicht zugehört, oder?«, fragt Curtis neben mir, und ich sehe, dass Sal mir gegenüber lacht.

»Was? Entschuldigung.«

»Sal und ich würden gleich den Pick-up ausladen. Wäre gut, wenn du mit dem Keyboard helfen würdest«, sagt Curtis grinsend.

»Oh, ja klar. Sorry. Sollen wir gleich los?«

»Keine Hektik«, sagt Curtis, und sein Grinsen wird noch breiter. »Erst trinken wir unseren Kaffee aus.«

Nach der Hochzeitszeremonie beginnen wir mit dem ersten Set zum Empfang. Auf dem Rasen hinter dem Haupthaus befinden sich Stehtische mit weißen Hussen. Weißer Blumenschmuck ziert die Bar und sogar unsere Mikrofone. In meiner Anzughose und dem weißen Hemd fühle ich mich etwas steif, aber ich muss zugeben, dass wir als Band einiges hermachen in diesem Aufzug. Allen voran Bonnie. Wahrscheinlich ist sie schon immer so schön gewesen. Nur ist es mir bis vor ein paar Monaten kaum aufgefallen. Natürlich wusste ich, dass sie eine attraktive Frau ist. Aber nun sehe ich sie mit den Augen von jemandem, der … begehrt? Der sich verliebt? Sie trägt ebenfalls einen Anzug, allerdings ist ihrer tailliert.

Als Curtis sie fragte, warum sie sich kein sexy kurzes schwarzes Kleid anziehen wollte, reagierte sie auf typische Bonnie-Art. »Damit Leuten wie dir nicht die Augen aus dem Kopf fallen, du Spanner«, sagte sie, und mein Herzschlag beschleunigte sich.

Sie hat ihre Braids zu einer Hochsteckfrisur geschlungen und verknotet, was ihre zierliche Figur noch mal unterstreicht. Es ist erstaunlich, dass sich die Kleinste in unserer Runde ausgerechnet das größte Instrument ausgesucht hat. Andererseits ist es vermutlich Bonnies logische Wahl gewesen. *Ihr erwartet etwas von mir? Ich tue das genaue Gegenteil.*

Ich mag unseren Jazz-Sound. Er ist anders als die Songs, die wir sonst spielen. Aber es passt zu meiner Stimmung. Sanft, verspielt, fröhlich.

Während der ersten Songs bemühe ich mich, nicht zu oft zu Bonnie zu sehen. Doch nach jedem Song drehe ich mich zu ihr um. Manchmal treffen sich unsere Blicke. Manchmal glaube ich, den Anflug eines Lächelns auf ihrem Gesicht zu erkennen.

Das nächste Stück ist *Waltz for Debbie,* ein wunderbar virtuoser Standard, bei dem ich am Klavier alles zeigen kann, was in mir steckt. Begleitet werden die ersten Takte nur von Bonnies Kontrabass. Und nun riskiere ich immer wieder einen Blick auf sie. Wir sind zwar perfekt aufeinander abgestimmt, vollkommen eingespielt, dennoch zögern wir den einen oder anderen Einsatz länger hinaus. Es ist ein sinnliches Spiel. Ein Forschen, ein Wagen. Ein Abwarten und Auf-den-anderen-Eingehen. Da Bonnie mir folgt, habe ich beinahe das Gefühl, sie zu necken, wenn ich mit dem nächsten Akkord den Bruchteil einer Sekunde länger warte. Doch jedes Mal kommen wir wieder zusammen.

Meine Hände gleiten über die Tasten, springen von Akkord zu Akkord. Spielerisch, noch ein wenig zurückhaltend – bis ich *all in* gehe und mein gesamter Körper mitfühlt. Ich seufze, so schön, so befriedigend fühlt es sich an, den vollen Klang des Keyboards auszuschöpfen. Und dann setzen Curtis und Link ein.

Ein paar Hochzeitsgäste versammeln sich vor der Bühne, die meisten jedoch nehmen kaum Notiz von uns. Und genau dafür sind wir hier. Für den Hintergrund. Auch wenn es mir beinahe wie eine Verschwendung vorkommt. Besonders, als Bonnie eins ihrer seltenen Bass-Soli anstimmt. Es wirkt perfekt durchkomponiert. Ihre Finger fliegen beeindruckend schnell über die schweren, starren Kontrabasssaiten. Das Griffbrett hinauf und hinunter. Ich spiele hier und da Akkorde dazu, doch das kann ich blind, sodass ich meinen Blick nicht von ihr abwenden muss. Ihre Fingerfertigkeit beeindruckt mich. Ebenso ihr Gefühl für die Musik. Für den Rhythmus. Ihre Augen sind geschlossen, und sie ist vollkommen versunken in ihrem Spiel.

Ihr Solo wird schneller und schneller, bis sie zum Ende hin wieder langsamer wird, die Augen öffnet, uns zunickt und damit zu verstehen gibt, dass es weitergeht. Ich bin so gefesselt von ihr, so euphorisch, dass ich nicht anders kann, als ihr anerkennend zuzunicken und mit meiner linken Hand auf meinem Bein zu applaudieren. Und sie erwidert meinen Blick – und mein Lächeln. Zumindest hoffe ich, dass es mir gilt, denn es ist ein sanftes, vorsichtiges Lächeln, das ich jeden Tag sehen möchte.

Ich habe keine Zeit, darüber nachzugrübeln, denn wir spielen sofort weiter. Und für den Rest des Stückes blicke ich nicht mehr von meinen Tasten auf.

Es ist ein traumhaft schöner Tag. Warm und feucht, wie es im Frühsommer in Louisiana immer der Fall ist. Das Hochzeitsfest ist munter, zumindest von außen lassen sich keine Zwischenfälle erkennen, die die Stimmung trüben.

Es gibt nur zwei Personen, die seit dem Essen etwas angespannt wirken. Und wie es der Zufall so will, gehören beide zu After Hours. Bonnie versucht zwar, sich nichts anmerken zu lassen, aber irgendetwas dämpft ihre Stimmung. Ich hoffe von ganzem Herzen, dass es nichts mit letzter Nacht zu tun hatte, und beschließe, bald mit ihr zu sprechen. Wenn wir wieder zu Hause sind. Die zweite Person ist Curtis. Und anders als Bonnie macht er keinen Hehl aus seiner Laune.

»Seht euch diese Schnösel an«, sagt er, während wir auf der Veranda an einem Tisch abseits der Feier unser Essen zu uns nehmen. »*Fucking* Anzugträger.«

»Das ist eine Hochzeit, Curtis«, erwidert Link. »Ich glaube, man nennt es Dresscode.« Er grinst.

»Ekelhaft.«

»Wenn mich nicht alles täuscht, bist du heute einer von ihnen«, gibt Bonnie zu bedenken und zupft an seinem Hemd.

»Ach, sei doch still«, mault er. »Ich trage diesen Scheiß doch nicht freiwillig.«

Er blickt grimmig auf die Hochzeitsgesellschaft, die an langen Tafeln auf dem Rasen sitzt. Ich sehe in dieselbe Richtung, und augenblicklich wird mir klar, was ihn beschäftigt. Amory und ihr Date scheinen sich gut zu amüsieren. Jedenfalls unterhalten sie sich angeregt.

»Daher weht also der Wind«, sagt Link. »Komm schon, Curt, lass dir davon nicht die Laune vermiesen. Morgen ist er Geschichte.«

»Alter, was laberst du?«, fragt Curtis. »Denkst du etwa, ich bin wegen Amory …« Er lacht ein falsches Lachen. »Die kann tun und lassen, was sie will.«

Bonnie wirft Link einen mahnenden Blick zu.

»Richard. Was für ein langweiliger Name, oder?«, fährt Curtis fort. »Genau das meine ich. All diese Kerle hier. So austauschbar. Sehen alle gleich aus, heißen alle Richard.«

Ich kann mir ein Lachen gerade so verkneifen.

»Glotzen alle auf die Ausschnitte ihrer Tischdame …«

Wie automatisch wandert mein Blick zu Bonnies Oberkörper. Doch ihre Bluse ist hochgeschlossen. Amorys Outfit hingegen betont ihre Figur an genau den Stellen, die Richard zu gefallen scheinen. Denn er versinkt tatsächlich mit dem Blick in ihrem Dekolleté.

Mit einem kratzenden Geräusch schiebt Curtis seinen Stuhl zurück und verschwindet nach drinnen.

»O Mann, der Arme«, sagt Link.

»Ich möchte nicht in seiner Haut stecken«, pflichte ich ihm bei und versuche erfolglos, mit Bonnie Blickkontakt aufzunehmen.

Irgendetwas ist passiert. Irgendetwas hat sich letzte Nacht verschoben. Es bewirkt, dass ich Bonnie ansehen will – auf andere Art als noch vor ein paar Tagen. Dass mein Herz flattert und mein Magen hüpft. Und ich als absolute Niete in Gefühlsfragen bin heillos überfordert.

Als die Dämmerung langsam über uns hereinbricht, wird es Zeit für die Party. Curtis hat sich zusammengerissen. Er sieht etwas zerknautscht aus, als hätte er sein Gesicht ein paar Stunden lang in ein Kissen gepresst – und vielleicht hat er das ja auch.

Der Garten hinter dem Haupthaus ist jetzt festlich beleuchtet. Lampions hängen an der Veranda, Lichterketten und Kerzen zieren die Tafeln. Die Stimmung ist nach wie vor ausgelassen, wenn auch etwas gedämpfter als noch vor ein paar Stunden, weil die Leute nach dem Essen etwas müde sind. Aber dafür sind wir hier. Wir werden ihnen kräftig einheizen.

»Und nun, liebe Hochzeitsgäste, heißen Sie mit uns das erste Mal Mr und Mrs Boyd auf der Tanzfläche willkommen«, sagt Link ins Mikrofon.

Amorys Cousine und ihr Mann treten nach vorne. Er legt ihr seinen Arm um die Taille, sie ihm ihren auf die Schulter. Sie sehen sich tief in die Augen, lächeln. Es ist ein glücklicher Tag für sie. Der glücklichste im Leben. Und für einen kurzen Moment werde ich an meine eigene Hochzeit zurückerinnert. An Blythes Strahlen. Mein pochendes Herz. Das Gefühl, endlich irgendwohin zu gehören, eine Familie zu haben. Auch wenn ich von Charlie, Con und Link von Anfang an behandelt wurde wie einer von ihnen, war diese Hochzeit für mich selbst der Beginn eines neuen Lebensabschnitts. Als Jasper Hughes.

»*One, two, one, two, three, four*«, zählt Curtis und reißt mich damit aus meiner Erinnerung.

Die ersten Gitarrenklänge ertönen, und sogleich setzen Bonnie und Curtis ein. Wir haben dem Brautpaar vorab ein paar Vorschläge für ihren ersten Tanz geschickt. Klassiker, Bekanntes, Unbekannteres, Eigenes. Sehr zu unserer Überraschung haben sie sich für einen unserer Songs entschieden.

Die Melodie, die Link und ich nun gemeinsam spielen und die im Refrain von Sal mit einem schnarrenden Trompetenklang untermalt wird, ist eine Mischung aus Melancholie und Hoffnung. Aus Traurigkeit und Kraft. Es ist *Blythe's Song*.

Ich spiele Akkorde und unbeschwerte Tonfolgen zu Links heiserem Gesang und beobachte das Brautpaar, das sich sanft hin und her wiegt. Die Blicke aufeinander gerichtet, als gäbe es um sie herum nichts. In diesem Moment gibt es nur diese beiden. Ebenso wie es vor sieben Jahren nur Blythe und mich gab. Wir wiegten uns damals auf unserer Terrasse hin und her, während Link leise an einer Gitarre zupfte. Ich hielt Weston auf dem Arm, sodass er zwischen uns war. Eng an mich und seine Mutter gedrückt. Seine Augen fielen ihm bereits zu.

»Love is me, love is you,

Love is here, love is soon.

Love is real, love is true«, singt Link. Und ich fühle es. Fühle es so sehr. Fühle die Liebe, die mich umgibt, die mein Leben geprägt hat. Fühle eine Liebe, die vielleicht noch kommen mag. Die Vergangenheit mit ihrer himmelhochjauchzenden Glückseligkeit und ihrer niederschmetternden Traurigkeit liegt hinter mir. Seit heute ist alles neu. Ab heute beginnt die Zukunft.

»Love is brave, love is mad, love is proud.

Love is bold, love is wild, love is loud«, singen wir zweistimmig. Und meinen es aufrichtig.

27

Bonnie

~ Heute ~

Die Party geht bis spät in die Nacht hinein. Wir spielen vier Sets und sind danach vollkommen ausgepumpt. Die weitere musikalische Untermalung übernimmt eine Playlist.

Am ratsamsten wäre es für uns alle, ins Bett zu gehen. Es ist bereits nach Mitternacht. Doch Curtis hat irgendwo zwei Flaschen Wein aufgetrieben. Wir sitzen abseits an einem kleinen Tisch, um die Feiernden nicht zu stören. Auch wenn Braut und Bräutigam uns mehrmals eingeladen haben, ihnen auf der Tanzfläche Gesellschaft zu leisten. Doch im Moment sind wir alle froh, unsere Ruhe zu haben. Alle außer Curtis, der sein drittes Glas Wein trinkt und seinen Blick grimmig über die Gäste schweifen lässt.

Ich drücke sanft seine Hand, um ihm zu zeigen, dass ich für ihn da bin. Er lässt mich gewähren, was zeigt, wie nötig er diese kleine Geste hat. In der Ferne sehe ich Amory und Richard. Sie sieht glücklich aus, und ich freue mich für sie. Freue mich, dass sie schaut, wo sie selbst bleibt. Denn ich weiß, wie schwer es sein kann, genau das zu tun. Ich denke an letzte Nacht. Denke daran, dass ich mich getraut habe, Jaspers Berührung zu genießen. Ich forsche nach einem Schuldgefühl, doch hier, inmitten meiner Freunde auf diesem Fest der Liebe, kann ich es nirgendwo finden.

»*Blythe's Song* auf einer Hochzeit. Hätte ich mir auch nicht träumen lassen«, sagt Link gerade.

»Aber es hat super gepasst«, erwidert Jasper. »Die Botschaft ist wohl perfekt.« Er lächelt. Ich liebe diesen Song. Er ist hoffnungsvoll, herzzerreißend und drückt so ungefähr alles aus, was wir als Band darstellen.

»Es hat jedenfalls echt Spaß gemacht«, werfe ich ein, denn es stimmt. Es war schön, hier auf diesem zauberhaften Fest zu spielen.

Ein lautes »Wooohooo« geht durch die Tanzenden, als die ersten Takte von Curtis Mayfields *Move On Up* erklingen.

»Wollen wir tanzen?«, fragt Link und sieht mich herausfordernd an. Er weiß genau, dass es Songs gibt, denen ich nicht widerstehen kann.

Ich nicke und kippe den letzten Schluck Weißwein hinunter. »Curtis? Sal?«, frage ich. Und etwas leiser, aber zu meinem Erstaunen doch deutlich hörbar: »Jasper?«

Ich kriege allerdings nicht mehr mit, wer uns folgt, denn Link zieht mich auf die Tanzfläche. Mit ihm tanze ich am liebsten. Er bewegt sich unheimlich geschmeidig und ist dabei dennoch wild und zügellos genug.

»Fehlt dir Franzi?«, frage ich, während unsere Schritte mutiger, ungehemmter werden.

»Wäre schön, sie hierzuhaben, oder?« Er grinst. »Aber allein die Tatsache, dass ich das sage, macht mich schon so froh, dass ich wirklich keine Zeit mit negativen Gedanken verschwenden will.«

Das ist typisch Link. Nichts zerdenken, im Moment leben. Von Amory und ihm sollte ich mir eine Scheibe abschneiden.

Aus dem Augenwinkel sehe ich Jasper und Curtis, die ganz in unserer Nähe tanzen. Curtis hat sich eine der Brautjungfern geschnappt und wirbelt sie durch die Gegend. Jasper lacht. Er sieht froh aus. Frei. Und mein Herz macht einen Satz.

Der Song geht zu Ende, und mit ein paar rhythmischen Schritten ist Link ganz dicht bei mir. Er legt seine Hände um meinen Nacken und zieht mich zu sich. Die letzten Takte tanzen wir sanft Stirn an Stirn. Dann wechselt die Musik zu etwas Langsamerem.

»Let's get it on«, sagt Link leise lachend. »Jetzt wird's heiß.«

Für ein paar Takte bleiben wir dicht beisammen, aber dann lässt er mich auf einmal los. Viel zu spät begreife ich, warum. Doch auf einmal steht Jasper vor mir. Er lächelt. Fragend. Ich bin so überrumpelt, dass ich verpasse, zurückzuweichen. Oder wegzurennen. Oder mich totzustellen. Oder ... vielleicht möchte ich es gar nicht. Wie selbstverständlich legt er mir die Hände auf die Hüften. Und sofort fühle ich mich zu letzter Nacht zurückversetzt. Die Erinnerung an seinen Körper – seinen Körper dicht an meinem – lässt meine Beine zittern, sodass ich in einem unbedachten Moment meine Hände um seinen Nacken lege. Oder ist es ein bedachter Moment?

Jaspers Bewegungen sind zärtlicher als die von Link. Weniger ausladend. Beinahe rücksichtsvoll. Er bewegt uns sanft hin und her und beschreitet einen sehr langsamen Kreis dabei. Mir bleibt nichts anderes übrig, als mich von ihm führen zu lassen, zu einem Song, der klingt wie purer Sex. Ich würde laut losprusten, wäre meine Lage nicht so verzwickt.

»Hi«, sagt Jasper leise und sieht mich mit seinen schönen Augen an.

»Hi«, erwidere ich, doch aus meinem Mund kommt nur ein Flüstern.

»Hoffe, du hast gut geschlafen letzte Nacht«, sagt er und weckt damit in mir das Bedürfnis, ihn wegzuschubsen und gleichzeitig fest an mich zu ziehen. Währenddessen singt Marvin Gaye darüber, wie er lange Zeit versucht hat, seine Gefühle zurückzuhalten. Wieder überkommt mich der Drang, zu lachen. Das hier ist die absurdeste Situation meines Lebens.

Jaspers Hände ruhen nach wie vor auf meinen Hüften. Der leichte Druck, den er ausübt, scheint Löcher in meine Klamotten zu brennen. Ich will ihn näher bei mir haben. Und zugleich muss ich von hier weg, wenn ich nicht verglühen will.

»Ja«, bringe ich unter großer Anstrengung hervor.

Jasper lacht leise und jagt mir damit einen Schauder über den Rücken. Sein Gesicht ist so nah, dass ich seinen Atem spüren kann.

»Sehr gut«, sagt Jasper. »Ich habe auch gut geschlafen.«

Er löst seine Hände kurz von mir, nur um mich einmal langsam im Kreis zu drehen. Im nächsten Augenblick stehe ich wieder vor ihm, diesmal noch enger. Ich spüre Jaspers Hüften an meinen. Die leichte Reibung, während er sich zur Musik bewegt. Als mir klar wird, welche Stelle es genau ist, die mich hier berührt, bleibt mir kurz der Atem weg.

»Du siehst toll aus in deinem Anzug«, sagt er nun, und beinahe bin ich dankbar, meine Aufmerksamkeit wieder auf seine Lippen lenken zu können. Lippen, die zu einem Lächeln verzogen sind. Er sieht mich an, als wüsste er alles und doch nichts. Als würde ihn meine Situation amüsieren und rühren gleichermaßen.

Ich beschließe, für einen Moment die Führung zu übernehmen, drehe mich erneut von ihm weg, damit ich dann wieder etwas Abstand zwischen uns bringen kann. Aber Jasper lässt es nicht zu. Im Gegenteil: Er hält mich nun noch enger an sich gedrückt.

Gleich wird mein Herz explodieren. Ich sehe es vor mir. Die Sauerei, das Geschrei. Einen anderen Ausweg gibt es nicht.

»Ich hoffe«, raunt er, »du hast dich nicht bedrängt gefühlt.«

Ich merke, wie mir Hitze ins Gesicht schießt. Er war wach. Er hat mich absichtlich im Arm gehalten. Er hat … O Gott. Wieder werden meine Knie weich, und ich muss mich an Jasper festklammern, um den Halt nicht zu verlieren.

»Okay, dann bin ich ja beruhigt«, sagt er, weil er den Druck meiner Hände selbstverständlich anders interpretieren muss.

Wo wir schon einmal hier sind, lass uns leben, singt Marvin Gaye, und ich spüre, wie ich von meinen Emotionen übermannt zu werden drohe. Hinter meinen Augen brennen Tränen der Überforderung, in meiner Kehle steckt ein Glucksen, so groß, dass es mir die Luft abschnürt. Ich will rennen und bleiben, weinen und lachen, leben und sterben – alles gleichzeitig.

Jasper beugt sich zu mir hinunter, seine Lippen sind nun dicht an meinem Ohr. Gerade so kann ich ein Seufzen unterdrücken, während ich mir wünsche, er würde mir einen Kuss hinter mein Ohrläppchen hauchen. An meinem Hals knabbern. Mir unanständige Dinge zuflüstern. Zugleich stelle ich mir vor, wie ich meinen Kopf gegen die Wand schlage, vor Wut über mich selbst.

»Ich fand es schön«, flüstert er, und ich kann nicht anders, als scharf die Luft einzusaugen. »Dich bei mir zu haben.«

Gleich werde ich ohnmächtig. Die starke Bonnie Bailey. Und nun entfährt mir tatsächlich ein Kichern. Ein ungläubiges, beinahe verzweifeltes Kichern, während Marvin Gaye versucht, mir einzusagen, dass *es niemals falsch sein kann, mich ihm hinzugeben.*

»Es … war …«, stammle ich, »… schön.« Das Bild eines aus dem Himmel herabfallenden Ambosses, der mich mit einem *Rums* in die Erde befördert, erwächst vor meinem inneren Auge. Aber es *war* schön. Es war das Schönste!

»Okay, gut.« Jasper klingt erleichtert und dreht damit

das Messer, das in meinem Herzen steckt, noch ein bisschen herum. Es muss Widerhaken haben, so sehr, wie es schmerzt.

Weißt du nicht, wie süß und wunderbar das Leben sein kann? … Ich werde dicht nicht drängen, verspricht Marvin Gaye, doch im gleichen Moment merke ich, dass es auch Jaspers Stimme ist, die diese Worte singt.

»*Fuck*«, höre ich auf einmal Link irgendwo hinter mir.

Jasper lässt mich los und dreht sich um. Ich will laut aufschreien. Vor Sehnsucht und Erleichterung gleichermaßen. Mein Blick folgt dem Jaspers, und sofort sehe ich, was das Problem ist. Curtis bewegt sich langsam torkelnd auf Amory und Richard zu.

Jasper und Link rennen los. Sie sind schneller als Curtis, sodass sie ihn innerhalb weniger Sekunden eingefangen haben. Ich sehe, wie sie auf ihn einreden. Jasper hat seinen Arm um Curtis' Schultern gelegt, eine freundschaftliche Geste, die gleichzeitig bewirkt, dass dieser sich nicht mehr befreien kann.

Curtis gestikuliert, doch Jasper und Link weichen keinen Millimeter zurück. Über die Musik kann ich nicht hören, was gesprochen wird, aber ich nutze den Moment, um mich von der Tanzfläche zu entfernen und mich auf einen Stuhl fallen zu lassen. Ich bin k. o., vollkommen fertig. Körperlich, nervlich. Am liebsten würde ich mich unter einem der Tische in Embryonalstellung zusammenkauern. Oder mir alternativ in Gestalt eines Orgasmus selbst Erleichterung verschaffen. Beides kommt nicht infrage, also sitze ich einfach nur hier und lausche den letzten Takten von *Let's Get It On,* schließe die Augen und versuche zu verstehen, was mit mir passiert.

28

Jasper

~ Heute ~

»Es geht doch nichts über ein freches Bierchen am Nachmittag«, sagt Hugo und prostet mir zu.

Wir sitzen auf meiner Veranda, Weston und Maya gießen ihre Beete und wässern den Rasen, der langsam wirklich aussieht wie eine noch etwas kahle Wiese.

Ich hebe mein Wasserglas. »Schön, dass du da bist.«

»Also, erzähl mal. Wie war die Hochzeit?« Hugo wackelt unter seinem löchrigen Strohhut mit den Augenbrauen.

»War ein schönes Fest«, sage ich. »Edel, aber gleichzeitig ausgelassen.«

»Und die Band?«

»Die Band war ein voller Erfolg.«

»Das wundert mich nicht. Mein Enkel spielt dort Klavier.«

Ich muss lachen. »Du solltest mal wieder bei einem Auftritt vorbeischauen. Bring Faye mit. Ich würde mich freuen, sie auch mal kennenzulernen.«

»Tatsächlich?« Er kriegt ganz große Augen.

»Warum denn nicht?«

»Schau mal, Dad, hier kommen Knospen«, ruft Weston und lenkt uns einen Moment ab.

»Das ist ganz allein euer Verdienst«, antworte ich. »Weil ihr euch so gut kümmert.«

Maya lächelt breit, und Westons Brust ist stolzgeschwellt.

»Na ja, ich dachte …«, nimmt Hugo den Faden wieder auf. »Weil sie mit Victor …«

Kurz habe ich das Gefühl, der Name meines Vaters sollte etwas in mir auslösen. Traurigkeit oder Wut. Aber da ist nichts.

»Das ist so lange her«, sage ich deswegen.

»Ich glaube, sie würde sich freuen.«

Bislang habe ich nur Gutes über Faye gehört. Sie war anscheinend sehr jung, als sie meinen Vater heiratete. Und bald werden sie geschieden sein. Sie ist nicht die Erste, die auf ihn hereingefallen ist, und wird vermutlich auch nicht die Letzte sein. Wenn überhaupt, sollte uns das zusammenschweißen.

»Und jetzt zu dir«, sagt Hugo. Inzwischen kenne ich diesen Blick. Dieses verschmitzte Grinsen, die Lachfältchen um seine blitzenden Augen. »Du siehst anders aus.«

»Was?« Nun redet er Unsinn.

»Winde dich ruhig, Junge. Am Ende erzählst du mir ja doch alles.«

Ich verschlucke mich fast an meinem Wasser. »Was willst du wissen?«

»Wo die Falte zwischen deinen Augenbrauen hin ist. Ich bin jetzt schon fast eine halbe Stunde hier, und bislang habe ich sie noch nicht gesehen. Das ist neu.« Er zuckt mit den Schultern. »Erzähl mir nicht, du hast dir Botox spritzen lassen.« Er nimmt noch einen Schluck von seinem Bier.

»Sicher nicht«, lache ich.

»Also entweder hast du Beruhigungspillen genommen, oder etwas ist passiert. Gönn einem alten Mann das bisschen Spaß.«

»Du bist unmöglich.« Aber ich weiß genau, warum die Sorgenfalte weg ist. Warum sich die Anspannung in meinen Schultern gelöst hat. Und vielleicht könnte es unsere Beziehung festigen, wenn ich mich ihm anvertraute? »Ich habe mir ein Bett mit Bonnie geteilt«, sage ich.

»Das ist der heiße Feger am Kontrabass, oder?«

Ich nicke.

»Uuuuuuuh«, macht Hugo.

»Und es könnte sein, dass … also …«

»Dass du in sie verknallt bist?«

»Ich weiß es nicht. Es war nur diese eine Nacht, und weiter ist nichts passiert.«

»Aber?«

Tatsächlich gibt es ein Aber. Doch statt sofort zu antworten, lenke ich den Blick auf meine beiden Kinder. Maya ist inzwischen bis auf die Unterhose durchnässt und von oben bis unten mit Erde beschmiert. Allerdings ist es so warm, dass ich sie beinahe beneide.

»Ich sehe sie mit anderen Augen«, sage ich. Und es stimmt. Ich lasse es zu, sie anders wahrzunehmen. Sie macht mir Mut.

»Potz Blitz!« Hugo schlägt sich mit der flachen Hand aufs Bein. »Das sind mal Neuigkeiten. Ich kenne eine gute Hochzeitsband. Mein Enkel …«

»Hugo«, ermahne ich ihn.

»Das war doch nur ein Scherz. Kein Grund, die Sorgenfalte gleich wieder auszupacken.« Er zeigt mit dem Finger auf meine Stirn. Und tatsächlich, ich spüre, dass sie zurück ist.

»Das ist es nicht«, sage ich.

»Ich bin bis oben hin vollgefüllt mit Weisheit, Jasper. Vielleicht wäre es nicht dumm, darauf zuzugreifen.«

»Weißt du, was ich an dir besonders schätze?«, frage ich. »Deine Bescheidenheit.«

»Bescheiden und demütig kann ich auf dem Sterbebett immer noch sein. Pluspunkte sammeln und so. Dafür ist jetzt keine Zeit.«

»Also gut«, beginne ich und will gerade ansetzen, ihm

von meinen Bedenken zu erzählen, da ertönt ein lautes Kreischen.

Maya hat den Gartenschlauch auf ihren Bruder gerichtet und spritzt ihn von oben bis unten nass. Er keucht und lacht und versucht, ihr den Schlauch abzunehmen. Da er eindeutig der Stärkere ist, gelingt es ihm schnell. Die Rache folgt auf dem Fuß. Weston richtet den Schlauch auf Maya. Aber weil sie ohnehin schon vollkommen durchnässt ist, macht es ihr nichts aus. Wenn überhaupt, wird sie dadurch wieder etwas sauberer. Hugo lacht laut.

»So ein Garten ist eine feine Sache«, sagt er. »Und so ein Garten*schlauch* erst! Aber jetzt erzähl.«

»Erstens bin ich Witwer. Das bedeutet, ich habe schon eine Frau.«

»Witwer«, wiederholt Hugo. »Das bedeutet, du *hattest* eine Frau. Als deine Großmutter starb …«

Auf einmal sehe ich Hugo mit ganz anderen Augen. Ich habe nie darüber nachgedacht, was mit meiner Großmutter passiert ist. Bei uns zu Hause wurde nie über sie gesprochen. Und seit Hugo richtig in meinem Leben ist, habe ich genug damit zu tun, das zu begreifen.

»… Autounfall«, fährt er fort. »Traurige Sache. Sehr traurig. Ich habe jahrelang gebraucht, bis ich wieder jemanden in mein Leben gelassen habe.«

»Was hatte sich geändert?«, frage ich.

»Ich habe verstanden, dass es darum geht, bereit zu sein. Nicht um eine Schuld. Das hat mir geholfen. Und vielen anderen Damen.« Er grinst.

Es ist genau das, was ich bei mir selbst beobachte. Dieses Gefühl, bereit zu sein. Es ergibt Sinn. Es fühlt sich richtig an. Und ich weiß, Blythe hätte es gewollt. Sie war diejenige, die mir das Versprechen abnahm, wieder glücklich zu werden.

»Was ist zweitens?«, fragt Hugo, für den der erste Punkt offenbar abgehandelt ist.

»Zweitens habe ich keine Ahnung, wie Bonnie das alles sieht. Sie wirkt meistens nicht unbedingt, als würde sie sich viel aus Nähe machen. Nähe zu mir, meine ich.«

»Bullshit«, sagt Hugo und macht eine wegwerfende Handbewegung. »Die ganze Welt liebt dich. Weiter.«

Ich schüttle amüsiert den Kopf. »Drittens: Selbst wenn sie sich etwas aus mir machen würde, kann ich sie mit meinem Scheiß nicht belasten. Die Schulden. Die Kinder.«

»Findest du es nicht ein bisschen gemein, deine Kinder und die Schulden in einen Topf zu werfen?«, fragt Hugo glucksend, und ich verdrehe die Augen. Er weiß genau, was ich meine. »Ansonsten könntest du sie vielleicht verscherbeln. Einen Teil der Schulden damit decken. Ich würde sie nehmen. Akzeptierst du Schecks?« Er sieht aus, als würde er nachdenken. »Ungedeckte Schecks?«

»Lass mal, ich glaube, ich behalte sie«, sage ich mit einem Blick auf die beiden. Weston zeigt Maya gerade etwas, das er in der Erde gefunden hat. Einen Regenwurm vielleicht.

»Aber jetzt mal im Ernst, Junge. Ich glaube, du denkst zu weit. Wenn die Frage nach Hochzeitsbands noch nicht im Raum steht – und noch mal: Wenn es so weit ist, dann empfehle ich euch After Hours –, reicht es doch erst mal, wenn man sich zusammen wohlfühlt.«

»Es kommt mir zu kurz gedacht vor. Leichtsinnig. Verantwortungslos.«

»Glaub mir, Verantwortung trägst du genug«, sagt Hugo und wird auf einmal ganz ernst. »Du trägst die ganze Last des Lebens auf deinen Schultern. Lass das mal besser.«

»Ist das die Weisheit, von der du gesprochen hast? *Lass das mal besser?*« Ich kann mir ein Lachen nicht verkneifen.

»Denk drüber nach. Klingt simpel, ist es aber gar nicht.«

Ich schüttle den Kopf.

»Magst du sie?«, fragt er nun.

»Ja.«

»Magst du sie genug, um es zu versuchen?«

»Ich glaube schon.«

»Siehst du das Gras?«

»Äh … ja?«

»Okay. Dann mach dich auf eine Weisheit gefasst, die dir die Ohren schlackern lassen wird. Du bist das Gras.«

Ich pruste los. »Jetzt bin ich platt.«

»Warte, ich bin noch nicht fertig. Du bist das Gras. Du bist inzwischen über das Stadium des Sprießens hinaus. Hast die ersten Sonnenstrahlen gespürt. Okay, das war ein bisschen kitschig. Das nehme ich zurück. Aber du weißt, was ich meine. Du hast dich daran gewöhnt, ein aktiver Bestandteil des Gartens zu sein. Du bist bereit für wuseliges Insektenleben.«

»Erzählst du mir als Nächstes was von den Blumen und Bienen?«, frage ich.

»Aufgeklärt bist du, hoffe ich. Ansonsten muss es dir ganz famos merkwürdig vorkommen, dass du diese beiden bezaubernden Kinder hast.«

»Ja, das können wir überspringen. Auch wenn es trotzdem relativ unglaublich ist, sie zu haben.«

»Also, du bist bereit für die Insekten, okay? Und dein einziger Gedanke ist, dass du nicht genug Blüten produzierst, um die Bienen zu ernähren. Dabei brauchen die einfach einen Ort, an dem sie sein können. Um ihr Essen kümmern sie sich selbst.« Er lehnt sich zurück und verschränkt die Arme vor der Brust, als wäre damit alles gesagt.

»Du meinst, es reicht also, dass ich Gras bin und wenig zu bieten habe?«

»Ich meine, das, was du zu bieten hast, kann vollkommen

genug sein. Die Hochzeitsband vertagen wir. Ich würde dir die Nummer von meinem Enkel zur Sicherheit mal dalassen, aber buchen musst du noch nichts.« Er grinst. »Fakt ist, man kann zusammen sein, ohne einander alles aufzubürden, was das Leben schwer macht, wenn du verstehst, was ich meine.«

Ich glaube, ich begreife, was er mir damit sagen will, ganz überzeugt bin ich dennoch nicht. »Ist das nicht egoistisch?«

»Und wenn schon?«

»Na ja …«

»Sei doch mal egoistisch. Ich bitte darum. Ich würde gerne wissen, wie das aussehen soll. Kaufst du dir dann ein neues Paar Schuhe? Im Secondhandladen? Bleibst du dann an einem Sonntagmorgen fünf Minuten länger im Bett liegen?«

»So ungefähr.«

»Ich fordere dich heraus, Jasper. Sei einmal egoistisch. Nur ein bisschen. Nicht auf Kosten anderer, aber zu deinen Gunsten. Glaub mir, das macht Spaß.«

»Da ist sie also, die Weisheit.«

»Du wurdest soeben ge-hugo-t. Wie fühlt es sich an?«

»Als hätte ich verbotenerweise einen ganzen Becher Eiscreme gegessen.«

»Perfekt. Damit fangen wir an. Was für eine Sorte hast du da?«

Hugo steht auf und marschiert entschlossen nach drinnen. Einen Augenblick später kommt er mit einer Packung Schokoladeneis zurück. Unsere Lieblingssorte. Er hat nur einen Löffel dabei.

»Bitte sehr«, sagt er und stellt beides vor mir ab.

»Sobald die Kinder das sehen, habe ich keine Chance mehr. Wirst schon sehen.«

»Hey, Kinder«, ruft er sofort. Weston und Maya drehen

sich um. »Wäre es für euch okay, wenn euer Dad das Schokoladeneis allein isst? Ich kaufe euch dafür neues.«

Maya sieht im ersten Moment enttäuscht aus. Doch Weston zuckt mit den Schultern und sagt: »Okay, aber wenn ihm schlecht wird, will ich kein Gejammer hören.« Das überzeugt auch Maya, und sie nickt.

»Gern geschehen«, sagt Hugo. »Und jetzt hau rein.«

Ich schüttle den Kopf, nehme aber tatsächlich einen Löffel Eis. Und noch einen.

Mit vollem Mund setze ich unser Gespräch fort. »Dann lass mich dich auch herausfordern. Dich und deine verqueren Weisheiten.«

»Verquer!« Mit gespieltem Entsetzen sieht er mich an.

»Über die Kinder haben wir ja schon gesprochen. Aber nur in die eine Richtung. Wie werden sie reagieren, wenn ich anfange zu daten?«

»Du willst also daten …«, sagt Hugo mit einem anzüglichen Grinsen.

»Ich dachte, das hätten wir bereits festgestellt.«

»Aber noch nicht so deutlich ausgesprochen. Red weiter.«

»Weston erinnert sich noch an seine Mom. Ich will nicht, dass er denkt, ich würde sie ersetzen. Und Maya – ich meine, sie spricht nicht mal mit mir. Wie soll das werden, wenn ich plötzlich eine neue Person in ihr Leben schleppe?«

»Das sind zwei verschiedene Dinge«, sagt Hugo. »Es hilft, wenn man eins nach dem anderen ansieht. Dann ist alles machbar.« Er denkt kurz nach. »Mit Weston kann man sprechen. Er ist so klug, ich denke, du kannst ihm ganz genau erklären, was passiert. Wie er reagiert, weißt du erst hinterher. Aber eine Freundin haben ist etwas anderes, als eine Mutter zu ersetzen. Das ist ja wohl klar.«

Ich nicke zögerlich. Natürlich hat er recht. Dennoch bleibt ein flaues Gefühl im Magen zurück.

»Und was die ›neue Person‹ anbelangt, die du ›anschleppen‹ willst: Sprechen wir noch von Bonnie?«

»Ja ...«

»Und hast du mir nicht erzählt, Maya hätte mit ihr geredet?«

»Auch das ...«

»Vielleicht würde es ihr sogar gefallen. Solange du nichts wagst, Jasper, lernst du auch nichts. Nicht über dich, nicht über deine Kinder. Hättest du nicht gewagt, mich in dein Leben zu lassen, hättest du nie etwas über mich gelernt. Und wie tragisch wäre das gewesen?«

»Sehr tragisch«, bestätige ich lachend.

»Trau den Menschen ein bisschen was zu. Und gönn dir selbst die ein oder andere metaphorische Eispackung.« Er sieht mich forschend an, als wüsste er nicht, ob ich ihn verstanden habe. »Und wenn ich ›metaphorische Eispackung‹ sage, meine ich Sex«, präzisiert er, und ich wünschte, ich hätte keinen Zweifel daran gelassen, dass ich ihn auch ohne seine Präzisierung verstanden hatte.

29

Bonnie

~ Heute ~

Als Erstes stopfe ich die gefaltete Setlist in das neue Einweckglas. Die Setlist, die wir gemeinsam im Auto erstellt haben. Der inzwischen welke Blumenschmuck von meinem Mikro landet ebenfalls darin. Dann folgt das Polaroid der Band. Eine der Brautjungfern hat es geschossen und mir geschenkt. Erst wollte ich es aufhängen, aber während der letzten Tage habe ich begriffen, dass ich mir erst einmal klar werden muss, wie ich von hier aus weitermachen soll.

Es ist schon seltsam. Was als Methode anfing, die schönen Erinnerungen zu verewigen, ist inzwischen zu einem Endlager für schamvolle Momente geworden. Wollte ich früher um keinen Preis vergessen, geht es nun darum, die schmerzhaften Gedanken nicht mehr mit sich herumschleppen zu müssen. Ob es wirklich funktioniert ist eine andere Frage. Aber allein die Tatsache, *etwas* zu tun, hilft bereits.

Ich schraube das Glas fest zu. Richtig fest. Neben den physischen Erinnerungsstücken enthält es außerdem: die Nacht in Jaspers Arm, unseren Tanz, jedes Wort, das er zu mir gesagt hat, jedes Wort, das ich nicht gesagt habe. Aus meiner Schreibtischschublade hole ich den Bogen mit den Etiketten und klebe eines auf das Glas. Mit einem Filzstift schreibe ich *Hochzeit* darauf. Und drunter: *Unglück im Glück, Unmöglichkeit der Möglichkeit.* Im ersten Moment kommt es mir dann etwas melodramatisch vor. Andererseits ist diese ganze Aktion melodramatisch. Deswegen kann ich es ebenso gut zelebrieren. Mich einen Augenblick lang suhlen, dann meine Schultern straffen und mich wieder erheben.

Ich stelle das Glas ins Regal zu den anderen. In jedem von ihnen steckt ein kleines Stück meines dämlichen Herzens. In manchen ein glückliches, in anderen ein trauriges. Aber um im Hier und Jetzt funktionieren zu können, muss ich sie luftdicht verschlossen lagern. Denn dem Sog der Vergangenheit zu widerstehen würde an manchen Tagen sonst meine Kraft übersteigen.

Die Vergangenheit. Als alles noch gut war. Als Blythe und Jasper glücklich waren, Weston und Maya noch eine Mutter hatten. Link eine Schwester und ich eine beste Freundin, für die ich durchs Feuer gegangen wäre. Besser gesagt: für die ich meine emotionalen Feuer löschen konnte, als wäre es nicht nur das Einfachste, sondern auch das Schönste auf der Welt. Doch die emotionalen Feuer sind neu entfacht. Und sie bleiben.

Nachdem ich mich um meine Erinnerungen gekümmert habe, spiele ich zum ungefähr zwanzigsten Mal die Handyaufnahme von Links neuem Song ab, den ich mit Jasper zusammen singen soll. Die zweite Stimme für den Refrain habe ich längst fertig, doch ein Text muss her. Jasper wollte sich eigentlich heute Nachmittag mit mir zusammensetzen, um daran zu arbeiten, aber ich habe Termine vorgeschoben und versprochen, mir bis zur nächsten Bandprobe wenigstens Gedanken zu machen.

Die Aufnahme ist ziemlich schlecht. Übersteuert, voller Hintergrundgeräusche. Doch die Melodie ist klar zu hören. Ebenso Links heiseres Summen dazu. Nach dem ersten Refrain versucht er sich an seinen Lyrics, muss allerdings nach ein paar Takten leise lachend abbrechen. Jedes Mal schleicht sich ein breites Grinsen auf mein Gesicht, wenn ich es höre. Fast finde ich, wir sollten das in den Song einbauen.

Seine Gitarre klingt beinahe etwas betrunken, aber auf die gute Art. Ganz sanft und so, als würde sie leicht von links nach rechts taumeln. Er zupft leise Terzen, hinauf und hinab. Hinauf und hinab. Seine Stimme ist eigentlich zu tief und klingt deswegen noch heiserer als sonst. Für Jasper ist es die perfekte Tonlage.

Ich ertappe mich dabei, wie ich mitsumme. Eine Oktave höher natürlich, doch die Melodie ist eingängig. Sie macht Spaß. Einerseits. Andererseits hört man eine Sehnsucht heraus, die ich bis in die Knochen hinein spüre. Ich weiß nicht, ob es an mir liegt, ob die Ereignisse des letzten Wochenendes meine Sinne derart vernebelt haben. Ich werde mit Link darüber sprechen müssen. Wird es ein verliebter Song? Ein sehnsüchtiger? Ein melancholischer? Es ist noch alles denkbar. Aber auf keinen Fall will ich mit einem Text die Stimmung in eine Richtung beeinflussen, mit der Link nicht glücklich ist.

I'm slowly disappearing, würde ich dichten, *the closer we get, the more I have to lose.* Aber ich mache mir nichts vor. Nicht nur haben diese Gefühle nichts in Links Song verloren, ich schneide mir damit nur ins eigene Fleisch.

Ich könnte etwas in der Art schreiben: *Your words make me tremble, your touch makes me weak.* Doch das käme meinem Geheimnis bedrohlich nahe.

Your love is taken and my love is wrong. Es ist eine Zeile, die so wahr ist wie nichts, was ich bislang getextet habe. Und genau das macht sie so explosiv.

Love is unfair. Das ist sie.

Beinahe bin ich dankbar, als es an meiner Tür klopft.

»Ich mache mir ein Sandwich, willst du auch eins?«, fragt Lula und steckt ihren Kopf in mein Zimmer. »Warum ist es hier so dunkel?«

»Ich versuche mich auf einen neuen Song zu konzentrieren. Wir brauchen einen Text.«

»Kann ich helfen? Ich wette, ich wäre eine gute Texterin.«

Ich muss lachen. »Wenn man dir glaubt, wärst du in allem gut«, sage ich.

»Ja, vielleicht stimmt es. Schon mal daran gedacht?« Sie zuckt mit den Schultern. »Also, was ist nun? Hast du Hunger?«

Erst will ich ablehnen, doch dann überlege ich es mir anders. »Weißt du, was? Ja, das habe ich wirklich.«

In der Küche macht sich Lula ein Sandwich, das aus mehr Mayonnaise als Brot besteht. Sie klappt die beiden Scheiben zusammen und schneidet den Rand ab.

Ich hingegen greife ins Regal neben Lulas Kopf nach der Packung Lucky Charms. Es sind meine liebsten Frühstücksflocken, weil es nichts Schöneres auf der Welt gibt, als Einhörner aus Marshmallow in Milch zu tränken.

»Ich kann nicht glauben, dass du die immer noch isst«, sagt Lula und schüttelt den Kopf.

»Sagt diejenige, die den Rand ihres Sandwichs verschmäht«, antworte ich grinsend.

»Spart Kalorien«, erwidert Lula mit vollem Mund.

»Die du dir dann in Form von Mayonnaise zuführst?«, frage ich und kann mich gegen ein Lachen nicht wehren.

»Würde ich den Rand essen, müsste ich auf die Mayonnaise verzichten. Ich habe also die Wahl zwischen einem trockenen Sandwich mit Rand, den ich nicht mag, und einem leckeren, saftigen ohne Rand.« Sie sagt das so ernst, dass man sie beinahe bewundern muss für die Logik, nach der sie lebt. »Bei all dem Druck, der einem bezüglich dieser albernen Schönheitsideale gemacht wird, sollte man wenigstens darauf achten, dass man nichts isst, was man nicht wirklich liebt.«

Und hier muss ich ihr recht geben. Ich deute auf meine Schüssel mit den Lucky Charms. »Womit wir wieder bei der Wahl meines Lieblingsnahrungsmittels wären.«

»Ich schätze, wir sind kulinarisch beide im Vorschulalter hängen geblieben«, sagt Lula und beißt in ihr Sandwich, sodass ein großer Batzen Mayo auf die Anrichte tropft. »Statt dauernd zu betonen, wie unterschiedlich wir sind, könnte man auch mal darauf hinweisen, dass wir uns in allen Kategorien, die uns eigentlich zu Individuen machen, ganz schön ähnlich sind. All die ulkigen Angewohnheiten …«

»Was meinst du?«, frage ich und gieße großzügig Milch aus dem Kanister auf meine inzwischen Lunch-Flocken.

»Na ja, die Tatsache, dass wir es beide dunkel mögen, wenn wir nachdenken. Oder eben unsere seltsamen Essgewohnheiten. Deine Milch ist meine Mayo. Oder, dass wir beide lieber in der Vergangenheit wären.«

Ich verschlucke mich beinahe an ein paar Einhörnern. »Wie bitte?«

»Du weißt schon. Ich hänge immer noch der Zeit nach, als wir eine komplette Familie waren. Mit Mom *und* Dad. Und du hast deine seltsamen Gläser, in denen du Erinnerungen aufbewahrst.«

»Ja, aber das mache ich doch schon lange nicht mehr«, sage ich, weil es mir ein bisschen peinlich ist.

»Süße, ich bin deine Zwillingin.«

Ich sehe sie an. Forschend. Fragend.

»Ich weiß, dass deine Sammlung wächst.«

»Wie …«

»Es werden immer mehr Gläser. Bald musst du auf ein neues Regal ausweichen. Denn dieses platzt aus allen Nähten.«

Ich suche in Lulas Blick nach einem Anzeichen von Wertung, vielleicht sogar Abwertung. Aber da ist nichts.

»Und du hast auch so eine freakige Angewohnheit?«, frage ich sie schließlich.

»Ich find's gar nicht so freakig. Ich find's eigentlich sogar ziemlich schön.« Sie lächelt. »Ich schreibe Zettel und lege sie in einen Schuhkarton. Ist platzsparender.«

»Das wusste ich gar nicht.«

»Ich hab auch lange nicht gecheckt, warum ich es mache. Es war irgendwie Teil meiner täglichen Routine. Aber irgendwann ist mir aufgefallen, dass mir die Zettel wichtiger waren als das, was um mich herum in diesem Moment passiert ist.«

»Verrückt«, sage ich. »Bei mir ist es irgendwie das Gegenteil. Ich mache es, um Erinnerungen loszuwerden.«

»Glaub ich dir nicht«, sagt Lula. »Ich glaube, bei dir ist es auch ein Konservieren. Nur eben geordneter.«

Das ist das erste richtig ernste Gespräch, das wir seit Langem führen, deswegen widerspreche ich nicht. Oder liegt es daran, dass ein Funken Wahrheit darin liegt?

»Ich habe nur gemerkt, dass ich ein bisschen aufpassen muss«, fährt Lula fort.

»Was meinst du?«

»Du hast es im Griff, glaube ich. Aber mir ist irgendwann aufgefallen, dass ich mein Leben in der Gegenwart nicht mehr ernst genommen habe. Manchmal sogar sabotiert habe. Die Konflikte mit Mom, zum Beispiel …« Sie hält kurz inne. »Ich war sauer, weil sie nicht Dad war. Und statt anzuerkennen, dass sie diejenige ist, die bei uns geblieben ist, habe ich vieles an ihr ausgelassen. Aber diese Konflikte hast du natürlich nicht. Dass Blythe gestorben ist, war ja niemandes Fehler.«

Nein, denke ich, das war es nicht. Und doch … Sabotage

an der Gegenwart. Es klingt nach einem bekannten Prinzip. Nach Sicherheit und Stillstand. Nach Stagnation und emotionaler Mauer. Nach etwas, das Lula und ich gemeinsam haben. Und es ist weit von Amorys Philosophie des Schauen-wo-man-selbst-bleibt entfernt.

30

Jasper

~ Vor neun Jahren ~

Sie sitzt mit Bonnie auf der Mauer hinter ihrer Schule, wie Link es mir gesagt hat. Die Beine hat sie übereinandergeschlagen, die Knie gerade noch bedeckt von ihrem weiten weißen Rock. Sie hat sich auf die Ellbogen gestützt in die Beete zurückgelehnt und lacht gerade über etwas, das Bonnie gesagt hat. Der Klang ihres Lachens schallt bis zu mir herüber, hell und fröhlich. Die bestickte Bluse ist ihr über die linke Schulter gerutscht, doch sie macht keine Anstalten, es zu korrigieren.

Meine Hände sind feucht. Ich könnte es auf die Temperatur schieben, aber ich weiß, dass ich nervös bin. Nervös und gleichzeitig so selbstsicher, wie ich mich noch nie in meinem Leben gefühlt habe. Denn sie wird Ja sagen. Ich weiß es. Sie *wird.* Sie *wird.* Sie *wird.* Ich spreche es mir wieder und wieder vor. Erinnere mich noch einmal an die Blicke, die wir uns zugeworfen haben. Zögerlich am Anfang, doch in letzter Zeit immer häufiger. Nach Bandproben, bei Link zu Hause, auf Bonnies Veranda. Blicke, die mich durchs Leben tragen. Blicke, die bewirken, dass ich nicht mehr aufhören will, mich selbst anzufassen, und Blicke, die bewirken, dass ich Blythe anfassen will.

Ehe mein Gehirn anfangen kann, zu zweifeln, stoße ich

mich vom Zaun ab. Mein Gang ist bewusst langsam. Ich gebe mir Mühe, mich so lässig wie möglich, ja, beinahe schlendernd zu nähern. In meinem Kopf höre ich einen langsamen Rhythmus, an den ich mich halte. Die Hände habe ich in meine Hosentaschen gesteckt. So wirkt mein ganzer Auftritt fast schon beiläufig. Wie seltsam, geht es mir durch den Kopf, dass die größten Momente im Leben stets diejenigen sind, die man mit der größtmöglichen Gleichgültigkeit zu inszenieren versucht.

Bonnie erblickt mich zuerst und hebt die Hand. Ich nicke nur, denn meine eigenen Hände sind in diesem Moment so schwer (und inzwischen nass geschwitzt), dass ich sie nicht aus meinen Hosentaschen herausbekomme.

Nun wendet Blythe den Kopf und sieht mich an. Ihre Lippen verziehen sich sofort zu einem leichten Lächeln. Dem Lächeln, das mich nachts wach hält.

Den halben Schulhof habe ich inzwischen durchquert. Und je näher ich komme, desto waghalsiger erscheint mir die Aktion. Auf einmal bin ich mir sicher, jede Regung in Blythes Gesicht der letzten Jahre überinterpretiert zu haben. Wer bin ich überhaupt, dass ich mir anmaße, irgendetwas über sie zu wissen oder auch nur zu erahnen? Wie eingebildet muss man sein, wenn man denkt, man hätte eine Chance bei Blythe Hughes?

Aber jetzt gibt es kein Zurück mehr. Ich kann mich lediglich noch um Schadensbegrenzung bemühen, indem ich so tue, als wäre mir ihre Antwort eigentlich egal.

»Hi«, sage ich, als ich vor den beiden zum Stehen komme, »alles klar?«

»Und bei dir?« Es ist Bonnie, die antwortet. Sie grinst mich an.

Ich muss mich beeilen, denn innerhalb der nächsten fünf Minuten werde ich vor Aufregung anfangen zu schwitzen.

»Kann ich kurz mit Blythe reden?«, frage ich, an Bonnie

gewandt und ohne Blythe auch nur anzusehen. Dabei spüre ich ihren Blick und ihr inzwischen vermutlich spöttisches Lächeln auf mir.

»Oh, ja klar«, sagt Bonnie und hüpft von der Mauer, in der Hand eins ihrer Comichefte. »Ich muss eh los.«

Ich höre, wie sich ihre Schritte entfernen. Dann räuspere ich mich. Ich habe keine Ahnung, wie man in so einem Fall vorgeht. Das Eis brechen könnte. Jetzt denke ich an Eisbecher. Na toll. Schokolade.

Blythe kichert leise und weckt mich damit aus meiner Starre. Ich hebe den Blick. Sie sieht mich an, grinst, sodass sich ihre Nase leicht kräuselt. Ihre Nase, die übersät ist mit kleinen, wunderbaren Sommersprossen. Über den Winter waren es weniger, aber jetzt sind sie wieder da. Ich bin mir sicher, ich könnte eine genaue Karte ihrer Sommersprossen malen, so gut kenne ich sie.

»Du wolltest mich was fragen?«, sagt sie und streicht sich eine Strähne ihres dicken, dunkelblonden Haars hinter das Ohr.

»Wie geht's dir?«, frage ich, weil mir nichts Besseres einfällt. Meine Hände in den Hosentaschen zerfließen langsam. Aber ich lasse sie an Ort und Stelle. Kicke, um die Coolness aufrechtzuerhalten, einen Kiesel achtlos gegen die Mauer.

»Gut«, sagt Blythe. Sie streicht ihren Rock glatt.

Dann stehe ich einen viel zu langen Moment schweigend vor ihr, blinzle in die Sonne und versuche, genug Mut zusammenzukratzen, um sie endlich zu fragen.

»Jasper?«, fragt sie. »Alles okay?«

»Ich … also.« *Entspann dich. Es ist dir egal, was sie sagt.* »Ich wollte dich nur fragen, ob du vielleicht mal Bock hast, mit mir abzuhängen«, sage ich. Viel zu schnell. Viel zu gehetzt. Doch nun ist es raus.

»Wo?«, fragt sie.

»Keine Ahnung.« Ich starre auf den Boden, als gäbe es dort etwas sehr Interessantes zu entdecken. Meine Schultern sind merkwürdig nach oben gezogen, eine Begleiterscheinung der Hände in den Hosentaschen. Aber wenn ich sie jetzt herausziehe, triefen sie vermutlich vor Schweiß. »Wo immer du willst.«

»Hier?«, fragt sie.

»Klar, mir egal.« Das ist gut. Das ist cool.

»Wann?«

»Wann du willst.« Ich klinge absolut beiläufig. Perfekt.

»Sofort?«

»Okay.« Ich zucke mit den Schultern.

Sie klopft mit der Hand neben sich, doch ich lehne mich stattdessen nur an der Mauer an, überkreuze lässig die Beine. Mein Herz rast, und ich habe keine Ahnung, ob das hier läuft. Ob sie weiß, was ich eigentlich von ihr will.

»Jasper?«, fragt sie.

»Hm?«

»Ist das ein Date?«

Ich hebe den Blick, sehe sie an. Das Grinsen ist aus ihrem Gesicht gewichen.

»Wäre das denn … wäre das etwas … hättest du darauf Lust?«

»Glaub schon«, sagt sie und klingt dabei so souverän, dass ich vor Ehrfurcht erstarre.

»Okay, gut, ich auch«, sage ich und merke, wie ich unter meinem T-Shirt nun wirklich anfange zu schwitzen. Vor Erleichterung.

»Wollen wir vielleicht Händchen halten?«, fragt sie – und ich will nichts auf der Welt mehr als das. Aber meine Hände ertrinken immer noch in meinen Hosentaschen und sind inzwischen sicher ganz verschrumpelt.

»Klar«, sage ich, ziehe umständlich meine Rechte aus der

Hosentasche und versuche, so viel Schweiß wie möglich *in* der Tasche zurückzulassen. Dann wische ich sie kurz unauffällig an meiner Hose ab. Sollte gehen.

Ich umschließe ihre Finger mit meiner Hand und kann mein Glück nicht fassen.

»Sorry, meine Hände sind ein bisschen feucht«, sagt sie und strahlt mich an. Und in diesem Augenblick würde ich sie am liebsten küssen. Doch meine Beine sind Pudding, und mich ihr zu nähern würde unweigerlich in einem Zusammenbruch meinerseits enden.

Stattdessen beugt sie sich zu mir herüber und presst ihre Lippen für einen flüchtigen Moment auf meine Wange. Es ist, als hätte sie ihr Grinsen mit diesem Kuss auf mich übertragen. Meine Mundwinkel fühlen sich an, als würden sie gleich meine Augen berühren.

»Ich glaub, ich sollte vielleicht Marco Bescheid sagen«, sagt Blythe. »Wenn wir jetzt daten und so.«

»Okay, klar«, sage ich und habe offenbar meine Coolness wiedergefunden. *Daten und so.* Das klingt wie Musik in meinen Ohren! Dann erst fällt mir auf, was sie gesagt hat. »Wer ist Marco?«

»Er ist eine Klasse über mir und wollte mit mir auf den Schulball gehen. Das wäre nun aber wohl nicht mehr richtig.« Sie sieht mich an und grinst breit.

Kurz durchzuckt es mich. Das war knapp. Eine Woche später, und sie wäre mit diesem Marco ausgegangen.

»Sein Haus liegt auf meinem Weg«, sagt Blythe und hüpft von der Mauer, ohne meine Hand loszulassen. »Begleitest du mich?«

Ich nicke eifrig. Vielleicht etwas zu eifrig, aber in meinem Gehirn kommt gerade der Gedanke an, dass ich mit Blythe Elinor Hughes ausgehe.

Es ist vollkommen egal, dass unsere Hände schwitzen.

Nichts spielt mehr eine Rolle, während wir nebeneinander den Schulhof verlassen. Blythes Flipflops machen bei jedem Schritt ein schnalzendes Geräusch. Es klingt nach Sommer, nach Freiheit. Alles scheint mir in diesem Augenblick möglich. Es ist, als kenne das Glück keine Grenzen.

»Jasper?« Es ist die autoritäre Stimme meines Vaters. »Wo bist du gewesen?«

»In der Schule, Dad.«

»Es ist halb acht!«

Ich weiß, dass es zu spät ist. Normalerweise bin ich vorsichtiger. Estelle, die Haushälterin, ist leichter zu täuschen. Doch sie geht um sechs. Bis dahin muss ich jeden Abend zu Hause sein. Irgendwann zwischen sechs und sieben kommt meine Mom nach Hause. Womit sie ihre Tage verbringt, ist mir ein Rätsel. Meistens hat sie abends einen leichten Schwips. Dad macht nie vor sieben Uhr Feierabend. Aber heute habe ich Mist gebaut.

»Tut mir leid«, sage ich und stelle meine Schuhe ordentlich unter die Garderobe im Eingangsbereich unseres Hauses. Unserer Villa, besser gesagt. Es ist eine Südstaatenvilla mit verschnörkelten Balkons, Fenstern vom Boden bis zur Decke und riesigem, makellos gepflegtem Garten. »Wir mussten unsere Projektarbeit in Englisch besprechen.« Ich hoffe, er kauft mir diese Lüge ab.

Zögerlich betrete ich das Wohnzimmer. Meine Mom trinkt wie jeden Abend irgendeinen teuren Wein, mein Dad liest Zeitung.

»Wir haben schon gegessen«, sagt er, ohne aufzublicken.

»Ich kann dir ein Sandwich machen, Schatz«, haucht meine Mom. Ihre Augen blicken mich trübe an, huschen dann zu meinem Dad, wie um sich zu vergewissern, dass es in Ordnung ist, ihrem Sohn ein Sandwich zu machen.

»Er kann sich sein verdammtes Sandwich selbst machen«, bellt mein Dad. »Man sollte meinen, die Schule würde den Kindern Manieren beibringen, so teuer, wie sie ist.«

Ich gehe auf eine Privatschule, die ein halbes Vermögen kostet. Denn meine Eltern bestehen darauf, dass wir uns nicht mit dem Pöbel mischen. Mit Pöbel wie der Familie Hughes. Meine Mundwinkel zucken kaum merklich nach oben beim Gedanken an Blythes Familie. An Blythe. Heute Abend ist mir mein Dad vollkommen egal. Soll er doch wüten.

»Ist schon in Ordnung, Mom«, sage ich. »Ich bin nicht hungrig.«

»Du bist zu dünn!« Ihre Stimme ist nach wie vor unsicher. Das passiert, wenn man zu lange mit meinem Dad zusammenlebt. Man verschwindet einfach. Er hat sich meine Mom genau so geformt, wie er sie haben will. Ein folgsames Weibchen, das nicht aufmuckt. Blythe ist das genaue Gegenteil meiner Mom. Lebendig, bunt, laut. Fröhlich.

»Red keinen Stuss, Anna. Er ist im Wachstum. Das ist völlig normal.« Nicht ein einziges Mal blickt er von seiner Zeitung auf.

»Du hast wohl recht«, sagt meine Mom. »Willst du uns nicht noch etwas auf dem Klavier vorspielen?«

»Ähm …« Ich würde viel lieber in mein Zimmer gehen, an Blythe denken. Ihr eine SMS schreiben, um ihr davon zu erzählen, dass ich an sie denke.

»Spiel«, sagt mein Dad. »Vielleicht ist wenigstens der Klavierlehrer sein Geld wert.«

Ich setze mich auf den Klavierhocker, öffne die Tastenklappe. Meine Finger finden wie automatisch ihre Position. Ich atme tief ein und –

Statt den Noten von Chopins *Nocturne* in b-Moll zu folgen, halte ich kurz inne. Ich setze noch einmal ab, grinse in mich hinein. Dann spiele ich die ersten Takte von *Take the*

A-Train. Meine Finger hüpfen über die Tasten, tanzen, springen hin und her. Ich sehe die Gesichter meiner Eltern nicht, da sie in meinem Rücken sitzen. Aber ich meine, das Keuchen meines Dads zu hören, ein hohes Räuspern meiner Mom. Nach maximal dreißig Sekunden spüre ich einen festen Griff um meinen Arm.

»Das reicht, Jasper.« Die Stimme meines Dads lässt keine Widerrede zu. »Geh nach oben. Und morgen suchen wir dir einen neuen Klavierlehrer.«

Das habe ich nicht kommen sehen. »Was? Nein! Das …«

»Was war das, Schatz?«, fragt meine Mom. »Warum spielst du so etwas?«

»Es tut mir leid«, sage ich. »Es war ein Scherz. Ich habe es im Radio gehört und dachte … Simon hat damit nichts zu tun.«

»Spiel was Anständiges, ja?« Meine Mom klingt flehend.

Mein Dad lockert den Griff um meinen Arm. Ich nicke, setze mich wieder und spiele diesmal Chopin. So gut, wie ich ihn vermutlich noch nie gespielt habe. Die Angst beflügelt mich. Und am Ende weiß ich, dass ich gerade noch mal die Kurve gekriegt habe.

31

Bonnie

~ Vor neun Jahren ~

»Bonnie?«, ruft meine Mom. »Blythe ist da!«

Ich flitze die Treppe hinunter und zur Haustür.

»Uuuuuund?«, frage ich. Doch sobald ich in ihr Gesicht blicke, weiß ich, dass meine schlimmsten Befürchtungen wahr geworden sind.

Blythe nickt nur. Sie nickt und strahlt. Sie nickt und strahlt und glüht beinahe, während es in mir sticht. Als hätte man mir eine Stricknadel ins Herz gerammt. Natürlich wusste ich, dass aus Jasper und mir nie etwas werden würde. Wir sind Bandkollegen. Freunde. Deswegen habe ich auch niemandem von meinen Gefühlen für ihn erzählt. Vom ersten Tag an war es mein Geheimnis.

Blythe nimmt meine Hände, und gleichzeitig beginnen wir zu kreischen und zu lachen. Wir springen auf und ab und im Kreis herum. Nichts davon muss ich spielen, obwohl es mir das Herz bricht.

»Ich freu mich so für dich«, quietsche ich, als wir außer Atem sind. »Also für euch. Für euch beide.« Wir schließen einander in die Arme, und ich schlucke. Das hier ist hart. Es ist sogar sehr hart. Aber wenn jemand mit Jasper zusammen sein soll, dann Blythe. »Ich will alles wissen«, sage ich und ziehe sie auf die Bank, die auf unserer Veranda steht.

Wir setzen uns beide in den Schneidersitz, die Gesichter einander zugewandt. Blythe strahlt nach wie vor. Vermutlich wird sie das für immer. Ich jedenfalls würde bis an mein Lebensende strahlen, hätte Jasper Reed Interesse an mir.

»Also«, sagt sie. Ihre Wangen röten sich leicht, und sie schlägt die Augen nieder. Sie ist wirklich der schönste Mensch, den ich je gesehen habe. Mit ihren dicken, dunkelblonden Haaren, den Sommersprossen. »Er hat mich gefragt, ob ich mit ihm ausgehen will.«

Ich klatsche in die Hände und quietsche erneut.

»Erst hat er sich nicht getraut. Das war so süß! Das hättest du mal sehen sollen!«

Ich kann es mir sehr gut vorstellen. Jasper ist zwar selbstbewusst, aber Blythe um ein Date zu bitten ist wie auf einer Bühne zu stehen und ein Instrument spielen zu müssen, das man noch nie gesehen hat.

»Er hat herumgedruckst, ob ich mal mit ihm abhängen will.« Sie lacht, faltet ihre Hände, führt sie zu ihrem Herzen.

»Und dann? Und dann?«

»Ich hab ihm ein bisschen geholfen. War in gnädiger Stimmung.« Wir lachen.

»Und was ist mit Marco Santoro?« Es ist ein winziger Strohhalm, der schon knickt, ehe ich mich noch an ihn klammern kann.

»Ich war gerade bei ihm. Jasper hat mich begleitet und an der Straßenecke gewartet. Ich habe ihm gesagt, dass ich nicht mit ihm auf den Ball gehe.«

»Bist du glücklich?«, frage ich.

»Ja.«

Und mehr muss ich nicht wissen, um mich von ganzem Herzen für sie zu freuen.

»Wir haben den gesamten Weg Händchen gehalten. Und am Ende …«

»Habt ihr euch geküsst?«, frage ich mit großen Augen. Mein Herz schlägt schnell.

»Liebes, willst du deine Eltern anrufen und ihnen Bescheid geben, dass du noch hier bist?« Meine Mom ist nach draußen gekommen, unser schnurloses Telefon in der Hand.

»Oh, danke«, sagt Blythe.

»Ich kann dich nachher fahren, wenn du willst.«

»Du bist die Beste, Annabella!«

»Oder du übernachtest hier?«, schlage ich vor. Es ist zwar unter der Woche, aber normalerweise haben ihre Eltern nichts dagegen.

Fünf Minuten später ist es abgemacht. Blythe schläft hier und leiht sich von mir frische Klamotten. Meine Mom bringt uns Sandwiches und Eistee nach draußen.

»Jetzt sag schon!« Als wir wieder zu zweit sind, pike ich Blythe ungeduldig ins Knie.

Wieder schlägt sie die Augen nieder, wieder bildet sich eine Röte auf ihren Wangen. »Er hat mich geküsst«, sagt sie, ihre Stimme auffällig hoch.

»Und? Und?«, frage ich. Ich will alles wissen. Wie es ist, zu küssen. Wie es ist, Jasper zu küssen. Wie Jasper küsst. Und dann will ich die Augen schließen und mir vorstellen, dass er mich küsst. Nur einmal ganz kurz.

»Es war … schön«, sagt Blythe leise. »Ganz sanft. Ganz sicher. Zärtlich.« Meine Eingeweide verknoten sich. »Wir haben uns verabschiedet, und dann hat er mich zu sich gezogen. Ganz vorsichtig. So ungefähr.« Blythe nimmt meine Hand, verschränkt unsere Finger und zieht mich zu sich. Ich kriege eine Gänsehaut. »Und dann hat er seine Stirn an meine gelegt, als würde er sehen wollen, ob ich bereit bin.«

»Und das warst du!«

»Ja.« Die Röte auf ihren Wangen wird dunkler. »Seine Lippen sind so weich.«

»Mit Zunge?«, frage ich und fühle mich ganz hibbelig.

»Ja.« Blythes Gesicht ist beinahe weinrot.

»War es komisch?«

»Erst schon«, sagt sie. »Erst war's nass und ... keine Ahnung. Da war was in meinem Mund, das ich nicht kannte.«

»Aber dann?«

»Dann war's schön. Zärtlich. Als würd's so gehören.«

»Das tut es.«

»Was meinst du?«, fragt sie.

»Es gehört so. Du und Jasper. Das passt.« Es kostet mich viel weniger Überwindung, das zu sagen, als ich angenommen hatte. Natürlich tut es weh. So, wie noch nie etwas wehgetan hat. Aber ich kann es aushalten. Weil ich weiß, dass Blythe und Jasper die Richtigen füreinander sind.

»Ich glaub«, sagt Blythe, »ich schmecke ihn noch.« Sie lächelt. Und sieht dabei so wunderschön aus, dass man neidisch werden könnte, wäre sie nicht meine beste Freundin.

Es ist lange nach zehn Uhr, als meine Mom uns schließlich nach drinnen jagt. Nach dem Zwielicht der Straßenlaternen draußen kommt mir unsere Wohnzimmerbeleuchtung drinnen beinahe grell vor. Lula lümmelt sich auf der Couch und schaut irgendeinen Cartoon.

»Hi, Blythe«, murmelt sie, ohne den Blick vom Fernseher zu lösen.

»Für dich gilt das übrigens auch, junge Dame«, sagt meine Mom. »Ab ins Bett mit dir.«

»Die Sendung noch«, bettelt Lula.

»Verhandeln können wir, wenn deine Noten besser geworden sind. Vorher treffe ich die Entscheidungen.«

Es steht auf der Kippe, ob Lula das Schuljahr schafft. Statt zu lernen, tanzt sie von früh bis spät. Mom hätte gern, dass sie einen Highschool-Abschluss hat, für den Fall, dass es mit dem Tanzen nicht klappt. Aber Lulas Pubertät verläuft irgendwie anders als meine. Während ich merke, wie ich mich langsam verändere, passiert bei ihr alles gleichzeitig. Es gab einen großen Knall, und sie war auf einmal anders. Seither streiten Mom und sie sich die meiste Zeit. Nicht nur übers Tanzen. Auch darüber, dass Lula nicht im Haushalt helfen will, unsere Telefonrechnung ins Unermessliche treibt, weil sie auf Handys anruft, obwohl sie weiß, dass sie das nicht darf, weil sie lieber bei unserem Dad wohnen würde, obwohl er ein unzuverlässiger Nichtsnutz ist, der nach uns noch zwei weitere Familien verlassen hat. Neulich ist sie über Nacht weggeblieben, und meine Mom ist fast gestorben vor Angst.

»Abmarsch nach oben«, sagt meine Mom, und glücklicherweise gibt Lula sich geschlagen.

Während Blythe im Bad ist, nehme ich ein leeres Glas von meinem Regal, schraube den Deckel ab und lege dann meinen Glückspenny, den ich von Jasper bekommen habe, und den Deckel eines Filzschreibers, auf dem er herumgekaut hat, hinein. Dann schließe ich die Augen. Ich stelle mir vor, wie es wäre, wenn ich mich von Jasper verabschiedet hätte. Wenn er nicht Blythe gefragt hätte. Wie es wäre, meine Stirn an seine zu lehnen. Er müsste sich weiter herunterbeugen. Beinahe spüre ich seine Wärme. In mir bildet sich ein Knoten aus Verlangen und Sehnsucht. Ich stelle mir vor, wie er mit seinen Lippen nach meinen tastet. Wie sie sich treffen, öffnen. Wie unsere Zungen sich berühren. In meiner Vorstellung fühlt es sich gar nicht ungewohnt an, sondern wie die Erfüllung aller Träume auf der Welt zugleich. Ich kann ihn fühlen, kann ihn schmecken.

Ein Seufzen entfährt mir, und ich schrecke auf. Schnell schraube ich den Deckel des Einweckglases fest zu. Mit einem Edding schreibe ich das Wort *geheim* darauf.

»Tschüss, Jasper Reed«, flüstere ich.

Dann stelle ich das Glas hinter zwei andere in die zweite Reihe. Die Erinnerung an den Kuss, auch wenn er nie stattgefunden hat und niemals stattfinden wird, ist nun zusammen mit den anderen Sachen fest unter Verschluss.

Blythe legt sich wie immer auf die Wandseite meines Betts, und ich krieche neben sie. Es ist vollkommen normal, dass wir uns ein Bett und eine Decke teilen. Manchmal schlafen wir Arm in Arm. Wenn ich bei den Hughes' übernachte, liegen wir oft zu dritt im Bett. Ich in der Mitte zwischen Blythe und Link. Das ist schon immer so. Seit wir uns kennen. Obwohl Lula und ich Zwillinge sind, fühle ich mich Blythe und Link viel verbundener. Als wären wir die Geschwister und Lula die Cousine, die keiner so richtig versteht.

»Erzählst du mir noch was?«, frage ich wie jedes Mal, wenn Blythe hier schläft.

»Was willst du denn hören?«

»Mir egal.« Ich gähne.

»Ich glaube, ich bin verliebt«, sagt sie.

»Ich weiß.« Ab dem Moment, als sie auf der Veranda stand, wusste ich es.

»Für mich ist es neu.«

»Ich weiß.«

»Wie findest du das?«

»Ich freu mich für dich.« Ich drehe mich um, stütze mich auf die Ellbogen, sodass ich sie ansehen kann. Blythe tut es mir gleich.

»Zwischen uns ändert sich nichts. Das verspreche ich.« Sie verhakt unsere Arme miteinander, damit wir noch enger beisammen sind.

»Ein bisschen was kann sich schon ändern.«

»Das will ich aber nicht. Ich will, dass wir uns genauso viel sehen wie vorher. Genauso viel Zeit miteinander verbringen.«

»Ob Jasper das gefällt?« Ich lache.

»Okay, vielleicht muss er ab und zu dabei sein.«

»Meinetwegen gern«, sage ich, obwohl ich mir noch eine Strategie überlegen sollte, wie ich die beiden zusammen ertrage, ohne in Tränen auszubrechen. Aber das wird schon gehen. Ich muss nur nach außen hin die Fassade aufrechterhalten. Ein bisschen filtern. Irgendwie wird es bestimmt gehen.

»Warst du schon mal verliebt?«, fragt Blythe auf einmal.

Ja, hätte ich bis heute darauf erwidert. *Ja, ich war und bin verliebt. So sehr, dass ich es manchmal kaum aushalte, in seiner Nähe zu sein. So sehr, dass ich mir vorstelle, wie es wäre, ihn zu küssen, obwohl er gerade meine beste Freundin geküsst hat. Ich liebe ihn über alles. Bin rasend vor Liebe.* Stattdessen schüttle ich den Kopf. »Nein, ich glaub nicht«, sage ich. Doch ich wage es nicht, Blythe dabei anzusehen. Denn es ist das erste Mal, dass ich filtere.

»Bist ja auch ein bisschen jünger«, sagt Blythe und legt ihren Arm um mich. »Wer weiß, vielleicht wachst du eines Tages auf und bist in Link verliebt. Wie cool wäre das? Ich und Jasper und du und Link!«

»Iiiiiih«, mache ich, denn Link ist wie ein Bruder für mich.

Blythe lacht. »Komm schon, das wäre der Wahnsinn!«

Ich weiß, dass Link gut aussieht. Alle Mädchen in unserer Klasse stehen auf ihn. Und selbst, wenn wir nicht wie Geschwister wären, ich fürchte, mein Herz ist einfach blind für andere. Es ist auf diesen einen Menschen fixiert und kommt nicht von ihm los. Dummes Herz. Dummes, dummes, dummes Herz.

»Ja, es wäre der Wahnsinn«, gebe ich zu, obwohl das nie passieren wird. Aber Blythe freut sich, und deswegen freue ich mich auch.

Kurz schweigen wir. Ich hänge Gedanken an Jasper nach –

und Blythe vermutlich ebenfalls. Sie allerdings mit mehr Berechtigung.

Dann sagt sie: »Danke, Bonnie.«

»Wofür?«

»Dass ich dir das alles erzählen konnte.«

»Ist doch klar, dafür hat man schließlich eine beste Freundin.«

»Die ganze Zeit, während wir zusammen waren, hab ich nur dran gedacht, dass ich dir das unbedingt alles erzählen muss.«

»Du hast an mich gedacht, während du mit deinem Freund zusammen warst?«, frage ich, und das Lachen, das eigentlich aus mir herauswollte, bleibt mir im Hals stecken. Ich habe Jasper zum ersten Mal als Blythes Freund bezeichnet.

»Na ja, okay, vielleicht nicht die ganze Zeit«, gibt sie kichernd zu, und irgendwie, vielleicht, weil es Erleichterung bedeutet, muss ich auch kichern.

Meine Mom klopft leise an die Tür.

»Hm?«, mache ich.

Sie steckt ihren runden Kopf herein.

»Ich wollte nur Gute Nacht sagen.«

»Gute Nacht«, antworten wir im Chor.

»Schlaft schön, und träumt was Süßes.«

»Du auch, Annabella«, sagt Blythe.

»Ja, du auch, Mom.«

Im nächsten Moment hört man sie an Lulas Tür klopfen, doch von ihr erhält sie, wie inzwischen jeden Abend, keine Antwort.

»Ich bin froh, dass ich dich habe«, sage ich zu Blythe, denn mit Lula ist wirklich nichts mehr anzufangen.

»Und ich dich«, sagt Blythe.

32

Jasper

~ Heute ~

Con steht im Vorgarten des einfachen Shotgun-Hauses und hat uns schon von Weitem erspäht. »Da sind ja meine beiden Lieblingsenkelkinder!«, ruft er und breitet die Arme aus. Weston und Maya flitzen los.

Das Haus, in dem Charlie und Con leben – und in dem Blythe und Link aufgewachsen sind –, befindet sich nördlich von Tremé im Seventh Ward, einem ziemlich heruntergekommenen Viertel. Früher hätte ich mich niemals auch nur in die Nähe getraut. Aber man wächst mit seinen Aufgaben.

Die Probleme hier sind mannigfaltig, die meisten werden mit Gewalt gelöst. Doch solange man sich um seine eigenen Angelegenheiten kümmert, ist man relativ sicher. Man lernt damit zu leben, sich dennoch wohlzufühlen. Man entwickelt einen Radar für diejenigen, denen man ein Lächeln schenkt, für die anderen, deren Blicken man besser ausweicht. Den Bus zu nehmen kommt für mich lediglich bei Tageslicht infrage, besonders, wenn ich mit den Kindern unterwegs bin.

»Na, mein Sohn?« Con klopft mir auf die Schulter, als auch ich das Gartentor erreicht habe. »Was macht das Leben?«

»Es lebt sich ganz gut«, erwidere ich. »Und bei euch?«

Charlie kommt auf die Veranda gerollt. Seit einem Arbeitsunfall vor zwanzig Jahren – sie war Schornsteinfegerin – ist sie von der Hüfte ab gelähmt. Nicht einmal Link erinnert sich noch daran, wie es war, als sie noch laufen konnte.

Maya strampelt in Cons Arm, möchte ihre Großmutter begrüßen. Die beiden haben wirklich eine ganz besondere Beziehung. Sobald Con sie auf den Boden gestellt hat, fliegt sie regelrecht in Charlies Arme.

»Wir machen es uns heute schön, was meinst du?«, sagt Charlie und drückt die Kleine fest an sich. Maya nickt begeistert, während sie ihrer Großmutter mit den kleinen Fingern durch die langen grauen Haare fährt.

»Kommt erst mal rein«, sagt Con. Er geht leicht geduckt. Früher war er ein beeindruckender Mann, groß gewachsen, breite Schultern, dichte blonde Haare. Eine Woche, nachdem man bei Blythe Bauchspeicheldrüsenkrebs diagnostiziert hatte, hatten sich seine Haare schlohweiß gefärbt. Und sein Gang war nie wieder richtig aufrecht.

»Hast du noch ein bisschen Zeit, Jasper?«, fragt Charlie. »Ich habe gebacken.«

Seit sie nicht mehr arbeitet, verbringt sie die meiste Zeit in der Küche. Sie ist eine hervorragende Köchin und Bäckerin, und es wäre Wahnsinn, eine Einladung zu Kaffee und Kuchen abzulehnen.

»In anderthalb Stunden muss ich bei der Bandprobe sein«, sage ich entschuldigend. Denn mit dem Bus dauert es eine halbe Ewigkeit zurück nach Tremé.

»Nimm mein Auto«, bietet Con an. »Heute Abend brauchen wir es ohnehin nicht mehr. Und wenn du die beiden morgen wieder abholst, bringst du es einfach wieder.«

»Bist du sicher?« Ich leihe mir Cons Auto ohnehin viel zu oft. Wahrscheinlich benutze ich es mehr als er selbst.

»Aber natürlich. Wenn das bedeutet, dass du noch ein bisschen bleibst …«

»Abgemacht!« Charlie klatscht in die Hände, und ich muss grinsen. Bei den beiden hat falsche Bescheidenheit und Ziererei keinen Sinn. Wenn sie sich etwas in den Kopf gesetzt haben, wird es so gemacht – und nicht anders. Genauso war es, als wir ihnen erzählten, dass Blythe, die gerade siebzehn geworden war, schwanger war. Ein kurzer Augenblick der Schockstarre, dann wurden Pläne gemacht. Es funktionierte reibungslos. Und nicht ein einziges Mal zogen sie in Zweifel, dass ich nun Teil der Familie war. Im Gegenteil: Sobald ich in Schüchternheit oder Unwohlsein verfiel, ermahnten sie mich, nannten mich »Sohn« und überhäuften mich mit familiärer Liebe, die ich bis zu diesem Moment so nicht gekannt hatte.

Im Garten ist der Tisch bereits gedeckt. Ein Kürbiskuchen steht in der Mitte, aus einer Kanne dampft Kaffee.

»Ich habe gesehen, du hast deine Gitarre dabei, Wes«, sagt Con. »Heißt das, wir könnten eventuell ein Privatkonzert bekommen?«

»Vielleicht«, sagt Weston mit vollem Mund und zuckt mit den Schultern. Er grinst. »Bald bin ich so gut wie Link. Dann kicken wir ihn aus der Band.«

»Na, das will ich meinen«, sagt Con, und um seine traurigen Augen bilden sich Lachfältchen, die bewirken, dass er mich an den Con von früher erinnert.

»Warum suchst du dir eigentlich keine eigene Band?«, frage ich. »Ich glaube, Link hängt ein bisschen an uns …«

»Ja, aber ich würde gern mit Bonnie spielen«, sagt Weston.

»Mit Bonnie, hm?«, fragt Charlie und lässt sich von Maya eine Gabel mit saftigem Kürbiskuchen in den Mund schieben.

Weston wird ein bisschen rot, so als hätte er zu viel verraten. »Bonnie ist cool«, sagt er dann und wendet sich mit übertriebenem Eifer seinem Kuchen zu.

Ich muss schmunzeln. Bonnie ist also cool. Nicht, dass

mir das entgangen wäre. Sie ist cool. Sogar sehr cool. Aber dass mein Sohn das ebenfalls so sieht, macht mich froh. Es ist ein erleichterndes Gefühl. Ganz so, als würde etwas aus dem Weg geräumt.

»Bonnie ist cool«, flüstert auf einmal Maya. Alle Köpfe drehen sich gleichzeitig zu ihr, doch es scheint, als habe Maya nicht einmal selbst gemerkt, dass sie gesprochen hat.

»Ich sehe schon, Bonnie läuft mir den Rang ab«, sage ich lachend, um der Situation etwas Alltägliches zu verleihen. Aber tief in mir wächst etwas. Etwas Großes, Schönes. Etwas, das auf der Hochzeit begann. Oder vielleicht noch früher? Mir fällt der Moment vor ein paar Monaten ein, als mir zum ersten Mal auffiel, wie hübsch sie ist. Wie ich zum ersten Mal ihre großen mahagonifarbenen Augen wahrnahm. Als hätte sie etwas an sich verändert, dabei war es nur meine Wahrnehmung, die sich leicht verschoben hatte. War das der Augenblick?

»Konnte Hugos Hausmittel gegen den Mehltau helfen?«, frage ich, um meine Gedanken abzuschütteln. Das hier ist weder der richtige Ort noch die richtige Zeit.

»Die Pflanzen sehen schon viel besser aus, meinst du nicht?«, fragt Con und lächelt stolz. »Wer hätte gedacht, dass Buttermilch … Dein Hugo hat wirklich Ahnung.«

»Ja …«, sage ich. Nach wie vor habe ich Sorge, Charlie und Con könnten eifersüchtig auf Hugo sein. Bis vor Kurzem waren sie, abgesehen von Weston und Maya, meine einzige Familie.

»Vielleicht lernen wir ihn ja mal kennen«, schlägt Charlie vor. »Zeigen ihm ein paar Fotos von früher.« Sie klingt nicht eifersüchtig, und ich lächle sie dankbar an.

»Das wäre schön. Er würde sich sicher freuen.« Vor allem, weil Charlies Fotoalben im Gegensatz zu meinen Schuhkartons vollständig und geordnet sind.

Wenig später muss ich los und erhebe mich ein wenig widerwillig vom Tisch. Bei Charlie und Con fühle ich mich geborgen. Aufgehoben. Auch wenn die Traurigkeit hier allgegenwärtig ist. Für mich und meine Kinder sind sie der Fels in der Brandung.

Ich küsse Weston und Maya zum Abschied, umarme meine Schwiegereltern. »Macht es euch schön.«

Drinnen hält Con mich auf.

»Warte kurz, Jasper. Ich würde dir gern noch etwas zeigen. Dich fragen ...«

Ich drehe mich um. Seine Stimme klingt sowohl dringlich als auch seltsam verschämt.

»Als damals der Brief deines Vaters kam ...« Er meint den unsäglichen Brief, in dem mein Erzeuger Charlie und Con darauf hinwies, dass Blythes Schwangerschaft mein Leben ruinieren würde. Jedes einzelne Wort hat sich in mein Gedächtnis eingebrannt. Und damit der Entschluss, ihn niemals wieder auch nur in meine Nähe, geschweige denn in die Nähe meiner Kinder zu lassen.

Bei Ihnen im Seventh Ward mag das ein freudiges Ereignis sein. Doch in unseren Kreisen ruiniert so etwas ein Leben. Das Leben meines Sohnes. Ihnen und Ihrer Tochter steht frei zu tun, was Sie für richtig halten. Doch lassen Sie meinen Sohn gehen, damit wenigstens seine Zukunft verschont bleibt.

Con räuspert sich. »Blythe hat mir damals etwas zur Verwahrung gegeben. Es ...« Er zögert.

»Was ist es, Con?«, frage ich stirnrunzelnd.

»Also ... Willst du dich vielleicht noch mal kurz setzen?« Er deutet auf einen der Stühle, die um den Esstisch herumstehen.

Ich blicke auf mein Handy. Eigentlich muss ich los. Aber es scheint Con wichtig zu sein. Deswegen nehme ich mir die Zeit. Er setzt sich an die Stirnseite, sieht mir in die Augen. Ich kann den Blick nicht deuten. Irgendetwas zwischen Schuldbewusstsein und Amüsiertheit?

»Neulich habe ich ein paar alte Sachen umsortiert. Fotos, Erinnerungsstücke. Dabei ist mir das hier in die Hände gefallen.«

Aus der Brusttasche seines Flanellhemds zieht er eine Kette. Ein silbernes, mit stilisierten Blättern ummanteltes Herz hängt daran. Irgendwoher kenne ich diesen Anhänger.

»Was ist das?«, frage ich, greife nach der Kette. Con überlässt sie mir ohne Weiteres.

»Wenn du so willst, ein Erbstück aus deiner Familie, glaube ich.«

»Was?« Ich bin wie vom Donner gerührt. Kann das Schmuckstück immer noch nicht so richtig zuordnen. Es fühlt sich kühl in meiner Hand an. Fremd.

»Blythe …« Man merkt, wie schwer es ihm auch noch nach Jahren fällt, ihren Namen laut auszusprechen.

»Was ist mit ihr?«

»Sie nannte es Umverteilung.«

»Wie bitte?« Mir entfährt ein leises Prusten.

»Sie hat mir gestanden, diese Kette bei einem der wenigen Besuche in deinem Elternhaus mitgenommen zu haben.« Er sieht mich unsicher an, als erwarte er eine wütende Reaktion oder etwas in der Art. Doch ich blicke einfach nur etwas verwirrt von ihm zur Kette und wieder zurück. »Glaub mir, ich fand es nicht in Ordnung«, sagt er dann. »Ich habe ihr befohlen, die Kette an Ort und Stelle zurückzubringen. Und sie … hat behauptet …«

»… sie hätte sie zurückgegeben«, beende ich den Satz für ihn, auf den Lippen ein Grinsen.

»Nun, als der Brief kam … Ihre Worte waren so ungefähr: *Ich wette, jetzt willst du nicht mehr, dass ich die hier zurückbringe.* Sie hat sie mir zur Verwahrung gegeben, sagte etwas von schlechten Zeiten.« Con spricht schnell. Als er geendet hat, wirkt er beinahe erleichtert.

»Und du hast die Kette für sie aufbewahrt.« Ich sehe mir den Anhänger an. Das angelaufene Silber, die filigranen Blätter. Dann fällt es mir wieder ein. »Ich glaube, die hat der Tante meiner Mutter gehört. Ich habe sie nie kennengelernt.«

»Ich hoffe, du bist ihr nicht böse ...«

»Meiner Großtante?«, frage ich, weil ich noch zu verdutzt bin, auf einmal ein Erbstück meiner Familie in der Hand zu halten.

»Blythe«, korrigiert mich Con.

»Was? Um Himmels willen. Ich finde es ziemlich witzig, ehrlich gesagt. Die Tatsache, dass die Mutter meiner Kinder meiner eigenen Mutter eine Kette geklaut hat – das hat schon eine gewisse Komik, meinst du nicht?«

»Doch, irgendwie schon.« Jetzt lacht Con. »Ich hatte ein bisschen Sorge.«

»Ach was.« Ich mache eine wegwerfende Handbewegung.

»Auch, weil ... na ja, ich wusste einfach nicht, ob es in Ordnung ist, dich damit zu überfallen. Aber vor dir geheim halten wollte ich die Kette auch nicht.«

»Du hast genau das Richtige getan, Con«, sage ich. »Kann ich ... wäre es okay, wenn ich die Kette behalte?« Ich weiß selbst nicht, woher die Frage kommt.

»Aber natürlich! Sie gehört dir. Oder zumindest gehört sie mehr dir als mir.« Er lächelt.

»Danke, Con.« Ich klopfe ihm auf die Schulter. »Das ist wirklich ...« Mir fehlen die Worte.

Auf einmal besitze ich ein Erbstück aus meiner Familie. Meiner leiblichen Familie. Eine Kette, die in der Schmuckschachtel meiner Mutter lag, neben all dem horrend teuren Kram, mit dem mein Vater ihre Loyalität erkaufte. Vermutlich hätte er sie sogar billiger gekriegt.

»Vielleicht hast du ja eines Tages Verwendung dafür, Sohn«, sagt Con und erhebt sich. »Und jetzt ab mit dir. Wir sehen uns morgen.«

»My head's in a frenzy«, singt Link. *»My mind's in a frenzy …«*

Nachdem wir sicher zwei Stunden an neuem Material gearbeitet haben, jammen wir noch ein wenig zum Spaß. *Frenzy* ist eins der Lieder, zu denen Franzi ihn inspiriert hat. Das erste einer Reihe von Songs, die anders sind als alles, was wir vorher gespielt haben. Und dennoch haben wir sie zu unseren Songs gemacht.

Meine Klavierbegleitung ist deutlich rhythmischer als gewöhnlich. Weniger verspielt. Bonnie unterlegt den Song mit einer überraschenden Bass-Line und gibt Links Gitarre so den Raum, den sie braucht, ohne auf einen vollen Rahmen zu verzichten. Curtis' Schlagzeug ist poppiger als sonst, und doch hat er seinen eigenen Stil in *Frenzy* hineingetragen.

Sal setzt zu einem letzten Trompetensolo an. Die Melodie ist voll und stark. Link und ich spielen abwechselnd hier und da einen pointierten Akkord. Das sind meine liebsten Momente. Die, in denen wir die Kreativität der anderen als Band tragen. In denen wir uns unterstützen, uns eine Bühne bieten, uns zurücknehmen. Bis der Nächste an der Reihe ist.

Sal blickt mich an, doch ich schüttle den Kopf. Ich habe für heute Abend genug Bühne gehabt. Außerdem werde ich mit Bonnie zusammen noch ein paar Stunden am neuen Song arbeiten. Mehr als genug musikalische Herausforderung für mich. Und, wenn ich ehrlich bin, will ich die Probe auch nicht mehr unnötig in die Länge ziehen.

Zehn Minuten später packen Link, Curtis und Sal zusammen.

»Drinks?«, fragt Curtis.

»Sorry, Mann, bin raus. Bonnie und ich haben noch was vor«, sage ich.

»Nice«, erwidert Curtis, wackelt anzüglich mit den Augenbrauen und hält mir seine Hand für ein High Five hin.

»Alter«, sage ich und drehe mich weg.

»Glaub mir«, flüstert er jetzt dicht an meinem Ohr, »sie hat's ebenso nötig wie du. Eine klassische Win-win-Situation, wenn du mich fragst.« Er grinst.

»Hör auf mit dem Scheiß«, raune ich ihm zu und hoffe inständig, dass Bonnie nichts davon mitbekommen hat. Doch als ich mich umdrehe, sehe ich, dass sie gar nicht mehr im Raum ist.

»Wie auch immer«, sagt Curtis, und an seinem Blick sehe ich, dass er noch nicht fertig ist. »Ich lass das hier mal da.«

Er klatscht seine Hand auf das Klavier. Als er sie wieder hebt, sehe ich, dass dort ein Kondom liegt.

»Du bist wie ein pubertierendes Kind. Ein sehr nerviges noch dazu«, sage ich.

»Gern geschehen«, erwidert er und verlässt mit Link und Sal den Probenraum in dem Moment, als Bonnie mit zwei Flaschen Wasser zurückkehrt.

»Ich dachte, du hast vielleicht auch Durst«, sagt sie und reicht mir eine davon.

Die Tür fällt hinter ihr zu, und ich nehme dankbar eine der Flaschen.

»Cheers«, sage ich und proste ihr scherzhaft zu.

»Könnte 'ne lange Nacht werden, oder?«, fragt sie und lächelt ein wenig müde. Sie wirkt, als hätte sie in letzter Zeit nicht viel Schlaf gekriegt.

»Ach was, wir hauen einen perfekten Text raus, verfeinern die Melodie hier und da, schreiben dir eine zweite Stimme … ich würde sagen, wir sind in zwanzig Minuten fertig.« Ich lache. Und überraschenderweise lacht sie auch.

»Hast du schon Ideen?«, fragt sie. »Für einen Text, meine ich?«

»Ich habe mich an etwas versucht, aber, ehrlich gesagt, war nichts dabei, womit ich zufrieden gewesen wäre.«

»Geht mir auch so.«

»Wonach klingt es denn für dich? Was sind deine Assoziationen? Und sag nicht Glitzer, denn davon wollen wir weg.«

Ich setze mich zurück auf den Klavierhocker und spiele Links Melodie. Erst laut und fröhlich. Dann leise und sanft.

»Geht beides«, sage ich und drehe mich fragend zu Bonnie um.

»Die zweite Version klang ehrlicher«, sagt sie und setzt sich auf das Sofa am anderen Ende des Raums.

»Vielleicht wäre es schlauer, du würdest ein bisschen näher kommen«, schlage ich vor. »Für den kreativen Fluss.« Und weil ich sie gern in meiner Nähe hätte.

Sie will sich einen Stuhl von einem Stapel greifen, doch ich rutsche schnell auf dem Klavierhocker ganz an den Rand.

»Hier ist genug Platz«, sage ich und klopfe neben mich. Als wäre es selbstverständlich. Als wäre alles andere albern.

Ich sehe, dass sie einen Moment zögert. Doch dann schnappt sie sich ihre Wasserflasche und kommt zu mir. Setzt sich neben mich. Auf den eigentlich viel zu kleinen Klavierhocker. Ich rutsche noch ein Stück, damit es ihr nicht auffällt, und sitze nun nur noch mit meinem halben Hintern darauf. Dennoch berühren sich unsere Oberschenkel, und ich spüre ihre wunderbare Wärme.

Bonnie räuspert sich. »Spiel noch mal. Die langsame Version.«

Ich tue, wie mir geheißen. »Es klingt … sehnsuchtsvoll?«, biete ich an.

Unsere Blicke treffen sich. Sie nickt. »Genau das dachte ich auch«, sagt sie, als hätte meine Idee sie überrascht.

»Es klingt nach … diesem Verlangen?«, biete ich an und merke, dass ich es in diesem Augenblick spüre. Ein Ziehen tief in mir, das bewirkt, dass ich die Konturen von Bonnies Gesicht mit den Fingern nachzeichnen will.

»Ein Verlangen«, wiederholt sie leise.

»I'm still feeling it …«, beginne ich.

»Your gentle touch«, singt Bonnie.

»I can still feel your gentle touch«, singe auch ich nun auf eine leicht abgewandelte Melodie und denke daran, wie mein Körper um ihren geschmiegt war. Mein Herz schlägt schnell, und ich nehme noch einen Schluck Wasser, aus Furcht, Bonnie könnte mir etwas anmerken.

»Vielleicht«, sagt sie jetzt, *»I'm still longing for your touch …?«*

»Longing for your gentle touch«, sage ich und schlucke.

Ich spiele erneut die Melodie, wage es nicht, den Kopf zu wenden. Mein Atem geht seltsam unregelmäßig, obwohl das hier nur ein Songtext ist. Aber ich habe das Gefühl, als würde ich mehr hineinlegen als sonst. Als wäre ich nackt.

»Living in a memory«, singe ich.

»Painful memory«, schlägt Bonnie vor, und nun geschieht es doch. Ohne mir dessen bewusst zu sein, sehe ich sie erneut an. Aus ihren dunklen Augen spricht ebenjene schmerzhafte Erinnerung. Sie fühlt diesen Text. Ebenso wie ich ihn fühle. Nur weniger real.

»It wasn't mine to take, but I took it anyway.« Sie ist so leise, dass ich sie kaum höre.

Ich ziehe einen Bleistiftstummel aus der Hosentasche und schreibe ihren Satz auf.

»Findest du das gut?«, fragt sie unsicher.

»Ich finde, es passt perfekt.« In meinem Hals hat sich ein Kloß gebildet. Spricht sie über mich? Hatte ich nicht das Recht, sie in meinem Arm zu halten? Oder bin ich der Einzige, der Poesie und Realität vermischt?

»I was blind before, but now I've come to see«, sage ich, ebenso vorsichtig und unsicher wie Bonnie zuvor.

Ich spüre, wie sie neben mir nickt, und schreibe diese Zeile ebenfalls auf.

»What took you so long«, singt Bonnie, und mit einem Satz springt sie auf. Beginnt, auf und ab zu laufen.

»Was …?«, setze ich an, doch als mein Blick ihr Gesicht streift, merke ich, dass etwas passiert ist. Ob es die Musik ist oder die Textzeilen, kann ich nicht sagen. Aus ihr spricht der Schmerz, die Verzweiflung.

»Wir kommen der Sache näher«, sage ich sanft. In dieser Stimmung gelingen ihr sicher großartige Lyrics. Und beinahe hoffe ich, dass sich auch bei ihr ein wenig Realität in die Gedanken mischt. Wobei, das stimmt nicht. Je länger ich sie ansehe, ihr feines Gesicht, die Traurigkeit, das Verlangen in ihren Augen, desto sicherer bin ich mir: Ich bete, dass ihre Sätze einen wahren Kern haben.

In einem Moment des absoluten Leichtsinns fasse ich nach ihrer Hand.

»Bonnie …«, sage ich.

33

Bonnie

~ Heute ~

Jaspers Finger sind um mein Handgelenk geschlungen. Ich bleibe wie angewurzelt stehen, unterbreche mein nervöses Herumtigern. Doch ich wage es nicht, ihn anzusehen. Schlimm genug, dass mein Kopf offenbar einen Kurzschluss erlitten hat und ich auf einmal völlig ungefiltert Gefühle herauslasse, die ich über dreizehn Jahre für mich behalten habe. Ihm jetzt in die Augen zu blicken und zu sehen, dass er einfach nur konzentriert an einem Songtext arbeiten will, würde ich nicht ertragen.

Er zieht mich sanft zurück auf den Klavierhocker, auf dem eigentlich kein Platz ist für zwei. Aber er hat recht. Kreativität ist etwas Intimes. Wenn der Song gut werden soll, müssen wir zusammenarbeiten.

»Entschuldige«, sage ich. »Im Denkprozess …« Ich suche fieberhaft nach einer Ausrede.

»… brauchst du manchmal Bewegung?«, bietet Jasper an, und ich spüre, wie sein Griff sich lockert, er ein wenig von mir wegrutscht, so als würde er sich mehr Raum verschaffen wollen. Oder mir.

»Ja.« Das ist es natürlich nicht. Die Nähe zu Jasper setzt mein Gehirn außer Kraft. Sie macht mein dämliches Herz stärker, sodass es sich auf einmal Gehör verschafft.

»Also, wo waren wir?«, fragt Jasper, schlägt die letzten Takte noch einmal an. *»What took you so long«*, singt er leise mit seiner weichen Stimme dazu, und mir läuft es kalt den Rücken hinunter, obwohl ich mit dem Feuer spiele.

Wir lassen die erste Strophe hinter uns. Die paar Ideen, die wir bislang haben, hat Jasper auf einem Block festgehalten. Den Bleistiftstummel steckt er sich hinter sein Ohr. Dann dreht er sich zu mir, lächelt aufmunternd.

Ohne den Blick von mir abzuwenden, spielt er den Refrain. Einmal, und noch einmal. Er sieht mich an und bringt damit etwas in mir zum Glühen. Es ist so heiß, dass ich nicht mehr schlucken kann. Kaum noch in der Lage bin zu atmen. Meine Hand zittert leicht, und ich kneife mich in den Oberschenkel.

Als er den Refrain erneut von vorne beginnt, kann ich nicht anders. *»I've been dreaming, yearning, craving …«*, flüstere ich, räuspere mich, wiederhole die Zeile, will am liebsten im Erdboden versinken, verfluche mein dummes Herz, schelte meinen nutzlosen Kopf –

»For far too long«, singt Jasper. *»And now my fantasy …«*

Der Kloß in meinem Hals schnürt mir die Luft ab. Etwas hat sich in Jaspers Blick verändert. Es ist ein Blitzen, das ich bei ihm noch nie gesehen habe. Ich erstarre und spüre, dass mein Kopf die Kontrolle abgibt. Er kapituliert vor der emotionalen Übermacht. Er hat keine Chance. Hat nie eine gehabt. Nicht so. Nicht in Jaspers Nähe.

»… is on the verge to reality.« Es klingt wie eine Frage. Eine Frage, die jetzt zwischen uns hängt. Während Jasper mich ansieht, ich ihn ansehe. Merke, dass ich mir am liebsten ein paar Tonnen Sand kaufen würde, um meinen Kopf reinzustecken. Aber welcher normale Mensch macht das schon … Hitze steigt mir ins Gesicht. Sengende Hitze. Unerträgliche Hitze. Ich würde mir gern meine Wasserflasche über den

Kopf kippen. Ihn aufwecken. Stattdessen jubelt mein Herz, tanzt in meiner Brust. Hofft und bangt und hofft.

Jaspers Mundwinkel zucken kaum merklich nach oben. Nur ganz kurz. Für eine Millisekunde. Und dann verändert sich erneut etwas in seinem Blick. Die Unsicherheit weicht Entschlossenheit. Beinahe scheint es, als würde er nicken. Und dann –

Er senkt kurz den Blick. Ich hoffe, bete, dass er sich wieder dem Klavier zuwendet, nicht zwischen den Zeilen – ach was, nicht die Zeilen liest. Doch er sieht nicht auf die Tasten. Er sieht zwischen uns. Sucht mit seinen Fingern nach den meinen, verwebt sie. Was passiert hier? Seine Berührungen sind vorsichtig, als fragte er um Erlaubnis. Und mein Herz gibt sie ihm. Gibt sie ihm bereitwillig. Es hat so lange darauf gewartet. Zu verlangen, dass es jetzt die Notbremse zieht, wäre Selbstmord.

Jaspers schlanke Finger, meine kleinen, mit Hornhaut versehenen dazwischen. Seine sind lang und weich. Elegante Pianistenhände. Sie sind trocken und warm. Sie umgeben meine Hand, umfassen sie. Fühlen sie. Sein Daumen streicht über meinen Handrücken. Und ich wünschte, er würde meine Hand noch fester halten. So fest, dass sie nicht mehr zittert. Dass sie Ruhe gibt. Vielleicht könnte er auch mein Herz halten. Es drücken. Es beruhigen. Oder zerdrücken. Ihm seinen Platz zeigen. Vielleicht könnte er mein Gehirn aus seiner Starre befreien. Doch nichts von alledem geschieht.

»Bonnie«, sagt er erneut.

Ich wage es kaum, meinen Blick von unseren verschlungenen Fingern abzuwenden. Doch eine unsichtbare Kraft zwingt meinen Kopf, sich zu heben. Wir sehen uns an. Und Jasper sieht in mich hinein. So scheint es. Nun kann er alles lesen. Zwischen den Zeilen, in den Zeilen, zwischen den Gedanken, in den Gedanken. Ich fühle mich entblößt. Bis auf die Knochen. Vielleicht sieht er sogar in meine Knochen. Die ihn ebenfalls lieben. Sich nach einem Moment wie diesem verzehrt haben. Geschmerzt haben vor Sehnsucht.

Er hebt seine linke Hand und legt sie an meine Wange. Ich schließe die Augen, lehne mich in die Berührung. Mir stockt der Atem, und ich erwarte, mich jeden Moment zu verschlucken. Das wäre die Lösung! Ein Schluckauf, ein Lachen, ein Abwenden und dann ein So-tun-als-wäre-nie-etwas-gewesen. Darin sind wir besonders gut.

Doch ich verschlucke mich nicht. Ich fühle einfach Jaspers Handfläche an meinem Gesicht. Langsam beginnt er, seine Finger über meine Haut gleiten zu lassen. Meine Augen bleiben fest geschlossen, aber ich fühle, wie sich sein Blick noch immer in mich hineinbohrt. Und was mich vor wenigen Sekunden noch beschämt hat, erregt mich nun. Auf eine noch nie gekannte Art. Die Tatsache, dass er mich bis auf die Seele auszuziehen scheint. Dass seine Augen dorthin sehen, wo noch nie jemand war. Wo selbst ich nur dann hingehe, wenn ich keinen anderen Ausweg mehr weiß.

Ich höre nichts als das Wummern meines Herzens, das sich am Ziel seiner Träume wähnt, und meine schnaufenden, unregelmäßigen Atemzüge. Meine Haut fühlt sich an, als würde sie verbrennen, als würde sie mit winzigen Nadeln traktiert, als wäre sie im Himmel. Als wäre ich im Himmel. Denn obwohl es in mir tobt und reißt und zerrt, ist es doch das Süßeste, was ich je empfunden habe. Es ist ein innerer Kampf, der bewirkt, dass ich aufstöhnen will.

»Bonnie.« Wieder höre ich meinen Namen. Und nun spüre ich, wie Jasper seinen Kopf an meinen lehnt. Weiß er, was er hier tut? Einer von uns muss die Kontrolle behalten. Weiß er, dass ich es bin? Weiß er, zu wem der Name Bonnie gehört? Stirn an Stirn, Hand in Hand sitzen wir einen Moment da. Dann berühren sich unsere Lippen. Und ich sterbe.

Es ist perfekt. Es ist wunderschön. Es ist alles, was ich je wollte, alles, was ich nie durfte. Was ich immer noch nicht darf, aber es spielt keine Rolle. Nicht hier. Nicht jetzt. Seine Lippen sind warm, sie sind weich und sanft. Vorsichtig, zögerlich. Sie liegen einfach nur auf meinen, die beginnen zu beben. Die sich nach mehr sehnen und gleichzeitig Angst haben vor dem, was dann folgt.

Ich liebe dich, denke ich. *Ich liebe dich. Ich liebe dich. Ich. Liebe. Dich. Ichliebedich. Liebe dich. Ich, Bonnie, liebe dich, Jasper.* Mein Herz springt beinahe aus meiner Brust, während er wieder und wieder die Lippen spitzt, zärtliche Küsse auf meine haucht. Ich will es erwidern, aber ich kann nicht. Ich bin erstarrt. Versteinert. Äußerlich. Innerlich bin ich so lebendig, wie ich es in meinem ganzen Leben noch nie war.

Plötzlich zieht er sich ein wenig zurück, und ich muss dem unbedingten, lebensnotwendigen Drang widerstehen, ihn wieder an mich zu ziehen.

»Willst du das?«, flüstert er.

Ich reiße die Augen auf. Natürlich will ich es! Will es, wie ich noch nie zuvor etwas gewollt habe! Ich schlucke. Nicke. Zumindest glaube ich, dass ich es tue.

»Es ist nur …«, sagt er leise, »… es wirkt nicht, als würde es dir gefallen.«

Fast muss ich laut loslachen. Mir nicht gefallen? Ich könnte vor Glück schreien! Weinen! Tanzen! Und gleichzeitig bin ich wie gelähmt, weil die Tatsache, dass es passiert, so unerträglich schön ist!

»Esgefälltmir«, nuschle ich, und entweder ist es die Angst, er könnte aufhören, oder die Tatsache, dass ich jetzt vollkommen durchdrehe, aber ich schlinge meine Arme um seinen Hals, presse meinen Mund auf seinen.

»Oh, okay«, sagt er noch mit einem leisen Lachen, dann öffnet er die Lippen – und ich bin verloren.

Ich spüre, wie seine Zunge sich langsam vortastet, mit ihrer Spitze meine Lippen streift. Meine antwortet, indem sie erst zaghaft, dann mutiger über Jaspers streicht. Es ist nicht das erste Mal, dass ich ihn schmecke, und doch ist alles neu. Sein Duft nach Aftershave, der Geschmack nach Wärme – ich lasse mich hineinsinken in unseren Kuss, lasse mich fallen. Tiefer und immer tiefer reißt es mich hinunter und in ihn. Tiefer und tiefer dringen unsere Zungen in unsere Münder vor. Streicheln sich, ringen miteinander, erkunden, finden ihren Rhythmus. Mir entweicht ein sehnsüchtiges Keuchen, das ich nicht unterdrücken kann. Doch Jasper versteht es als Einladung, zieht mich an sich, auf seinen Schoß. Mit wackligen Beinen lasse ich es geschehen, helfe mit, so gut ich kann, positioniere meine Knie links und rechts von ihm. Ich umfasse Jaspers Nacken, spüre den rasierten Haaransatz, der in etwas längere feine Locken übergeht.

Jaspers Arme sind um meinen Körper geschlungen. Einer um meine Mitte, der andere um meine Schultern. So hält er mich dicht an seine Brust gedrückt, während unsere Zungen ein ums andere Mal von seinem Mund in meinen gleiten.

Innerlich explodiere ich beinahe vor süßen, überquellenden Empfindungen. Kleine Feuerwerke werden in jedem noch so versteckten Winkel meines Körpers gezündet. Und ohne, dass ich es mitbekommen hätte, befinden wir uns auf einmal auf dem Fußboden. Ich liege auf Jasper, wir küssen uns, wir fühlen uns. Seine Hände streichen über meinen Rücken, ziehen sanft an meinen Braids, legen sich um meinen Nacken.

Ich spüre Jaspers Atem an meiner Wange, seinen süßen, heißen Atem, sauge ihn in mich auf, als wäre er die einzige Luft, die ich zum Atmen brauche. Und gleichzeitig bin ich mir sicher, dass es nur ein Traum ist. Ein Traum, den ich gefühlt mein Leben lang geträumt habe. Ich schwebe über uns, sehe uns zu bei diesem wahnwitzigen Abenteuer. *Es ist nicht echt,* sagt die schwebende Bonnie, während die küssende es nicht wahrhaben will und mit Jasper zu einer Einheit verschmilzt.

Wieder ist es, als hätten wir Sekunden – oder sogar Minuten – einfach übersprungen. Ich spüre noch Jaspers Hemdknöpfe zwischen meinen Fingern, obwohl sie längst nicht mehr da sind. Stattdessen ist dort nun seine nackte Brust. Die dunklen gelockten Haare, über die ich mit meinen Händen streiche. Sie fühlen sich an wie nichts, das ich jemals berührt habe, und doch habe ich das Gefühl, sie in- und auswendig zu kennen.

Auf einmal ist mein T-Shirt nach oben geschoben. Haut trifft auf Haut, und diesmal ist es an Jasper, zu keuchen. Er setzt sich kurz auf, zieht mir das Oberteil über den Kopf, nestelt an meinem BH. Und wieder frage ich mich, ob er Herr seiner Sinne ist. Werden wir beide von etwas Höherem übermannt? Werden wir es bereuen? Werden wir uns davon erholen?

Seine Lippen finden meine Brüste, die jetzt entblößt sind. Er saugt leicht daran, und ich kralle meine Hände in seine Haare. Vor Lust, vor Scham, vor Erregung. Enger und immer enger zieht er mich an sich, saugt, küsst, leckt. Dann ist er über mir, öffnet seinen Gürtel, den Knopf seiner Jeans. Ich tue es ihm nach, während er mir die Hose von den Beinen reißt, als könnte er nicht mehr warten.

»Longing for your gentle touch«, flüstert er, als er mit den Händen an meinen nackten Beinen entlangfährt. Kurz durchzuckt mich der Gedanke, dass ich sie nicht rasiert habe. Aber es ist egal. Nichts spielt eine Rolle in diesem Augenblick, in dem Jasper heiße Bahnen meinen Bauch hinaufküsst.

Ich bäume mich ihm entgegen, kann es nicht erwarten, immer und immer mehr von ihm zu spüren. Ich versuche, seine Hose runterzuziehen, doch meine Hände zittern zu stark. Mein gesamter Körper bebt, und ich bin dankbar, als Jasper, der seine Hände ebenfalls schlecht koordinieren kann, sich selbst seiner Hose entledigt.

Für einen kurzen Moment lässt er von mir ab, und ich denke schon, er hat es sich anders überlegt. Doch bevor mein Herz brechen kann, sehe ich, dass er etwas vom Klavier holt. Auf den zweiten Blick erkenne ich, dass es sich um ein Kondom handelt. Nun spielt alles in mir verrückt. Hatte ich vorher gedacht, ich würde innerlich explodieren, war das nichts im Vergleich zu dem Chaos, das sich nun in meinem Körper, meinem Kopf, meinem Herzen abspielt. Es kribbelt, als hätte ich unzählige kleine Ameisen in mir. Es sticht, als würden scharfe Klingen aus mir hinausragen. Es prickelt, als würde ich mit Brause übergossen.

»O Gott«, flüstere ich, als er zurück ist, zurück auf mir, wo ich ihn haben will.

Sein Mund umschließt meinen. Seine Zunge dringt in mich. Ich spüre seine Erektion an meiner Haut, spüre seine Lust. Der Gedanke daran nimmt mir die Luft zum Atmen, und ich muss unseren Kuss unterbrechen.

Jasper nutzt die Gelegenheit, seine Aufmerksamkeit von meinen Lippen zurück auf meinen Körper zu lenken. Er beißt mich sanft in meine Nippel, stößt ein knurrendes, gieriges Geräusch aus, das ich wieder und wieder hören könnte. Es rauscht in meinen Ohren, durch meinen leeren Kopf. Es manifestiert sich zu einem Glücksklumpen, der immer weiterwächst.

Vor meinem schwarzen, sehr unspektakulären Baumwollslip hält er kurz inne. Er hebt den Kopf, sieht mich an.

Im nächsten Moment sind Jaspers Lippen dort, wo gerade noch mein Slip war.

»I was blind before …«, flüstert er und sucht wieder meinen Blick. *»So blind.«*

Er presst einen vorsichtigen Kuss auf meinen Flaum, noch einen und noch einen. Fährt mit der Zunge zwischen meinen Schamlippen entlang.

»*But now* …«, sagt er leise und beginnt sich wieder zu meinem Gesicht hinaufzuküssen, »… *I've come* …«, Küsse über Küsse, »… *to see.*«

Bevor seine Lippen die meinen finden, wage ich es und frage: »*What took you so long?*«

Er lacht leise, dann küsst er mich erneut. Mit neuer Dringlichkeit, neu gefundener Notwendigkeit.

Auf einmal sind seine Boxershorts weg. Die schwebende Bonnie muss mir nachher erzählen, wie das alles passiert ist. Viel zu viel entgeht mir. Viel zu oft kriegt mein Kopf nicht mit, was um ihn herum geschieht.

Ich spüre Jaspers Penis an meinem Eingang, kann nicht mehr warten. Kann ihn nicht mehr in mir erwarten.

»*It's yours to take*«, keuche ich. »*Take it!*«

Und in einem langsamen, unerträglich langsamen Stoß dringt er in mich ein.

Uns entfährt gleichzeitig ein tiefes kehliges Stöhnen. Das Gefühl dieses Mannes in mir ist der Ausdruck von Vollkommenheit. Von Glückseligkeit. Vom Paradies. Es ist mit nichts vergleichbar. Es ist alles, was ich mir immer gewünscht habe, und noch viel mehr. Es ist Perfektion. Und während er beginnt, sich in mir zu bewegen – immer noch viel zu langsam, viel zu zögerlich, beinahe unsicher –, löse ich mich auf.

I've been dreaming, yearning, craving for far too long, denke ich, und dann denke ich nichts mehr. Fühle nur noch. Ihn in mir, ihn auf mir, ihn überall. Fühle, wie er zwischen meinen Beinen kommt und geht, wieder und wieder. Wieder und –

Plötzlich ist es vorbei. Jasper bricht stöhnend auf mir zusammen. Seine Lippen liegen an meinem Hals. Ich spüre seinen rasenden Herzschlag an meiner Brust, fühle nach wie vor die alles aufzehrende Sehnsucht in mir, das Pochen zwischen meinen Beinen.

»And now my fantasy became reality«, flüstert Jasper und klingt dabei vollkommen verausgabt. Seine Lippen finden die empfindliche Haut an meinem Hals, knabbern leicht daran.

Ich schlucke. *His fantasy?*

»Ähm«, macht er, als sich seine Atmung und sein Herzschlag einigermaßen beruhigt haben. Er tastet nach meiner Hand, verwebt unsere Finger erneut miteinander. Anschließend drückt er mir einen leichten Kuss auf die Lippen. »Danke.«

Ich runzle die Stirn. »Warum ...«

»Keine Ahnung.« Er lacht leise. »Ich hatte irgendwie das Gefühl ... Also, ich weiß, dass du nicht auf deine Kosten gekommen sein kannst. Aber für mich ...«

Sag es!

Doch er grinst nur und küsst mich dann auf die Stirn.

Ich hoffe, dass er weiterspricht, denn mit jedem Wort, das er sagt, treten die Gedanken, die sich versuchen, zurück an die Oberfläche zu kämpfen, wieder etwas in den Hintergrund. Doch er sagt nichts. Liegt einfach nur da. Rollt sich schließlich von mir herunter, hält mich weiter.

Und irgendwann kann ich sie nicht mehr ignorieren. Sie sind wieder da. Sie sind lauter. Vielleicht lauter als je zuvor. Ich habe mit dem Mann meiner besten Freundin geschlafen. Ich habe zugelassen, dass es passiert. Dass meine große Liebe mir das schenkt, wonach ich mich immer gesehnt habe. Dass ich Blythe erneut hintergehe. Dass ich diese Situation ausnutze. Ihn ausnutze. Seine Einsamkeit, seine Verletzlichkeit. Meine Schwäche. Es schnürt mir die Luft ab. Aber diesmal nicht auf die gute Art. Diesmal drohe ich daran zu ersticken.

»Jasper«, sage ich und winde mich aus seinem Arm, »das … das war nicht geplant.« Es wirkt wie eine lahme Entschuldigung.

Wieder lacht er leise. »Ich weiß. Ich hatte das auch nicht geplant.«

»Ich wollte nicht …«

»Ist alles in Ordnung?« Er setzt sich auf. »Geht's dir nicht gut?« Erneut will er mich in seine Arme ziehen, doch ich weiche zurück. Ich kann das nicht noch mal durchmachen. Denn weder kann ich mich wehren, noch kann ich es ertragen. Es ist zu hart.

»Alles gut«, murmle ich und taste fahrig nach meinen Klamotten, die über den ganzen Fußboden verteilt sind.

In Windeseile habe ich mir mein T-Shirt übergezogen. BHs werden ohnehin überbewertet. Beinahe stolpere ich, als ich versuche, gleichzeitig in meinen Slip zu steigen und meine Boyfriendjeans aufzuheben.

»Was tust du da?«, fragt Jasper.

»Ich muss nach Hause«, sage ich, binde mir meine Braids wieder zusammen und taumle zur Tür.

»Bonnie!« Seine Stimme ist nun lauter. Flehender. Sie bohrt sich mitten in mein Herz. Das Herz, das mich verraten hat.

Er ist nun ebenfalls auf den Beinen, trägt wieder seine Boxershorts, darüber sein offenes Hemd. Ehe ich die Tür geöffnet habe, ist er bei mir. Legt seine Hand auf meine.

»Warum?«, fragt er. »Warum musst du jetzt nach Hause?«

»Weil …« Ich kann es ihm nicht sagen.

»Warum können wir nicht noch einen Moment hier zusammen sein?«

Weil es mir das Herz zerfetzen würde, müsste ich sonst zugeben. Stattdessen murmle ich: »Es tut mir leid.« Dann drehe ich den Türknauf und trete nach draußen.

Ich lehne mich an die kühle Wand. Auf dem Gang ist es dunkel. Von drinnen dringen leise Geräusche zu mir. Jasper, der seine Klamotten zusammensucht. Der sich ans Klavier setzt und ein paar Töne spielt. Jasper.

»Danke«, sage ich erstickt in die Finsternis hinein. Und dann: »Es tut mir leid.« Obwohl ich weiß, dass niemand da ist. Obwohl ich weiß, dass es unverzeihlich ist. *Es tut mir so leid, Blythe.*

34

Jasper

~ Heute ~

Der Tag nach meinem ersten Sex seit über vier Jahren könnte kaum unspektakulärer sein. Äußerlich. Wir spielen Memory. Weston, Maya und ich. Doch innerlich ist alles anders. Alles neu. Alles intensiver. Auf einmal ist da dieser Drang, mutig zu sein. Dinge zu riskieren. Mein Herz für Bonnie zu riskieren.

Weston und ich haben ein Gentlemen's Agreement getroffen: Die einfachen Paare, die, die Maya auf jeden Fall findet, überlassen wir ihr. Gerade hat sie zwei Esel aufgedeckt und klatscht begeistert in die Hände.

»Du bist viel zu gut in Memory«, sagt Weston. »Eine ganz andere Liga als Dad und ich.«

Sie nickt begeistert und quietscht vor Vergnügen.

Als Nächstes bin ich an der Reihe. Ich decke zwei Karten auf, die nicht zusammenpassen, dann decke ich sie wieder zu.

»Dad!«, sagt Weston mit tadelnder Stimme. »Du hast zum dritten Mal die gleichen Karten aufgedeckt.«

»Was?«, frage ich, weil ich nur mit halbem Ohr hingehört habe.

»Die Erdbeeren und den Wald. Die haben beim letzten und beim vorletzten Mal schon nicht zusammengepasst.« Er lacht.

»Ups«, sage ich. Ich bin wirklich nicht bei der Sache. Die ganze Zeit entsperre ich mein Handy und sperre es dann wieder, um zu kontrollieren, ob Bonnie meine Nachricht endlich gelesen hat.

Ich hoffe, dir geht es gut. Allgemein und mit letzter Nacht. Es war unerwartet, aber schön.

Die Nachricht wurde zugestellt, doch sie scheint nicht auf ihr Handy zu blicken. Seit wir miteinander geschlafen haben, befinde ich mich konstant zwischen Glückstaumel und Zweifel. Ersteres, weil ich mit Bonnie geschlafen habe, es wunderschön war – auch wenn ich weiß, dass meine Fähigkeiten (und vor allem meine Ausdauer) nach über vier Jahren deutlich ausbaufähig sind – und ich nicht erwarten kann, es noch mal zu machen. Zweiteres aufgrund ihres Verhaltens danach. Der beinahe panische Ausdruck in ihren Augen, obwohl bis zu diesem Moment nichts als Lust und Zärtlichkeit darin lagen. Ein paarmal habe ich mich gefragt, ob ich sie zu etwas gedrängt habe. Doch ich bin mir sicher, sie wollte es. Ich weiß es. Denn es mag zwar kurz gewesen sein, aber es war leidenschaftlich. Und richtige, echte Leidenschaft kann keine Einbahnstraße sein.

»Du bist dran«, sagt Weston und sieht mich genervt an.

Ich bemühe mich, diesmal zwei andere Karten aufzudecken. Und wie es der Zufall so will, passen Eichhörnchen und Eichhörnchen tatsächlich zusammen. Maya schlägt sich die Hände vor den Mund. Das Eichhörnchen ist ihr Lieblingsmotiv.

»Wollen wir tauschen?«, frage ich.

Sie sieht mich mit ihren großen dunklen Augen an und nickt.

»Was bietest du mir an?«

Sie durchsucht ihre Paare, legt sie säuberlich nebeneinander, um einen besseren Überblick zu haben.

»Das Auto?«

Mir geht das Herz auf, als ich ihre Stimme höre. Ich lächle. »Das Auto nehme ich gern.«

Ich reiche ihr das Eichhörnchen und entsperre das Handy erneut. Und siehe da, die beiden grauen Häkchen haben sich tatsächlich blau gefärbt. Mein Herz setzt einen Schlag aus. Bonnie ist online. Sie schreibt. Sie hört auf zu schreiben. Sie schreibt wieder. Sie ist offline. Was?

Weston findet zwei Paare hintereinander. Maya findet die zweite Erdbeere. Ich kriege kaum mit, was ich aufdecke, blicke wieder auf mein Handy. Und tatsächlich, Bonnie hat mir geantwortet.

Lass uns die Band nicht gefährden, schreibt sie. *In letzter Zeit war zu viel Unruhe.*

Ich kann kaum glauben, was ich da lese. Auf einmal fällt mir das Atmen schwer. Auch als Weston am Ende knapp vor Maya gewinnt, muss ich mich zu einem Lächeln zwingen. Ich verliere haushoch. Und das nicht nur bei Memory.

Lass uns reden, schreibe ich ihr am Abend und verzehre mich mit meinem gesamten Körper nach ihrer Nähe.

Die Antwort erhalte ich erst am nächsten Morgen, nachdem ich mich die ganze Nacht herumgewälzt und an Bonnie gedacht habe.

Es kann nicht funktionieren.

Ich würde ihr so gerne sagen, dass ich ebenfalls überrumpelt bin. Dass ich damit nicht gerechnet habe, sie aber nun nicht mehr aus meinem Kopf kriege. Wie schön es war. Wie einsam ich mich jetzt fühle. Einsamer als vorher.

Es kann funktionieren, schreibe ich ihr am Abend. Und am nächsten Morgen. Und am darauffolgenden Abend. Und direkt nach dem Aufwachen.

Wir sehen uns bei Bandproben, bei den Gigs im *Cat's Cradle*. Nach außen wirkt alles normal. Aber für mich ist es das nicht. Und wann immer ich Bonnie ansehe, meine ich zu erkennen, dass auch sie nicht so cool ist, wie sie tut.

»Hast du noch Lust auf ein Bier?«, frage ich sie leise eine Woche später nach einem unserer Auftritte.

Sie lächelt freundlich. Beinahe höflich. »Ich glaube, das wäre keine gute Idee«, erwidert sie. Es ist ihre Antwort auf alles, was ich vorschlage. Es ist frustrierend. Es ist vertrackt.

Nachts liege ich wach, denke an Bonnie. Ich starre auf das Display meines Handys in der Hoffnung, eine Nachricht von ihr zu bekommen. Ich scrolle durch meine Bilder, betrachte sie auf Bandfotos, auf Schnappschüssen von der Hochzeit. Bleibe hängen an einem abfotografierten Polaroid, das Charlie mir geschickt hat. Es zeigt Blythe und Bonnie, als sie noch zur Schule gingen. Meine große Liebe, meine Vergangenheit, neben der Frau, die urplötzlich mehr für mich ist als eine Freundin. Die macht, dass mein Herz flattert. Es ist nicht das Herzflattern eines Teenagers. Es ist nicht die Aufregung der ersten Verliebtheit. Aber es ist da, und es wird so schnell nicht mehr weggehen. So funktioniere ich nicht. Ein paarmal frage ich mich, was Blythe zu dieser Entwicklung sagen würde. Ich weiß, dass ich meiner verstorbenen Frau keine Treue bis ans Ende meiner Tage schulde. Im Gegenteil: Sie nahm mir das Versprechen ab, mich nicht vor einer neuen Liebe zu verschließen. Obwohl ich an ihrem Sterbebett nichts sehnlicher wollte, als ihr die ewige Treue zu schwören. Doch sie wollte davon nichts hören. »Du sollst glücklich sein. Das sollt ihr alle«, sagte sie. »Was immer du dafür brauchst, ist in Ordnung.« Bis vor ein paar Monaten war der Gedanke an die lebendige Blythe das, wessen es dazu bedurfte. Doch gleichzeitig war es das, was mich davon abhielt. Und nun … bin ich zum ersten Mal seit über vier Jahren wieder verliebt.

Der alleinerziehende, hoch verschuldete Witwer. Es fühlt sich an, als würde ich ein neues Kapitel in meinem Leben aufschlagen, und gleichzeitig ist mir noch deutlicher als vorher bewusst, dass bei mir alles stagniert.

Die beißende Ironie der Geschichte ist, dass Blythe wüsste, wie man zu Bonnie durchdringt. Blythe wüsste, was das Problem ist. Blythe wusste immer alles. Jetzt muss ich meine Probleme ohne ihre Hilfe lösen.

An einem der folgenden Wochenenden sitze ich mit Weston und Maya erneut im Wohnzimmer auf dem Fußboden. Die Memory-Karten sind verteilt.

»Können wir mitspielen?« Link kommt frisch geduscht ins Wohnzimmer, Franzi im Schlepptau. Sie hat bei ihm übernachtet.

»Natürlich«, sagt Weston und rutscht ein Stück zur Seite.

»Aber ich muss euch warnen«, sagt Franzi. »Ich bin die Memory-Königin!«

»In Deutschland vielleicht«, erwidert Link. »Hier regiere ich!«

»Denkt ihr, ihr könntet auf mich verzichten?«, frage ich, denn auf einmal habe ich das dringende Bedürfnis, mein Problem tatsächlich in die Hand zu nehmen. »Ich müsste mal kurz weg.«

»Klar«, sagt Weston grinsend. »Du bist eh keine Konkurrenz.«

Draußen ist es heiß und feucht. Sobald man klimatisierte Innenräume verlässt, fängt man an zu schwitzen. Aber daran sind wir hier im Süden gewöhnt. Meine Schritte sind federnd, als ich die Straße überquere. Ich fühle mich lebendig, bereit. Spüre das kleine Schmuckstück in meiner Hosentasche, das ich ihr geben will. Als Beweis für meine Ernsthaftigkeit. In Gedanken bin ich bei Bonnies und meiner gemeinsamen Nacht. Beziehungsweise bei dem Fragment. Bei Bonnies weichem Gesicht, meinen Fingern auf ihrer schönen Haut. Ich sehe sie vor mir, wie sie es nicht erwarten kann, mich zu spüren. Schmecke ihre Küsse. Was ist nur mit mir passiert?

Ich laufe die Straße hinauf, von Schatten zu Schatten. Vorbei an den kleinen bunten Häusern. Aus einigen dringt Musik. Noch zweimal abbiegen, dann bin ich in Bonnies Straße. Schon von ferne sehe ich das Haus, in dem sie lebt. Es strahlt am hellsten in seinem frischen Farbgewand.

Das Gartentor quietscht. Mit wenigen großen Schritten habe ich den kleinen Vorgarten durchquert, bin die paar Stufen zur Veranda hochgesprungen. Ich bin leicht außer Atem, als ich an die Tür klopfe.

Es dauert nicht lange, und sie wird geöffnet. Von Bonnie. In ihren weiten Jeans mit Rissen an den Knien. Ihre Braids trägt sie heute offen. Sofort sind die Gedanken an ihren Körper noch präsenter. Am liebsten würde ich sie an mich ziehen, sie küssen. Sie in ihr Zimmer hinauftragen und es noch mal tun. Länger, besser.

»Hi«, sage ich, versuche mich an einem Lächeln. Jetzt oder nie.

35

Bonnie

~ Heute ~

Ich sehe ihn perplex an, doch dann fange ich mich wieder. »Was machst du denn hier?«, frage ich, ziehe die Tür hinter mir zu und bedeute ihm, sich auf die Bank auf der Veranda zu setzen. Ich weiß genau, warum er gekommen ist. Und es zerreißt mich beinahe, ihn hier zu sehen. Als wären die letzten beiden Wochen nicht schon schlimm genug gewesen. Ihn ein ums andere Mal abzuweisen, so zu tun, als hätte mir die schönste Nacht meines Lebens nichts bedeutet … Warum kann er mich nicht in Ruhe lassen?

»Sorry, dass ich unangekündigt komme«, sagt er. »Die Kinder spielen Memory mit Link und Franzi, die Chance wollte ich nutzen.« Er fährt sich mit der Hand über den Nacken, ganz so, als wäre ihm das hier unangenehm. Vermutlich ist es das auch. Doch mit Sicherheit nicht halb so unangenehm wie mir.

»Welche Chance?«, erwidere ich in einem erbärmlichen Versuch, Zeit zu gewinnen, um mich zu sammeln. Ich setze mich in den Schneidersitz, will den Abstand zwischen uns vergrößern. In Jaspers Gegenwart kann ich mir selbst nicht mehr trauen. »Was gibt es?« Ich hasse mich dafür, dass ich so sein muss. Dass ich meine große Liebe wieder und wieder vor den Kopf stoßen muss. Hasse alles an dieser Situation. Hasse es so sehr, dass ich merke, wie ich richtig wütend werde. Auf mich, auf ihn. Auf die Welt. Aber es geht nicht anders. Die Sache mit uns beiden wäre auf einer zu großen Schuld gebaut.

»Ich … ähm … ich möchte mit dir sprechen«, beginnt er.

»Worüber?« Ich bin freundlich, aber distanziert. Jedes Wort, das ich an ihn richte, macht mich noch wütender. Und jedes Wort, das er erwidert, wird von meinem blöden Herzen aufgesogen.

»Neulich Nacht …«

Mir entfährt ein leises Seufzen. Neulich Nacht. Die Erfüllung all meiner Träume. Und gleichzeitig eine unaussprechliche Sünde. Ich erschrecke bei dem Wort. Es gehört eigentlich nicht zu meinem Vokabular. Meine Mom und ihre Kirchenfreundinnen benutzen es. Was macht es in meinem Kopf?

»Bist du vor mir abgehauen?«, fragt Jasper, und ich merke, wie sich mein Herz zu einem festen Klumpen verkrampft.

»Ach was«, sage ich mit einem Kloß im Hals und mache eine wegwerfende Handbewegung, »wir sind doch Freunde.« Freunde, die miteinander geschlafen haben, obwohl sie es nie gedurft hätten.

»Ähm, Bonnie?« Er nimmt einen neuen Anlauf. Kurz zuckt seine Hand in meine Richtung, als würde er die meine greifen wollen. Doch er zieht sie im letzten Moment zurück. Enttäuschung und Erleichterung durchströmen mich. »Warum können wir nicht darüber reden?«

Weil es zu sehr wehtut, würde ich am liebsten schreien. *Weil ich nicht mit dir reden kann. Denn jedes Mal, wenn du in meiner Nähe bist, will ich nichts mehr, als in dich hineinzukriechen. Eins zu werden mit dir. Aber wir haben meine beste Freundin, deine Frau hintergangen, während sie im Sterben lag. Nach einem solchen Verrat kann es nichts mehr geben, egal, was du sagst.* Stattdessen sage ich: »Gibt es denn etwas zu reden?« Ich blicke angestrengt auf die Straße, versuche, mir meine Verunsicherung, meine Verzweiflung, meine Wut auf alles nicht anmerken zu lassen.

»Ich … also … ich würde dir gern sagen …« Ich höre, wie er schluckt. »… wie schön ich es fand.« Seine Stimme wird leiser, mein Herzschlag lauter.

Am liebsten würde ich ihm sagen, dass es die schönste Erinnerung in meinem ganzen Leben ist. Mit ihm zu schlafen. Mich ihm hinzugeben. Dass ich vor Sehnsucht nach ihm körperliche Schmerzen habe. Dass ich nicht aufhören kann zu weinen, wenn ich mir vorstelle, dass es das gewesen ist. Und dann will ich schreien. Will einfach alles aus mir hinausschreien. Dinge kaputt schlagen, weil alles so ungerecht ist.

»Wir sind Freunde, Jasper«, erwidere ich stattdessen überraschend ruhig, wenn man bedenkt, was in mir für ein ungeheurer Zorn wächst. »Wir spielen in einer Band.« Fast flüstere ich, weil ich das Gefühl habe, die Alternative wäre ein Brüllen.

»Ja, das stimmt. Aber …«

»Es ist ja nichts passiert.« Abgesehen davon, dass mein Herz fast explodiert wäre. Dass ich im Paradies war. Schon wieder so ein religiöses Konzept in meinem Kopf. Was tut es hier? Wieso können Jasper, meine Mom und ihre Konzepte und alle anderen Menschen, die denken, Ahnung von *irgendwas* zu haben, nicht einfach, verdammt noch mal, Ruhe geben? »Ich glaube, wir sollten es dabei belassen, meinst du nicht?« Mein ganzer Körper wird auf einmal taub. »Die Band hat in den letzten Monaten schon genug durchgemacht, auch ohne, dass wir die Dinge unnötig verkomplizieren.« Es kostet mich alles, was ich habe, diese Ausrede zu benutzen.

»Ich möchte nichts verkomplizieren«, versichert er mir. »Ich möchte … dir nah sein. Ich kann nicht mehr aufhören, an dich zu denken.« Ich spüre, wie mir alles zu entgleiten droht. Seine Worte berühren mich so tief, dass ich meine, sie müssten sich in meinem Herzen materialisiert haben. Ich balle meine Hände zu Fäusten, presse sie in meine Oberschenkel.

»Es würde … Es würde nicht funktionieren«, sage ich in einer seltsam hohen Tonlage und wiederhole damit die Worte aus meiner Nachricht.

»Was macht dich da so sicher?«, fragt er. Wieso hört er nicht auf damit, verdammt? »Weißt du, Bonnie, es war eine ziemlich große Sache für mich.«

Für den Bruchteil einer Sekunde flackert mein Blick zu ihm. Sein Gesicht zu sehen setzt mich in innerlich in Brand. Was meint er damit? »Warum?«, hauche ich so leise, dass er Mühe haben muss, mich zu verstehen, und hoffe gleichzeitig, dass ich keine Antwort auf meine Frage bekomme.

»Warum?« Er lacht kurz auf. Ein bitteres Lachen, das mich völlig überrascht. »Du fragst mich allen Ernstes, warum? Bonnie!« Er wird lauter. Und nun nimmt er doch meine Hand. Und ich lasse es geschehen. »Ich habe mit dir geschlafen. Wir haben miteinander geschlafen. Und vielleicht ist für dich nichts passiert. Aber für mich …« Er senkt die Stimme. »… war es mehr als das. Es war mehr als Sex. Es war …« Er bricht ab.

Ich höre den wummernden Herzschlag in meinen Ohren. Das kann nicht sein. Das … »Was?«, bringe ich hervor. »Nein!« Ich springe auf. Das kann nicht wahr sein. Das ist Wahnsinn. »Das … ich …« Ich schlage mir die Hände vor den Mund. »Es tut mir so leid, Jasper!« Ich kann nicht glauben, dass ich das getan habe. Dass die Welt mir das antut. Ich schlucke. Einmal, zweimal. Muss mich irgendwie in den Griff kriegen. »Wir sind Freunde«, hauche ich. »Alles andere kann nicht funktionieren.«

»Nein.« Seine Vehemenz erschreckt mich, und ich zucke

zusammen. »Nein, Bonnie, das stimmt nicht. Und um dir das zu beweisen, will ich dir etwas schenken.«

Aus seiner Hosentasche zieht er eine Halskette. Das darf doch nicht wahr sein. Das kann nicht wahr sein! Was passiert hier? Er legt sie in meine Hand. Der Anhänger ist ein silbernes, von Blättern umranktes Herz. Die Kette ist wunderschön. Zu schön.

»Du spinnst dir da etwas zusammen«, sage ich tonlos. Ich muss es schaffen, jedes Gefühl aus meiner Stimme zu verbannen. Es in mein Herz pressen und dort einschließen, damit er nie davon erfährt. Ich atme einmal tief ein, dann sage ich das Schlimmste, was ich in meinem Leben jemals von mir gegeben habe. »Ich wollte dir nicht das Gefühl geben, dass es für mich mehr war. Es tut mir leid. Ich wollte dich nicht … ausnutzen.« Mir ist so schlecht, dass ich glaube, mich in den Vorgarten übergeben zu müssen. Bei jedem meiner Worte verkrampft sich mein Herz ein wenig mehr. Ich klinge nicht wie ich, sondern völlig fremd. »Ich glaube, du solltest gehen.«

Ich will ihm die Kette zurückgeben, doch er hebt abwehrend die Hände.

»Okay«, sagt er langsam, und ich kann hören, dass er getroffen ist. »Das Problem ist nur, ich fürchte, ich werde nicht aufhören, mich nach dir zu sehnen.«

Ich merke, wie ich ein Würgen unterdrücken muss, so übel ist mir. Hinter meinen Augen brennen Tränen, aber ich halte sie zurück. Solange ich muss. Für Jasper. Für mich. Für Blythe.

Ich höre, dass er aufsteht, nehme wahr, dass ich die Kette immer noch in der Hand halte. Das Geräusch seiner dumpfen Schritte auf der Veranda ist das Einzige, was noch vollständig in mein Bewusstsein dringt. Ich sehe ihm nach, wie er die Stufen hinuntergeht, das Gartentor öffnet. Beinahe hoffe ich, er würde sich noch einmal umdrehen. Doch ich weiß, es ist besser so. Wir können nun zur Normalität zurückkehren. Bandkollegen sein. Eines Tages vielleicht wieder Freunde.

Als er fünfzig Meter von unserem Haus entfernt ist, weiß ich, dass er sich nicht mehr umdrehen wird. Ich lasse mich auf den Boden sinken, vergrabe das Gesicht in meinen Händen, und fange an, bitterlich zu weinen. Und sobald er außer Hörweite ist, schreie ich.

36

Jasper

~ Heute ~

Nach der nächsten schlaflosen Nacht beschließe ich, dass es Zeit wird, mit jemandem zu sprechen. Mit jemandem, der nicht beteiligt ist. Jemand, der einen Rat für mich hat. Da meine erste Klavierschülerin heute Morgen abgesagt hat, habe ich einen unverhofft entspannten Vormittag, nachdem ich Maya bei Phoenix abgegeben habe.

Ich treffe mich mit Hugo zu einem Spaziergang über den verwunschenen historischen Lafayette Cemetery No. 1 im Herzen des Garden District. Im Schatten der Magnolienbäume warte ich auf ihn, während kleine Touristengruppen zu den interessantesten Grabsteinen geführt werden. Mit halbem Ohr höre ich einem der Fremdenführer zu.

»Könnt ihr euch denken, warum alle Gräber auf diesem Friedhof oberirdisch liegen?«, fragt er in die Runde. Als niemand antwortet, erklärt er: »Der Grundwasserspiegel in New Orleans ist deutlich höher als anderswo. Sobald man ein wenig in die Erde gräbt, wird es schlammig. Die Gräber würden mit Wasser volllaufen, die Särge buchstäblich schwimmen.«

Ein paar der Touristen verziehen ihre Gesichter, und ich muss mir ein Lachen verkneifen. Die Gruppe setzt sich in Bewegung und bleibt vor einem weißen Mausoleum ein paar Meter weiter stehen.

»Na, mein Junge«, sagt Hugo, der auf einmal neben mir aufgetaucht ist, ohne dass ich es bemerkt hätte.

Wenn wir nebeneinanderstehen, ist er locker anderthalb Köpfe kleiner als ich. Im Gegensatz zu seinen sonst üblichen erdigen T-Shirts und schlabbrigen Shorts trägt er heute ein sauberes – wenn auch ungebügeltes – Hemd und eine lange Stoffhose.

Wir setzen uns langsam in Bewegung, darauf bedacht, den Touristengruppen nicht zu nahe zu kommen. Unser Weg führt uns an kleinen und großen, schlichten und verschnörkelten Gräbern vorbei.

»Also, mein Junge, was liegt dir auf der Seele?«, fragt Hugo und biegt in ein Gässchen ein, dessen Großteil im Schatten liegt.

»Ich glaube, ich brauche deinen Rat«, sage ich.

»Das trifft sich gut, denn ich wollte dir ohnehin einen geben«, erwidert er.

Ich runzle die Stirn. »In Bezug worauf denn?«

»Sag doch erst mal, was du auf dem Herzen hast, dann sehen wir, ob mein Rat passt«, sagt er und rückt seinen löchrigen Strohhut zurecht.

Ich bleibe verdutzt stehen. Was redet er da? Doch Hugo spaziert seelenruhig weiter. Beinahe bereue ich, dass ich ihn um Rat fragen wollte, irre, wie er ist. Mit ein paar großen Schritten habe ich ihn wieder eingeholt.

Ich räuspere mich. »Also, es geht um Bonnie.«

»Wusste ich's doch«, sagt Hugo und fischt aus seiner Hosentasche eine Dollarnote, die er in seinen Geldbeutel steckt.

Ich verdrehe die Augen. Als ob. »Zwischen uns ist etwas passiert«, fahre ich fort.

»Jep.« Er zieht eine weitere Dollarnote aus der Hosentasche.

»Es war … es hat alles verändert, aber irgendwie auch nicht. Es ist schwierig zu beschreiben.«

»Es ist vor allem dann schwierig, wenn du versuchst, darum herumzureden, dass ihr miteinander geschlafen habt«, sagt Hugo, und ich werde rot. »Echt jetzt?« Er blickt mich an. »Ha! Das war nur geraten.« Er zieht eine der Dollarnoten aus seinem Geldbeutel und steckt sie zurück in die Hosentasche.

»Was tust du da?«, frage ich leicht ungeduldig, denn ein bisschen geht er mir auf die Nerven.

»Ich habe verschiedene Wetten mit mir abgeschlossen. Wenn ich gewinne, stecke ich einen Dollar in den Geldbeutel. Wenn ich verliere, kommt er zurück in die Hosentasche.«

Ich schüttle den Kopf, kann aber nicht anders, als laut aufzulachen. »Ich frage mich langsam, ob du wirklich qualifiziert bist, mir einen Rat zu geben.«

»Weil ich ein bisschen Spaß haben will auf meine alten Tage? Das ist sehr engstirnig von dir. Da kommt dein Vater durch.«

»Vorsicht«, sage ich. »Das ging unter die Gürtellinie.«

»Tut mir leid. Hier, nimm das als Entschuldigung.« Er reicht mir einen Dollar, und ich stecke ihn grinsend ein. »Ihr habt es also tatsächlich miteinander getrieben«, sagt er dann.

»Bitte«, sage ich, »ich nenne es meinetwegen beim Namen, aber sprich du nicht davon, dass irgendwelche Leute es ›miteinander treiben‹. Das ist mehr, als ich ertragen kann.«

Hugo grinst, nickt aber. »In Ordnung. Ihr habt also Liebe gemacht.«

Ich bin mir nicht sicher, ob es das besser trifft, gebe mich aber für den Moment geschlagen. »Haben wir. Und … also …«

»Hör auf, so herumzudrucksen. Was glaubst du denn, wie dein Vater entstanden ist? Unbefleckte teuflische Empfängnis?« Er reibt sich über einen imaginären Bart. »Lass mich mal überlegen. Das ist in der Tat nicht wahrscheinlich. Und es würde mich von jeder Verantwortung entbinden …«

Ich gehe einfach darüber hinweg. »Sie geht mir seither aus dem Weg. Aber nicht einfach nur so. Sie weigert sich, richtig mit mir zu sprechen. Sie schiebt die Band vor, allerdings glaube ich ihr kein Wort.«

»Warum nicht?«

»Weil ich es gespürt habe.«

»Den Sex? Das ist relativ normal.«

»Nein, nicht den Sex. Dass da etwas zwischen uns ist.«

»Und wenn es einseitig ist?«, fragt Hugo.

»Was ist dein Plan hier, Hugo?« Ich kann nichts dagegen tun, dass meine Stimme genervt klingt. Er ist überhaupt keine Hilfe.

»Sichergehen«, sagt er. »Kann es sein, dass da zwar etwas ist, die Sorge um die Band aber echt ist?«

»Dann muss ich ihr beweisen, dass die Band nicht in Gefahr ist. Meinen Fehler wiedergutmachen.« Schließlich ist es zu einem Großteil meine Schuld, dass sich die Band vor einigen Monaten beinahe aufgelöst hätte. Dass wir den größten Gig in der Geschichte von After Hours nicht gespielt haben. Dass wir den Durchbruch verpasst haben. »Al Avril hatte uns als Opener für ein riesiges Konzert vorgesehen«, erkläre ich. »Und ich hab's verkackt.«

Hugo denkt nach. »Okay, das war nicht so schlau.«

»Ach wirklich?« Als wüsste ich das nicht selbst. Als würde ich es nicht selbst täglich bitter bereuen.

»Darum kümmern wir uns dann. Erst müssen wir herausfinden, ob das tatsächlich das Problem ist. Und mit ›wir‹ meine ich dich. Ich kann dir nicht dabei die Hand halten.«

Wenn überhaupt, erleichtert mich das. »Gestern war ich bei ihr«, beginne ich. »Habe ihr mein Herz ausgeschüttet. Sie ist völlig panisch aufgesprungen, konnte mir nicht in die Augen sehen. Und als ich gegangen bin, ist sie weinend zusammengebrochen. Es hat mir alles abverlangt, nicht auf dem Absatz kehrtzumachen, um sie zu trösten. Aber sie hatte mich so vehement weggeschickt, dass ich mich nicht getraut habe.«

Hugo steckt eine Dollarnote in seinen Geldbeutel.

»Wofür war das nun?«

»Du hast recht. Und ich auch. Es ist nicht einseitig.«

»Siehst du«, sage ich voller Erleichterung.

»Wer so viel emotional investiert, der empfindet etwas.«

»Und jetzt?«

»Hier haben sie übrigens eine Szene von *Interview mit einem Vampir* gedreht«, sagt Hugo und bleibt vor einem weißen Mausoleum stehen, das aussieht wie eine kleine metallene Hütte.

»Nie gesehen«, gebe ich zu.

»Ich auch nicht. Habe es bei einem Fremdenführer aufgeschnappt.«

Ich atme einmal tief ein, versuche, die Fassung zu wahren. Ich schütte ihm mein Herz aus, und Hugo redet über Filme.

»Und wie gehe ich nun vor?«, frage ich. »Ich kann sie ja schlecht dazu zwingen, sich mir zu öffnen.«

»Hm. Das ist die Frage, nicht?«, sagt Hugo. »Kannst du ihr etwas anbieten?«

»Du meinst, ich soll mir ihre Ehrlichkeit erkaufen?«, frage ich einigermaßen perplex.

»Ich würde es ›Tauschgeschäft‹ nennen.«

Ich verstehe immer noch nicht, was er meint.

»Erzähl du ihr ein Geheimnis von dir. Das macht dich verletzlich und gibt ihr möglicherweise die Sicherheit, sich dir anzuvertrauen.«

»Und du denkst, das funktioniert?«, frage ich.

»Wenn ja, kriege ich jedenfalls einen Dollar. Ich glaube,

das Entscheidende ist, auf einer Ebene zu sein. Wenn sie sich nicht traut, dir zu sagen, was los ist, liegt das womöglich daran, dass sie sich verwundbarer fühlt, als du es bist.«

Mir entfährt ein leicht bitteres Lachen. »Im Moment habe ich eher das Gefühl, dass ich derjenige bin, der sich von morgens bis abends zum Affen macht, seine Emotionen auf der Zunge trägt, Ketten verschenkt und sich wieder und wieder um Kopf und Kragen redet.«

»Das mag schon sein«, sagt Hugo. »Aber du kennst nun mal nur deine Sicht der Dinge, oder?«

Ich denke einen Augenblick nach. Es stimmt. Natürlich kenne ich ausschließlich meine Perspektive. Doch genau deswegen habe ich versucht, mit Bonnie zu sprechen.

»Ich denke, du solltest es einfach mal ausprobieren«, sagt Hugo, und obwohl ich ihm den Triumph eigentlich noch nicht gönne, nicke ich. Sofort findet eine weitere Dollarnote den Weg aus seiner Tasche in den Geldbeutel.

»Das kannst du unmöglich vorhergesehen haben!«

»Das vielleicht nicht. Aber ich habe geahnt, dass ich am Ende genau das Richtige sagen würde. Und ich finde, das ist mir bravourös gelungen.«

Ich schüttle amüsiert den Kopf. »Du bist der seltsamste Mensch, der mir je untergekommen ist.«

»Na, na, ist das eine Art, mit seinem Großvater zu reden?«, fragt Hugo mit einem schelmischen Grinsen auf den Lippen.

»Danke«, sage ich. »Ich werde es auf jeden Fall ausprobieren.« Denn eine andere Möglichkeit sehe ich im Moment tatsächlich nicht.

»Lass mich wissen, wie es gelaufen ist«, erwidert er. »Und bevor ich es vergesse: Faye würde dich und die Kinder gerne zu uns zum Essen einladen. Sie schlägt einen der nächsten Samstage vor. Oh, und Al und ich kennen uns übrigens schon ewig.«

Ich sehe ihn sprachlos an. Damit rückt er jetzt heraus?

»Al Avril?«, sagt er, weil er meinen offen stehenden Mund offenbar nicht einordnen kann. »Ich würde ihn mal anhauen, vielleicht einen Gefallen bei ihm einlösen …«

»Einen Gefallen …« Ich kann kaum glauben, was ich da höre.

»Ich habe ihn mit seiner ersten Frau zusammengebracht. Und mit seiner dritten. War dieselbe. Die beste, die er je hatte. Dumm nur, dass er das immer erst gemerkt hat, wenn sie schon wieder weg war.« Er zuckt mit den Schultern, als hätte er nicht gerade von dem mächtigen Al Avril gesprochen. Einem der einflussreichsten Clubbesitzer der Stadt.

»Danke«, sage ich und sehe ihn mit vor Rührung brennenden Augen an.

»Nichts zu danken, mein Junge«, sagt er. »Das ist das Mindeste, wo ich es doch versäumt habe, dir als Kind dauernd Dollars zuzustecken. Irgendwann muss man mit seinen großväterlichen Pflichten ja mal anfangen.«

Und ohne Vorwarnung zieht er mich in eine Umarmung. Er klopft mir unbeholfen auf den Rücken, und ich tue es ihm gleich. Dann spüre ich, wie er mir etwas in die Hosentasche stopft.

»Der war noch übrig von der Wette, die ich verloren hatte«, sagt er, und ich meine zu sehen, dass er sich eine Träne aus dem Augenwinkel wischt.

37

Bonnie

~ Heute ~

Unter meinen Schritten vibriert die metallene Leiter leicht. Das Geländer hat sich tagsüber unter der sengenden Sonne aufgeheizt, sodass ich mich mit meiner rechten Hand kaum festhalten kann. In der Linken trage ich ein großes Einweckglas. Ich bin erleichtert, als ich hinter der Mauer die letzten Meter nach unten springe. Sicher lande ich auf dem Kies.

Dies hier ist eigentlich Links Ort. Hier kommt er her, um mit Blythe zu sprechen. Um sie auf dem Laufenden zu halten, ihr von der Band, von Jasper und den Kindern zu berichten. Ich weiß das, weil er es mir erzählt hat. Selbst bin ich noch nie hier gewesen, aber ich schätze, wenn es für Link funktioniert, kann es nicht schaden, es mal auszuprobieren. Denn eines ist sicher: Ich muss mit ihr sprechen. Muss ihr erzählen, was passiert ist, mich bei ihr entschuldigen. Wahrscheinlich weiß sie es ohnehin. Doch sie soll erfahren, wie unendlich leid es mir tut. Dass es nie wieder geschehen wird, obwohl die Sehnsucht mich von innen heraus auffrisst. Denn wenn ich nicht darüber spreche, explodiere ich irgendwann. Vor Wut, vor Frustration.

Ich überquere die stillgelegten Streetcar-Schienen und laufe über den Schotter zum Ufer des Mississippi. Die Sonne geht inzwischen unter, steht allerdings noch hoch genug, um als tief orangefarbene Kugel die Umgebung in ein sanftes Licht zu tauchen.

Ich räuspere mich. Einmal, zweimal. Lasse mich auf die Steine sinken. Das Plätschern des graubraunen Flusses hat eine beruhigende Wirkung auf mich, auch wenn mir das Herz bis zum Hals schlägt.

»Also«, sage ich, »ein bisschen albern ist es ja schon.«

Ich schlucke.

»Hi, Blythe.« Ihren Namen auszusprechen fällt mir schwerer als sonst. Das ist nur natürlich angesichts der Schwere der Schuld, die ich auf mich geladen habe.

Wieder räuspere ich mich. »Ich hab dich lieb. Ich hoffe, du weißt das.« Obwohl ich mich in den letzten Tagen ab und zu bei dem Gedanken erwischt habe, wie mein Leben verlaufen wäre, hätte ich sie nie kennengelernt. Sie nicht und Jasper nicht. Ich schlucke, denn so etwas will ich eigentlich nicht denken.

Ich setze mich in den Schneidersitz, das Einweckglas auf dem Schoß.

»Ich habe ...« Meine Stimme bricht, und ich nehme einen neuen Anlauf. »Ich habe mit Jasper geschlafen«, sage ich. »Und ich weiß, ich kann es nicht zurücknehmen, aber ich will, dass du weißt, wie unendlich leid es mir tut.«

Tränen brennen hinter meinen Augen. Als hätte ich in der letzten Zeit nicht schon genug geweint.

»Es gibt keine Entschuldigung für das, was ich getan habe. Das ist mir klar. Aber du musst mir glauben, wenn ich sage, dass nichts auf der Welt mir mehr bedeutet als unsere Freundschaft. Du warst so ein wichtiger Mensch für mich. Du warst mein Vorbild, mein Fels in der Brandung.«

Ich halte inne, horche in mich hinein. Was auch immer Link hier findet, für mich scheint es nicht zu funktionieren. Die Reue, die Sehnsucht, die unbändige Wut auf meine

Situation, unverändert kämpfen die Gefühle in mir miteinander.

»Wir haben uns geküsst«, fahre ich fort, schließlich habe ich nichts zu verlieren. »Kurz, bevor du gestorben bist. Während du um dein Leben gerungen hast, haben wir uns geküsst. Ich habe es geliebt. Und mich selbst dafür gehasst. Das musst du mir glauben. Bei Jasper war es die schiere Überforderung. Bei mir war es Liebe, die nie hätte sein dürfen. Ich weiß das, und ich versuche, stark zu sein. Aber manchmal ist mein Herz stärker als mein Wille. Dafür hast du jedes Recht, mich zu verabscheuen.«

Hinter mir höre ich knirschende Schritte auf dem Schotter. Dann: »Bonnie?«

Ich drehe mich um. Link steht vielleicht zwanzig Meter von mir entfernt und blinzelt in die untergehende Sonne.

»Was machst du denn hier?«, fragt er.

Er hat mich ertappt. Ich spüre, wie sich eine unangenehme Hitze in mir ausbreitet.

»Ich …«

Link kommt näher, ein überraschtes Lächeln im Gesicht. »Das ist ja ein Zufall«, sagt er.

»Ich hatte keine Ahnung, dass du noch hierherkommst«, murmle ich und versuche, das Glas vor seinen Blicken abzuschirmen, »jetzt, wo du nicht mehr hier wohnst …«

»Ich bin immer hierhergekommen.«

»Sorry, ich wollte dich nicht stören. Ich kann wieder gehen.«

»Nein, bleib«, sagt er. Er ist nun bei mir angekommen und mustert mich mit sorgenvoller Miene. »Ich bin froh, dich hier zu treffen.« Er setzt sich neben mich. »Was ist mit dir?«

»Ach nichts. Ich wollte nur … mit Blythe sprechen«, sage ich leise.

»Und?«

»Was und?«

»Hat es geholfen?«

»Nein.«

»Das tut es selten«, sagt er und lacht leise.

»Warum machst du es dann?«

»Aus Gewohnheit ...«

Einen Moment schweigen wir.

»Was hast du dabei?«, fragt er dann und zeigt auf mein Glas, das ich immer noch auf dem Schoß habe.

»Sachen, die mich an sie erinnern.« Ich schlucke.

»Zeig mal.«

Ehe ich weiß, was ich tue, reiche ich ihm das Glas. »Ich habe seit Jahren nicht mehr hineingesehen.«

»Seit Jahren?«, fragt er.

»Seit wir die Asche verstreut haben.«

Er schraubt den Deckel auf.

»Unsere Freundschaftsbänder«, sage ich, als Link die beiden Kordeln herausholt.

»Und was haben wir hier?« Er hebt einen vollgekritzelten Block hoch.

»O Gott, gib den her«, sage ich. »Da stehen unsere gesammelten Geheimnisse drin.«

»Denkst du, auf diese Weise kriegst du ihn jemals wieder?«, fragt Link grinsend.

»Glaub mir, du willst nicht lesen, was in Teenagerköpfen vor sich geht«, sage ich und muss ein bisschen lachen, obwohl es mir schwer ums Herz geworden ist. »Was ist noch drin?« Inzwischen überwiegt so etwas wie Neugierde.

»Eine Kassette.« Er holt ein Tape hervor, dessen Band vollkommen verknotet heraushängt.

»O Gott!«, sage ich und vergrabe mein Gesicht in den Händen. »Weißt du, was da drauf ist?« Ich muss lachen. »Das sind Songs, die wir aus dem Radio aufgenommen haben.«

»Aus dem Radio?«, fragt Link und sieht mich fragend an.

»Das stammt aus einer Zeit, bevor wir eine Internetverbindung hatten. Sobald im Radio ein Song kam, den wir mochten, haben wir auf *Record* gedrückt. Manchmal sind es nur die letzten zwanzig Sekunden eines Songs. Oft quatscht jemand rein. Wir haben die Kassette trotzdem so oft gehört, dass sie irgendwann so aussah.« Ich ziehe an dem kaputten Band, das zwischen meinen Fingern knistert.

»Wie surreal«, sagt Link, und das ist es wohl. Dann holt er den nächsten Gegenstand aus der Kiste. »Eine abgebrochene Rakete?«, fragt er. »Wollen wir sie zünden?«

»Nein!«, sage ich etwas zu schnell und zu vehement. »Die ist bei Blythes und Jaspers Hochzeit übrig geblieben. Sie hat sie mir geschenkt und gesagt, wir zünden sie, wenn …« Mein Hals wird auf einmal eng. »… wenn ich so glücklich bin wie sie.«

»Das ist so typisch«, sagt Link und lacht. »Bedeutsame Rituale, Glück teilen. Das ist zu hundert Prozent Blythe.«

Er hat recht. Genau so war sie. Und während sie Glück teilen wollte, kralle ich es mir und beanspruche es für mich allein.

»Und dann ist da noch das hier.« Link zieht einen in der Mitte gefalteten Briefumschlag aus dem Glas.

Mit einer schnellen Bewegung reiße ich ihn ihm aus der Hand. Er sieht mich etwas überrascht an.

»Ich habe ihn noch nicht gelesen«, sage ich kleinlaut und stopfe ihn in meine Hosentasche.

»Ist er von …«

»Ja.« Ich fühle mich auf einmal richtig beschissen. Ein Brief von Blythe. Von Links Schwester. Für ihn muss es Wahnsinn sein, ihn nicht zu lesen. Aber nachdem, was ich ihr angetan hatte, habe ich es nicht übers Herz gebracht. Ihn nicht zu lesen war anfangs so etwas wie eine Strafe. Ich hatte ihre Abschiedsworte nicht verdient. Dieser Gedanke manifestierte sich in meinem Bewusstsein. Bis heute habe ich es nicht über mich gebracht, ihn zu öffnen.

»Willst du nicht wissen, was sie dir zu sagen hat?«, fragt Link, und ich beiße mir auf die Unterlippe.

Es muss ihm vorkommen wie der größte Verrat an Blythe. Ihre letzten Worte an mich zu ignorieren. Dabei ist es das Gegenteil. Doch das kann ich ihm nicht sagen.

»Ich habe es nicht geschafft«, sage ich deswegen und fühle mich noch elender.

»Das verstehe ich«, sagt er. »Aber vielleicht wäre es langsam an der Zeit, meinst du nicht?«

Ich nicke. Ich schlucke schwer. Ich weiß, dass er recht hat. Ich schulde es ihr.

»Sag, Bonnie, warum bist du heute hierhergekommen?«

»Hab ich doch schon gesagt. Um mit ihr zu reden.«

»Du willst mit ihr reden, aber ihren Brief hast du nicht gelesen?« Er lacht leise. »Okay, lass mich anders fragen. Was ist aus der starken Bonnie geworden?«

Ich schließe kurz die Augen. *Die starke Bonnie.* Die, die Kontrolle über ihre Handlungen hat. Der es gelingt, die Fassade aufrechtzuerhalten, zu filtern.

»Die, die die Band rettet? Die, die mir sagt, was für ein Idiot ich bin? Die, die Curtis vor Dummheiten bewahrt?«

Die Bonnie meint er. Ach so. »Sie macht Urlaub«, sage ich und versuche mich an einem wenig überzeugenden Grinsen.

»Im Ernst, ich mache mir Sorgen um dich. Du siehst blass aus, als würdest du nicht gut schlafen. Hast du Ärger zu Hause?«

»Ach was.«

»Wann haben wir aufgehört, uns alles zu erzählen?«, fragt er, lehnt sich zurück und stützt sich auf die Ellenbogen.

Wann war das? Umgekehrt habe ich es immer von ihm verlangt. Ehrlichkeit, Offenheit. Link war lange Zeit der Einzige, der von meinen Gefühlen wusste. Und er hat mich nie verurteilt. Im Gegenteil.

»Na komm«, sagt er und streckt seinen Arm nach mir aus. Er zieht mich in eine Umarmung. Und als er mich wieder loslässt, bleibe ich einfach so liegen. In seinem Arm. Früher wäre das ganz normal gewesen. Unsere Freundschaft war immer auch körperlich. Ich saß auf seinem Schoß, er küsste mich auf den Scheitel … Doch seit er Franzi hat, halte ich mich zurück. Es ist schön, ihm nun auf diese Weise nah zu sein. Meinem besten Freund. Hier zu liegen, dem leisen Plätschern des Mississippi in der untergehenden Sonne zu lauschen. Der Himmel hat sich bereits in ein dunkles Lila gefärbt.

»Ich habe mit Jasper geschlafen«, sage ich auf einmal.

Einen Moment lang passiert überhaupt nichts. Dann: »Endlich.«

Ich richte mich auf, aber Link zieht mich wieder an sich.

»Wie kannst du das sagen?«, frage ich. »Es ist schrecklich. Es ist absolut falsch.«

»Bonnie«, sagt er und presst nun tatsächlich seine Lippen auf meine Box Braids. Wie in alten Zeiten. »Ich glaube, ganz im Gegenteil. Ich freue mich für dich.«

Ich seufze. Ich bin so müde. Ich habe keine Kraft, mich dagegen zu wehren, dass Links Worte eine Wohltat sind. Dass es schön ist, sich für einen Augenblick lang nicht schmutzig und abstoßend zu fühlen.

»Du bist meine beste Freundin, Bonnie«, sagt er. »Ich wünschte, du würdest ein bisschen Glück zulassen und die Rakete abfeuern.«

38

Jasper

~ Heute ~

An jedem letzten Samstag im Monat spielt Bonnie mit einer Combo aus Veteranen, deren Bassist vor einiger Zeit verstorben ist, in einem kleinen Club in der Frenchmen Street. Ein paarmal war sie danach mit Link und Curtis feiern, während ich meiner Verantwortung als alleinerziehender Vater nachkam und früh ins Bett ging. Doch heute bleibt Link bei Weston und Maya zu Hause, während ich mich mit Bonnie treffe. Noch weiß sie nichts von ihrem Glück. Und ich bin mir nicht einmal sicher, wie ironisch »Glück« in diesem Zusammenhang gemeint ist.

Um halb zwölf find ich mich vor dem *Vape* ein. Oldschool Blues dringt nach draußen. Im Schein der farbenfrohen Lichter vor den Clubs und Bars wirken die Menschenmengen auf der Suche nach Spaß und Musik wie die Party selbst - und das sind sie auch. Denn nicht nur in den Clubs, auch auf der Straße sind der Sound von New Orleans, die Buntheit, die Freiheit allgegenwärtig. Es riecht nach feuchter Wärme und Gras, es klingt nach Heimat. Eine Brassband steht, umgeben von einer Traube Touristen, zwei Straßenecken weiter, und ihre Musik vermischt sich mit dem Sound aus dem *Vape*.

Mit dem Blick auf den Seiteneingang lehne ich mich an eine der Säulen, die die Balkons im ersten Stock der Gebäude stützen. Meine Hände habe ich in den Hosentaschen vergraben. Jetzt heißt es warten. Zwei Männer mit Instrumenten betreten den Club für den anschließenden Jam. Einer der Angestellten kommt auf eine Zigarette heraus. Ansonsten bleibt die Tür geschlossen. Ich bin nervös, und meine Hände beginnen, in meiner Hosentasche zu schwitzen. Wird sie mich wieder abweisen? Oder gibt sie mir die Gelegenheit, mit ihr zu sprechen? Richtig zu sprechen?

Wenn ich darüber nachdenke, dass ich mich nach über vier Jahren wieder auf einen Menschen einlassen will – ganz und gar, so, wie ich mich auf Blythe eingelassen habe –, erfüllt mich ein ungeheures Glücksgefühl. Es scheint, als hätte der Kummer ein Ende. Dass Bonnie der Grund dafür ist, mag auf den ersten Blick verwunderlich sein. Aber gleichzeitig ist es erstaunlich, wie wenig es mich am Ende überrascht. Als wäre Bonnie die einzige Wahl für mich. Als wäre sie es schon lange, nur war ich zu blind, es zu sehen. Zu blind und zu feige. Jetzt, hier und heute, bin ich mutig genug. Mutig genug für einen Versuch wenigstens. Für eine Chance.

Die Tür öffnet sich erneut, und ich höre ihr Lachen, ehe ich sie sehe. Zunächst treten zwei alte Herren heraus. Einer von ihnen trägt einen Geigenkasten.

»Harry«, sagt der andere, »Bonnie ist viel zu jung für deinen Sohn. Und wo wir gerade dabei sind, zu hübsch und zu klug.«

»Danke, Frank«, antwortet nun Bonnie, die beinahe unter ihrem Kontrabass verschwindet. Unwillkürlich schleicht sich ein Lächeln auf mein Gesicht.

»Allerdings bin ich auch hübsch und klug. Und ich erinnere mich im Gegensatz zu diesem alten Kauz noch daran, wie es war, jung zu sein«, sagt Frank weiter.

Wieder erklingt Bonnies Lachen. Es ist ehrlich und froh und bewirkt, dass sich mein Inneres fest zusammenzieht.

»Ich sag dir was, Frank. Ich würde sofort mit dir ausgehen. Aber ich fürchte, deine Frau hätte etwas dagegen.«

Frank schiebt die Unterlippe nach vorne und seufzt. »Da könntest du recht haben«, sagt er, und als hätten sie sich abgesprochen, kommt in diesem Augenblick eine weißhaarige Dame auf die drei zu, in der Hand einen Autoschlüssel.

»Frank«, sagt sie, »ich bring dich jetzt ins Bett.«

Bonnie und der Mann namens Harry brechen in lautes Gelächter aus.

»Gute Nacht, Frank!«, rufen beide im Chor und winken.

Bonnies Blick folgt Frank und seiner Frau, bleibt jedoch im selben Moment an mir hängen. Kurz meine ich, Freude in ihrem Gesicht aufflackern zu sehen, doch in der gleichen Sekunde weicht sie etwas, das ich nicht deuten kann.

Ich hebe leicht verlegen die Hand zum Gruß.

Mit den Lippen formt sie die Worte: »Was machst du denn hier?«

Ich zucke etwas verlegen mit den Schultern, senke den Blick. Aber auf meinen Lippen liegt ein Schmunzeln, dessen ich mich nicht erwehren kann. Nicht mehr. Nicht in Bonnies Nähe. Und vor allem nicht, wenn ich sie mit alten Männern scherzen sehe.

Sie verabschiedet sich von Harry und kommt dann auf mich zu. Mein Herzschlag beschleunigt sich, mein Lächeln wird breiter, meine Hände schwitziger.

»Ich war gerade in der Gegend«, sage ich etwas lahm. »Hi.«

»Sehr überzeugend.« Ihre Haltung ist leicht vornübergebeugt, weil der Kontrabass schwer auf ihrem Rücken liegt.

»Kann ich dir was abnehmen?«, frage ich.

»Nein danke.«

»Würdest du mir erlauben, dir etwas abzunehmen?«, versuche ich es erneut.

»Willst du meine Noten tragen?« Sie reicht mir eine Umhängetasche, und ich kann nicht anders, als ein halb amüsiertes, halb frustriertes Lachen auszustoßen.

»Okay, Deal«, sage ich. »Du behältst den Kontrabass auf dem Rücken, gehst dafür aber mit mir noch etwas trinken.« Ich bin mir sicher, dass sie ablehnt.

»Ich bin echt müde. War ein langer Gig. Ein andermal, in Ordnung?«

»In Ordnung. Aber dann bestehe ich darauf, deinen Bass zu tragen. Du bist müde, hattest einen langen Gig …«

»Ich dachte, du willst etwas trinken gehen?«

»Nein, ich wollte *mit dir* etwas trinken gehen. Stattdessen bringe ich dich nach Hause und ins Bett. Stell dir einfach vor, du wärst Frank und ich seine Frau.«

Ich sehe, dass sie versucht, sich gegen ein Grinsen zu wehren.

»Und jetzt mal im Ernst, glaubst du wirklich, Franks Frau würde zulassen, dass er seinen Kontrabass trägt?«

»Definitiv nicht. Und du lässt mit Sicherheit auch nicht locker«, sagt Bonnie seufzend und stellt tatsächlich das schwere Instrument ab, sodass ich es mir auf den Rücken heben kann.

Wir setzen uns in Bewegung und folgen der Frenchmen Street Richtung Norden. Immer wieder müssen wir Passanten ausweichen, die nicht mehr ganz Herr ihrer Sinne sind. Die laute Brassband ist inzwischen weitergezogen und nur noch von ferne zu hören. Aus jeder Bar, jedem Club dringt Musik nach außen. Jazz, Blues, Funk, Soul … Das bunte Treiben auf der Straße wird auch in den nächsten Stunden nicht abnehmen. Es ist ein Ort des kulturellen Erbes und des Vergessen-Wollens, der grenzenlosen Freude und des Exzesses. Für uns ist es Alltag, unser Arbeitsplatz. Und doch ist es gleichzeitig so viel mehr. Es ist Identität.

»Also Frank und Harry, hm?«, frage ich. »Ist das der wahre Grund, warum …« Ich beiße mir auf die Zunge.

Als ich den Kopf wende, sehe ich, dass Bonnie die Augen verdreht.

»Das war keine gute Gesprächseröffnung«, gebe ich zu.

»Du warst nicht zufällig in der Gegend, hab ich recht?« Es ist keine Frage. Es ist eine resignierte Feststellung. Und vielleicht ist Resignation das Beste, worauf ich in diesem Moment hoffen kann.

»Ich wollte dich sehen«, sage ich. »Musste«, schiebe ich hinterher.

Inzwischen haben wir den belebten Teil der Frenchmen Street hinter uns gelassen, nähern uns dem Louis Armstrong Park. Währenddessen denke ich angestrengt darüber nach, wie ich Bonnie dazu bringe, sich mir anzuvertrauen.

»Was hältst du von einem Spiel?«, frage ich, da der Lärm des French Quarter nun kaum noch zu hören ist und die Stille zwischen uns beginnt, unangenehm zu werden.

»Ich sehe was, was du nicht siehst, und das läuft ungefragt neben mir«, sagt Bonnie mit vor Ironie triefender Stimme.

»Ich sehe was, was du nicht siehst, und das ist stur«, kontere ich.

»Never have I ever«, fährt sie fort, »… eine Freundin genervt.«

»Never have I ever«, erwidere ich und gebe mir Mühe, geduldig zu sein, »… einer Freundin etwas verheimlicht.«

Bonnie schnaubt.

»Was reimt sich auf?«, schlägt sie vor. »Was reimt sich auf ›Schmervensäge‹«?

»Das ist kein Wort.«

»Nervensäge«, sagt sie.

»Was reimt sich auf Schmaussprache?«

»Und das ist ein Wort?«

»Deine Regeln«, sage ich. »Und ›Aussprache‹ wäre die richtige Antwort gewesen.«

»Wir versagen wohl beide bei diesem Spiel.«

»Darf ich vielleicht etwas vorschlagen?«, frage ich.

»Bitte, bitte. Ich kann dich ja ohnehin nicht davon abhalten.«

Wir sind nun auf der Höhe des Parks und orientieren uns nach links, um ihn zu umlaufen.

»Ich tausche Geheimnis gegen Geheimnis«, sage ich.

»Das ist ein dämliches Spiel.«

»Es ist ein ganz hervorragendes Spiel. Hugo hat es mir beigebracht. Pass auf, ich fange an. Es gab Augenblicke in den letzten Jahren, da habe ich mir gewünscht, ich hätte keine Kinder.«

Die peinliche Wahrheit hängt über uns. Für einen Moment sagt niemand was.

Weil ich merke, wie unangenehm mir das Geständnis ist, erkläre ich: »Die Verantwortung, weißt du? Ginge es nur um mich, könnte ich das Haus verkaufen, meine Schulden abbezahlen. Manchmal war es beinahe erdrückend.«

»Du musst dich nicht rechtfertigen«, sagt Bonnie, und ihre Stimme klingt auf einmal ganz sanft. »Schätze, das ist ganz normal. Alles andere hätte mich, ehrlich gesagt, gewundert.«

Eine Weile laufen wir nebeneinander, ohne zu sprechen. Der Weg führt uns unter der Interstate 10 hindurch. Ein paar wenige Autos donnern auch zu dieser späten Stunde über uns hinweg. Verkehr aus der Stadt hinaus, Verkehr in die Stadt hinein. Zu den Pendler-Stoßzeiten morgens und abends staut es sich auf den drei bis vier Spuren pro Richtung meilenweit.

»Ich sammle Momente in Einweckgläsern«, sagt Bonnie und unterbricht damit unser Schweigen.

»Wie meinst du das?«, frage ich, weil ich mir unter ihrem Geheimnis nichts vorstellen kann.

»Gedanken, Dinge, die ich mit Situationen verbinde … ich lege alles in ein Glas und schraube es fest zu. Dann stelle ich es in mein Regal. Wie ein Museum für Erinnerungen.«

»Das klingt schön«, sage ich und bin beeindruckt. Von Bonnie, von der Romantik, die dieser Angewohnheit innewohnt. Das hätte ich von ihr nie erwartet.

»Es ist eher belastend.« Sie lacht.

»Inwiefern?«

»Erst bist du wieder dran«, fordert sie.

»Okay. Also. Manchmal bin ich mir nicht sicher, ob ich Curtis wirklich mag.«

Ihr Lachen wird lauter. »Wer ist das schon?«, sagt sie. »Scherz. Ich liebe ihn. Aber ich kann verstehen, dass es tagesformabhängig ist.«

»Puh.« Ich seufze erleichtert auf. Hugos Spiel ist nervenzehrend. Aber ich will es versuchen. Deswegen muss ich unangenehme Wahrheiten teilen. »Also, warum ist es belastend, Erinnerungen in Gläsern zu sammeln?«

»Jedes einzelne ist wie ein Mahnmal«, sagt sie. »Du wirst sie nicht los. Bei schönen Erinnerungen ist das eine Sache. Aber bei den schmerzvollen …«

Herzvollen, reime ich im Kopf.

»Was für Erinnerungen sind denn schmerzvoll?«

Doch sie schüttelt den Kopf. »Du bist dran.«

Ich räuspere mich. Es wird immer härter. Aber Deal ist Deal. »Ich … ahm … ich denke schon seit einer ganzen Weile nicht mehr auf diese besondere Weise an Blythe. Auf eine liebende Weise, natürlich. Aber nicht mehr auf eine … leidenschaftliche.«

Wieder hängen die Worte spannungsgeladen in der Luft.

»Okay«, sagt Bonnie, und ich spüre, wie erleichtert ich

bin. »Schmerzvolle Erinnerungen also? Geheimnis gegen Geheimnis?« Sie sieht mich mit ihren dunklen Augen an. Im Schein der Straßenlaternen wirken sie beinahe schwarz. »Das hier wird heftig.« Sie bleibt stehen, strafft die Schultern. Blickt zu Boden, hebt den Kopf wieder. »Unser Kuss.«

Ein stechender Schmerz breitet sich von meinem Herzen in alle Richtungen in meinen Körper aus. »Das ist eine schmerzvolle Erinnerung für dich?« Ich habe einen Kloß im Hals.

»Ich meine unseren ersten Kuss, Jasper. Den, kurz bevor …« Ihre Stimme bricht ab.

»Du meinst …« Ich bin wie vom Donner gerührt.

»Ich meine, nach dem Abend … Du und ich. Bei dir. *Millionaire Matchmaker …*«

»Ist das dein Ernst?«, frage ich ungläubig. Dieser Kuss, so unschuldig. So bedeutungslos. So nichtig. Natürlich war es in dieser Situation ein Fehler. Natürlich hätte es nicht passieren dürfen. Aber wer war in diesen schrecklichen Tagen schon Herr seiner Sinne?

»Natürlich.« Es ist mehr ein Hauchen als sonst irgendwas.

»O Bonnie«, stöhne ich und fahre mir mit der Handfläche über das Gesicht, höre das Geräusch meiner Bartstoppeln unter meinen Fingern.

»Was?«, fragt sie und klingt so ernst. So verzweifelt ernst.

Ich räuspere mich, gehe einen Schritt auf sie zu. Sie weicht kaum merklich zurück, und ich trete noch näher an sie heran. Lege eine Hand auf ihre Schulter, die sich ganz warm anfühlt unter meinen Fingern. »Das war«, sage ich vorsichtig, »die extremste aller Extremsituationen. Meine Frau … lag im Sterben. Deine beste Freundin. Wir hatten für einen Moment keine Kontrolle über unsere Emotionen, weil alles so unerträglich grauenhaft war.« Ich kann nicht glauben, dass sie diese Erinnerung so lange mit sich herumgeschleppt hat. Das nun zu wissen bricht mir beinahe das Herz.

Sie nickt, ihr Blick wird auf einmal glasig, als müsse sie Tränen zurückhalten.

Ich spreche einfach weiter. Denn ich kann es so nicht stehen lassen. »Wir waren vollkommen ausgelaugt. So schwach war ich in keinem Moment meines Lebens. Weder davor noch danach. Wir brauchten Nähe, und die ist für eine Sekunde aus dem Ruder gelaufen – vor Verzweiflung«, schiebe ich hinterher. »Das war dämlich, aber nichts, worüber man sich im Nachhinein hätte den Kopf zerbrechen müssen. Niemand ist so stark, dass er das einfach aushalten kann. Niemand.« Ich schlucke, als ich sehe, dass sich tatsächlich eine Träne aus Bonnies Augen gelöst hat und ihr über die Wange rinnt. »Ich fasse es nicht, dass du das all die Jahre mit dir herumgetragen hast.«

»Für dich ist das etwas anderes«, sagt sie leise.

»Bonnie!« Meine Stimme bebt, und ich wische ihr mit dem Handballen einmal über die Wange. »Bonnie.« Meine andere Hand liegt immer noch auf ihrer Schulter, und ich muss mich zusammenreißen, um sie nicht in meine Arme zu ziehen. »Blythe hätte das übrigens auch so gesehen«, sage ich dann. »Das weißt du doch, oder?«

Sie nickt, aber ich habe nicht den Eindruck, als wäre das, was ich soeben gesagt habe, wirklich bis in ihr Bewusstsein vorgedrungen.

»Danke, dass du mir Absolution erteilen willst.« Sie hat sich wieder gefangen, und die Mauer von vorhin ist zurück. »Und in deinem Fall ist sie auch gerechtfertigt.« Sie geht ein paar Schritte. Als ich merke, dass sie nicht wieder stehen bleibt, beeile ich mich, zu ihr aufzuschließen.

»Wie meinst du das?«, frage ich. Sie spricht in Rätseln.

»Vergiss es«, sagt sie. »Es hat nichts zu bedeuten.«

Doch ich weiß, dass mehr dahintersteckt. Zeit für das nächste Geheimnis. »Ich hatte vor drei Wochen das erste Mal seit viereinhalb Jahren Sex«, sage ich schnell.

»Was?«, fragt sie, und auf einmal klingt sie panisch. »Nein!« Sie beschleunigt ihre Schritte, dreht sich um, geht rückwärts und schüttelt den Kopf. Dann noch mal: »Nein.«

Ich lache leise. »O doch«, sage ich. »Und ich wünschte, es hätte ein bisschen länger gedauert.«

»Du hast …« Sie rauft mit den Händen die langen Braids. »Ich fasse es nicht, dass du mir das antust.«

»Dass ich dir – wie bitte?«

»Dass du Blythe treu warst und dann mit mir …«

»Aber das ist es doch gar nicht«, rufe ich aus. »Es geht nicht darum, ob ich Blythe treu war. Es geht darum, dass ich bereit war. Längst bereit war. Und dich wollte. *Dich!*« Der Kontrabass auf meinem Rücken wird immer schwerer, und ich habe Mühe, mit Bonnie Schritt zu halten. Wie kann es sein, dass diese kleine Frau ein so großes Instrument auf dem Rücken tragen kann? Und im nächsten Augenblick frage ich mich, wie es sein kann, dass ein so toller Mensch so viel Ballast mit sich herumschleppt. Vermutlich ist das physische Gewicht des Kontrabasses ein Klacks dagegen.

»Du bist dran«, sage ich. »Was wolltest du vorhin sagen?« Doch sie wendet sich wieder um, eilt mit schnellen Schritten voraus. »Bonnie!«

Meine barsche Stimme scheint sie zu erschrecken, denn sie hält tatsächlich einen Moment inne.

»Warum ist in meinem Fall eine Absolution gerechtfertigt und in deinem Fall nicht?« Ich bin außer Atem, als ich sie endlich wieder eingeholt habe.

»Weil …« Aus ihrem Blick spricht nicht mehr nur Panik, sie sieht nun regelrecht verzweifelt aus. »Weil …«

»Geheimnis gegen Geheimnis. Für die viereinhalb Jahre

sexuelle Abstinenz schuldest du mir noch etwas. Etwas Großes«, füge ich grinsend hinzu, weil die Situation so aufgeladen ist, dass man nur mit Humor darauf reagieren kann.

»Weilbeidirkeinegefühleimspielwaren«, nuschelt sie.

»Weil bei mir keine was?«

»Gefühle im Spiel waren.«

»Oh«, entfährt es mir.

»Ja, oh. Hast du nun, was du wolltest?« Es klingt wie ein Zischen.

Wir gehen wieder in einem moderateren Tempo. Bonnie hat den Blick konzentriert auf den Boden gesenkt. Mehrfach versuche ich, ihre Aufmerksamkeit auf mich zu ziehen, doch sie ignoriert jede meiner Bewegungen.

Ein letztes Geheimnis habe ich noch. Und ich bete, dass es uns auf eine Ebene bringen wird. »Ich … ähm …«, sage ich, »ich habe *jetzt* Gefühle für dich. Ich bin verliebt in dich.« Mein Herzschlag dröhnt in meinen Ohren, und es scheint, durch meine Atemwege gelangt vor lauter Aufregung nicht genug Luft in meine Lunge.

Nicht einmal in diesem Moment hebt Bonnie den Blick. Stattdessen fängt sie an zu lachen. Bitter zu lachen. »Du hast *jetzt* Gefühle für mich?«, fragt sie. »Das ist gar nichts, Jasper, glaub mir.«

»Gar nichts?« Nun ist es an mir, perplex innezuhalten.

»Nichts im Vergleich zu dreizehn verdammten Jahren.« Für einen Augenblick ist es, als wäre die Welt erstarrt. Die Zeit bleibt stehen. Mein Herz setzt einen Schlag lang aus.

Dann beginnt sie zu rennen.

39

Bonnie

~ Heute ~

Ich sitze in der Dunkelheit meines Zimmers auf dem Bett. Obwohl ich mich schon mehrfach ermahnt habe, mich endlich zusammenzureißen, zittere ich noch immer am ganzen Körper. Jaspers Worte hallen durch meinen Kopf. *Für die viereinhalb Jahre sexuelle Abstinenz schuldest du mir etwas Großes.* Und das hat er wohl bekommen. So was von. *Ich habe* jetzt *Gefühle für dich.* Ich fahre mir mit den Fingern über das Gesicht. Warum konnte ich nur meine Klappe nicht halten? Warum habe ich nicht gefiltert? Gelogen? Warum mich nicht hinter meiner Fassade versteckt?

Ich hätte sagen können, dass ich auf Curtis stehe. Einen Sextraum von Amory hatte. Link nie verziehen habe, dass er mir die Gitarre weggeschnappt hat, als wir als Kinder zur Schnupperstunde in der Musikschule waren. Ich hätte so viel sagen können. Aber nein, es musste ja die Wahrheit sein. Ungefiltert rausgekotzt. Einfach so. Jasper vor die Füße. Was für eine Idiotin ich doch bin. Fast muss ich über mich selbst lachen. Mich selbst auslachen. Da schiebe ich wochenlang die Band vor, um nicht mit Jasper sprechen zu müssen, und dann ruiniere ich alles, was wir haben, auf nur einem Heimweg. *Bravo, Bonnie.* In meinem Kopf applaudiere ich mir langsam selbst. Denn mein Kopf weiß, was mein Herz angerichtet hat. Mein Kopf ist sauer. Und mein Herz schämt sich wenigstens ein bisschen. Es geschieht ihm recht.

Nichts im Vergleich zu dreizehn verdammten Jahren. Geht es noch erbärmlicher? Noch weinerlicher? Kann man sich noch weiter erniedrigen? Ich glaube nicht. Halt, mein Kopf *weiß*, dass es nicht geht. Mein Herz behauptet, dass man noch dümmere Sachen anstellen kann. Aber auf das Herz gebe ich nichts mehr.

Ich bin verliebt in dich. Wie kann einen ein Satz so glücklich machen und dazu bringen, Dinge zu sagen, die man nie, nie, nie, nie, nie, nie, nie sagen wollte, und gleichzeitig so zerstören?

»O nein«, stöhne ich auf einmal leise in mein Zimmer, als mir auffällt, dass mein Kontrabass nun bei Jasper ist. Kurz überlege ich, ob es eine Option wäre, sich einen neuen zu kaufen. Aber ich habe keine paar Tausend Dollar übrig. Also muss ich mir wohl einen neuen Job suchen. Dann bin ich eben nicht mehr Musikerin. Das scheint mir im Moment die angenehmere Option zu sein.

Verdammter Jasper mit seinem blöden Spiel. Verdammter Hugo. Verdammtes alles.

Ich bin rastlos, fahre mir mit den Handflächen über die Oberschenkel. Hin und her und hin und her. Erinnere mich ans Atmen. In meiner Hosentasche knistert es, und ich ziehe ein verknicktes Etwas heraus. Verdammte Bonnie, die vergessen hat zu waschen, denke ich jetzt. Denn ich trage offenbar die Hose, die ich anhatte, als ich am Fluss hektisch Blythes Brief eingesteckt habe. Ich streiche mit meiner Hand darüber, versuche ihn ein wenig zu glätten.

Mein Name in Blythes hübscher Schrift. Kleine Buchstaben, ganz ordentlich. Es ist so dunkel, dass ich sie kaum erkennen kann, aber ich weiß genau, wie sie aussehen.

Willst du nicht wissen, was sie dir zu sagen hat?, hat Link gefragt. Ich schließe die Augen. Heute ist schon so viel schiefgegangen, dass eigentlich alles egal ist. Das emotionale Chaos in meinem Innern kann kaum noch größer werden. Und ohne, dass ich wirklich den Befehl dazu gegeben hätte, beginnen meine Finger, den Brief vorsichtig zu öffnen. Sie beben, und ich habe Mühe, meine Bewegungen zu koordinieren.

»Reiß dich zusammen«, sage ich in die Stille meines Zimmers hinein und beuge mich vor, um meine Nachttischlampe anzuschalten.

Mit zitternden Händen ziehe ich die gefalteten Blätter aus dem Umschlag. Meine Kehle ist eng. Auf einmal überkommt mich ein schlechtes Gewissen, weil ich bis zu diesem Augenblick gewartet habe, Blythes letzte Worte an mich zu lesen. Aber in dieser Sache waren sich Herz und Kopf ausnahmsweise mal einig. Ich konnte es nicht.

Als ich die filigrane Schrift auf der ersten Seite sehe, überkommt mich sofort eine ungeheure Sehnsucht, gepaart mit der Art von Traurigkeit, die körperliche Schmerzen verursacht. Ich kenne diese Art sehr gut. Ein bisschen zu gut, vielleicht. Sie fehlt mir. So sehr. Bis zum heutigen Tag.

»Hi«, flüstere ich und schließe für ein paar Sekunden die Augen, da ich noch nicht wage, die ersten Zeilen zu lesen.

Aber vielleicht wäre es langsam an der Zeit, meinst du nicht?, höre ich Links Stimme in meinen Gedanken. Und mit brennenden Tränen hinter meinen Augen und einem Kloß von der Größe einer Faust in meinem Hals beginne ich zu lesen.

Meine liebste Bonnie,

ein wenig furchtbar ist es schon, hier zu liegen und diesen Brief zu schreiben. Die Besuchszeit ist vorbei, ich bin allein. Das eklige Essen steht noch auf dem Tisch neben mir. Ich habe Jasper versprochen, ein bisschen was davon runterzuwürgen. Aber das kann er vergessen. Sag ihm nichts.

Ich unterbreche den Brief, schniefe einmal, denn die Tränen kann ich kaum noch zurückhalten. Alles in diesen ersten Sätzen klingt so sehr nach ihr. Und es ist typisch, dass sie selbst in ihrem letzten Brief an mich noch ein Geheimnis mit mir teilen musste. Ich versuche mich an einem Lächeln, und eine Träne löst sich und rinnt mir die Wange hinab.

Puuuuh. Also, los geht's.

Ich danke dir so sehr, liebe Bonnie. Für all die Jahre, in denen du meine beste Freundin warst. Für all die Nächte, die wir durchtelefoniert haben, für die heimlichen Zigaretten auf dem Pausenhof, von denen nie jemand erfahren wird, für die Umarmungen, die geteilten Geheimnisse. Für Rat und Tat, für Freundschaft und Liebe. Du, geliebte beste Freundin, warst immer einer der wichtigsten Menschen in meinem Leben. Und nun kann ich mit hundertprozentiger Wahrscheinlichkeit sagen, das bleibt auch so. Entschuldige den Galgenhumor, der macht, dass ich ein bisschen weinen muss.

Ich auch, Blythe. Ich weine auch. Ein paar Jahre zu spät vielleicht, doch ich weine. Um dich, um unsere Freundschaft. Aus Dankbarkeit und Liebe. So wie du.

Ich fühle mich ihr so verbunden wie seit Jahren nicht mehr. Und mein Herz quillt über vor Empfindungen.

Ich liebe dich, Bonnie. Und es tut mir unendlich weh, dich zu verlassen. Verrate es nicht Jasper, aber ich mochte dich immer noch ein bisschen lieber. Vor allem atmest du leiser, wenn du schläfst. Du ahnst nicht, wie viel das wert ist.

Mir entfährt ein leises, verzweifeltes Kichern. Es ist beinahe, als wäre sie hier. Mit mir in meinem Zimmer. Als würde ich nicht einen jahrealten Brief lesen, sondern mit ihr sprechen. Es tut weh, so weh. Doch gleichzeitig … ist es wunderschön.

Diesen Brief zu schreiben ist das Schwerste, was ich je getan habe. Eine Geburt ist dagegen ein Klacks. Vermutlich auch das Sterben. Wir werden es sehen. Vermutlich erwartest du hochtrabendes pathetisches Zeug. Und vielleicht kommen wir dazu noch. Aber eigentlich will ich nur versuchen, auszudrücken, wie viel du mir bedeutest. Und dir versprechen, dass ich für immer für dich da sein werde, falls sich die Gerüchte als wahr erweisen und man tatsächlich aus dem Himmel auf die Erde blicken kann. Ich hoffe sehr, der Smog macht mir keinen Strich durch die Rechnung.

Du und ich, meine liebste Bonnie, wir waren immer wie Schwestern. Wie die besten und engsten Schwestern, die man sich vorstellen kann. Ich weiß, das ist ein bisschen gemein, weil du sogar eine Zwillingsschwester hast, aber ich schätze, Verwandtschaft ist eben nicht alles. Dich zu sehen, hat jeden meiner Tage auf dieser komischen Welt schöner gemacht. Die Tatsache, dass ich mit dir über alles reden konnte – zu jeder Tages- und Nachtzeit –, war eines der schönsten Geschenke, die mir das Leben gemacht hat. Zu wissen, dass du da warst, dass ich immer auf dich zählen konnte, hat mir die größte Sicherheit gegeben. Wer dich an seiner Seite hat, Bonnie, der muss vor nichts Angst haben.

Da ist nur eine Sache, die ich bereue (neben dem Versäumnis, unsere Radio-Kassette digitalisiert zu haben …). Zutiefst bereue. Und ich weiß, dass du gleich erschrecken wirst. Aber das musst du nicht. (Stell dir mein lächelndes Gesicht vor, vielleicht findest du es dann weniger gruselig.) Denn ich weiß etwas, Bonnie. Etwas, das du nicht gewagt hast, mir zu erzählen. Und ich verstehe, warum. Ich werfe dir nicht vor, dass du geschwiegen hast. Ich nehme es als ein weiteres Geschenk von dir.

Du liebst Jasper. Flipp jetzt nicht aus. Es ist alles in Ordnung. Du hast es gut versteckt. So gut, dass ich mich gar nicht mehr daran erinnern kann, wann ich angefangen habe, es zu erahnen. Es hat sicher ein paar Jahre gedauert. Doch Fakt ist: Ich weiß es. Und Fakt ist auch: Es stört mich nicht. Das hat es nie. Es hat mich manchmal deinetwegen traurig gemacht. Denn ich wünsche dir so sehr all das Glück, das ich hatte – und noch mehr davon! Diesen Scheißkrebs zum Beispiel nehme ich gern für mich allein.

Mein innigster Wunsch, liebste Bonnie, ist es, dass ihr glücklich werdet. Ihr alle. Meine Eltern (die es vermutlich nicht mehr können), mein kleiner Bruder (dem du vielleicht mal in den Hintern treten musst), meine beiden Kinder (gib ihnen ab und zu einen Kuss von mir), mein wunderbarer Mann. Und du, meine beste Freundin.

Ich verlange nichts von dir. Ich verlange von niemandem irgendetwas. Ich vertraue darauf, dass jeder nach seinen Möglichkeiten das Beste aus seinem Leben macht. Und ich weiß natürlich nicht, wie hartnäckig deine Gefühle für Jasper sind. Aber da ich sie nun schon seit Jahren beobachte, habe ich die Hoffnung, dass sie von Dauer sind.

Ich will, dass du glücklich bist. Ich weiß, das habe ich schon gesagt. Doch es ist wichtig, also sage ich es noch mal. Ich will, dass du glücklich bist. Und noch mal. Ich will, dass du glücklich bist. Und wenn es die Möglichkeit gibt, dass du mit Jasper glücklich sein kannst, dann ergreif sie. Mach ihn so mutig, wie du mich mutig gemacht hast. Mach euch beide glücklich. Mach mich glücklich. Nicht sofort. Überstürze nichts. Lass es dir durch den Kopf gehen. Aber vielleicht, ganz vielleicht, seid ihr eines Tages bereit. Ich kann mir niemand Passenderen, niemand Besseren an seiner und an deiner Seite wünschen.

Solltest du das nicht wollen, ist es auch in Ordnung. Ich setze dich nicht unter Druck. Denn Jasper kommt ja nicht allein. Es hängen zwei kleine Kinder an ihm dran, die man nicht mehr loswird. Das ist eine Menge Verantwortung, und ich werde sie dir nicht aufhalsen. Aber falls … falls du tief in dir drin nicht vor dieser Verantwortung zurückschreckst, sei ihre beste Freundin, so, wie du meine warst.

Gott im Himmel, jetzt muss ich schon wieder weinen. Und du sicher auch. Also weinen wir zusammen. Wäre ja nicht das erste Mal. Dein Unglück ist mein Unglück, Bonnie. Und dein Glück ist mein Glück. Bis in alle Ewigkeit. Ich will, dass du das weißt.

Und wenn du eines Tages so glücklich bist, wie ich es war, dann zünde die alberne Rakete. Denn die schafft es sicher durch den Smog hindurch. Und dann kann ich mich endlich zufrieden zurücklehnen und Nektar und Ambrosia schlürfen, ohne mir Sorgen zu machen.

In ewiger Liebe (ich kann das nun wirklich sagen!),
dein größter Fan, deine beste Freundin Blythe

Eine Träne nach der anderen tropft auf den Brief. Meine Schultern beben, mein Schluchzen durchdringt die Stille meines Zimmers. Ein einziger Gedanke rast durch meinen Kopf. Nur dieser eine. Sie hat es gewusst. Sie hat es gewusst. Sie hat es gewusst.

Beim Lesen des Briefs bin ich, ohne es zu merken, auf den Fußboden geglitten. Jetzt knie ich hier mit zerrissenem Herzen, weinend auf dem Teppich, und sage mir nur diesen einen Satz immer wieder lautlos vor. Sie hat es gewusst. Sie hat es gewusst. Sie hat es gewusst.

Ein Weinkrampf folgt auf den anderen. Ich gebe mir Mühe, leise zu sein, um meine Mom nicht zu wecken, doch in diesem Moment hier allein in meinem Zimmer bin ich mir nicht sicher, wie gut es gelingt. Sie hat es gewusst. Sie hat es gewusst. Sie hat es gewusst.

Ich kann es nicht glauben. Es ist unfassbar. Es ist schrecklich und schön gleichermaßen. Sie hat es gewusst und – es war für sie okay.

Dein Unglück ist mein Unglück, Bonnie. Und dein Glück ist mein Glück, lese ich erneut und muss mir die Hand vor den Mund schlagen, um das gurgelnde Stöhnen zu dämpfen, das mir unwillkürlich entfährt.

Sie hat es gewusst, und es war für sie okay. Sie hat es mir nicht übel genommen. Sie musste mir nicht einmal verzeihen. Sie will, dass wir zusammen sind. Sie *will,* dass wir zusammen sind. Meine Gedanken überschlagen sich, und ich muss mir alle Mühe geben, sie in geordnete Bahnen zu lenken.

Ich bin längst nicht imstande, auch nur zu erahnen, was all dies bedeutet, aber ich spüre, wie der Gefühlsknoten, der schwer wie ein Stein seit Jahren in meinem Magen liegt, größer wird. Größer, aber gleichzeitig lockerer. Wie er sich hebt, beginnt zu schweben.

Schwankend stemme ich mich auf die Beine. Ich weiß nicht, wohin mit mir, suche Halt irgendwo, doch meine Hände greifen ins Leere. Ich taumle, stolpere, blind vor Tränen, taub vor Herzrasen. Mache einen Schritt nach vorne und kriege mein Regal zu fassen. Ich kann mich gerade so daran festhalten, bevor ich umkippe, weil mir schwarz vor Augen wird. Mit der Schulter stoße ich dagegen, es schmerzt, aber auf eine gute Art. Ich höre das leise Klirren der Einweckgläser. Anscheinend war der Stoß heftiger, als ich dachte. Und dann ein lautes Klirren. Ein Zerbersten.

Ich keuche auf, als ich erkenne, was geschehen ist. Die

Erschütterung hat das Glas, das ganz oben ganz hinten am Rand stand, zu Fall gebracht. Es ist auf dem Boden aufgeschlagen und in tausend Scherben zerbrochen. Panisch beiße ich mir auf die Hand, um nicht zu schreien. Es ist die Erinnerung an Jaspers und meinen Kuss. Diese Erinnerung, die ich eingesperrt habe. Die ich als Mahnmal aufbewahrt habe. Sie ist frei und geistert nun hier herum.

»Was ist passiert?«, fragt auf einmal Lula, die, ohne anzuklopfen, die Tür aufgerissen hat. »Bonnie?«

Sie betritt den Raum. Aus einer halb knienden, halb kauernden Position heraus versuche ich, die Scherben einzusammeln. Ich habe nicht gemerkt, dass ich mich geschnitten habe, aber nun, da ich Lulas aufgebrachten Blick sehe, fällt mir auf, dass Blut über meine Hand rinnt.

»Okay«, sagt Lula ganz nüchtern und ist in zwei Schritten bei mir. Von irgendwoher holt sie ein Taschentuch, nimmt meine Hand und presst es auf den Schnitt. Ich lasse sie gewähren. Vollkommen kraftlos lehne ich meinen Kopf an ihre Brust.

»Schhhhh«, macht sie und wiegt mich sanft hin und her. »Ist alles gut.«

Ich weiß nicht, ob wir uns jemals so nah waren. Es fühlt sich gut an. Heilsam.

»Alles wird gut«, wiederholt sie. »Ich hab dich.« Der Druck, den sie auf meine Hand ausübt, erdet mich. Und nach ein paar Minuten ebbt mein Schluchzen langsam ab.

»Was ist passiert?«, fragt Lula vorsichtig, doch ich bin noch nicht imstande, zu sprechen. Und sie zieht mich einfach in eine noch engere Umarmung, flüstert mir tröstliche Dinge ins Ohr.

»Ich glaub …«, sage ich nach einer Weile, und meine Zunge fühlt sich ganz schwer an vom vielen Weinen, »ich glaub, ich geh ins Bett.«

»Ja, das ist eine gute Idee. Die Scherben machen wir morgen weg.«

Ich nicke langsam und lasse mir von meiner Schwester auf die Beine helfen. Sie streicht mir einmal über die Wange.

»Wenn du reden willst, bin ich da, okay?«, sagt sie. »Und auch sonst. Also, ich meine, wenn du nicht reden willst.«

Wieder nicke ich.

»Warte, ich hol dir noch ein Pflaster. Nicht, dass der Schnitt heute Nacht wieder aufgeht.«

Kurz darauf kommt sie mit einem Pflaster zurück. Sie pustet einmal auf den inzwischen getrockneten Schnitt, wie unsere Mom es früher immer gemacht hat. Dann klebt sie das Pflaster darauf.

»Kann ich heute Nacht bei dir schlafen?«, fragt sie.

Wir haben uns sicher als Kinder ab und zu ein Bett geteilt, aber ich kann mich nicht daran erinnern, wann es das letzte Mal dazu gekommen ist.

»Das wäre schön«, sage ich leise.

Wenig später hat Lula sich abgeschminkt und sich ein weites T-Shirt angezogen. Sie klettert über mich, legt sich auf die Seite, die der Wand am nächsten ist. Auf Blythes Seite. Die Schwestern-Seite. Sie greift über mich und schaltet die Lampe aus. Dann schlingt sie ihren Arm um mich. Ich genieße ihre Wärme. Die Bedingungslosigkeit ihrer Anwesenheit. Meine Gedanken fahren nach wie vor Karussell in meinem Kopf, doch die Fahrt verlangsamt sich immer weiter, bis ich irgendwann wegdämmere.

40

Jasper

~ Heute ~

»Kinder, habt ihr Lust, Bonnie zu besuchen?«, frage ich am Sonntagmorgen. Denn das, was Bonnie mir gestern offenbart hat, kann nicht unbeantwortet bleiben. Hugo hatte recht. Natürlich hatte er recht, dieser ulkige Kauz. Ein emotionales Ungleichgewicht lag der ganzen Situation zugrunde.

»Jaaaaaa!«, hallt eine Kinderstimme aus dem Wohnzimmer. Es ist Mayas. Und so viel Begeisterung hat sie, soweit ich mich erinnere, noch nie artikuliert.

Es wäre mir lieber, die Kinder nicht mitzunehmen. Ich würde gern erst mit Bonnie unter vier Augen sprechen, und dann mit Weston und Maya. Behutsam vorfühlen. Doch Link ist nicht hier, und ich habe keine Zeit zu verlieren.

Letzte Nacht habe ich kaum geschlafen. Immer wieder hörte ich Bonnies halb verzweifeltes *Nichts im Vergleich zu dreizehn verdammten Jahren.* Ich habe diesen Satz so lange in meinem Kopf hin und her gewälzt, dass ich mir fast sicher bin. Es gibt zwei Möglichkeiten. Entweder, sie meinte damit, dreizehn verdammte Jahre, in denen ich keine Gefühle für sie hatte – es würde jedoch wenig Sinn ergeben, deswegen abzuhauen. Oder aber, und das muss es sein, sie hat seit dreizehn verdammten Jahren Gefühle für mich. Und das haut mich um. Nicht nur, weil ich keine Ahnung hatte. Sondern auch, weil mir das die Chance gibt, sie glücklich zu machen. Ihr die Liebe zu geben, die sie verdient hat. Sie noch stärker zu einem Teil meines Lebens werden zu lassen – und ein Teil des ihren zu werden.

Maya trägt ihr lilafarbenes Mardi-Gras-Kleid mit gelbgrünem Tüllrock, das Charlie ihr genäht hat. Jetzt schleppt sie ihre schicken Lackschuhe an und hält sie mir fragend hin.

»Willst du die anziehen? So schick machst du dich?«, frage ich.

Maya nickt.

»Machst du das für Bonnie?«, frage ich.

»Ja«, sagt sie leise.

Für den kurzen Fußweg von uns zu Bonnies Haus nehme ich mir vor, bei Weston vorzufühlen. Doch er ist schneller.

»Was machen wir bei Bonnie?«, fragt er.

»Wir überraschen sie mit unserem Besuch. Und wir hoffen, dass sie einen Kaffee für uns hat«, sage ich vage.

»Und warum überraschen wir sie?«, fragt er weiter.

»Ähm …« Ich beschließe, bei der Wahrheit zu bleiben. »Ich habe etwas mit ihr zu bereden. Etwas Wichtiges.«

»Mit Bonnie kann man gut reden, oder?« Er streicht sich seine blonden, etwas zu langen Haare aus dem Gesicht und sieht mich interessiert – und beinahe etwas herausfordernd – an.

»Ich finde schon. Was meinst du?«

»Ich finde auch«, sagt er. »Für ein Mädchen ist sie ziemlich cool.«

»Für ein Mädchen?«, frage ich lachend. »Warum sollen denn Mädchen nicht cool sein?«

»Weiß nicht. Die sind manchmal komisch. Reden über Sachen, die voll lahm sind.«

»So? Vielleicht finden sie ja die Sachen, über die du redest, auch lahm«, schlage ich vor.

»Hm«, macht Weston und denkt einen Moment nach. »Aber bei Bonnie ist das anders.«

»Worüber redet Bonnie denn mit dir?«, frage ich.

»Musik, Comics …«

»Bonnie kennt sich mit Comics aus?«, frage ich und erinnere mich plötzlich an Bonnie als junges Mädchen. Sie hatte tatsächlich immer Comics dabei.

»Ja!« Weston klingt beinahe aufgeregt. »Sie hat früher auch die *Runaways* gelesen! Sie hat gesagt, sie leiht mir Volume 1!«

»Okay, das ist echt cool«, gebe ich zu und lächle in mich hinein.

»Ihre Lieblingsfigur ist Nico Minoru«, sagt er und grinst.

Maya pikst mich ins Bein.

»Was ist los?«, frage ich und folge dann mit dem Blick ihrem kleinen Finger. »Oh, wow«, entfährt es mir. »Sieht aus, als hätten die Baileys schon Besuch.«

Der Vorgarten und die Veranda platzen beinahe aus allen Nähten. Und da fällt es mir ein. Natürlich! Der letzte Sonntag im Monat. Annabella veranstaltet heute ihren Gemeindebrunch.

»Das bedeutet, dass es auf jeden Fall Kaffee gibt«, sage ich, weiß aber, dass es nun umso schwieriger wird, eine ruhige Minute mit Bonnie zu erwischen.

»Na, wer kommt denn da?«, fragt Mrs Withers, eine mittelalte Dame aus der Nachbarschaft, die Maya oft heimlich Süßigkeiten zusteckt, wenn wir sie zufällig auf der Straße treffen.

»Guten Morgen, Mrs Withers«, sage ich. Einen kurzen Moment bleiben wir am Gartentor stehen, das zwar offen ist, jedoch gehören wir nicht zur Gemeinde, und ich bin mir nicht sicher, ob es in Ordnung ist, uns einfach selbst einzuladen.

»Na, das ist ja eine Überraschung«, ruft Emmy, Bonnies

Tante, die ebenfalls nicht weit weg wohnt. »Euch habe ich ja seit Ewigkeiten nicht mehr gesehen!« Sie kommt auf uns zu, und will Weston die Haare aus dem Gesicht streichen, doch er duckt sich weg. Recht so, denke ich. Ich kann es nicht leiden, wenn Leute meine Kinder ungefragt antatschen. »Und euren Daddy habt ihr auch mitgebracht.« Sie drückt mich fest an sich und hinterlässt ihren süßen Parfümgeruch auf meinem Hemd, meiner Wange und – wie es scheint – in meiner Nase. »Gut siehst du aus«, sagt sie dann und lächelt gütig. »Habt ihr schon gefrühstückt? Annabella hat sich heute mal wieder selbst übertroffen. Es gibt genug für eine ganze Kompanie!«

»Ähm«, sage ich ein bisschen überrumpelt, »wir sind offiziell gar nicht eingeladen. Wollten nur Bonnie …«

»Ach was!« Emmy lacht. »Jeder ist willkommen.«

Sie nimmt Maya an der Hand, hakt sich bei mir unter und führt uns durch die Menschen die Verandastufen hinauf und ins Wohnzimmer. Ich blicke mich nach Bonnie um, kann sie jedoch nirgends finden. Lula und Annabella sehe ich ebenso wenig.

Drinnen ist ein großes Büfett aufgebaut. Es duftet nach Rührei, Speck und Pancakes. Doch das ist bei Weitem nicht alles. Der Tisch biegt sich unter Obstsalaten, Kuchen, French Toast und allem möglichen anderen.

»Magst du ein Stück Kuchen, kleine Maya?«, fragt Emmy, und Maya nickt. »Und du, Weston?«

»French Toast«, sagt er und schiebt dann noch schnell ein »Bitte« hinterher.

Wie es bei uns zu Hause Sitte ist, kippt er sich literweise Ahornsirup darauf. Emmy lacht.

»Da ist aber jemand ein großer Fan von Süßem«, sagt sie.

»Wir ertränken alle unser Frühstück in Sirup«, gebe ich zu. »In dieser Hinsicht bin ich kein gutes Vorbild.«

»Kein gutes Vorbild? Was höre ich da?« Annabella kommt mit einer Schere in der Hand auf uns zu. »Du bist das beste Vorbild, das man sich nur wünschen kann«, sagt sie und drückt mich ebenfalls fest an sich.

»Wir wollten uns nicht einfach so einladen«, erkläre ich. »Eigentlich möchten wir Bonnie besuchen. Ich hatte deinen Brunch gar nicht mehr auf dem Schirm ...«

»Unsinn«, sagt Annabella, und mir fällt auf, dass sie Weston mustert. »Ihr seid herzlich willkommen. Esst, trinkt, fühlt euch wie zu Hause. Bonnie ist ...« Sie sieht sich um. »Irgendwo. Und du, mein Junge –« sie wendet sich Weston zu –, »kriegst einen neuen Haarschnitt. So sieht ja keiner, was du für ein gut aussehender Kerl bist.«

Weston blickt sich Hilfe suchend um. Ihm ist die Aufmerksamkeit deutlich zu viel.

»Na komm!«

Zu meiner Überraschung folgt er jedoch Annabella auf einen Stuhl, der in der Mitte des Wohnzimmers steht, noch ehe ich versuchen kann, ihn zu retten. Voller Bewunderung sehe ich, dass er eigentlich sehr vergnügt wirkt. Und den Haarschnitt kann er wirklich gut gebrauchen.

In diesem Moment kommt Bonnie aus der Küche, in der Hand zwei große Kannen frisch gebrühten Kaffee. Sie sieht mich nicht, doch ich sehe sie. Wie ich sie noch nie gesehen habe. Bei verliebten Menschen ist immer die Rede davon, dass die Sonne aufgehen würde, wenn sie das Objekt ihrer Gefühle erblicken. Aber wenn Bonnie den Raum betritt, ist es, als erfrische der schönste Sommerregen die Welt. Es ist ein erleichterndes Gefühl. Alles Angestaute löst sich auf einmal, wird weggespült – und zurück bleibt ein Gefühl von innerem Frieden. Es ist die reifere, die erwachsene Form des Verliebtseins. Es ist komplett neu für mich und dabei so schön, so tief, dass ich ewig hier stehen könnte, um sie einfach nur anzusehen.

Als sie mich bemerkt, formt sie mit ihren Lippen ein lautloses »Oh«. Sie bleibt stehen, senkt den Blick. Fast erwarte ich, dass sie wieder auf dem Absatz kehrtmacht, doch nichts dergleichen geschieht. Der ganze Raum ist voller Menschen. Lachender, sich unterhaltender Menschen. Überall ist Bewegung, überall ist Lärm. Und doch scheint es, als wäre da nur Bonnie. Sie hebt den Blick, und ich erkenne den Anflug eines Lächelns auf ihren Lippen. Nach gestern Nacht ist das so ungefähr das Letzte, was ich erwartet habe, und ich merke, wie mein Herz hüpft. Und dann sehe ich es. Sehe die Halskette, die ich ihr geschenkt habe. Die sie nicht wollte. Bonnie hat sie umgelegt, trägt sie wie selbstverständlich. Was zur Hölle?

»Bonnie!«, ruft Maya und reißt mich aus meiner Ungläubigkeit. Sie hat gerufen. Sie hat Bonnies Namen gerufen.

Maya legt ihren Kuchen auf das Büfett zurück und läuft Bonnie entgegen. Ich schnappe mir den Kuchen. Niemand soll versehentlich Mayas angegessenes Stück erwischen.

»Hey!«, sagt Bonnie, als Maya ihre Arme um Bonnies Beine schlingt. Und für einen Moment bin ich unsicher, was mir surrealer vorkommt: Bonnies Lächeln oder Maya so laut und selbstbewusst zu erleben. »Ich muss kurz den Kaffee auf den Tisch stellen. Hilfst du mir?« Maya nickt, und Bonnie gibt ihr eine der Thermoskannen. »Aber Vorsicht, die ist ganz schön schwer.«

Die Anstrengung steht Maya deutlich ins Gesicht geschrieben, doch es gelingt ihr, die Kanne bis zu mir zu schleppen. Ich nehme sie ihr ab und stelle sie auf den Tisch.

»Hi«, sage ich dann an Bonnie gewandt.

»Hi«, erwidert sie und blickt von mir zu Maya.

»Hi«, sagt nun auch Maya, und Bonnie geht in die Hocke, um meine Tochter zu umarmen.

Ich weiß nicht, wie lange mein Herz diesen Anblick noch erträgt, ehe es aus meiner Brust springt.

»Tut mir leid, dass wir einfach unangekündigt hier auftauchen«, sage ich sanft, denn ich will sie auf keinen Fall wieder verschrecken. »Aber …« Meine Eingeweide verknoten sich. »… ich musste dich sehen.« Meine Stimme ist leiser geworden, und nun ist es an mir, den Blick zu senken.

»Ist in Ordnung«, sagt Bonnie, und ich meine, so etwas wie Freude herauszuhören.

Ich hatte mich auf so einiges eingestellt. Dass sie erneut die Flucht ergreift. Dass sie uns wegschickt. Dass sie so tut, als wäre nichts gewesen. Dass sie nun hier vor mir steht, die Arme um meine Tochter geschlungen, und offenbar erfreut ist, uns zu sehen, haut mich vollkommen um. Was ist über Nacht passiert? Egal, was es ist, es erfüllt mich mit nichts als Wärme.

»Ich würde dir gern jemanden vorstellen.« Es ist Mrs Withers, die diesen Moment unterbricht. »Eine Freundin von mir. Cora. Du kennst sie vielleicht?« Ich kenne keine Cora. Doch Mrs Withers spricht sofort weiter. »Sie ist auch alleinerziehend. Ihr Mann – Ex-Mann – hat sie vor zwei Jahren sitzen lassen. Schlimme Geschichte. Jedenfalls würdet ihr euch sicher gut verstehen.«

»Vielen Dank, Mrs Withers«, sage ich und versuche, mich elegant aus der Affäre zu ziehen. »Aber ich glaube nicht, dass …«

»Cora, Schatz«, ruft sie nun. »Das hier ist Jasper.«

Mrs Withers zieht eine junge Frau zu uns.

»Freut mich«, sagt Cora und lächelt mich an.

Ich möchte nicht unhöflich sein, deswegen erwidere ich ihr Lächeln. »Ich … ähm … wollte gerade mit Bonnie …« Doch als ich mich nach ihr umblicke, ist sie wieder verschwunden. Zusammen mit Maya, wie mir auffällt. Ich sehe gerade noch, wie die beiden durch die Küchentür gehen.

»Eure Kinder würden sich sicher gut verstehen. Wie alt sind deine jetzt?«, fragt Mrs Withers an mich gewandt.

»Weston ist acht, und Maya ist fünf«, erwidere ich.

»Deiner ist noch etwas jünger, oder, Cora?«

»Er wird demnächst zwei«, sagt Cora. »Vielleicht noch ein bisschen jung, um der neue beste Freund von Maya und …«

»… Weston.«

»… und Weston zu werden.«

Cora grinst etwas schüchtern. Ihr ist dieser offensichtliche Verkupplungsversuch anscheinend ebenso unangenehm wie mir.

»Dann lasse ich euch mal allein. Es gibt doch nichts Schöneres, als über Kinder zu reden, meint ihr nicht auch?«

Cora und ich nicken etwas übereifrig, hören aber sofort damit auf, als Mrs Withers uns den Rücken zudreht.

»Tut mir leid«, sagt Cora sofort. »Ich hatte keine Ahnung, was sie vorhat.«

»Ist ja nicht deine Schuld«, beruhige ich sie.

»Du bist sicher nett und so«, fährt sie fort. »Aber ich sag's dir lieber gleich. Ich gehe schon mit jemandem aus. Es ist noch nicht ernst genug, um es den neugierigen Nachbarn zu erzählen, aber ernst genug, um Kuppelversuche abzubrechen.«

»Freut mich zu hören«, sage ich. »Ich bin … ebenfalls …« Ich habe keine Ahnung, wie ich bezeichnen soll, was Bonnie und ich sind oder tun. Ob wir überhaupt etwas sind.

»Dann ist ja alles klar. Hat mich gefreut, Jasper.« Sie schenkt mir ein weiteres Lächeln, dann wendet sie sich ab. Und ich mache mich auf den Weg in die Küche.

41

Bonnie

~ Heute ~

Jasper steht in der Tür zur Küche und sieht heute noch schöner aus als sonst. Ich weiß nicht, ob es an meinem Ausbruch von letzter Nacht liegt, an meinem Geständnis oder an Blythes Brief, aber heute wirkt die ganze Welt auf mich weichgezeichnet. Als läge über allem ein zartrosa Filter.

»Und dann nehmen wir den Teig mit der Kelle auf und lassen ihn in die Pfanne fließen. So«, sagt Lula und zeigt Maya, die auf der Anrichte sitzt, wie sie Pancakes macht. »Willst du mal?«

»Können wir kurz …«, fragt Jasper und fährt sich verlegen mit der Hand über den Nacken, »… ich weiß nicht … reden?«

Ich blicke zu Lula und Maya. Dann wieder zu ihm. Er lächelt, obwohl sich zwischen seinen Augenbrauen die für ihn so typische Sorgenfalte gebildet hat. Ich will nichts lieber, als mit ihm zu sprechen. Dass er hier ist, bedeutet etwas. Ich habe ihn nicht verschreckt. Ich habe Blythes Brief gelesen. Alles kann anders werden. Nicht nur mein bescheuertes Herz weiß das. Mein Kopf ist mit an Bord!

»Wir kommen schon klar, oder Maya?«, fragt Lula, und ich bin meiner Schwester unendlich dankbar. Sie hat etwas gut bei mir. Ich werde den gesamten Abwasch erledigen. Wochenlang.

Maya nickt, und ich bin so erleichtert, dass ich beide am liebsten abknutschen würde.

»Gehen wir nach oben?«, frage ich und wische meine Hände an einem Geschirrtuch ab.

Jasper sieht überrascht aus. Positiv überrascht. Er hält mir die Tür auf. Mein ganzer Körper fühlt sich seltsam taub an. Ich nehme alles um mich herum viel intensiver wahr. Die Geräusche, die Farben, die Gerüche. Als wären meine Sinne heute geschärft. Als gäbe es nur noch meine Sinne. Ich schwebe irgendwo neben mir, außerhalb meines Körpers, sehe jede meiner Bewegungen und greife doch nicht ein.

Wir erreichen die Treppe, und ich beginne, die knarzenden Stufen eine nach der anderen hochzusteigen. Meine Schritte werden vom Teppichboden gedämpft. Jasper ist direkt hinter mir. Ich kann seinen Atem hören. Meinen Herzschlag. Das Rauschen meines Bluts. Die Unterhaltungen unten, Mayas Lachen aus der Küche. Ich spüre Jaspers Körper ein paar Stufen weiter unten. Wage es nicht, mich umzublicken, tue es doch und sehe ihm direkt in die Augen.

»Ich war noch nie in deinem Zimmer«, stellt er leise fest.

Und mir fällt ein, dass mein Zimmer gerade vielleicht nicht unbedingt in einem präsentablen Zustand ist. Doch ich habe keine Zeit, darüber nachzudenken. Ich erreiche den Treppenabsatz, wende mich nach links. Meine Zimmertür ist nur angelehnt, und ich schiebe sie auf. Sie quietscht leise.

»Das ist es«, sage ich.

Er steht in meinem Zimmer. In der Mitte meines Zimmers. Der Mann, den ich mir herbeigesehnt habe, seit ich zehn Jahre alt war. Obwohl er damals natürlich noch ein Junge und die Sehnsucht eine andere war.

»Du … trägst die Kette«, sagt Jasper, und ich schließe meine Finger um den Anhänger.

»Ich … ähm … hatte sie in eins der Gläser gelegt, nachdem …« Ich schlucke, als ich sehe, dass er auf mein Regal zugeht.

»Ist es das?«, fragt er leise. »Das Regal mit deinen Erinnerungen?«

Ich nicke und merke, wie die Taubheit in meinem Körper von etwas abgelöst wird, das sich anfühlt wie ein Surren unter der Haut. Als würde ich vibrieren.

Jasper lässt die Finger über meine Einweckgläser wandern. Bei jedem anderen käme ich mir albern vor mit meiner seltsamen Angewohnheit. Aber hier und heute ist es mir egal. Ich habe ihm bereits alles über mich gesagt. Es gibt keine Geheimnisse mehr. Ich bin seit gestern Nacht vollkommen entblößt. Und langsam beginne ich mich wohl dabei zu fühlen.

»Vorsicht, da hinten liegen Scherben«, sage ich, als er einen Schritt weitergeht.

»Scherben?«, fragt Jasper und hält in der Bewegung inne.

»Kleiner Unfall gestern Nacht.«

Er sieht mich alarmiert an, aber ich mache eine wegwerfende Handbewegung.

»Warte, ich …« Ich gehe in die Hocke und versuche, die größten Scherben einzusammeln. Sofort kniet Jasper neben mir. Erst jetzt fällt mir auf, dass er ein Stück Kuchen in der Hand hält.

»Du … äh …«, stottere ich und zeige darauf.

»Oh. Ja.« Er lächelt sanft. »Maya hat es angegessen und dann nicht mehr angerührt.«

Ich nehme es ihm aus der Hand und lege es auf meinen Schreibtisch. Etwas von der Füllung klebt an meinen Händen, doch ich ignoriere es. Stattdessen mache ich mich daran, zwei große Scherben in meine Hand zu legen. Aber Jasper hält meine Hand fest.

»Hast du dich geschnitten?«, fragt er leise mit dem Blick auf mein Pflaster. Ich habe es heute Morgen noch mal gewechselt, weil der Schnitt in der Nacht wohl doch aufgegangen ist.

»Halb so schlimm«, flüstere ich und frage mich, ob er mich überhaupt hören kann, so wild wie mein Herz schlägt.

Er nimmt mir die Scherben aus der Hand, legt sie zurück auf den Boden.

»Können wir uns darum später kümmern?«, fragt er, ohne meine Finger wieder freizugeben. »Ich will dich etwas fragen.«

Mein Atem geht stockend vor Nervosität.

»Okay.«

»Ich habe ein bisschen Angst, dass du wieder ausflippst und wegrennst.« Er lächelt mich schüchtern an.

»Das mache ich nicht mehr«, erwidere ich, denke erneut an den Brief und an all die Möglichkeiten, die wir jetzt haben.

Jasper lacht. »Was auch immer passiert ist …« Dann atmet er tief ein, als würde er neu anfangen wollen. »Egal. Ich … ähm … ich würde dich gerne fragen, ob …« Er räuspert sich. »… ob du mir erlauben würdest …«

Seine Finger verweben sich mit meinen, und unsere Blicke treffen sich. Fragende Blicke, die sich ineinander spiegeln. Seine grünbraunen Augen sehen ganz wach aus. Schlau. Meine Finger zucken, so sehr wollen sie über sein Gesicht streichen. Mein Herz will es. Und mein Kopf will es auch. Ein absurdes Gefühl. Wie Freiheit. Wie Einklang.

»… dir zu zeigen, dass … ähm …« Er lacht leise und senkt den Blick. »Okay, in meinem Kopf klang es vorhin flüssiger, das kannst du mir glauben.«

»Was willst du mir zeigen?«, frage ich vorsichtig.

»Dass die Band nicht darunter leidet, wenn wir … miteinander … ausgehen.«

Die Band. Meine Ausrede, um Jasper auf Abstand zu halten. Beinahe muss ich laut lachen. Doch ich reiße mich zusammen.

»Und wie würdest du das anstellen?«, frage ich stattdessen.

»Ich … ich würde dich ausführen«, sagt er, und ich sehe, dass er leicht rot wird. »Wenn du es mir erlaubst«, schiebt er etwas unsicher hinterher. »Denn was auch immer dich zurückhält, ich glaube, wir können es aus der Welt schaffen.«

Es ist bereits aus der Welt geschafft, würde ich gern laut ausrufen. Ich atme tief ein. Stattdessen sage ich nur: »Ich erlaube es.« Fast entfährt mir ein Glucksen.

Jasper setzt sich auf, strafft die Schultern. Er sieht mich unverwandt an, auf den Lippen ein Lächeln.

»Und wie ist es hiermit?«, fragt er und nimmt mein Gesicht in seine Hände. Die Linke ebenfalls leicht klebrig von dem Kuchen.

»Erlaube ich auch.« Mein Herz galoppiert davon, und meine Gedanken überschlagen sich. Wir werden uns küssen. Wir dürfen uns küssen. Nichts von alledem ist verboten. Es ist kein Verrat. Es ist einfach nur schön.

»Und wie ist es hiermit?« Er nähert sich mit seinem Gesicht dem meinen. Ich sehe in seine Augen, lasse den Blick über seine Bartstoppeln, seine Lippen gleiten. Lippen, nach denen ich mich so sehr sehne.

»Erlaube ich auch.« Meine Stimme ist ganz rau und heiser.

Mit seinen Fingern zeichnet er langsam meine Unterlippe nach. Als ich die Spur mit der Zunge nachfahre, schmecke ich Kuchen. Auch ich hebe nun meine Hände, lege sie auf seine Wangen. Spüre seine Haut, die Stoppeln. Atme seufzend ein, gebe mich dem Gefühl hin, dass alles in mir zu ihm drängt. In seinen Arm. Zwischen seine Lippen.

»Erlaubst du, dass ich hier bin?«, fragt er und fährt mit seinem Daumen über meinen Mund. »Genau hier?«

»Ich erlaube es.«

Und dann ist er da. Genau da. Seine Lippen sind auf meinen, sanft und doch verlangend. Sie sind warm. Sie schmecken nach Frühstück und Kaffee. Sie schmecken nach Ankommen, nach Geborgenheit. Nach Freundschaft und Liebe.

»Es tut mir leid, dass ich so lange gebraucht habe«, raunt er an meinen Lippen.

»Wir brauchten beide Zeit«, sage ich.

»Nicht dafür!« Jasper lacht leise. »Ich meine, bis ich dich richtig gesehen habe.«

Wieder umschließt er meine Lippen mit seinen. Unsere Bewegungen sind in perfektem Einklang. Sie sind langsam, aber begehrend. Sie sind fordernd und hungrig, und doch vorsichtig.

Jasper öffnet die Lippen, und ich zögere keine Sekunde, sondern dringe mit meiner Zunge in ihn ein. Erkunde ihn, lerne ihn zum ersten Mal richtig kennen. Ich lasse mir Zeit, schmecke, forsche. Streiche sanft über seine Zunge, seine Lippen. Heiße ihn in meinem Mund willkommen. Wir werden eins. Verschmelzen zu einer Einheit. Zu etwas, das sich anfühlt wie die Erfüllung aller Träume. Ich höre seinen hungrigen Atem, spüre seine Wärme auf meiner Haut. Er soll nie wieder irgendwo anders sein als genau dort. Zwischen meinen Lippen. Seine Hände sollen für immer über meinen Körper wandern. Über meine Wangen, meine Schlüsselbeine, meinen Rücken. Und ich will mich für immer an seinen Schultern festhalten. Will ihn für immer schmecken, für immer seinen Duft inhalieren.

Doch auf einmal fällt mir etwas auf. Mein Mund verzieht sich zu einem breiten Grinsen.

»Was?«, fragt er etwas atemlos.

Nur widerwillig löse ich mich für einen Moment von ihm. »Du riechst nach Emmys Parfüm«, sage ich und lache.

»O Gott«, stöhnt er. Dann: »Hätte ich gewusst, dass du so drauf abfährst, hätte ich mir schon eher mal eine Flasche davon besorgt. Dem Geruch nach zu urteilen, kann es eigentlich nicht viel kosten.«

Ich pruste los. Und auch Jasper kann sich kaum noch halten. Wir lachen und lachen, und als wir uns wieder einigermaßen beruhigt haben, liegen wir auf meinem Teppich und halten einander fest.

»Das ist schön«, sagt Jasper.

»Das ist es.«

»Aber ich glaube, ich sollte mal nach den Kindern sehen.«

»Oh, ja klar«, sage ich und beeile mich aufzustehen.

Doch Jasper hält mich zurück und drückt mir noch einen Kuss auf meine Lippen. Einen heißen Kuss, der sich anfühlt, als könnte er nicht genug von mir bekommen. Dann lösen wir uns voneinander.

»Da fällt mir ein«, sage ich, »ich hab noch was für Weston.«

Von unter dem Bett hole ich eine Pappschachtel hervor. Ich öffne sie und ziehe ein paar Comichefte hervor.

»Die *Runaways?*«, fragt Jasper.

»Ich hab die als Kind verschlungen«, sage ich. »Und Weston hat mir erzählt, ihm fehlt Volume 1.«

Jasper nimmt meine Hand und drückt einen Kuss darauf. »Ich weiß nicht, wer von uns beiden mehr auf dich steht, Weston oder ich«, sagt er. »Gut, dass ich dich zuerst um ein Date gebeten habe.« Er lacht wieder, und gemeinsam gehen wir nach unten.

Es ist etwas seltsam, nun wieder unter all den anderen Leuten zu sein. Es scheint, als hätten Jasper und ich gerade die Zeit angehalten und nur wir beide wüssten, was in dieser Viertelstunde geschehen ist.

Maya und Lula haben frische Pancakes auf das Büfett gestellt, Weston hat einen neuen Haarschnitt. Er hat wirklich verblüffende Ähnlichkeit mit Link.

»Bonnie, hilfst du mir eben mit den Getränken?« Es ist meine Mom, die leere Flaschen in die Küche trägt.

»Bin gleich da«, sage ich, und mit einem Blick zu Jasper: »Tut mir leid, ich glaube, ich sollte …«

»Kein Problem«, erwidert er und grinst. »Ich glaube, wir gehen dann mal nach Hause.«

Ich will ihm sagen, dass sie bleiben können, dass ich nicht will, dass er schon geht. Aber wahrscheinlich ist es besser, wenn ich hier meinen Pflichten nachkomme und wir uns die zweisame Zeit für unser Date aufheben. Das Date!

»Wir sehen uns morgen im *Cat's Cradle*«, sage ich deswegen.

»Und am Mittwoch. Und zur Bandprobe. Und … zu einem Date«, sagt er, und mein Magen hüpft.

»Wann?«, frage ich leise.

»Freitag?«

»Freitag.«

Sein Lächeln wird breiter, und meine Mundwinkel fühlen sich an, als hätten sie mein Gesicht bereits verlassen.

»Bonnie?«, ruft meine Mom.

»Eine Sekunde! Weston?«, frage ich. »Ich hab oben Volume 1 von den *Runaways* gefunden.« Ich reiche ihm den Comicband.

Seine Augen funkeln. »Kann ich mir den ausleihen?«, fragt er.

»Ich schenke ihn dir«, sage ich und freue mich über sein glückliches Strahlen beinahe ebenso sehr wie über Jaspers.

42

Jasper

~ Heute ~

»Es gibt Eis!«, rufe ich ins Haus.

Sofort geht drinnen ein Poltern los, und meine Mundwinkel heben sich unwillkürlich in die Höhe. Es ist viel zu einfach. Mit Eiscreme kriegt man sie immer.

Ich bewege mich seit ein paar Tagen auf einem schmalen Grat der Geheimniskrämerei. Es ist heikel, denn eine Stimme in meinem Kopf sagt mir, dass Bonnie unser Date erst einmal nicht an die große Glocke hängen will. Nach außen tun Bonnie und ich also so, als hätte sich nichts verändert. Wir werfen uns bei den Gigs oder den Bandproben verstohlene Blicke zu, die mein Inneres tanzen lassen. Doch dann gehen wir getrennte Wege. Obwohl ich nicht einmal weiß, dass Bonnie die Sache tatsächlich so sieht, bin ich mir doch ziemlich sicher, dass sie fürchtet, auf Widerstände zu treffen. Innerhalb der Band, innerhalb meiner Familie. Deswegen setze ich alles daran, diese Widerstände aus dem Weg zu räumen. Und heute will ich mit Weston und Maya sprechen. Denn meine Kinder sind die wichtigsten Menschen in meinem Leben. Solange sie nicht an Bord sind … Ich schlucke. Selten war ich so nervös.

»Schokolade«, sagt Weston grinsend, als er vor seiner Schwester nach draußen tritt.

Maya quietscht glücklich und klettert neben Weston auf einen der Stühle. Sie ist viel zu klein, um ohne Kissen auf den Gartenstühlen zu sitzen, aber es scheint ihr nichts auszumachen, dass sie mit dem Kinn gerade auf der Höhe ihrer Schüssel ist.

»Hat jemand Geburtstag?«, fragt Weston und schiebt sich einen großen Löffel Eis in den Mund.

»Das nicht gerade«, sage ich und stochere verlegen mit dem Löffel in meiner Schüssel herum. »Aber es gibt etwas, das ich mit euch besprechen will.«

Weston legt seinen Löffel zurück in die Schüssel, und auch Maya sieht mich mit wachen Augen an. Sie runzelt die Stirn etwas. Das hat sie ganz eindeutig von mir.

Ich räuspere mich. Lasse meinen Blick durch den Garten wandern. Die frisch gepflanzten Büsche haben dicke Knospen gebildet. Es dauert sicher nur noch ein paar Tage, bis sie anfangen zu blühen. Der Rasen ist zu einer dichten, grünen Matte herangewachsen. Durch Hugos Hilfe ist dieser Ort endlich wieder eine Oase geworden. Ein Zeichen dafür, dass die Dinge sich entwickeln. Wachsen. Gedeihen, wenn man ihnen Zeit gibt und sich kümmert.

»Ihr wisst doch«, beginne ich, ohne dass ich so recht weiß, wohin es führen wird. Vielleicht hätte ich mir eine Rede aufschreiben sollen. Dann würde ich wie ein souveräner Dad wirken. Stattdessen bin ich nervös, als hätte ich mein erstes Klaviervorspiel vor Publikum. »Ihr wisst, dass ich euch über alles liebe, oder?«

»Hä?«, macht Weston. »Ja klar.«

»Du auch, Maya?«, frage ich.

Sie nickt und schiebt sich einen weiteren Löffel Eis in den Mund.

»Ihr seid die wichtigsten Menschen in meinem Leben«, fahre ich fort und ernte einen verwunderten Blick von Weston. »Und früher war eure Mom auch einer dieser Menschen. Ist es noch«, schiebe ich schnell hinterher. »Ihr beide und eure Mom. Wir waren die tollste Familie, die man sich vorstellen konnte.«

Ich schlucke, als ich sehe, wie die Erwähnung ihrer Mom die Stimmung verändert. Maya hat keinerlei Erinnerung an Blythe. Sie kennt lediglich das Konzept einer Mutter. Und auch Weston war noch sehr klein. Er kennt lediglich die Trauer.

»Eure Mom wird immer eure Mom sein«, fahre ich fort. »So, wie ich immer euer Dad bin und ihr immer die wertvollsten Schätze in meinem Leben seid.«

Maya steckt ihren Finger in die Schüssel und rührt in der angeschmolzenen Eiscreme herum. Doch ich ignoriere es. Soll sie doch die Schokoladensoße überallhin schmieren. Das hier ist wichtiger.

»Dad«, sagt Weston in einem, wie mir auffällt, alarmierten Tonfall, »was ist los?«

»Es ist alles gut«, erwidere ich schnell. Das langsame Vorbereiten auf die eigentliche Nachricht ist vielleicht die sanftere Methode, aber sie lässt meinem Sohn offenbar zu viel Zeit, um sich Sorgen zu machen. »Ich will euch etwas erzählen. Etwas, von dem ich glaube, dass es schön ist.« Ich sehe von Weston zu Maya. Beide haben ihre Blicke nun fest auf mich gerichtet. »Zumindest ist es für mich etwas sehr Schönes«, füge ich leise hinzu. »Und ich hoffe, dass es euch auch gefällt.«

Das satte Grün des Rasens beruhigt mich. Das Zeichen dafür, dass vorwärts die richtige Richtung ist. Dass aus etwas Kahlem Neues entstehen kann. Etwas, das brachlag, lebt. Genau so sieht es nun in mir aus.

Ich nehme all meinen Mut zusammen, atme einmal tief ein und lasse es dann einfach raus. »Bonnie und ich, wir würden gerne miteinander ausgehen, wenn das für euch in Ordnung ist.«

Für einen Moment sagt niemand ein Wort. Um zu beweisen, wie normal diese Situation ist, nehme ich noch einen Löffel Eiscreme, obwohl mir eigentlich gar nicht danach ist.

»Ich mag Bonnie«, sagt Weston. »Aber bitte macht kein ekliges Zeug. Küssen und so.« Er tut so, als würde er sich übergeben, und ich muss lachen. Vor Erleichterung. Und vor Glück.

»Und du, Maya?«, frage ich dann und sehe in die großen dunklen Augen meiner Tochter. »Ist es für dich auch in Ordnung, wenn Daddy und Bonnie sich öfter sehen?«

»Ich mag Bonnie auch«, sagt sie ganz leise.

Und nun kann ich nicht mehr an mich halten. Ich springe auf, laufe um den Tisch herum und gehe zwischen meinen beiden Kindern in die Hocke. Ich lege meine Arme um sie und ziehe sie ganz fest an mich. Dabei ist es egal, dass Mayas Löffel erst auf meine Hose und dann auf den Boden fällt. Es spielt keine Rolle, dass ihr schokoladiger Mund an mein frisch gewaschenes Hemd gepresst wird. Weston windet sich etwas, doch ich kann ihn nicht loslassen. Ich habe einen Kloß im Hals, und ich muss mich wirklich, wirklich am Riemen reißen, um nicht laut loszuheulen, so unendlich dankbar bin ich für diese zwei kleinen Menschen, die mir das Wertvollste auf der ganzen Welt sind.

»Dad«, sagt Weston erstickt, »du tust mir ein bisschen weh!«

»Oh, entschuldige«, sage ich und lasse ein wenig lockerer, jedoch ohne meine Umarmung zu lösen. Dazu bin ich noch nicht bereit.

Ich bin so stolz auf uns. Wie wir als Familie zusammenstehen, wie wir alles hinkriegen. Die schlimmen Zeiten, die guten Zeiten. Die unsicheren und die gemütlichen. Und ich bin ein bisschen stolz auf mich – etwas, das ich sonst eigentlich nicht zulasse. Stolz darauf, wie ich die letzten vier Jahre gemeistert habe. Wie ich getrauert habe, wie ich wieder aufgestanden bin. Wie ich immer wieder hingefallen, doch nie liegen geblieben bin. Wie ich für meine Kinder da war, auch wenn es mich all meine Kraft gekostet hat. Wie es mir gelungen ist, eine Routine für uns zu finden, mit der wir alle so glücklich sind wie möglich. Wie ich es schaffe, Dad und Mom und Freund zu sein, je nachdem, was Weston und Maya brauchen. Wie ich keinen Druck auf Maya ausübe und Weston das Gefühl gebe, dass ich alles im Griff habe, damit er sich nicht noch mehr den Kopf zerbricht und sich Sorgen macht. Und ich glaube, Blythe wäre auch stolz auf mich. *Ist* stolz auf mich. Und ich weiß, sie freut sich für Bonnie und mich.

»Jetzt reicht's, Dad«, sagt Weston und befreit sich aus meinem Arm, um sich wieder seiner Eiscreme zuzuwenden.

Ich lache leise, schließe für einen Moment die Augen. Dann kehre ich zu meiner Schüssel zurück, deren Inhalt inzwischen vollkommen zu Soße geworden ist.

Maya ist von ihrem Stuhl heruntergerutscht und steht vor mir, ihre kleinen Arme ausgestreckt.

»Willst du auf meinen Schoß?«, frage ich.

»Ja«, sagt sie, und es kommt mir vor wie der unwirklichste Klang, den ich je vernommen habe.

Ich hebe sie hoch und halte sie ganz fest. Vergrabe meine Nase in ihren dunklen Locken und entspanne mich. Vollkommen. Währenddessen schmiert Maya die Schokolade von ihrem Finger so ungefähr überallhin, aber es ist vollkommen egal. Weston verdreht die Augen, als er die Sauerei sieht. Doch das hier ist kein Moment zum Augenverdrehen. Es ist ein Moment, den wir feiern sollten. Also stecke ich einen Finger in die Schokoladensoße vor mir und male damit ein Strichmännchen auf den weißen Plastiktisch.

»Dad!«, schimpft Weston, aber Maya lacht.

»Das kann man doch wieder wegputzen. Und, ehrlich gesagt«, ich halte Mayas Hände hoch, »ist es ohnehin zu spät für Sauberkeit.«

Nun grinst auch Weston. »Okay, aber weißt du, was?«, fragt er. »Du hast die Sorgenfalte zwischen deinen Augen vergessen.«

Er geht um den Tisch herum und malt mit geschmolzener Eiscreme einen feinen Strich zwischen die Augen des Strichmännchens.

»Ja, jetzt erkennt man, dass ich es sein soll«, sage ich lachend. »Die Ähnlichkeit ist nicht zu übersehen.«

Von plötzlichem Eifer gepackt, beginnt Weston nun ein weiteres etwas kleineres Strichmännchen zu malen. »Das bin ich. Mit neuer Frisur«, sagt er und malt sich kurze Schokoladenhaare. Er kichert. »Maya, du bist dran.«

Maya steckt ihre Hand in meine Schüssel und malt mit dem Finger ein kleines Mädchen mit einem Dreieck als Kleid.

»Du hast Locken«, sagt Weston. »Schau, so.« Er malt ihr lockige Haare. »Bei dir stimmt sogar die Haarfarbe.«

Da kommt mir eine Idee. »Bei dir jetzt auch!«, rufe ich, klemme mir Maya unter den Arm und, noch ehe er sich in Sicherheit bringen kann, habe ich ihm mit meiner Schokoladenhand über die Haare gestrichen. Maya prustet, Weston stöhnt. Aber die Fröhlichkeit überwiegt eindeutig seine Genervtheit.

»Wir müssen noch Bonnie malen«, sagt Maya auf einmal. Und es ist weniger der Inhalt als vielmehr die Tatsache, dass sie einen langen Satz einfach so laut gesagt hat, der Weston und mich innehalten lässt. Doch schnell wird mir bewusst, *was* sie da gesagt hat, und das Glücksgefühl, das nun in mir aufsteigt, ist unvergleichlich.

»Hier«, sagt Weston und malt eine Strich-Bonnie mit langen Schokoladen-Braids. »Und das hier«, fährt er fort, »ist

Hugo.« Hugo bekommt einen Schokoladen-Strohhut auf den Kopf.

»Dann müssen wir auch Grandma und Grandpa malen«, sage ich und versuche mich an einem Schokoladen-Rollstuhl für Charlie, während Maya einen ziemlich großen Con malt.

»Link fehlt noch«, sagt Weston mit einem Blick auf den Wohnwagen. Doch Link hat die Nacht bei Franzi verbracht. Weston steckt seinen Finger erneut in seine Schüssel und malt ein Strichmännchen mit Gitarre.

»Und Franzi«, fügt er hinzu und macht sich sogleich daran, sie neben Link zu malen.

»Und Mommy?«, fragt Maya vorsichtig.

»Mommy malen wir auch«, sage ich. Ich gehe um den Tisch herum, male eine Schokoladen-Wolke und setze einen Schokoladen-Engel darauf. Maya strahlt und nickt zufrieden.

»Und jetzt, ihr Lieben«, beschließe ich mit einem Blick auf die Sauerei, die wir um unser Kunstwerk herum angerichtet haben, »geht's in die Badewanne.« Maya klatscht in die Hände und will schon ins Haus gehen, doch ich halte sie zurück. »Stopp, Madame«, sage ich mit Blick auf ihre schokoladigen Füße. »Ihr beide wartet hier, ich lasse euch das Bad ein. Und dann trage ich euch nach drinnen.«

Zehn Minuten später habe ich erst Weston, dann Maya in die Badewanne gesetzt, ohne dass sie drinnen noch etwas hätten mit Schokolade überziehen können. Sie sitzen vergnügt in der Wanne, haben beide eine neue Portion Eis – unter der Bedingung, dass sie sie nicht ins Badewasser kippen. Ich sitze auf einem Hocker daneben, lese aus dem *Grüffelo* vor und gönne mir ebenfalls ab und zu einen Löffel Eiscreme. Und auf einmal weiß ich, dass das die größte Hürde war. Ab jetzt ist alles, was noch kommt, ein Kinderspiel. Oder, besser gesagt: einfacher als ein Kinderspiel. Denn was, bitte sehr, ist ein Schokoladen-Gemälde, wenn nicht ein Kinderspiel?

43

Bonnie

~ Heute ~

Links Stimme schallt für die letzte Zugabe des Abends durch den Raum des *Cat's Cradle,* Arme fliegen in die Luft, Körper wiegen sich im Takt. Curtis' Rhythmus lullt mich auf diese definierte, scharfe, sanfte Weise ein, und ich lasse mich treiben. Mit der Musik, mit der Vibration meines Basses, die sich auf meinen gesamten Körper ausdehnt. Meine Finger klettern über das Griffbrett, kräftig und doch flink. Sie kennen jeden Millimeter der dicken Saiten, liegen niemals daneben.

Sal setzt zu einem Trompetensolo an, und wir fahren die laute, leidenschaftliche Musik etwas runter, sind jetzt nur noch Hintergrund zu seiner Melodie, die langsam und ruhig anfängt, sich mit der Zeit aber zu etwas Mächtigem aufbaut. Ich lausche ihm, zupfe vereinzelte Töne dazu, konzentriere mich jedoch vor allem auf eines: den Anblick von Jaspers Hinterkopf.

Es ist ein merkwürdiges Gefühl, ihn anzustarren und sich dabei wohlzufühlen, nicht schuldig. Nicht, als könnte man jeden Moment bei etwas Verbotenem ertappt werden. Ich lasse meinen Blick über seinen schlanken, sehnigen Nacken wandern, hoch zu seinem Haaransatz. Ich weiß nun, wie sich die kurzen dunkelbraunen Haare unter meinen Fingern anfühlen, und kann es kaum erwarten, meine Hände wieder hindurchfahren zu lassen. Es ist schwer zu glauben, dass all das jetzt zu einer Möglichkeit geworden ist, die mehr ist als eine verschämte Sehnsucht. Eine Sehnsucht, die ich mir selbst kaum eingestehen konnte. Eine Sehnsucht, die Schwäche bedeutete. Eine Sehnsucht, die mein Kopf unterdrückte, während mein Herz sich verzehrte.

Sal kommt zum Abschluss und übergibt an Jasper. Und nun betrachte ich ihn noch eingehender, sehe ihn an, versuche, in ihn hineinzusehen. In seinen wunderschönen Kopf, in sein Herz, von dem ich mir so sehr gewünscht habe, es möge auch ein klein wenig für mich schlagen. Und mich danach sofort für diesen Gedanken verflucht habe. Dass dieser Wunsch eines Tages Wirklichkeit werden könnte, lag jenseits meiner Vorstellungskraft.

Jaspers lange, schlanke Finger tanzen über die Tasten, spielen eine neckische Melodie, erst leise, dann etwas lauter, dann um eine Terz, eine Quint versetzt. Für einen kurzen Moment wendet er den Kopf, und unsere Blicke treffen sich. Und jetzt weiß ich, er spielt in diesem Augenblick für mich. *Für uns.* Ohne dass es irgendjemand außer mir wahrnehmen könnte. Die Wärme, die durch meinen Körper wallt, macht, dass ich mich beinahe am Hals meines Basses festhalten muss, so bewegt bin ich von unserer Verbundenheit durch die Musik und durch – so erstaunlich es auch klingen mag – unsere Gefühle.

Es ist keine Verliebtheit, die alles in Brand setzt. Über dieses Stadium bin ich längst hinaus. Es ist kein Kribbeln, das durch Mark und Bein geht. Es ist viel mehr als das. Reicht viel tiefer. Von hier bis zur Unendlichkeit. In beide Richtungen des Zeitstrahls. Unendliche Vergangenheit und unendliche Zukunft. Und dazwischen, in genau diesem Augenblick, wir beide. Ohne dass es mehr bräuchte. Wir beide, der Klang unserer Instrumente, der zu einem Ganzen wird, so, wie wir zu einem Ganzen werden.

Links Gesang setzt mit dem Refrain erneut ein. Und nun finden wir alle zusammen, sind wieder eine vollständige Band. Fünf Musiker, fünf Freunde im absoluten Einklang.

»Wir sind After Hours«, ruft Link, nachdem er die letzten Zeilen noch einmal leiser wiederholt hat. »Danke, dass ihr heute Abend da wart!«

Die Menge klatscht und jubelt. Link lässt den letzten Akkord ausklingen und stellt dann seine Gitarre ab. Er springt von der Bühne, um mit dem Hut herumzugehen. Ich lege vorsichtig mein Instrument auf den Boden und wische mir mit dem Handrücken über die Stirn. Es ist warm unter den Scheinwerfern, obwohl die Bar klimatisiert ist.

Nur für diesen einen Moment wende ich mich von Jasper ab. Doch sofort muss ich ihn wieder betrachten. In seiner ganzen Schönheit. Seiner Unwirklichkeit. Denn das ist er seit Neuestem für mich. Seit ich weiß, dass meine Gefühle okay sind. Und nicht nur das, sie sind sogar richtig.

Er nimmt einen Schluck aus seiner Wasserflasche und blickt dann ebenfalls erneut zu mir. Auf seinen Lippen liegt ein sanftes, leichtes Lächeln, das mehr sagt als jegliche Worte dieser Welt. Es ist verheißungsvoller als alles, was ich mir in meinen kühnsten Träumen hätte ausmalen können. Und jagt einen Schauder über meinen Rücken. Die feinen Härchen auf meinen Armen richten sich auf, so aufgeregt macht mich seine Anwesenheit. Trotz der Hitze in mir und um mich herum.

»Junge, Junge«, sagt auf einmal eine Stimme vor der Bühne. Ein alter Mann in einem etwas zerknitterten Hemd reckt seinen Daumen in die Höhe.

Ich habe ihn zwar erst einmal vor ein paar Monaten gesehen, aber ich weiß, dass es sich um Hugo, Jaspers Großvater, handelt. Er strahlt, und ich freue mich für Jasper, dass jemand aus seiner Familie da ist. Auch wenn ich diesen Blick gerne noch einen Moment länger auf mir gewusst hätte.

»Kaum zu glauben, aber ihr werdet immer noch besser. Jedes Mal, wenn ich euch zuhöre, habe ich das Gefühl, ihr findet noch mehr zu euch selbst. Das, was ihr da habt, ist wirklich was ganz Besonderes.«

»Danke«, sagt Jasper. Er lässt sich von der Bühne gleiten und stellt sich neben seinen Großvater. »Freut mich, dass es dir gefallen hat.«

Die Bar leert sich innerhalb der nächsten Minuten schnell. Die meisten der Gäste machen sich auf den Weg ins Bett, die übrigen suchen sich einen Club, in dem es noch Musik zu hören gibt.

»Dein Solo am Ende? Potz Blitz! Das hat mich echt umgehauen«, sagt Hugo gerade.

Ich lächle in mich hinein. Hugo hat es also auch gehört.

An der Bar steht inzwischen nur noch eine Handvoll Leute. Einer von ihnen ist Link, der gerade von Mikey ein Bier bekommt.

»Und weißt du, wen es noch umgehauen hat?«, fragt Hugo nun, während Link zurückkehrt und jedem von uns ein Bündel Scheine aushändigt. »Ah, Lincoln, gut, dass du da bist. Denn ich glaube, ihr kennt euch schon.« Hugo blickt sich kurz suchend um, und in diesem Moment sehe ich ihn. Al Avril, der Besitzer des *Palace of Sound*, lehnt ganz am Ende des Tresens. Als er Hugos hektisches Winken bemerkt, kommt er auf uns zu. Ich kann kaum glauben, dass er uns noch einmal zugehört hat, nachdem wir ihn vor über einem halben Jahr derart haben hängen lassen.

»Avril ist wieder hier?«, raunt Sal neben mir. »Was hat das zu bedeuten?«

Ich zucke mit den Schultern. Mein Herzschlag beschleunigt sich. Gibt er uns noch eine Chance? Haben wir ihn noch mal überzeugt? Ich wage es kaum, diese Gedanken zuzulassen. Und doch – warum sollte er hier sein und sich eine Band anhören, an der er kein Interesse hat?

»Lincoln, Jasper«, sagt er mit seiner heiseren Raucherstimme und streckt den beiden die Hand hin. Dann nickt er Curtis, Sal und mir zu. Wie automatisch bewegen wir uns an den Rand der Bühne, um auch ja mitzubekommen, was gesprochen wird. »Ihr seid so ungefähr die größten Pfeifen, die mir je untergekommen sind«, sagt er, und mein Herz sackt nach unten. »Wisst ihr, wer Al Avril das letzte Mal hat hängen lassen? Nein? Ich auch nicht, denn niemand kennt sie.« Er macht eine Pause, hustet leise, räuspert sich. Keiner von uns wagt es, auch nur laut zu atmen. »Hört zu, Kinder. Ich mache das nicht oft.« Er blickt von Link zu Jasper, dann hoch auf die Bühne zu Curtis, Sal und mir. »Und ich mache es nicht gerne.« Sein Gesichtsausdruck lässt keinen Zweifel an der Wahrheit seiner Worte zu. »Aber ihr seid gut genug, um eine Ausnahme zu verdienen.« Er hustet wieder. »Ich habe gerade nichts in Aussicht, aber sobald sich eine Möglichkeit auftut, würde ich euch gerne noch mal die Chance geben, im *Palace of Sound* zu spielen. Sofern« – er hebt den Zeigefinger – »ihr mir garantiert, dass ich mich auf euch verlassen kann.«

»Sir«, sagt Link und klingt beinahe ungläubig, »Sie können sich zu hundert Prozent auf uns verlassen.«

Al Avril schnaubt. »Sag nicht ›zu hundert Prozent‹, Junge, das ist unrealistisch und beleidigt meine Intelligenz.« Nun wendet er sich Jasper zu. »Und du bist der arme Tropf, der mit diesem Wahnsinnigen verwandt ist?« Er klopft ihm auf die Schulter. »Mein Beileid«, sagt er grinsend und präsentiert uns seine gelben Raucherzähne. »Pass gut auf ihn auf, das hat er nötig.«

»Deine Mutter hat das nötig«, entgegnet Hugo und flüstert dann so laut, dass wir alle es hören können: »Sagt man das so?«

Ich merke, wie sich ein beinahe hysterisches Lachen den Weg nach draußen bahnen will, halte mich allerdings gerade so im Zaum.

Al Avril zieht eine Zigarillo-Packung aus seiner Hosentasche und steckt sich einen in den Mund. »Hugo, hat mich gefreut, altes Haus.« Dann blickt er uns einen nach dem anderen an. »Man sieht sich, Kinder. In nicht allzu ferner Zukunft«, schiebt er noch hinterher. Dann geht er nach draußen.

Für einen Moment sagt keiner von uns ein Wort. Was ist hier gerade passiert? Curtis ist der Erste, der sich fängt. Er beginnt, laut zu lachen.

»Was zur Hölle, Leute! Ist das zu fassen? Wer kriegt denn bitte zweimal im Leben so eine Chance!«

Link hat sich die Hände in Ungläubigkeit vor den Mund geschlagen, und selbst Sal grinst breit übers ganze Gesicht.

»Warst du das, Hugo?«, fragt Link, als er die Sprache wiedergefunden hat. »Haben wir dir das zu verdanken?«

»Ich habe meinen Anteil daran, sicher«, sagt er, legt dann jedoch seine Hand auf Jaspers Rücken. »Aber, ehrlich gesagt, habt ihr es zu einem Großteil Jasper zu verdanken, ohne den ich Al vermutlich gar nicht angerufen hätte.« Er zuckt mit den Schultern. »Außerdem hätte ich ohne ihn nicht diese hervorragende Wette am Laufen.«

»Wette?«, fragt Link. Jasper stöhnt.

»Ich habe gewettet, dass Al es nicht bereuen wird. Und …«

Aber der Rest seiner Ausführungen geht im allgemeinen Tumult unter. Wir lachen und jubeln, und auf einmal hält mich nichts mehr auf der Bühne. Mit einem Satz lande ich in Jaspers Armen. Ich schlinge meine Arme um ihn, und es ist mir vollkommen egal, ob es jemand sieht, ob wir bereit sind, mit anderen zu teilen, was sich zwischen uns entwickelt. Ich muss ihn spüren und gleichzeitig ihn spüren lassen, wie glücklich ich bin. Er hält mich ganz fest.

»Danke«, flüstere ich in sein Ohr. Sein perfektes, wunderschönes Ohr. Ich fühle, wie sich seine Brust lachend hebt und senkt. Und dann sind es nicht mehr nur Jasper und ich, sondern wir alle in einer großen glücklichen Umarmung. Beinahe scheint es, als wäre dies zugleich die Zustimmung der anderen zu uns, obwohl sie davon natürlich nichts wissen. Und dann wissen sie es plötzlich doch, denn ehe ich michs versehe, liegt meine Stirn an Jaspers Stirn, meine Nase an seiner Wange, meine Lippen auf seinen Lippen. Sie sind heiß, schmecken leicht salzig. Sie sind alles, was ich immer wollte, und mehr. Sie sind Vollkommenheit, und genau das spüre ich in diesem Moment in jedem Herzschlag, jedem Atemzug, jeder Bewegung. Wir sind Vollkommenheit.

44

Jasper

~ Vor acht Jahren ~

Wir sind schon zu spät dran. Vor einer Viertelstunde hätten wir losgehen müssen, um pünktlich zu sein. Doch Weston hört nicht auf zu weinen. Er hat leicht erhöhte Temperatur. In diesem Zustand können wir ihn unmöglich mit zu Bonnie nehmen.

»Es hat keinen Sinn«, sage ich. »Ich bleibe zu Hause, du gehst allein auf unser Doppeldate.« Ich streiche ihr einmal über den Rücken.

»Das geht nicht«, erwidert Blythe und blickt mich etwas unglücklich an. »Ich kann ihn nicht allein lassen.« Sie wiegt ihn sanft in ihren Armen auf und ab, doch nichts beruhigt ihn.

»Wir kriegen das schon hin«, versichere ich ihr. »Du hast dich so auf diesen Abend gefreut.«

»Es kommt nicht infrage, dass ich mich den ganzen Abend lang amüsiere, während mein Sohn krank ist«, sagt sie mit Nachdruck in der Stimme.

»Okay, dann sagen wir ab.« Ich greife nach meinem Handy, um Bonnie anzurufen.

»Nein, das ist unhöflich. Das macht man nicht, so kurzfristig.«

»Unser Kind ist krank, Blythe. Bonnie wird es uns nicht übel nehmen.«

»Aber du kannst hier ohnehin nichts ausrichten. Geh, mach dir einen schönen Abend. Wir legen uns gleich ins Bett und kuscheln. Das geht wunderbar zu zweit.«

»Ich weiß nicht …«

»Ohne Witz, Jasper, es wäre mir lieber, du würdest einfach gehen. Dann kann ich mich ganz auf Weston konzentrieren, und Bonnie ist nicht enttäuscht.«

»Aber …«, setze ich an.

»Diese Diskussion gerade ist das Anstrengendste an der ganzen Sache, glaub mir.«

Ich verstehe, dass Blythe einfach eine gute Mom sein will. Sie ist so jung, gerade achtzehn, und hat Sorge, Dinge falsch zu machen. Aber genau deswegen sind wir zu zweit. Weil zwei Menschen zusammen stärker sind als einer allein. Andererseits ist unser Apartment winzig. So winzig, dass ich ihren Wunsch nach Ruhe nachvollziehen kann.

Ich sehe sie an, forsche, ob sie es ernst meint. Weston hat sich gerade etwas beruhigt. Eins muss ich ihr lassen, ihre Körperwärme ist tatsächlich das Einzige, was ihm in dieser Situation zu helfen scheint.

Sie nickt in Richtung Tür, formt mit den Lippen ein lautloses »Geh schon!«, gefolgt von einem Lächeln.

Ich drücke ihr einen Kuss auf den Scheitel. Dann streiche ich Weston über seinen weichen Kopf. »Okay«, sage ich leise, um ihn nicht wieder aufzuregen. »Aber sobald was ist, rufst du mich an. Ich kann in zwanzig Minuten zurück sein. Wenn ich renne.«

Sie lacht leise. »Bitte renne nicht«, sagt sie. »Und wenn doch, dann dusch dich, bevor du nachher ins Bett kommst.«

Ich weiß jetzt schon, dass ich mich nachher auf die Couch legen werde. Blythe und Weston kriegen heute Nacht das Bett. Aber ich sage nichts, denn das hätte mit Sicherheit eine neue Diskussion zur Folge.

»Gute Nacht, ihr zwei«, sage ich leise. Dann mache ich mich auf den Weg zu unserem anderthalbfachen Date.

»Der Arme, hoffentlich geht's ihm morgen wieder gut«, sagt Bonnie, als ich ihr erzähle, warum ich Blythe nicht mitgebracht habe. »Ich schätze, dann sind es nur wir beide heute Abend.«

»Was ist mit Joe?«, frage ich.

»Ach«, sagt Bonnie und macht eine wegwerfende Handbewegung. »Möchtest du was trinken?« Sie ist bereits auf dem Weg in die Küche, und ich mache es mir auf dem Sofa im Wohnzimmer bequem. Sie hat das ganze Wochenende sturmfrei, weswegen sie uns zu diesem Filmabend eingeladen hatte. »Soda?«, ruft sie aus der Küche.

»Ja bitte.«

Sie wirft mir eine kalte Dose zu. Perfekt synchron öffnen wir unsere Getränke mit diesem erfrischenden Zischen. Bonnie lässt sich neben mich fallen.

»Wo sind eigentlich Annabella und Lula?«, frage ich.

»Lula ist bei unserem Dad. So eine Art Experiment.« Bonnie rollt mit den Augen. »Und Mom ist übers Wochenende mit ihrer Kirchengruppe unterwegs. Irgendeine Gemeindefahrt. Also, was willst du nach *Millionaire Matchmaker* anschauen?« Sie zeigt auf eine DVD-Auswahl auf dem Couchtisch vor uns, während Patti im Hintergrund versucht, einen schmierigen Millionär an die Frau zu bringen. Doch ich ignoriere sie.

»Und was genau ist mit Joe?«, frage ich stattdessen.

Wieder verdreht sie die Augen. »Er ist ein Idiot.«

Ich hebe fragend die Augenbrauen. »Ich fand ihn eigentlich immer ganz nett«, sage ich und lache leise.

»Heute nicht.«

»Und warum heute nicht?«

Bonnie nimmt einen Schluck von ihrem Soda. Es ist offensichtlich, dass sie nicht darüber sprechen will. Aber es macht mir viel zu viel Spaß, sie zu ärgern. »Wir haben uns gestritten. Zufrieden?«

Das macht mich ganz und gar nicht zufrieden. Ich will, dass es Bonnie gut geht. Dass sie glücklich ist. »Worüber?«, frage ich.

»Über Dinge.« Sie beugt sich vor und greift nach einer DVD. *»Requiem for a Dream?«*

»Viel zu deprimierend! Was für Dinge?«

Sie stöhnt genervt auf. »Müssen wir darüber reden?«, fragt sie.

»Mir wurde ein Doppeldate versprochen«, sage ich gespielt beleidigt.

»Weil du deinen Teil des Doppels ja so bravourös eingehalten hast.« Bonnie lacht. *»Der Pate?«*

»Zu lang. Wenigstens hast du einen Grund für Blythes Abwesenheit bekommen.«

Bonnie setzt sich in den Schneidersitz, was dazu führt, dass sie noch kindlicher aussieht als ohnehin schon. Obwohl sie fast sechzehn ist und innerlich deutlich reifer wirkt. »Er hat mich unter Druck gesetzt«, sagt sie.

»Wie bitte?« Das überrascht mich wirklich.

»Ich bin noch nicht bereit, und er drängt mich.«

Ich bin entsetzt. Ich hätte es Joe nie zugetraut, dass er … »Inwiefern? Ich meine, hat er körperlich …?«

»Was? Nein, was redest du denn?«, fragt Bonnie und schüttelt beinahe amüsiert den Kopf. *»Leon – der Profi?«*

»Können wir kurz mal beim Thema bleiben?«

»Er hat mich nicht körperlich unter Druck gesetzt. Wie soll das denn aussehen?«, fragt sie und runzelt verwundert die Stirn.

Jetzt bin ich vollends verwirrt. Bonnie ist nicht sonderlich groß. Joe ist ein Kerl. Er ist stark. »Na ja, wie das eben so aussieht, wenn ein Kerl versucht, sich das zu holen, was er will«, sage ich und werde ein bisschen rot.

»Was?« Bonnie prustet. »Du dachtest, es geht um Sex?« Sie fängt an zu lachen.

»Ich weiß zwar nicht, was daran so komisch ist, aber okay, lach ruhig«, sage ich, bin aber sehr erleichtert, dass es scheinbar um etwas anderes geht.

»Keine Sorge, das haben wir schon längst durch.«

»*Schon längst durch?* Das klingt ja überaus romantisch«, necke ich sie.

»Fang du nicht auch noch damit an.« Sie stöhnt.

Und langsam dämmert mir, was das Problem sein könnte. »Bist du Joe nicht romantisch genug?«, frage ich grinsend. »Ist es das? Setzt er dich ›romantisch‹ unter Druck?«

»Mach dich nicht lustig«, erwidert Bonnie. »Es ist eben nicht so leicht. Nur, weil du und Blythe …«

»Was ist mit mir und Blythe?«, frage ich.

»Bei euch ist alles immer perfekt. Ihr seid viel zu süß. Das vermittelt einem ein unrealistisches Bild von Liebe.«

»Perfekt?« Ich bin völlig perplex. »Du glaubst, bei uns ist alles perfekt? Ist es perfekt, wenn man seine siebzehnjährige Freundin schwängert? Von zu Hause rausfliegt? In einem winzigen Loch lebt, weil man sich nichts anderes leisten kann?« Beinahe muss ich laut lachen, so absurd finde ich Bonnies Aussage.

»Ja, okay, das alles vielleicht nicht. Aber ihr zusammen. Ihr seid perfekt *miteinander.* Eure Liebe ist perfekt.«

Einen Moment lang fällt mir nichts Schlagfertiges ein, was ich darauf erwidern könnte. Dann sage ich leise: »Und Joes und deine nicht?«

»Das ist es ja gerade.« Sie senkt den Blick. *»Leon – der Profi?«*

Ich schüttle den Kopf, da das Gespräch noch längst nicht vorbei ist. »Was ist es ja gerade?«

»Joe hat ... er hat gesagt, dass er mich liebt.«

»Und du hast es nicht zurückgesagt?«

»Du hast es erfasst.«

»Weil du es nicht sagen kannst?«

Sie zuckt mit den Schultern. »Vielleicht ...«

Ich nicke verständnisvoll, und weil ich sehe, dass es Bonnie wirklich nicht gut geht, lege ich beruhigend meine Hand auf ihr Knie. »Weißt du, es ist auch nicht leicht, es zu sagen. Man macht sich sehr verletzlich.«

»Ja ...«

»Aber man kann es üben. Es gibt schließlich verschiedene Ausprägungen von Liebe«, sage ich, da ich unbedingt will, dass sie aufhört, sich schlecht zu fühlen.

Wieder zuckt sie mit den Schultern.

»Schau, ich liebe Blythe auf die eine Weise. Weston auf eine andere. Aber die ist nicht weniger bedeutsam. Ich liebe Link. Ich liebe Curtis – wenn auch ein bisschen weniger.« Sie lacht. »Ich liebe dich ...«

Als sich unsere Blicke treffen, sehe ich in ihren dunklen Augen einen Schmerz, der noch viel tiefer ist als bisher. Diese Sache setzt ihr mehr zu, als sie zugeben möchte.

»Du liebst Blythe und Link und Curtis. Und deine Mom und Lula.«

»Lula etwas weniger«, sagt sie mit einem bedrückten Kichern.

»Ich wette, du könntest allen sagen, dass du sie liebst. Vermutlich könntest du mir sagen, dass du mich liebst. Hier und jetzt.«

Sie starrt mich entsetzt an.

»Probier's mal. Es ist ganz leicht, schau. Du bist eine großartige Freundin. Für Blythe und mich. Du bist eine tolle Bassistin. Du bist für die Band so verflucht wertvoll. Und dafür liebe ich dich, Bonnie.«

45

Bonnie

~ Vor acht Jahren ~

Er zuckt mit den Schultern, als wäre es das Einfachste auf der Welt. Als hätte er nicht gerade *meine* ganze Welt zum Einstürzen gebracht. Als könne er hier hereinspazieren und mir sagen, dass er mich liebt, ohne dass mein Herz entzweibricht. Was für ein Desaster.

»Na komm, versuch's mal«, sagt er, blickt mich mit seinen verflucht schönen Augen an. Zwischen seinen Brauen hat sich diese Falte gebildet, die immer dann auftaucht, wenn er sich Sorgen macht oder nachdenkt. Manchmal wäre ich gern diese Falte.

»Ich …«, stammle ich, denn mir fällt nicht ein, wie ich mich aus dieser Sache wieder hinauslavieren könnte. *»Leon – der Profi?«*, schlage ich zum gefühlt hundertsten Mal vor.

Warum konnten wir nicht einfach einen Film schauen? Warum musste Joe das dämliche Liebes-Thema ausgerechnet heute wieder aufwärmen? Warum kann er es nicht gut sein lassen? Warum war ich nicht in der Lage, vor Jasper eine Lüge zu erfinden? Warum ist Weston ausgerechnet heute krank?

»Dir fällt das ja wirklich schwer«, sagt Jasper und klingt beinahe verwundert.

Nein, es ist ganz leicht. Ich liebe dich, könnte ich natürlich sagen. Dann wäre das Thema schnell vorbei, wir würden endlich *Leon – der Profi* schauen, er würde seine Klappe halten und ich neben ihm vor Sehnsucht vergehen. Stattdessen druckse ich herum, winde mich, gebe ihm jeden Grund, weiterzubohren.

»Okay, sprich mir nach. Ganz ohne Bedeutung. Einfach nur, damit wir wissen, dass du physisch dazu in der Lage bist.« Ich höre ein leicht amüsiertes Glucksen aus seiner Stimme heraus. »Auf drei. Eins, zwei, drei, ich liebe dich.«

Jasper ist der Einzige, der spricht. Jetzt hat er es zum zweiten Mal gesagt. Zum zweiten Mal zu mir. Ohne dass es etwas bedeutet. Für ihn.

»Weißt du, was das Problem ist?«, fragt er jetzt. »Hat es was mit deinen Eltern zu tun? Weil sie nicht mehr zusammen sind?«

Fast will ich laut auflachen. *Nein, du Esel,* würde ich gern sagen. *Ich will nicht, dass unser erstes »Ich liebe dich« eine Lüge ist.* Obwohl kein Laut über meine Lippen kam, schlage ich mir die Hände vor den Mund. *Unser erstes »Ich liebe dich«.* So etwas darf ich nicht einmal denken.

»Hey«, sagt er sanft und zieht meine Hände von meinem Gesicht. Meine Wangen glühen. »Kein Grund, sich schlecht zu fühlen.«

Er legt seine Hand auf meine Schulter und drückt sanft zu. Ich muss mich zwingen, das Gefühl seiner Berührung nicht zu sehr zu genießen. Nicht der Wärme nachzuspüren, die sich von meiner Schulter in den Rest meines Körpers ausdehnt. Nicht seufzend einzuatmen, weil das Gefühl der Schmetterlinge in meinem Bauch langsam, aber sicher überhandnimmt. Es fühlt sich ekelhaft gut an. Ekelhaft richtig. Und gleichzeitig ekelhaft falsch.

Mein Blick fällt erneut sehnsüchtig auf die DVD von *Leon – der Profi.* Es hätte ein lustiger Abend werden sollen. Mit meiner besten Freundin und ihrem Freund, meiner großen Liebe. Und mit Joe. Der nicht meine große Liebe ist. Ich weiß, dass es unfair ist. Dass ich nicht ehrlich zu Joe bin. Und ich mag ihn. Mag ihn echt. Er hat das nicht verdient. Ich habe ihn nicht verdient. Aber manchmal denke ich, hoffe ich, dass es vielleicht einfach nur Zeit braucht. Dass ich ihn lieben könnte. Ich muss es nur lernen. Und ich bin wirklich, wirklich bereit, es zu lernen. Doch wenn dann Jasper neben mir auf diesem blöden Sofa sitzt, so wunderbar aussieht, wie er nun mal aussieht, so gut duftet, wie er nun mal duftet, und mich dazu bringen will, ihm zu sagen, dass ich ihn liebe, dann erscheint es mir ziemlich unmöglich, jemals jemand anderen lieben zu können.

»Glaubst du«, frage ich ein bisschen unsicher, weil die Situation wirklich extrem unangenehm ist, »dass es okay ist, jemandem zu sagen, dass man ihn liebt, auch wenn man es nicht so meint?«

»Okay, das ist eine andere Frage«, sagt Jasper. »Aber du dürfest es heute Abend zu mir sagen, auch ohne es zu meinen.« Er lacht.

Natürlich bezieht er es auf sich und denkt, ich würde einen Witz machen. Das ist alles dermaßen verkehrt! Ich soll bei Jasper üben, »Ich liebe dich« zu sagen, obwohl ich es doch absolut so meinen würde, während ich Joe anlügen müsste. Aber genau das will Jasper von mir. Dass ich ihm ein »Ich liebe dich« vorlüge, damit ich es dann bei Joe ernst meinen kann. Verquere Welt.

»Ich mache dir einen Vorschlag«, sagt er. »Du sagst es einmal laut, und dann schauen wir *Leon – der Profi* und sprechen nie wieder darüber. Wenn es beim nächsten Mal mit Joe klappt, kannst du kurz an mich denken und dich daran erinnern, dass ich dein Held bin.« Er grinst, weil er natürlich nicht ahnt, dass ich bei jedem »Ich liebe dich« an ihn denken muss.

Ich seufze. Er wird nicht lockerlassen. Es ist absolut pervers. »Okay«, sage ich leise. Meine Stimme zittert nervigerweise auch noch. »Jasper …« Ich schlucke. Einmal. Zweimal. Mein Atem geht viel zu schnell, und ich muss mich darauf konzentrieren, leise Luft zu holen, damit Jasper nichts merkt. Ich sehe ihn nicht an. Zwinge mich, auf das Cover der DVD zu schauen. »… Jasper …«

Ich räuspere mich. Warum ist es so schwer? Warum kann ich nicht einfach so tun, als wäre es eine Lüge? Eine Lüge als Fassade, mit der ich die Wahrheit verschleiere. So muss ich es machen.

»… Jasper …« Ich hebe den Blick, um zu zeigen, dass es mir nichts ausmacht. Dass es ganz einfach ist. Dass es eine Lüge ist. *Ich … liebe … dich,* würde ich sagen, wenn ich ehrlich wäre. Doch weil ein Schweigen verräterischer ist als die Wahrheit, die er für eine Lüge hält, sage ich: »Jasper, ich liebe dich«, die Augen fest auf seine gerichtet. Mein Gesicht regungslos, mein Atem so flach wie möglich. Mein Herz rast, und mir ist ein bisschen schlecht. Ich habe gerade dem Mann, den ich liebe, gesagt, dass ich ihn liebe.

»Na, siehst du«, sagt er. »So schwer ist es gar nicht, wenn man sich mal überwunden hat.« Er lächelt, und die Übelkeit wird stärker. Verdammt.

»Ich muss mal kurz auf die Toilette. Hände waschen«, sage ich und zwinge mich zu einem sorglosen Tonfall. »Legst du die DVD schon mal ein?«

Aus dem Augenwinkel sehe ich, wie er nickt, aber da bin ich bereits auf dem Weg nach oben. Unten haben wir zwar auch eine Toilette, aber Jasper stellt glücklicherweise nicht infrage, wo ich meine Hände waschen will. Doch statt ins Bad abzubiegen, gehe ich in mein Zimmer. Auf meinem Schreibtisch finde ich einen abgerissenen Zettel, auf dem, abgesehen von ein paar hingekritzelten Blumen, nichts geschrieben steht.

Ich nehme mir einen Stift aus meinem Mäppchen und schreibe »Jasper, ich liebe dich« darauf. Dann falte ich den Zettel ganz klein und stecke ihn in ein Einweckglas. Ich versuche, alles, was gerade unten vorgefallen ist, angefangen bei unserer Umarmung zur Begrüßung bis hin zu meinem etwas hektischen Abgang, noch mal vor meinem inneren Auge in Zeitraffer abzuspielen. Danach stelle ich mir vor, wie all das aus meinem Kopf hinaus- und in das Glas hineinwandert. Als der Gedankenstrom schließlich vorbei ist, schraube ich das Glas fest zu. So fest, dass meine Fingerknöchel weiß hervortreten. Ich stehe auf und stelle es zu den anderen in mein Regal. Zwischen Lulas und meinen zehnten Geburtstag und den Besuch im Zoo mit unserem Dad.

Als ich wieder nach unten gehen will, sehe ich, dass der Computer in Lulas Zimmer an ist. Sie hat mal wieder vergessen, ihn herunterzufahren. Also kümmere ich mich darum. Doch bevor ich ihn ausschalte, gebe ich einen Begriff in die Suchmaschine ein. Verliebtheit. *Chemisches Feuerwerk,* lese ich. *Der Botenstoff Dopamin überschwemmt das Gehirn. Das Kuschelhormon Oxytocin wurde bei Verliebten erhöht nachgewiesen. Adrenalin lässt das Herz schneller schlagen.*

Ich atme einmal tief ein. Dopamin, Oxytocin, Adrenalin. Mehr ist es nicht. Es ist ein chemisches Ungleichgewicht. Und als solches werde ich es ab jetzt behandeln. Ich straffe meine Schultern, fahre den Computer herunter und gehe zurück nach unten.

Jasper wendet sich um, sobald er meine Schritte auf der Treppe vernimmt.

»Der Film ist bereit«, sagt er und wedelt mit der Fernbedienung.

»Perfekt«, sage ich mit neu gewonnener Souveränität. Ich lasse mich wieder neben ihn auf dem Sofa nieder, ziehe meine Knie an die Brust und kralle mir eine Handvoll Popcorn. Alles ist normal. Nichts ist passiert. Hier bin ich mit Jasper. Dem Freund meiner besten Freundin. Dem Pianisten aus meiner Band. Einem guten Freund. Der dummerweise meine Hormone durcheinanderbringt.

46

Jasper

~ Heute ~

Am Freitag habe ich das Gefühl, als wäre jeder meiner Schüler über Nacht zu einem Konzertpianisten geworden. Auf einmal scheinen selbst die komplexesten Fingersätze machbar, ist der Klang der Tasten voller, die Kinder begeisterungsfähiger. Oder – und das ist wahrscheinlicher – ich bin es, der sich verändert hat und nun die Welt in einem anderen Licht sieht. Heller, strahlender, bunter, satter.

Die letzte Klavierstunde kann gar nicht schnell genug vorübergehen. Sie zieht sich einerseits wie der Kaugummi, den Lexie mit offenem Mund kaut, sodass der ganze Raum erfüllt ist von dem nervtötenden Juicy-Fruit-Geruch, andererseits ist sie im Nullkommanichts um.

»Tschüss, Jasper!«, sagt sie und schultert ihren Rucksack.

Ich winke ihr und räume dann meinen Kram zusammen. Die Noten, mein Notizbuch, das Metronom, das ich vor allem für Lexie von zu Hause mitbringe. Denn sie versucht regelmäßig, ihre Stücke so schnell zu Ende zu spielen, dass mir ihre Fehler nicht auffallen. Natürlich höre ich trotzdem jeden einzelnen. Vor allem diejenigen, die ihr unterlaufen, weil sie schon im Laufe des Vorspiels ihr Tempo verdoppelt.

Ich nehme mein leeres Wasserglas, schalte das Licht aus und schließe die Tür.

»Jasper!«, sagt eine Stimme hinter mir, als ich gerade in die Küche abbiege.

Ich drehe mich um und sehe Aurora, die in einem weiten, wallenden Batikkleid auf mich zukommt.

»Schön, dass wir uns mal wiedersehen. Alles klar bei dir?«

Alles klar ist die Untertreibung des Jahrhunderts, aber ich nicke. »Alles gut. Und bei dir?«

»Ja. Du, ich wollte dich etwas fragen. Ähm ...«

Ich hebe die Augenbrauen und lächle ihr ermutigend zu. Wobei das Lächeln ohnehin der einzige Gesichtsausdruck ist, zu dem ich heute fähig bin. Als wären meine Mundwinkel schwerelos.

»Hättest du ... hättest du mal Lust, mit mir etwas trinken zu gehen?« Sie sieht mich mit ihren freundlichen Augen an. »Also nach der Arbeit oder so? Nichts Großes?«

Ich fahre mir mit der Hand über den Nacken. Ist das nun eine Einladung zu einem Date? Ich bin schlecht darin, zwischen den Zeilen zu lesen. »Ähm«, mache jetzt auch ich. »Ich würde sehr gern mit dir etwas trinken gehen. Allerdings ...« Ich weiß nicht, wie ich es ausdrücken soll. Es ist noch zu neu. Und bislang ist es ja auch noch gar nichts Offizielles. Oder? Ich setze es auf meine imaginäre Liste. »Also ich weiß nicht, ob du mich gerade zu einem Date einlädst. Für den Fall, dass dies so ist, muss ich leider ablehnen, denn ich ... habe seit Kurzem eine Freundin.« Es fühlt sich komisch an, das laut auszusprechen. Gleichzeitig ist nichts dabei. Es ist absolut natürlich. »Wenn wir aber als Freunde ein Feierabendbier trinken wollen, dann liebend gern!«

Sie lächelt. Ein bisschen enttäuscht zunächst, doch dann hellen sich auch ihre Augen wieder auf. »Alles klar, Jasper. Dann sehr gerne als Freunde.«

Auf dem Weg zu Phoenix, wo wir Maya abholen, bin ich selbst neben meinem achtjährigen Sohn erstaunlich hibbelig. Ich gehe zu schnell, muss stehen bleiben, auf ihn warten. Er sieht mich erst fragend an. Beim nächsten Mal wissend. Beim dritten Mal beginnt er zu lachen.

»Du hast noch ein paar Stunden«, sagt er mit einem Blick auf seine Uhr. »Außerdem ist es nur Bonnie.«

Nur Bonnie. Ich weiß nicht, ob ich ihm da zustimmen kann. Für ihn ist es leicht. Er kann mit ihr über die *Runaways* reden. Ich kann an nichts anderes denken, als sie zu berühren. Und sobald das passiert, wandert all das Blut, das normalerweise meinen Kopf mit Sauerstoff versorgt, in meine Hose. Das macht die Unterhaltung schwieriger. Außerdem habe ich keine Ahnung, was ich anziehen soll. Ob ich Parfüm auftragen soll. Vielleicht das von Emmy, denn das hat beim letzten Mal hervorragend funktioniert.

»Da sind ja meine beiden Lieblingsmänner«, sagt Phoenix zehn Minuten später.

»Das habe ich gehört!«, ruft Jacob, Phoenix' Lebenspartner, von drinnen.

»Kommt rein, kommt rein. Trinkt noch einen Tee mit uns.«

Weston sieht mich grinsend an und blickt erneut auf seine Armbanduhr. »Du hast noch vier Stunden, Dad. Was meinst du?«

»Erinnere mich dran, dass ich dir keine Uhren mehr schenke«, sage ich und streiche ihm durch die kurzen Haare.

Drinnen begrüße ich meine Tochter, die mit einem Mädchen, das etwas jünger ist als sie, mit Lego spielt. Dann setze ich mich zu Jacob an den Tisch. Er legt das Psychologie-Magazin, in dem er eben noch gelesen hat, vor sich, setzt seine Lesebrille ab und massiert sich den Nasenrücken.

»Maya war heute richtig redselig«, sagt er.

Jacob ist Psychotherapeut und der unaufgeregteste Mensch, den ich kenne. Er war derjenige, der empfohlen hat, mit Mayas Sprachverweigerung locker umzugehen, ihr und uns keinen Druck zu machen. In Familien, die mit Traumabewältigung zu kämpfen haben, sagte er, sei so etwas nicht ungewöhnlich, nichts, was wir aufbauschen müssten. Die Leerstelle einer fehlenden Mutter könne sie nur dann füllen, wenn wir ihr mit doppelt so viel Geduld und Liebe begegnen würden. Von mir bekommt sie die hundertfache Menge an Liebe und Geduld, solange sie glücklich ist. Und wie es aussieht, funktioniert es. Denn in letzter Zeit hat sie echt deutlich mehr gesprochen. Freiwillig, ohne dass man sie dazu gedrängt hätte.

»Sie hat von ihrer Freundin Bonnie erzählt«, spricht Jacob weiter. »Und dass Bonnie heute Abend vorbeikommt.«

»Ja …«, sage ich, weil ich in diesem Moment etwas überwältigt bin.

»Das ist großartig, Jasper. Freundschaften zu schließen ist für sie ein großer Schritt.«

»Darling«, mischt sich nun Phoenix ein, die auf ihrer Hand ein Tablett mit drei Tassen balanciert, »Bonnie ist kein Kind in Mayas Alter.«

»Nicht?«, fragt Jacob. »Wer ist Bonnie?«

»Sie ist die Bassistin in meiner Band«, sage ich und grinse in mich hinein. Der Gedanke an Bonnie verursacht so etwas wie einen automatischen Zuckerschock in meinem Körper.

»Bonnie Bailey?«, fragt Jacob. »Das ist ja interessant.« Er fährt sich mit der Hand über seinen grau melierten rötlichen Bart.

»Dad und Bonnie gehen aus«, sagt Weston und blickt kurz von seinem Comic auf, mit dem er es sich auf dem Sofa bequem gemacht hat.

»Na, das sind mal Neuigkeiten!« Phoenix strahlt mich an. »Und das erklärt auch deine vollkommen veränderte Ausstrahlung.«

Ich sehe sie fragend an.

»Viel positiver, wärmer.« Sie streicht mir mit den Fingerknöcheln über die Wange. »Vielleicht solltest du dich noch rasieren«, schlägt sie vor.

Jacob räuspert sich und lehnt sich näher zu mir. Mit gesenkter Stimme sagt er: »Sieht Maya in Bonnie einen Mutterersatz?«

Darüber habe ich mir, ehrlich gesagt, noch keine Gedanken gemacht. Ihre Faszination für Bonnie fing schon an, bevor ich mich mit ihr verabredet habe. Ich habe nichts hineininterpretiert. Aber jetzt, da Jacob es sagt, frage ich mich, ob etwas dran sein könnte. Das verkompliziert die Sache etwas, und ich setze auch diesen Punkt auf die imaginäre Liste in meinem Kopf.

»Wofür genau brauchst du denn drei Stunden?«, fragt Weston, als wir endlich zu Hause ankommen.

Um meinen Atem zu beruhigen. Um mich mental auf mein erstes Date seit Jahren vorzubereiten. Um etwas zum Anziehen zu finden, das gut genug aussieht und dennoch nicht zu steif. Um einen Umgang mit meiner Nervosität zu finden, die vermutlich unbegründet ist. Aber Nervosität ist nichts Rationales. Nichts, was man auf Knopfdruck abstellen könnte.

»Da seid ihr ja!« Link kommt in den Flur. »Ich habe mir schon mal die Freiheit genommen, es draußen ein bisschen hübscher zu machen.« Er zwinkert mir zu. »Und es ist mir gelungen, auch die letzten Reste eurer Schokoladenorgie von den Gartenmöbeln zu wischen.«

Ich hatte die Möbel schon notdürftig mit dem Gartenschlauch abgespritzt – nicht, ohne vorher ein Foto von unserem Kunstwerk zu schießen –, aber komplett sauber waren sie noch nicht.

»Danke, Link«, sage ich und klopfe ihm auf die Schulter. Es fühlt sich steif an. Ich fühle mich steif an. Das muss besser werden!

Die Kinder ziehen sich in ihr Zimmer zurück, und ich beginne, die wenigen Klamotten, die ich habe, auf meinem Bett auszubreiten.

»Brauchst du Hilfe?«, fragt Link, der mit verschränkten Armen amüsiert in der Tür lehnt.

»Ich weiß nicht. Ich glaube schon …«

Link grinst breit und lässt sich auf mein Bett fallen. »Was ist die Botschaft, die dein Outfit übermitteln soll? *Ich will dich?* Dann würde ich mich für den kurzen Rock und das bauchfreie Glitzertop entscheiden. *Ich bin classy, aber nicht abgeneigt, es schon beim ersten Date zu tun?* Dann tut es das kurze schwarze. Die Haare würde ich hochstecken.«

»Sehr witzig«, sage ich, muss aber trotzdem lachen. »Das hier ist nicht unbedingt meine Stärke.« Seufzend blicke ich auf die Hemden auf meinem Bett.

»Leger oder förmlich?«

»Was würdest du sagen?«, frage ich hilflos.

»Kommt ganz darauf an«, sagt Link.

»Okay, pass auf. Ich will ihr auf den ersten Blick zeigen, dass sie mir wichtig ist. Dass ich mir Mühe gegeben habe. Und dass ich mir Mühe geben *werde.* Für sie.«

»Das klingt gut«, sagt er und lächelt mir anerkennend zu. »Mach sie glücklich.«

Das habe ich vor, sobald wir die Liste in meinem Kopf durchgegangen sind. Sobald alle Karten auf dem Tisch liegen. Ich werde sie so glücklich machen, wie nur irgend möglich. Und ich werde nicht aufhören damit.

»Ist ein Anzug zu viel?«, frage ich unsicher, denn mein Blick ist soeben an dem dunkelblauen Stoff hängen geblieben.

»Wenn du dich darin wohlfühlst …«, erwidert Link. »Ein Anzug sagt auf jeden Fall, dass du dir Mühe gegeben hast.« Er lacht.

»Denkst du, sie findet das blöd?«

»Jasper, es ist Bonnie«, sagt er nun. »Du kennst Bonnie. Schon vergessen?«

»Ich nehme den Anzug«, sage ich, denn obwohl Link recht hat, ich Bonnie kenne und wir eigentlich locker miteinander sein können, will ich mich für sie schick machen. Sie soll wissen, wie ernst ich es meine. Auf den allerersten Blick.

Unter der Dusche wasche ich mir den Musikschulgeruch ab. Ich stehe unter dem lauwarmen Strahl – eine heiße Dusche ist bei den Temperaturen, die draußen herrschen, nicht zu empfehlen – und werde mir plötzlich meiner körperlichen Unzulänglichkeiten bewusst. Ich war nie besonders sportlich, bin nicht trainiert oder so etwas. Ich bin schlank, aber wenn ich in meinen Bauch pikse, stoße ich auf wenig Widerstand. Meine Arme sind nicht muskulös wie die von Curtis oder Sal. Es sind einfach Arme. Mit dunkler Behaarung.

Fast muss ich laut lachen über meine Gedanken. Ich bin ein erwachsener Mann, habe zwei kleine Kinder. Ich bin kein Superlover, kein Sexgott. Ich bin einfach nur ein normaler Typ, der es irgendwie geschafft hat, ein Date mit der bezaubernden Bonnie klarzumachen.

Ich steige aus der Dusche und betrachte mein Gesicht im Spiegel. Es ist einfach nur *mein* Gesicht. Nichts Spektakuläres. Nicht wie Links Gesicht, das jeder Frau auf dieser Welt ein Seufzen entringt. Die feine Sorgenfalte zwischen meinen dunklen Augenbrauen gehört inzwischen zum Gesamtbild dazu. Ich ziehe sie mit den Fingern glatt, doch im nächsten Moment ist sie wieder da.

Der elektrische Rasierer fühlt sich kühl in meiner Hand an, und sein surrendes Geräusch lenkt mich immerhin gerade von all meinen Makeln ab. Es wird gut werden, sage ich mir. Sie kennt mich. Sie weiß, was sie kriegt. Ich lasse den Rasierer über meine Wangen fahren, über mein Kinn, meine Oberlippe. Dann schalte ich ihn aus und betrachte mich erneut. Mein Blick fällt auf meine leicht behaarte Brust. Mögen Frauen das? Als ich mit Blythe zusammenkam, war meine Brust noch ganz nackt. Jetzt … Ich schalte den Rasierer wieder ein, will ihn gerade auf meine Brust setzen, doch da halte ich inne. Ich mache mich lächerlich. So sehe ich nun mal aus. Wenn Bonnie etwas anders haben will, muss sie es sagen. Auch dieser Punkt wandert sofort auf meine mentale Liste. So langsam wird sie etwas lang, und ich überlege, ob ich vielleicht eine tatsächliche Liste daraus machen sollte. Einfach nur, um sicherzugehen, dass ich nichts vergesse.

Ich bügle akribisch mein gutes weißes Hemd. Bügeln ist nicht unbedingt meine liebste Haushaltstätigkeit, aber heute hat es beinahe einen meditativen Charakter. Es ist schön, etwas mit den Händen zu tun und in ruhigen Bewegungen über den Stoff zu fahren. Vielleicht sollte ich noch ein bisschen Klavier spielen, um mich abzulenken, doch dafür habe ich vermutlich keine Zeit. Denn Weston erinnert mich daran, dass Bonnie in einer Stunde kommt.

»Sagt ihr Gute Nacht?«, fragt Maya leise. Sie isst mit Weston, Link und Hugo zu Abend. Dies ist eine Premiere. Nicht nur habe ich heute mein erstes Date seit einer gefühlten Ewigkeit, es ist auch das erste Mal, dass Hugo die Kinder ins Bett bringt. Wenn es gut geht, möchte er gerne regelmäßig babysitten.

»Sobald Hugo dir vorgelesen hat, sagen wir Gute Nacht«, verspreche ich und stelle die Blumen, die er mitgebracht hat, in Ermangelung einer Vase in einen großen Krug.

»Apropos!« Link springt auf. »Ich würde dir gern noch etwas vorschlagen.«

Er legt mir den Arm um die Schultern und bugsiert mich in die Küche.

»Ich weiß nicht, ob du das willst, aber ich habe den Wohnwagen hergerichtet. Das Bett ist frisch bezogen, und ich bin heute Nacht bei Franzi, damit ihr eure Ruhe habt.« Er grinst mich anzüglich an.

»Link!«, sage ich tadelnd. Aber gleichzeitig macht sich eine neue Form der Aufregung in mir breit.

»Was denn? Ihr habt es schließlich schon mal gemacht. Worauf also warten?« Er zuckt mit den Schultern. »Und so heiß, wie du aussiehst, wird sie dir sicher nicht widerstehen können.« Er wackelt mit den Augenbrauen.

»Das ist sehr nett von dir, aber ...«

»Hör zu, Jasper. Wir machen es so. Wenn ihr nicht wollt, gehst du einfach ins Bett. Aber falls euch die Lust überkommt« – hier wird sein Grinsen noch breiter –, »ist der Wohnwagen da.«

»Danke«, sage ich und meine es verdammt ernst. Denn in diesem Moment fällt mir erst auf, dass ein mögliches zweites Mal mit Bonnie vielleicht nicht unbedingt in Hörweite meiner Kinder passieren sollte.

Zwanzig Minuten, bevor es so weit ist, klopft es an der Tür. Es ist Amory, die sich nicht davon abhalten ließ, Essen für uns vorzubereiten. Sie packt diverse Tuppergefäße aus und sucht in meinen Küchenschränken nach passenden Serviertellern.

»Es sind alles kalte Speisen«, erklärt sie, während sie verschiedene Dips und Salate hübsch auf Tellern anrichtet. Du musst nichts weiter tun, als alles auf den Tisch zu stellen.« Dann umarmt sie mich. »Ich wünsch euch ganz viel Spaß.«

Noch zehn Minuten, und ich gehe in mein Schlafzimmer, um mir mein Jackett überzuziehen. Ich betrachte mich im Spiegel und bin nun doch einigermaßen zufrieden. Dann entscheide ich mich tatsächlich für Parfüm, jedoch für eine dezente Menge. Kurz spiele ich mit dem Gedanken, es auch in meiner Hose zu verwenden. Doch ich ermahne mich selbst, mich nicht lächerlich zu machen.

Dann gehe ich noch mal nach draußen und kontrolliere alles. Die Blumen, die Beleuchtung. Ich sehe auf den dichten grünen Rasen, der im Sonnenuntergang warm strahlt. Betrachte Hugos Büsche, sie seit heute ihre ersten Blüten geöffnet haben. Perfektes Timing. Aus dem Krug ziehe ich die schönste von Hugos Blumen heraus. Es ist vielleicht kitschig, aber Bonnie soll das ganze Paket bekommen. Ein perfektes erstes Date.

In diesem Moment klopft es an der Tür.

47

Bonnie

~ Heute ~

Meine Handflächen sind schweißnass. Immer wieder wische ich sie an meiner Jeans ab – mit mäßigem Erfolg. Schon den ganzen Tag sage ich mir: *Es ist nur Jasper. Es ist nur Jasper.* Und dann schreit mein Herz: *Es ist Jasper!,* sodass ich wieder eine Runde durchdrehe.

Wir sind Freunde. Freunde, aus denen mehr geworden ist. Aber immer noch Freunde. Also eigentlich gibt es keinen Grund, so vollkommen aufgelöst zu sein. Trotzdem war ich es seit dem Aufstehen heute Morgen und bin es noch, da ich nun vor seiner Tür stehe.

Mein dreifaches Klopfen hallt noch in meinen Ohren wider. Von drinnen vernehme ich Schritte. Lange Schritte. Jaspers Schritte, die ich blind erkenne. Ich atme einmal tief ein, straffe meine Schultern. Stelle auf einmal mein Jimi-Hendrix-T-Shirt infrage. Dann geht die Tür auf.

Vor mir steht Jasper. Mein Jasper. Und – ich traue meinen Augen kaum – er trägt einen Anzug. Einen Moment lang bin ich wie erstarrt, kann ihn einfach nur ansehen, während mein Herz Purzelbäume schlägt und mein Kopf von Glück umwabert wird.

»Ich bin *underdressed*«, ist das Erste, was ich sage. Ich blicke an mir herab, auf meine ausgelatschten Sneakers, meine weite Boyfriendjeans mit dem Riss im Knie, mein T-Shirt. Wenigstens habe ich meine Box Braids zu einem Knoten nach oben geschlungen. Was habe ich mir dabei gedacht? Vermutlich war es etwas wie *Es ist nur Jasper,* dicht gefolgt von *Wir schauen* Millionaire Matchmaker *und halten Händchen.* Es ist, als hätte mein dreizehnjähriges Ich ein Date mit ihm, nicht eine erwachsene Frau, die sehr wohl in der Lage ist, sich etwas Adäquates zu einem ersten Date – noch dazu mit ihrer großen Liebe – anzuziehen. Denn jetzt schreit alles in mir: *Es ist Jasper, du dumme Nuss!* Aber woher sollte ich auch wissen, dass er sich so in Schale wirft?

»Ich finde, du siehst perfekt aus«, sagt er und schenkt mir ein Lächeln, das bewirkt, dass ich in seinen Arm springen will.

»Na ja …« Ich zupfe ein bisschen unsicher an meinem T-Shirt. »*Du* siehst perfekt aus.« Und das tut er wirklich. Seine schlanke, groß gewachsene Gestalt wirkt in diesem Anzug ungeheuer elegant. So fein, so edel.

»Die hier ist für dich«, sagt er und zieht hinter seinem Rücken eine Rose hervor. Sie ist rosafarben am Rand, aber zur Mitte hin wird sie orange.

Mir hat noch nie jemand Blumen geschenkt. Joe hätte es bestimmt gemacht, aber bei ihm war ich so abweisend, stand so sehr über allem, was mit öffentlicher Zurschaustellung von Gefühlen zusammenhing, dass er sich solche Gesten schnell abgewöhnt hat. Nun bin ich fast bewegt.

»Danke«, sage ich und stecke meine Nase in die volle Blüte. Sie duftet nach Sommer.

»Willst du reinkommen?«, fragt er und lächelt leicht amüsiert.

Erst jetzt fällt mir auf, dass ich immer noch auf der Veranda stehe. Wieso ist das hier so steif? Warum fühle ich mich auf einmal so ungelenk in Bezug auf – eigentlich alles?

Ich trete über die Türschwelle und spüre plötzlich Jaspers Arm auf meiner Schulter. »Ich … ähm … bin etwas eingerostet«, sagt er und sucht meinen Blick. »Es ist lange her, dass ich …«

Dankbar sehe ich ihn an. »Mir geht's nicht anders«, erwidere ich. Dann merke ich, wie er mich mit einem sanften Druck in seinen Arm ziehen will. Und ich lasse es geschehen. Werfe mich beinahe in seine Umarmung. Ich umfasse seine Mitte, lege meinen Kopf an seine Brust und lausche seinem Herzschlag. *Bubumm. Bubumm.* Es ist der schönste Klang, den ich je vernommen habe. Langsam streicht er mit seinen großen Händen meinen Rücken auf und ab.

»Ich … ähm«, sagt er und klingt erneut, als hätte er keine Ahnung, was wir hier eigentlich tun, »dachte mir, wir könnten uns in den Garten setzen.«

Ich nicke. Ich war seit Ewigkeiten nicht mehr hinten. Jasper greift nach meiner Hand. Na, geht doch. Die dreizehnjährige Bonnie in mir kann ihr Glück kaum fassen. Er führt mich den Flur entlang an seinem Schlafzimmer vorbei in den hinteren Teil des Hauses. Die Tür zu Westons und Mayas Zimmer ist nur angelehnt. Ein sanfter Lichtschein fällt durch die Tür, und ich höre das leise Murmeln von Stimmen.

Doch wir biegen in die Küche ab. Ohne meine Hand loszulassen, öffnet Jasper die Hintertür und wartet, bis ich an ihm vorbei als Erste nach draußen getreten bin. Er folgt sofort, und während ich noch die Szenerie auf mich wirken lasse, spüre ich, wie er von hinten seine Arme um mich schlingt. Es fühlt sich ganz vertraut an. Ganz normal. Und gleichzeitig so frisch und wunderbar, dass ich jubeln könnte vor Glück. Sein Körper an meinem, seine Wärme, die sich mit meiner mischt. Sein Kinn auf meinem Kopf, der sanfte Druck seiner Arme. Sein Duft. Ich bin so umnebelt von seiner Anwesenheit, dass es mir schwerfällt, die Kontrolle über meine Triebe zu behalten. Ich weiß nicht, wohin mit diesem riesigen Glücksballon, der in meinem Innern anschwillt, immer größer wird.

Weil ich schlecht darin bin, meine Gefühle zu zeigen, entscheide ich mich für etwas Sicheres in diesem seligen Chaos. »Wann ist das hier passiert?«, frage ich und mache eine alles umfassende Geste. »Der Garten, das …« Ich zeige auf die Lampions, den schön gedeckten Tisch, die Blumen … Die Szenerie scheint einem Teenie-Film entsprungen zu sein. *Date 101.*

»Hugo und die Kinder haben die Bepflanzung übernommen. Das war ihr Projekt. Heute Morgen sind die ersten Blüten aufgegangen.« Ich höre das Lächeln in Jaspers Stimme, obwohl ich sein Gesicht nicht sehen kann. »Und der Rest … das waren Link und ich.«

Auf einmal spüre ich, wie er sein Gesicht neben meines schiebt. Seine frisch rasierte Wange kratzt ganz leicht auf meiner Haut. Dann presst er mir mit seinen warmen Lippen den sanftesten, liebevollsten Kuss, den ich je gespürt habe, auf die Schläfe.

»Willst du etwas trinken?«, fragt er.

Er wirkt so souverän. Er duftet souverän. Sieht souverän aus. Jede seiner Handlungen passt perfekt in den Moment. Während ich das Gefühl habe, einfach nur ein Spielball meiner überforderten Sinne zu sein.

»Ja bitte«, sage ich.

»Ich war mir nicht sicher, was du bei Dates so trinkst.« Er grinst, als er einen Weinkühler unter dem Tisch hervorzieht. »Von Phoenix geliehen«, schiebt er hinterher, als bräuchte er eine Entschuldigung, um einen Weinkühler zu besitzen.

»Ich bin nicht wählerisch«, erwidere ich, wünsche mir, wenn ich ehrlich bin, jedoch nichts mehr als ein kühles Bier. Eine kleine grüne Flasche, deren Etikett ich abknibbeln kann.

»Du darfst wählerisch sein«, sagt er und sieht mich ernst an. »Bitte, sei wählerisch.«

»Wein ist völlig in Ordnung.«

Doch Jasper zieht zwei Bierflaschen aus dem silbernen Eimer.

Das Grinsen in meinem Gesicht wird immer breiter. »Das ist perfekt«, sage ich.

»Wenn du lieber Wein trinkst ...«

»Nein, nein«, beeile ich mich zu sagen. »Ich wollte nur keine Umstände ...«

»Ich will deine Umstände«, sagt er und zieht mir einen der beiden Stühle zurück. Dann hängt er sein Sakko über die andere Stuhllehne und setzt sich mir gegenüber. »Ich will deine Umstände«, sagt er noch mal und greift über den Tisch nach meiner Hand.

Eine derart zuvorkommende Behandlung bin ich nicht gewöhnt. Ich mache nie Umstände. Ich greife meiner Mutter unter die Arme, trete Link in den Arsch, wenn er es braucht, halte Curtis' Hand. Ich nehme auf andere Rücksicht, gehe Milch kaufen, wenn keine mehr im Haus ist. Umstände sind mir wirklich fremd.

»Ich weiß nicht mal, wie das geht«, sage ich und merke, wie mir Hitze ins Gesicht schießt. »Umstände machen, meine ich.«

»Dann finden wir es zusammen raus.«

Er schraubt erst die eine, dann die andere Flasche mit einem Zischen auf und reicht mir eine.

»Auf dich, Bonnie«, sagt er, und wir stoßen an.

»Auf dich«, erwidere ich.

Ich merke, wie ich mich mit dem Bier in der Hand entspanne. Das hier sind Jasper und ich. Freunde. Freunde, die Gefühle füreinander haben.

»Ich ... ähm ...« Auf einmal scheint Jaspers Souveränität wieder zu schwinden. »Bevor wir anfangen ...«

»Anfangen?«, frage ich, denn eigentlich hatte ich das Gefühl, wir wären schon mittendrin.

»Bevor wir zu zweit anfangen, meine ich«, sagt er und räuspert sich.

In meinem Innern macht sich ein nervöses Kribbeln breit. *Zu zweit anfangen,* sagt er. Wir beide.

»Ich, also ... es gibt ein paar Dinge, die ich vorher mit dir klären möchte. Das hört sich jetzt sehr unromantisch an, aber ich will nichts, was du nicht willst. Ich will *dich,* aber nicht um jeden Preis, weißt du?«

Das klingt auf einmal gar nicht mehr gut. Ich runzle die Stirn. Meine Kehle wird enger, und ich nehme schnell einen Schluck Bier.

»Okay, das war unglücklich formuliert. Ich will dich um jeden Preis, aber wenn der Preis eine zu große Belastung für dich ist ...«

»Jasper«, sage ich sanft, atme einmal tief durch und warte darauf, dass sich mein Herzschlag wieder beruhigt. Ich merke, wie ich auf einmal diejenige bin, die souverän wirkt. »Was redest du da?«

»Pass auf, ich habe eine Liste.«

»Eine was?« Ich kann ein Lachen nicht unterdrücken.

»Mach dich nur lustig«, sagt er und zieht tatsächlich ein gefaltetes Blatt Papier aus der Tasche. »Zuerst war es eine Liste in meinem Kopf, aber es ist zu wichtig, um irgendwas zu vergessen. Also.« Wieder räuspert er sich. »Die Sache mit uns. Du und ich. Das darf kein Leichtsinn sein. Ich meine es ernst. Ich habe schon lange nichts mehr so ernst gemeint. Wenn wir zusammen sein wollen – und das will ich«, er fasst wieder nach meiner Hand und drückt sie, »dann ist das nichts für ein paar Wochen. Oder auch Monate. Für mich ist es das. Das oder gar nichts. Es steht zu viel auf dem Spiel. Nicht nur die Band. Mein ganzes Leben. Und nicht nur meins. Deswegen …« Er lässt meine Hand wieder los und reibt sich über den Nacken. Der tiefe Atem, den er ausstößt, klingt wie ein Seufzen. Ein besorgtes Seufzen. »Gerade denke ich, dass man das vor heute Abend hätte klären sollen.« Er lacht etwas verunsichert.

»Jasper«, sage ich kopfschüttelnd und auf die Gefahr hin, dass er danach wieder der Souveräne wird, »ich bin seit dreizehn Jahren in dich verliebt. Ich glaube nicht, dass das weggeht.«

Er lächelt mich dankbar an. Dann schluckt er. »Punkt eins auf der Liste: Ich bin hoch verschuldet.« Er sieht mich an, aber mein Gesicht regt sich nicht. »Sehr hoch. Das solltest du wissen. Eine gute Partie bin ich nicht.« Die Freude ist aus seinem Lächeln gewichen.

»Ich doch auch nicht«, sage ich.

»Ja, aber ich bin eine schlechte Partie, wenn man es so nennen will. Das Haus ist mit Hypotheken belastet, jeder Cent, den wir nicht zum Überleben brauchen, wandert an die Bank. Und damit zahle ich nicht einmal den Schuldenberg ab, sondern einfach nur Zinsen.« Seine Stimme wird ganz leise.

»Aber das weiß ich doch«, sage ich ruhig, obwohl ich mir auch schon Gedanken über das tatsächliche Ausmaß seiner Schulden gemacht habe. Doch es spielt keine Rolle. »Ich weiß das alles, Jasper.«

»Kann schon sein.« Jetzt hat er sich wieder im Griff. »Aber mit mir gibt es keine Urlaube, keinen Luxus, kein nichts. Mit mir gibt es hundertfünfunddreißigtausend Dollar Schulden und das hier.« Er zeigt auf den Garten, auf das Haus.

»Und das«, sage ich und zeige auf ihn. Denn er ist alles, was ich je wollte. Alles. »Ich habe noch nie Urlaub gemacht. Ich bin wirklich nicht sehr anspruchsvoll.«

»Ich wünschte, du wärst es«, sagt er. »Du hast es verdient.«

»Lass den Quatsch«, erwidere ich. »Deine Schulden schrecken mich nicht ab.« *Unsere* Schulden, denke ich im Stillen. Aber dafür ist es noch zu früh.

Wir nehmen beide einen Schluck von unserem Bier. Dann blickt Jasper wieder auf seine Liste.

»Punkt zwei: Ich bin Witwer«, sagt er.

»Ach?«, frage ich im Scherz, doch als ich sehe, dass sich zwischen seinen dunklen Augenbrauen die kleine Falte gebildet hat, werde ich wieder ernst.

»Blythe war meine erste große Liebe«, fährt er fort. »Sie wird immer Teil von mir und meinem Leben sein. Das heißt nicht, dass du nicht hundert Prozent von mir bekommst ... als Partner. Als ...« Er schluckt. »... Liebhaber?« Er formuliert es als Frage, und wir müssen beide leise lachen. »Klingt komisch, aber so ist es doch, oder?«

Ich nicke und beiße mir grinsend auf die Unterlippe.

»Also was ich damit sagen will: Die erste große Liebe hatte ich schon. Und sie hat mich ein bisschen zerstört. Ich bin bereit für einen Neuanfang. Bereit zu lieben. Bereit für dich ...«

Mein ganzer Körper vibriert. Ich kann kaum atmen, weil der Glücksballon in mir meine Lunge quetscht.

»Aber Blythe ...«

»Ich weiß«, unterbreche ich ihn. »Sie ist auch für immer Teil meines Lebens. Sie bleibt für immer. Ich würde es nicht anders wollen.«

»O Gott, Bonnie«, sagt Jasper, und das Geräusch, das darauf folgt, ist eine Mischung aus erleichtertem Lachen und Schluchzen. Es geht mir durch Mark und Bein, so erschüttert bin ich über seinen plötzlichen Gefühlsausbruch.

»Hey, hey, ist doch alles gut.« Ich bin unschlüssig, ob ich aufstehen, ihn in den Arm nehmen soll. Ob ihm wegen Blythe oder meinetwegen eine Träne über die Wange kullert. Das ist vermutlich genau das, was er meint. Aber wir werden uns schon eingrooven. Ich habe keinen Zweifel. »Blythe ist Teil von uns beiden. Next!« Ich lache aufmunternd, obwohl seine Liste mich ein bisschen nervös macht, und er fährt sich mit der Hand über die Wange und schluckt.

»Okay. Sorry. Das ist alles so … neu. Dass ich mich fühle, als wäre ich am Leben. Es ist etwas überwältigend.«

Also war es meinetwegen. Ich jauchze innerlich.

»Punkt drei.« Er setzt sich wieder aufrecht hin. »Ich habe zwei kleine Kinder.«

»Ist jetzt auch keine richtige Überraschung«, sage ich.

»Nein, das nicht. Aber du musst wissen, was auf dich zukommt. Ich verlange nichts von dir, außer Ehrlichkeit, wenn es um die beiden geht. Sie kommen an erster Stelle. Immer.«

»Ich weiß«, sage ich. »Das ist doch selbstverständlich.«

»Für mich, ja. Für dich …«

»… ist es auch selbstverständlich. Ich will dich, ich kriege deine Familie. Du machst mir keine Angst.« Und ich meine es genau so. Nichts von alledem macht mir Angst.

»Vielleicht macht dir Punkt vier Angst«, entgegnet er. »Ich habe heute mit Jacob geredet. Phoenix' Lebenspartner.«

»Ich kenne Jacob.«

»Er hat die Vermutung geäußert, dass Maya in letzter Zeit mehr spricht, weil sie … in dir eine Art Mutterersatz sieht.«

»Wow«, sage ich, denn das trifft mich tatsächlich unvorbereitet. Bin ich bereit, ein Mutterersatz zu sein? Sollte ich ein Mutterersatz sein? Hätte ich mir früher Gedanken machen sollen?

»Ich will, dass du weißt, ich erwarte nichts von dir. Du musst ihnen keine Mutter sein, aber …«

»… eine Freundin«, beende ich seinen Satz voller Selbstvertrauen. »Ich will ihre beste Freundin sein.« Genau, wie Blythe es geschrieben hat.

»Was?« Ich habe den Eindruck, als würde er gleich richtig in Tränen ausbrechen, aber dann hat er sich wieder unter Kontrolle.

»Sie haben eine Mutter. Hatten eine Mutter. Niemand kommt da jemals ran. Aber für sie da sein, das kann ich.«

»Bist du dir sicher? Sie sind nicht immer süß …«

»Ich bin mir sicher.« War mir selten sicherer.

Jasper sieht mich einen Moment lang an. Sieht mich einfach an, und was ich in seinem Blick lese, berührt mich so tief, dass ich meinen nächsten Atemzug langsam durch meine Lippen entweichen lasse. Der sehnsuchtsvolle Druck, der sich in mir aufbaut, findet kein anderes Ventil. Er ist so voller Liebe, voller Dankbarkeit, dass ich meine, nun selbst in Tränen ausbrechen zu müssen.

»Ich habe noch einen letzten Punkt«, sagt er leise. »Wenn du bereit bist.«

»Ich bin bereit.« Bin es seit dreizehn Jahren.

»Ich habe keine Ahnung mehr von irgendwas, das mit … Zwischenmenschlichem … zu tun hat. Und wenn ich ›Zwischenmenschliches‹ sage, meine ich … eine Beziehung zu einer Frau.« Er räuspert sich. »Ich weiß nicht, was dir gefällt. Weiß nicht mal, warum ich dir gefalle. Ich habe keine Ahnung, ob meine Unterwäsche sexy genug ist. Ob ich mir meine Brust rasieren sollte. Das ist alles völlig neu, und ich bin, ehrlich gesagt, ziemlich überfordert damit.« Er lacht leise, fast verschämt.

»Also«, beginne ich, »das weiß man vor einer neuen Beziehung ja nie. Also, was der andere mag. Ich habe auch keine Ahnung, was du gut findest.«

»Dich!«, sagt er wie aus der Pistole geschossen. »Ich finde dich gut. Ich mag alles an dir. Alles. Du bist perfekt.«

»In meinen Augen bist *du* perfekt«, sage ich. »Mir ist es vollkommen egal, was du für Unterwäsche trägst. Ob du deine Brust rasierst.« Ich lächle ihn an. »Halt, nein. Bitte rasier sie nicht.«

»Ist notiert«, erwidert er.

»Auf einer Liste?«, frage ich, und wir müssen beide laut lachen. Dann sage ich leise: »Und bei allem anderen müssen wir einfach mal sehen, oder? Ich glaube, das ist vielleicht kein Tischgespräch.«

Er schmunzelt. Dann blickt er auf seine Armbanduhr. »Bevor es gleich was zu essen gibt, muss ich kurz den Kindern Gute Nacht sagen. Hab's ihnen versprochen.«

»Kann ich mitkommen?«, frage ich, denn ich möchte keine Zeit verlieren. Ich will sofort Teil des Ganzen sein.

»Das wäre …« Wieder bricht Jaspers Stimme. »Verdammt noch mal!«, sagt er dann. »Das ist echt heftig. Du mit meinen Kindern. Ich weiß nicht, ob es was gibt, das mich blöder aussehen lässt.«

Diesmal bin ich diejenige, die seine Hand nimmt. Ich führe sie an meine Wange und lasse für einen Moment zu, dass ich vollkommen im Gefühl seiner Haut auf meiner Haut aufgehe. Ich spüre, dass ich nirgendwo anders sein will als hier mit ihm. Als in seiner Hand.

»Kurze Vorwarnung«, sagt Jasper, als wir uns erheben und gemeinsam nach drinnen gehen, »Hugo liest ihnen was vor.«

Aber Hugo weiß Bescheid. Alle wissen Bescheid. Nach meinem spontanen Gefühlsausbruch im *Cat's Cradle* hatte es keinen Sinn mehr, es weiter geheim halten zu wollen. *Uns* weiter geheim halten zu wollen.

Jasper klopft leise an die Tür und schiebt sie auf.

»Na, ihr Mäuse?«, fragt er mit einem Lächeln in der Stimme, und mein Herz springt völlig unkontrolliert in meiner Brust herum.

»Dad!« Weston stöhnt. »Du kannst Maya so nennen. Aber nicht mich.« Er liegt im oberen Bett. Auf den ersten Blick sehe ich, dass er in Volume 1 der *Runaways* liest. »Hi, Bonnie«, fügt er hinzu. »Ich bin schon fast bei der Hälfte.« Wie zum Beweis hebt er den Band hoch und zeigt mir, wie weit er bereits ist.

»Ich kann immer noch nicht glauben, dass du *Pride & Joy* noch nicht kanntest«, sage ich grinsend. Kurz erwarte ich, ich sollte mich ein wenig unwohl fühlen. Wie ein Fremdkörper in dieser intimen Szene. Doch nichts dergleichen geschieht. Es passt.

Im unteren Bett erblicke ich Maya und Hugo. Sie hat ihren Kopf in seinen Arm gekuschelt, und er liest ihr aus dem *Grüffelo* vor, so, wie ich es vor ein paar Wochen getan habe. Es fühlt sich an wie ein anderes Leben. Ein Leben, in dem so vieles noch nicht möglich war. Ein Leben aus Fassade und Filtern, ein Leben aus Verstecken und Scham.

»Gute Nacht, Großer«, sagt Jasper jetzt, tritt auf die unterste Sprosse der Leiter und beugt sich zu seinem Sohn. Er küsst ihn auf den Scheitel. Dann beugt er sich zu Maya. »Gute Nacht, Maus.«

»Gute Nacht«, sagt sie leise, und ich sehe, wie das Lächeln auf Jaspers Gesicht noch tiefer, noch breiter wird. Und dann geschieht etwas, das bewirkt, dass ich meine, vor Glück zu platzen. Maya richtet sich auf, streckt ihre Arme aus und sagt: »Gute Nacht, Bonnie.«

Hinter meinem Rücken vernehme ich nur ein ersticktes, ungläubiges »Wow«.

Hugo lacht.

»Gute Nacht, Maya«, sage ich, beuge mich zu ihr hinunter und drücke sie fest an mich.

»Und was ist mit mir?«, fragt Hugo, als ich mich wieder von ihr löse.

»Gute Nacht, Hugo«, sage ich und klopfe ihm auf die Schulter. »Sonst noch jemand?«

»Okay«, nuschelt Weston von oben.

»Gute Nacht, Weston«, sage ich und umarme auch ihn fest. Ich nehme wahr, wie Jasper aus dem Zimmer poltert, irgendetwas vor sich hin murmelnd, das klingt wie »zuvielfürmich«.

»Tut nichts, was ich nicht auch tun würde«, sagt Hugo glucksend aus dem unteren Bett und scheucht mich aus dem Zimmer.

Ich schließe leise die Tür hinter mir, und im nächsten Moment ist Jasper da. Vor mir, über mir, auf mir. Er zieht mich so eng an sich, dass ich fast keine Luft mehr bekomme, aber ich wäre ohnehin nicht in der Lage zu atmen, selbst wenn ich wollte. Selbst wenn ich es noch müsste. Aber mit Jasper brauche ich keine Luft zum Atmen. Ich brauche seine Lippen auf meinen, seine Hände auf meinem Körper. Seinen Duft um mich herum, sein tiefes Stöhnen, als seine Zunge sich ihren Weg in meinen Mund bahnt.

Ich bin noch nie auf diese Weise geküsst worden. So hungrig, so verlangend. So drängend, als wäre auf einmal ich die Luft, die eingesogen wird. Unsere Zähne stoßen aneinander, beißen in unsere Lippen, während unsere Zungen beinahe grob miteinander ringen. Jaspers Schnaufen, sein gieriger Atem paart sich mit dem leisen Schmatzen unserer Küsse. Mein gesamter Körper verliert seine Spannung, will einfach unter mir wegsacken. Meine Beine zittern, meine Arme, die ich um Jaspers Nacken geschlungen habe, beben. Ich lasse mich von ihm gegen die Wand drängen, es ist der einzige Halt, den wir noch haben.

Seine raue Oberlippe reibt über meine Haut, und ich wünschte, ich könnte einfach in ihm verschwinden. In Jasper aufgehen. Und dann fällt mir auf, dass ich das schon tue, mit jeder Faser meines Körpers. Auf einmal mischt sich zu dem leichten Geschmack nach frischem Bier und Jasper etwas Salziges. Im nächsten Moment löst er sich von mir.

»Scheiße«, sagt er lachend und wischt sich mit der Hand wieder über die Augen. »Ich hab mich gleich im Griff. Für den Rest des Abends. Ich weiß auch nicht, was das immer soll. Ich habe seit Ewigkeiten nicht geweint.«

»Ist okay«, sage ich, weil ich ein bisschen hilflos bin. Zu sehen, wie überwältigt Jasper von alldem hier ist, setzt mein Gehirn außer Kraft. Eigentlich bin ich diejenige, die vor Glück heulen sollte. Die sich nicht im Griff haben sollte.

»Es ist nur … Ich … Darf ich was extrem Kitschiges sagen, ohne dass du mich auslachst?«

Ich nicke.

»Ich wusste nicht, dass ich noch mal so glücklich sein würde. Das ist gerade wohl einfach ein bisschen viel.«

48

Jasper

~ Heute ~

Mein Herz kommt mir auf einmal ganz groß vor, ganz frei. Als wäre es in den letzten Jahren zusammengeschrumpelt, unter der Last der Trauer und der Einsamkeit verkümmert. Doch jetzt ist es zurück. Und es schlägt. Schnell und laut. Es wummert gegen meinen Brustkorb, während ich die Platten mit Amorys kulinarischen Wunderwerken aus der Küche hole.

»Hast du das gemacht?«, fragt Bonnie mit einem Blick auf all die verschiedenen Speisen, die nun auf zwei großen Tellern zwischen uns stehen.

»Das hätte ich vielleicht auch noch auf die Liste setzen sollen«, erwidere ich. »Ich bin kein sonderlich guter Koch. Ich kann die Basics, aber so etwas würde ich nicht hinkriegen. Als Amory davon Wind bekommen hat, dass ich Pizza bestellen wollte, ist sie eingeschritten und hat das hier« – ich zeige auf all die feinen Dinge zwischen uns – »gezaubert. Der Nachtisch war allerdings meine Idee. Es gibt Lucky Charms.«

Bonnie lacht. »Im Ernst? Daran erinnerst du dich noch?«

»Ich habe bei Lula nachgefragt«, gebe ich zu.

»Ich glaube, wir haben ganz schön gute Freunde«, sagt Bonnie, und ich kann ihr nur beipflichten.

»Hattest du Angst, sie würden gegen uns sein?«, frage ich, denn eine Sache liegt mir noch auf der Seele. Ich weiß allerdings nicht, wie ich mich daran annähern soll. Bin unsicher, ob ich Angst vor der Antwort habe, Angst vor einer Wahrheit, die wehtut.

»Hm …« Bonnie denkt einen Moment nach. »Ich glaube, eigentlich nicht.«

»Gar nicht?« Ich nehme mir etwas Kartoffelsalat, drei verschiedene Frischkäseaufstriche und Brot.

»Links Meinung zu diesem hier –« Sie zeigt von mir auf sich und wieder zurück. »– kannte ich schon. Und seine wäre wohl die einzige gewesen, vor der ich Angst hätte haben müssen.« Sie zuckt mit den Schultern und studiert die verschiedenen Speisen vor sich.

»Wie meinst du das?«, frage ich etwas irritiert.

»Na ja.« Sie schlägt die Augen nieder. »Er weiß schon länger von meinen … Gefühlen für dich.«

Ein Lächeln legt sich auf meine Lippen. Es ist ganz und gar bezaubernd, dass sie sich immer noch windet, über ihre Gefühle zu sprechen.

»Und vor der Reaktion der Band hattest du auch keine Angst?«

»Du meinst, sie hätten sich Sorgen machen können, ich würde so eine Yoko-Ono-Nummer abziehen? Ich glaube, dafür kennen sie mich zu gut.« Sie grinst und nimmt sich von dem gebratenen Gemüse und den Fleischbällchen.

»Kann ich dich dann etwas fragen?«, will ich wissen und schiebe mir eine Gabel Kartoffelsalat in den Mund. Wie alles andere, das ich bereits probiert habe, schmeckt auch er himmlisch.

»Wir sind über den Punkt hinweg, an dem wir Geheimnisse voreinander haben, oder?«, fragt sie, und ich danke Hugo im Stillen für seine Idee.

»Also«, beginne ich. Denn überfallen will ich sie trotzdem nicht. »Du hast dich so dagegen gesträubt. Gegen uns. Obwohl du diese Gefühle für mich hattest.« Warum klinge ich auf einmal gequält?

Unsere Blicke treffen sich. Ihre Lippen sind leicht geöffnet, dann zucken die Mundwinkel kaum merklich nach oben.

»Kann ich's dir zeigen?«, fragt sie, und ich nicke.

Sie erhebt sich, läuft ins Haus hinein. Ich sehe ihr etwas verdutzt hinterher, nehme einen Schluck von meinem Bier. Als sie wieder zurückkommt, hat sie eins ihrer Einweckgläser im Arm. Ein ziemlich großes.

»Das ist mein Blythe-Glas«, sagt sie. »Da sind ziemlich viele Erinnerungsstücke aus unserer Jugend drin. Mixtapes, Freundschaftsbändchen … All so Teenie-Kram. Und dann das hier.« Sie hat sich wieder mir gegenüber hingesetzt und zieht nun einen Brief aus dem Glas. »Blythe hat ihn mir geschrieben, bevor sie gestorben ist.« Ich sehe, dass Bonnie schluckt.

»Es ist okay«, sage ich. »Wir können darüber reden, dass Blythe tot ist. Das sollte kein Tabu sein. Es ist traurig, aber aus Traurigem können schöne Dinge entstehen.« Ich greife über den Tisch und verwebe unsere Finger miteinander. Ihre Hand passt perfekt in meine, und ihre Haut fühlt sich so schön an meiner an.

Dankbar lächelt sie. »Ich habe mich nie getraut, diesen Brief zu lesen«, fährt sie fort. »Das war vielleicht feige, aber ich war einfach noch nicht so weit. Diese ganze Geschichte mit dir und mir … Ich habe mich immer schuldig gefühlt.«

»O Bonnie«, entfährt es mir, weil mir der Gedanke daran tatsächliche Schmerzen verursacht.

»Ist schon gut«, sagt sie. »Das hat sich in mir festgesetzt. Seit ich ein Teenager war. So etwas wird man nicht so schnell los.«

Ich glaube, ich weiß, was sie meint, wage es jedoch nicht, etwas zu sagen, weil ich möchte, dass sie weiterspricht. Unsere Hände liegen nach wie vor ineinander verknotet auf dem Tisch.

»Vielleicht war ich auch einfach nicht bereit. Man interpretiert ja ziemlich viel in Dinge hinein, wenn man spinnt.« Sie lacht leise. »Aber nach unserem Geheimnis-gegen-Geheimnis-Spiel –« Sie blickt auf. »– habe ich es gewagt. Und, na ja … ich glaube, du musst es selbst lesen.«

Sie reicht mir den Brief. Ich erkenne Blythes hübsche Handschrift auf dem Umschlag und auf den linierten Blättern, die ich herausziehe.

»Bist du sicher?«, frage ich, denn ich spüre, wie sich ein Kloß in meinem Hals bildet.

»Ganz sicher.«

Also beginne ich zu lesen.

»Natürlich hat sie nichts gegessen«, sage ich nach den ersten Zeilen mit einem erstickten Lachen. »Obwohl sie es mir jeden Abend versprochen hat.«

Bonnie drückt meine Hand ganz fest. Aus den Worten spricht Blythes Schmerz. Die Verzweiflung, uns alle alleinzulassen. Ich kann förmlich spüren, wie schwer es für sie war, diesen Brief an ihre beste Freundin zu schreiben.

»Sie mochte dich also immer etwas lieber als mich?«, frage ich mit einem leichten Glucksen, von dem ich nicht weiß, woher es kommt. »Ich kann es ihr nicht verübeln.« Ich sehe Bonnie an, diese wunderbare Frau, die hier mit mir in meinem Garten sitzt und ihr letztes Geheimnis mit mir teilt.

»Sorry«, sagt Bonnie lächelnd. »Aber immerhin weiß ich schon mal, dass du beim Schlafen laut atmest. Das hattest du auf deiner Liste vergessen.«

»Die wird mir ewig nachhängen, oder?«, frage ich, doch Bonnie nickt mir auffordernd zu, damit ich weiterlese.

Ich bin tief bewegt von den Worten, die Blythe findet, um ihre Freundschaft zu Bonnie zu beschreiben. Sie war immer gut im Umgang mit Worten. Immer gut mit allem. War fast zu perfekt für diese Welt.

»Sie hat so was von recht«, entfährt es mir. »*Dich zu sehen hat jeden meiner Tage auf dieser komischen Welt schöner gemacht.* Auch jeden *meiner* Tage, Bonnie.«

Ich presse meine Lippen auf ihre Fingerkuppen, schließe einen Moment lang die Augen und gönne mir einen tiefen Atemzug. Mein Herz explodiert bald vor lauter Gefühl. Bonnie mit meinen Kindern, Bonnies Lippen zwischen meinen. Blythes Brief …

»Wer dich an seiner Seite hat, Bonnie, der muss vor nichts Angst haben«, lese ich. »Gott, Bonnie, wenn du wüsstest, wie recht sie damit hat.«

Bonnie wendet sich kurz ab, wischt sich mit dem Finger eine Träne aus dem Auge. »Kannst du leise lesen?«, fragt sie. »Du machst mich fertig.«

»Leise lesen, leise atmen, nichts darf man mehr in diesem Haushalt«, sage ich mit einem sanften Lächeln auf den Lippen und wende mich wieder dem Brief zu. Nach einem weiteren Abschnitt bleibt mir fast das Herz stehen. »Sie wusste es!«, entfährt es mir.

»Ja. Sie wusste es, und sie wollte es«, erwidert Bonnie leise. »Sie hat uns ihren Segen gegeben, Jasper.«

»Und deswegen …«

»Ja, deswegen«, flüstert sie.

Ich lasse den Brief sinken und erhebe mich. Ziehe Bonnie auf die Beine und halte sie im Arm. So fest ich nur kann. Ich will sie nie wieder loslassen. Will für immer hier mit ihr stehen. Ihren Körper an meinen Körper gepresst. Will ihren Atem, ihren Herzschlag hören.

Die Sonne ist inzwischen untergegangen, und das Licht

der Lampions tunkt die Terrasse in ein warmes, buntes, beinahe magisches Licht. Ganz langsam beginne ich Bonnie hin und her zu wiegen. Obwohl wir beide tief bewegt sind, weinen wir diesmal nicht. Wir *sind* einfach. Gemeinsam. Zu zweit.

»Ich hätte nie daran gezweifelt, dass sie ein *Uns* befürwortet«, sage ich in die Stille hinein. »Nie.«

»Ich hab etwas länger gebraucht«, erwidert sie.

»Aber du bist auch dahintergekommen. Und das ist alles, was zählt.«

Ich spüre, wie sie langsam nickt, wie sich ihre Brust an meiner hebt und senkt. Ich schließe die Augen und gestatte uns einen Moment der Erholung in all der emotionalen Überforderung. Dann fällt mir etwas ein.

»Ich wollte dir noch erzählen, was es mit der Kette auf sich hat«, sage ich. »Beim letzten Mal … hast du mich nicht wirklich gelassen.«

Bonnie vergräbt das Gesicht in ihren Händen. »Tut mir leid«, sagt sie und grinst entschuldigend.

»Die Kette ist das einzige Familienerbstück, das ich besitze.«

»Jasper!« Bonnie bleibt der Mund offen stehen. »Du musst nicht … du sollst nicht …« Sie macht Anstalten, die Kette von ihrem Hals zu lösen. »Das ist zu viel. Das hier ist gerade mal unser erstes Date!« Ihr Ton ist beinahe tadelnd.

»Das hier ist viel mehr als ein erstes Date«, sage ich. »Es ist der Startschuss. Ist ja nicht so, als müssten wir noch herausfinden, ob wir zusammenpassen.«

»Aber … willst du sie nicht lieber Maya schenken?«, fragt sie.

Der Gedanke ist mir auch schon gekommen. Doch ich bin mir sicher. »Weißt du«, sage ich leise, während ich beobachte, wie sie ihre Finger um den Anhänger legt, »vielleicht könntest du sie ihr eines Tages schenken. Wenn sie ihren Abschluss macht. Oder heiratet. Oder sich dazu entschließt, ein Leben als Aussteigerin in den Sümpfen zu führen.«

»Danke«, erwidert sie immer noch etwas ungläubig. »Danke, dass du sie mir anvertraut hast.«

Wir setzen uns wieder, essen ein paar Happen. Dann sage ich: »Und weißt du, was das Beste ist?«

Sie blickt fragend auf.

»Blythe hat sie geklaut.«

»Was?«

»Die Kette. Blythe hat sie meiner Mom geklaut.« Ich pruste los. »Sie hat es *Umverteilung* genannt. Ich hatte keine Ahnung, bis Con sie mir neulich gegeben hat.« Jetzt lache ich so heftig, dass ich mir den Bauch halten muss. »*Umverteilung!*«

Bonnie blickt mich etwas verdutzt an, als hätte ich den Verstand verloren. Doch dann stimmt sie in mein albernes Gelächter mit ein.

Als wir uns wieder einigermaßen beruhigt haben, nimmt Bonnie den Brief wieder an sich. Sie blättert durch die Seiten, dann beginnt sie zu lesen: »*Und wenn du eines Tages so glücklich bist, wie ich es war, dann zünde die alberne Rakete. Denn die schafft es sicher durch den Smog hindurch. Und dann kann ich mich endlich zufrieden zurücklehnen und Nektar und Ambrosia schlürfen, ohne mir Sorgen zu machen.* Ich glaube, ich wäre bald mal bereit für das hier.« Aus dem Einweckglas zieht sie eine abgebrochene Rakete.

»Ehrlich gesagt, verstehe ich gerade gar nichts«, sage ich.

»Die Rakete war von eurer Hochzeit übrig. Ich hab sie eingesteckt. Sie zu zünden ist Blythes und mein Code für *Ich bin glücklich.*«

»Ich bin auch glücklich«, sage ich. »Wenn du willst, hole ich ein Feuerzeug.«

Kurz denkt sie nach. »Oder wir warten, bis Weston und Maya dabei sein können?«, fragt sie, und nun bin ich mir sicher, dass mein Herz platzt.

Auf einmal sind wir viel zu weit voneinander entfernt. Und ich weiß, dass keine Umarmung, kein Kuss der Welt die Sehnsucht nach ihr stillen kann. »Ich hätte dich jetzt wirklich gern näher bei mir«, sage ich.

Bonnie kichert. »Wie nah?«, fragt sie.

»Ähm …« Ich räuspere mich peinlich berührt, denn das sollte kein billiger Versuch sein, sie ins Bett zu kriegen.

»Jasper?«, sagt sie vorsichtig. »Das hier ist nicht einfach ein erstes Date. Es ist ein Startschuss. Die ersten Male haben wir schon hinter uns.«

»Mal*e*?«, frage ich verdutzt.

»Na ja, wir hatten schon Sex …«

»… den wir bitte nicht zählen«, sage ich.

»Warum nicht?« Sie grinst.

»Das war nicht repräsentativ. Ich sage nicht, dass ich der grandioseste Liebhaber aller Zeiten bin, aber ich bin mir ziemlich sicher, dass ich eines Tages wieder in der Lage sein werde, länger als eine Minute durchzuhalten.«

»Wir werden sehen«, sagt sie frech.

»Das werden wir!«, ergänze ich mit Nachdruck.

Und auf einmal verändert sich etwas in ihrem Blick. Er wird ernster, feuriger. Ein verschmitztes Lächeln legt sich auf ihre Lippen. Sie zieht langsam die Augenbrauen nach oben, als würde sie mir eine Frage stellen. Meine Kehle wird ganz trocken, und ich nehme noch einen Schluck Bier.

»Ein Startschuss«, wiederholt sie erneut meine Worte. Ihre Stimme klingt belegt. »Nachdem wir schon mit dem tatsächlichen Feuerwerk warten … Ich meine …«

In mir breitet sich eine aufgeregte Hitze aus. »Du meinst …«

»Ich bin bereit, wenn du es bist«, sagt sie.

»Wenn es ein Feuerwerk werden soll, brauche ich wahrscheinlich mehr als einen Versuch.« Meine Stimme ist leise, meine Haut glüht.

In dieser Sekunde wissen wir beide, dass es passieren wird. Bonnie steht langsam von ihrem Stuhl auf, kommt um den Tisch herum und ist nun diejenige, die mich hochzieht. Denn von alleine können meine Beine wohl nicht mehr. Sie sind zu Pudding geworden.

Bonnie geht zur Hintertür, doch ich halte sie auf. »Warte«, sage ich. »Komm.« Sanft ziehe ich sie in den Garten und Richtung Wohnwagen. Die Blüten um uns herum duften nach dem nahenden Sommer.

Ich öffne die Tür, schalte das Licht ein, gewähre ihr den Vortritt. Als sie auf der obersten Stufe angekommen ist, blickt sie sich zu mir um. Sie ist so schön, wie sie dort im Schein des Wohnwagens steht. Es ist, als würde sie leuchten. Von innen heraus.

»Bist du nervös?«, fragt sie, weil ich immer noch keine Anstalten mache, ihr hinterherzukommen.

»Du machst dir keine Vorstellungen«, sage ich. »Es ist eher blanke Panik.« Ich lache leise.

Und dann tut sie etwas, das mich auf dem völlig falschen Fuß erwischt. Sie beginnt langsam, sich auszuziehen. Hebt den Saum ihres T-Shirts leicht hoch, immer höher. Ich schlucke, stoße die Luft aus. Sie lässt es wieder leicht nach unten sinken, und beinahe will ich protestieren, da schiebt sie das Shirt quälend langsam über ihren Kopf und lässt es mit einem provokanten Lächeln neben sich auf den Boden fallen. Sie trägt einen schlichten, schwarzen BH darunter, doch ich komme nicht dazu, ihn näher zu begutachten, denn nun macht sie sich an ihrem Gürtel zu schaffen. Sie löst die Schnalle, zieht ihn mit einer einzigen Bewegung aus den Laschen ihrer Jeans. Sofort rutscht sie etwas weiter nach unten, gibt den Blick frei auf den Saum ihres Slips.

»Bonnie«, raune ich und wünschte, ich könnte mich irgendwo festhalten.

»Jasper«, flüstert sie und öffnet den Knopf ihrer Jeans.

Ganz langsam lässt sie die Hose an ihren Beinen hinuntergleiten, steigt erst aus dem einen, dann aus dem zweiten Hosenbein. Die Erinnerung an unseren ersten Sex prasselt mit aller Macht auf mich ein. Längst habe ich eine Erektion in der Hose, die nur darauf wartet, endlich befreit zu werden. Ich habe solche Lust auf sie. Solche Lust auf Bonnie, dass ich Sterne sehe.

Sie grinst mich verführerisch an, doch meine Mimik ist eingefroren. Ich habe keine Ahnung mehr, was ich tue, wer ich bin oder wo ich bin. Ich stehe einfach nur da, sehe sie an, wie sie die Träger ihres BHs über die Schultern streift. Dann löst sie den Verschluss und befreit ihre Brüste. Sie sind spitz und köstlich, und ich kann es nicht erwarten, ihnen nah zu sein. Schließlich beginnt sie, mit dem Saum ihres Höschens zu spielen. Sie schiebt ihre Zeigefinger darunter, zieht es ein Stück nach unten, hält dann inne.

»Weiter«, sage ich lautlos, obwohl ich es gern schreien würde, so ungeduldig, wie ich bin.

In einer fließenden Bewegung entledigt sie sich ihres letzten Kleidungsstücks. Sie dreht sich einmal um die eigene Achse, sodass ich alles sehe. Alles. Und alles ist schön. Mir fällt das Atmen schwer, das Schlucken, das Blinzeln. All die Dinge, die mein Körper sonst von alleine kann, muss ich nun für ihn übernehmen. Muss mich richtig darauf konzentrieren.

Und auf einmal ist Bonnie weg. Einfach um die Ecke gegangen. Ich sehe sie nicht mehr und verstehe jetzt, warum mein Körper von mir ans Atmen und Schlucken erinnert werden muss. Denn er ist damit beschäftigt, in einem Satz in den Wohnwagen zu springen. Ich hatte keine Ahnung, dass ich so schnell sein kann. Vermutlich sehe ich nicht sonderlich elegant dabei aus, aber es ist egal. Jeder Makel, den ich mitbringe, ist in diesem Augenblick egal. Hier sind nur Bonnie und ich, und wir lieben uns. So sehr, dass mir die Luft wegbleibt. Tiefste freundschaftliche Liebe ist zu einer alles umfassenden romantischen, leidenschaftlichen Liebe geworden, ohne dass ich es wirklich gemerkt hätte. Auf einmal war sie da, und ich spüre, dass sie nicht wieder weggehen wird.

Bonnie liegt auf dem Bett. Sie hat sich auf ihre Ellenbogen gestützt und betrachtet mich. Ich zerre an meinem Hemd, bin unfähig, logisch zu denken.

»Erst die Knöpfe«, sagt Bonnie sanft, und ich bin ihr wirklich dankbar für den Hinweis.

Mit zitternden Fingern löse ich einen nach dem anderen, bis ich mir das Hemd über den Kopf ziehen kann.

»Jetzt die Hose«, sagt Bonnie grinsend. »Gürtel, Hosenladen, Hosenbeine.«

Ich tue, wie mir geheißen, jedoch nicht, ohne eins der Kondome aus meiner Hosentasche zu fischen. Sofort schießt mein steifer Penis in meinen karierten Boxershorts heraus.

»Deine Unterwäsche ist sexy genug«, sagt Bonnie etwas heiser. »Aber sie muss trotzdem weg.«

Ich warte keine Sekunde und streife mir die Boxershorts von den Beinen. Dann bin ich bei ihr. Über ihr. Meine Lippen finden ihre, meine Hände fahren über ihren warmen Körper. Sie umfasst mich, zieht mich auf sich. Sie dringt mit ihrer Zunge in meinen Mund, ist so voller Lust, dass mir schwindelig wird. Mit meiner einen Hand fahre ich ihren Bauch hinab zwischen ihre Beine. Bonnie streicht meinen Rücken hinab und an meinen Lenden wieder hinauf. Ihre Berührung macht mich verrückt. Meine Bewegungen sind etwas zu hektisch, aber ich kann mich nicht bremsen. Es kann nicht schnell genug sein, ich kann sie nicht nah genug bei mir haben. Meine Finger dringen in sie ein. Sie ist feucht und heiß, und ich habe Angst, dass ich vielleicht schon kommen könnte, ehe ich es noch in sie geschafft habe. Deswegen ziehe ich mich schnell zurück, positioniere mich über ihr. Wir unterbrechen unseren Kuss, sehen einander in die Augen.

»Bereit?«, frage ich.

Sie nickt. »Ich will dich in mir«, sagt sie. »Und wenn es nur für eine Minute ist.«

Ich reiße die Kondompackung, die ich noch in meiner Hand habe, auf, ziehe mir mit zitternden Fingern den Gummi über. Ich bin wirklich aus der Übung. Dann dringe ich in sie ein. Langsam, um jeden Millimeter zu spüren. Ich würde gerne ein »O Gott« oder etwas ähnlich Lästerliches stöhnen, denn das hier muss der Himmel sein. Der Himmel auf Erden.

Aus irgendeinem Grund nehmen wir unseren Kuss nicht wieder auf, sehen uns stattdessen an, während ich mich vor und zurück bewege. Ich merke nach kürzester Zeit, dass ich eigentlich bereit bin, zu kommen. Alles prickelt, kribbelt. Mein gesamtes Blut muss zwischen meinen Beinen sein. Mein Penis pulsiert, will mehr, will schneller, will explodieren.

Ich. Muss. Mich. Zusammenreißen.

Darf. Noch. Nicht.

Kann. Nicht.

Werde.

Fuck.

Muss.

Werde.

Stöhne.

Keuche.

Höre.

Bonnie.

Stoße.
Muss.
Darf.
Werde.
…
Komme.

Ich breche auf ihr zusammen. Spüre, wie sie mit ihren Händen über meinen nackten Rücken streicht. Wie sie leise kichert.

»Okay, das war der erste Versuch«, sage ich. »Vier Jahre sind eine lange Zeit.«

»Ich habe mich nicht beschwert«, sagt Bonnie. »Du kannst auch noch siebzehn Versuche haben. So lange nehme ich es als Kompliment. Danach müssen wir dann mal sehen.«

»Bonnie?«, frage ich, rolle mich von ihr hinunter und lege mich neben sie. »Du hast vorhin von ersten Mal*en* gesprochen. Plural.« Ich drehe mich zu ihr, stütze mich auf meinen Ellenbogen. Dann beginne ich mit der Hand träge Kreise auf ihren wunderschönen nackten Körper zu malen. »Das erste Mal Sex hatten wir schon. Was noch?«

Bonnie grinst etwas verlegen. »Das erste *Ich liebe dich.*«

Ich sehe sie fragend an, und sie beginnt zu lachen.

»Ich wette, du könntest allen sagen, dass du sie liebst. Vermutlich könntest du mir sagen, dass du mich liebst. Hier und jetzt«, sagt sie mit verstellter Stimme. Sie versucht zu klingen wie ich. Und nun weiß ich es.

»Ach, du Scheiße«, sage ich und vergrabe mein Gesicht in ihrer Schulter. »Was war ich für ein Arsch!«

Sie lacht immer noch. »Ach was. Du konntest ja nicht wissen, dass ich es genau so meinte.«

»Ich überlege mir was. Was Großes. Und dann sage ich es noch mal und meine es so wie du«, verspreche ich und küsse sie auf den Mundwinkel.

49

Bonnie

~ Heute ~

Jaspers Lippen auf meinen Lippen. Einfach so. Es ist kein Traum. Das hier, das alles, ist Wirklichkeit. Und ich bin mittendrin.

»Das sollte dich nicht unter Druck setzen«, sage ich sanft, während ich mit meinen Händen durch Jaspers Haare fahre.

»Tut es nicht.« Kurz schweigen wir, dann stützt er sich wieder auf seinen Ellenbogen und sieht mich ernst an. »Eine Sache, Bonnie, können wir festhalten. Meinetwegen auch auf einer Liste.« Er grinst. »Bonnie, du setzt mich nicht unter Druck. Mir macht nichts Angst. Das Furchteinflößende habe ich bereits überstanden. Jetzt, mit dir, ist das Mutigsein ein Klacks.«

Alles wird auf einmal leicht. Meine Gesichtszüge entspannen sich, meine Augen werden groß. Es kommt mir vor, als gäbe es keine Schwerkraft mehr, als würde uns nichts auf dem Boden halten. Als schwebten wir über allem. Nur Jasper und ich. Nach all den Jahren der unerfüllten Liebe, des Versteckspielens und der verschämten Sehnsucht wurde ein Gewicht von mir genommen, von dem ich nicht einmal bemerkt hatte, dass es auf mir lastete. Nun, da es weg ist, atme ich frei, bewege ich mich frei, bin ich frei. Frei in meiner Liebe zu Jasper, frei in meiner Freundschaft zu Blythe.

»Mit dir auch«, sage ich etwas erstickt, weil die Emotionen bereits wieder drohen, mich zu übermannen. »Mit dir ist das Mutigsein auch ein Klacks.«

»Du warst schon immer mutig«, erwidert Jasper lächelnd. »Du hast schon immer den Leuten die Stirn geboten. Und das schwerste Instrument geschleppt. Ernsthaft, wie machst du das?«

»Mein Rücken ist ziemlich stark«, sage ich und zucke mit den Schultern. »Jahrelange Übung.« Genauso wie die unsichtbare Last, denke ich. Darin hatte ich auch jahrelange Übung.

Mit den Fingern fahre ich an Jaspers Seite entlang, über seine Rippen, seine Hüfte. Ich bin vollkommen ausgehungert nach Berührung, und ihm geht es nicht anders. Seine Hände sind überall auf mir. Auf meiner Nacktheit. In einer normalen Welt würde ich mich wahrscheinlich unter die Decke verkriechen. Bislang war es mir immer unangenehm, so vollkommen entblößt zu sein. Mit den falschen Männern fühlte sich nichts richtig an.

Ich räuspere mich. Dann frage ich: »Gefalle *ich* dir denn?«

»Was?«, fragt er und lacht laut auf.

»Na ja, du hast mich gefragt, worauf ich stehe. Ob du deine Brust rasieren sollst. Da ist es nur fair, wenn ich …«

»Du spinnst«, unterbricht er mich. »Du bist absolut makellos. Du gefällst mir so sehr, dass ich nachts kaum schlafen kann.«

»Jetzt spinnst *du*«, sage ich, finde es aber unheimlich süß von ihm, so etwas zu sagen.

»Ich meine es ernst, Bonnie. Seit Oak Valley … seit ich weiß, wie es ist, dich bei mir zu haben, war es, als würde etwas fehlen.« Ich sehe, wie sich beim Schlucken sein Adamsapfel hebt und wieder senkt.

»Ach du!«, sage ich in einer seltsam quietschigen Stimmlage und schlinge meine Arme und Beine um seinen nackten Körper. Ich ziehe ihn so nah an mich, dass ich meine, wir müssten jeden Moment verschmelzen. Und vermutlich hält mein Herz das für das ultimative Ziel. Ich vergrabe mein Gesicht an seiner Halsbeuge, sauge seinen Duft nach herbem Parfüm, Schweiß und Sex ein und wünschte, ich könnte mich für immer darin verlieren. In diesem Geruch, dem Gefühl seiner Haut auf meiner Haut, dem Klang seines erleichterten Seufzens an meinem Ohr. Dem leichten Druck seines wieder erigierten Penis.

»Willst du deinen zweiten Versuch wagen?«, frage ich mit einem glücklichen Grinsen.

Statt einer Antwort setzt er sich mit einem Schwung auf, sodass ich auf seinem Schoß lande. Sein Blick ist leicht verschleiert. Sein Glied ragt hart und groß zwischen uns empor, und ich lasse meine Fingerspitzen an seiner Seite entlanggleiten. Jaspers Arme umfassen mich, seine Hände fahren über meine Schultern, meinen Rücken, meinen Hintern. Seine Lippen küssen sich meinen Hals hinab, die Schlüsselbeine entlang. Ich bin fast erstarrt vor Lust und Liebe. Bislang dachte ich, mit sehr viel Glück könnten Träume Wirklichkeit werden. Aber hier, heute Abend, wird die Wirklichkeit zum Traum.

Er küsst die Stelle zwischen meinen Brüsten, wandert dann weiter erst auf die eine Seite, dann auf die andere. Seine Zunge umkreist meine Brustwarzen, seine Zähne spielen mit ihnen. Er saugt leicht daran, und ich kann mir ein leises Aufstöhnen nicht verkneifen.

Meine Hände fahren nun fester an seinem Schaft entlang, er ist weich und gleichzeitig machtvoll. Ein klebriger Tropfen bildet sich auf der Eichel, und ich beginne ihn mit den Fingern zu verreiben. Jasper saugt scharf die Luft ein.

»Bitte, Bonnie«, sagt er atemlos, und ich fühle mich dadurch weiter angespornt. »Nein.« Verdutzt halte ich inne.

»Magst du das nicht?«, frage ich. »Zeig mir, wie du es magst.«

»Oh, glaub mir, ich mag es«, sagt er, »aber der zweite Versuch soll meine Ehre wiederherstellen. Und wenn du so weitermachst … wird das nichts.«

Ich kichere. »Dann brauchen wir eben noch einen dritten.«

»Und den kriegst du. Aber bitte vergiss nicht, dass ich nicht mehr einundzwanzig bin. Vielleicht dauert es einen Moment, bis es dazu kommen kann.«

Er küsst mich auf den Mund, fest und verlangend.

»Ich hole ein Kondom«, sage ich, denn meinetwegen müssen wir nicht kostbare Sekunden mit einem Vorspiel verbringen. Das können wir ab dem vierten Mal machen. Bis zum millionsten Mal.

Widerwillig lässt Jasper von meinem Körper ab. »In meiner Hosentasche«, murmelt er.

»Und in meiner«, sage ich triumphierend und ziehe eine knisternde Packung hervor.

»Du hast also damit gerechnet«, sagt Jasper und grinst.

»Darauf gehofft«, korrigiere ich, und so schnell, wie ich wieder bei ihm bin, so schnell liegen seine Hände wieder auf meinen Brüsten.

Er massiert, knetet, küsst, keucht, während ich die Kondompackung aufreiße. Kurz hält er inne, betrachtet meine Hände, die ihm den Gummi über seinen steifen Penis rollen. Ich schaue ihm in die Augen und sehe nichts als Verlangen, Ungeduld und Zärtlichkeit. Ich gebe ihm einen leichten Stoß, sodass er sich nach hinten fallen lässt. Dann positioniere ich mich über ihm und lasse mich langsam auf ihn sinken. Jasper schließt die Augen und saugt scharf die Luft ein, als ich ihn Zentimeter für Zentimeter in mir aufnehme.

»Sag mir, was du magst«, flüstert er.

Ich beginne mich langsam auf und ab zu bewegen. Einen

Moment lang weiß ich nicht, was ich auf seine Bitte sagen soll. Ich weiß, was ich mag, wenn ich mit mir allein bin. Doch dann lasse ich alle Hemmungen fallen. Denn das hier ist Jasper. Und ich bin ich. Und ich will, dass uns nichts trennt.

»Es gefällt mir, wenn du redest«, sage ich mit einem leicht unsicheren Lächeln auf den Lippen. »Und wenn du mich so ansiehst.«

»Wie?«, fragt er heiser und legt seine Hände auf meine Hüften.

Ich hebe und senke meinen Körper weiterhin, atme schwer. »So wie jetzt. Als gäbe es nichts Schöneres.«

»Das ist leicht«, keucht er. »Denn es gibt nichts Schöneres.«

Ich erhöhe ganz leicht das Tempo, nehme wahr, wie Jaspers Hände nach meinen Brüsten suchen.

»Ich mag es, wenn du mich etwas fester anfasst«, keuche ich. »Ich will deine Hände richtig spüren.«

Er verstärkt den Druck, und ich merke, wie ich innerlich zu zerspringen drohe. Meine Nerven sind gespannt, überreizt. Ich gleite auf und ab, auf und ab. Spüre ihn in mir, seine Hände auf mir.

Gierig richtet er sich etwas auf, küsst mich, vereint unsere Zungen miteinander. Unsere Augen sind weiterhin geöffnet, fixieren den anderen.

»Sag, was du spürst«, necke ich ihn.

»O Gott!« Er lässt sich zurückfallen, stößt in mich. »Ich … versuche es. Du … bist … o Gott …«

Ich liebe es, dass er nicht in der Lage ist, einen klaren Gedanken zu fassen. Genau da möchte ich hin. Ich will, dass er meinen Kopf benebelt. Dass mir schwindelig wird vor Lust.

Ich rutsche ein kleines Stück weiter runter, um den Winkel etwas zu verändern. Als ich spüre, dass Jasper es mir nachtun will, halte ich kurz inne.

»Stopp, bleib da. Das gefällt mir. Ich spüre dich so viel tiefer.« Es ist erstaunlich, wie leicht es mir fällt, all diese Dinge vor ihm auszusprechen.

Bei meinen Worten keucht er auf. »Das hier, Bonnie, das hier … ich … du … bist die Erfüllung.«

Wieder erhöhe ich das Tempo, spüre bei jedem Stoß, wie tief Jasper in mir ist, wie tief er mich berührt, körperlich und seelisch.

»Kannst du …«, keuche ich, »… kannst du deine Hand …«

»Alles!«, stöhnt er. »Alles für dich.«

»… hier.« Ich nehme seine rechte Hand, führe sie unkontrollierter als geplant an die Stelle zwischen meinen Schamlippen. »Spürst du diesen Punkt?«, frage ich und hoffe, dass er weiß, worüber ich spreche. Denn jetzt ist nicht der Moment für weitere Erklärungen.

»Ja, ich hab sie«, flüstert er atemlos, und ich merke sofort, dass er weiß, wie er meine Klitoris berühren muss.

Er lässt seine Finger drum herum kreisen, reibt sie, liebkost sie. Mit seinem Penis in mir, der genau die richtige Stelle in genau dem richtigen Rhythmus trifft, und seinen Fingern, die mich necken, dauert es nicht lange, bis ich mich innerlich zusammenziehe. Erst leicht, dann immer stärker.

»Ich spüre dich«, raunt Jasper. »Du …«

»Ja«, stöhne ich, während er noch einmal den Druck seiner Finger verstärkt.

Es ist genau das Richtige, das, was bewirkt, dass ich mich immer fester, in immer kürzeren Abständen um ihn krampfe. Mein Inneres glüht, meine Gedanken sind ausgeschaltet, mein Kopf steht still, während mein gesamter Körper in Flammen steht, zerrt und zuckt und kurz davor ist, zu explodieren. Mir wird schwindelig, ich beiße mir auf die Unterlippe.

Nach wie vor sind unsere Blicke fest aufeinander gerichtet. Wie es kommt, dass ich noch in der Lage bin, irgendetwas zu fixieren, weiß ich nicht. Ich weiß nichts mehr. Ich stöhne und keuche lauter und tiefer. Jasper tut es mir nach.

Ich reite ihn nun so schnell, dass meine Brüste auf und ab hüpfen und mit ihnen, zwischen ihnen, die Kette, die Jasper mir geschenkt hat. Und mit einem letzten, langen Aufbäumen komme ich. Mir entfährt ein leiser Schrei, der zu einem erleichterten Seufzen wird. Ich bewege mich noch einmal, zweimal, dreimal, viermal auf und ab, um den Orgasmus voll auszukosten. Bei jeder Bewegung stöhne ich, ziehe mich zusammen.

»Gott, bist du schön!«, keucht Jasper. »Gott … bist … du schön!« Und mit einem letzten tiefen Stoß kommt auch er, den Blick fest auf mich gerichtet, die linke Hand an meiner Brust, die rechte immer noch zwischen meinen Schamlippen.

Ich bin vollkommen ausgelaugt, lasse mich auf seinen Oberkörper fallen, liege einfach nur da. Mein Herzschlag vermischt sich mit seinem, wird zu seinem. Ich zittere, jedoch nicht vor Kälte, sondern vor Erschöpfung. Jasper umfasst mich mit seinen Armen. Atmet stoßweise in mein Ohr. Eine gefühlte Ewigkeit liegen wir einfach nur da. Ineinander verschlungen.

»Füreinen … zweitenVersuch«, sagt er irgendwann, nach wie vor atemlos, »… wardas … okayfindeich.«

Ich bin immer noch nicht in der Lage, etwas zu sagen, nicke nur kaum merklich an seinem Hals.

»Dasmitdem … Sprechendabei … lerneichnoch.«

Ich lache leise. Wieder atmen wir einfach eine Weile, spüren unsere Körper. Finden nach und nach zurück in die Wirklichkeit. Langsam fangen meine Finger an, über Jaspers Brust zu wandern, spielen mit seinen dunklen Locken. Er fährt mit seinen Lippen über meine Schläfe.

»Ich wette«, sagt er dann, »ich hätte noch länger durchhalten können, hätte ich dich nicht angesehen.«

Wir küssen uns. Sanft, ausgelaugt, müde. »Beim dritten Versuch«, schlage ich vor. »Da kannst du mir dann auch sagen, was du magst.«

»Alles, was du magst.«

»Jasper«, sage ich mit gespielter Strenge, »ich will deine Umstände.« Er lacht leise, doch ich meine es ernst. »Wirklich, sag mir, wenn ich etwas falsch mache. Oder anders machen soll. Oder mir sexy Unterwäsche anziehen soll.« Alles, was verhindern kann, dass ich aus diesem Traum aufwache.

»Solange du du bist, Bonnie, mag ich es.«

»Okay, aber …« Ich halte kurz inne, denke nach. »Ich könnte zum Beispiel mal ein Kleid tragen.«

»Solange du du bist …«, wiederholt er.

»Ich weiß im Moment gar nicht, wer ich bin«, gebe ich zu. »Ich war so viele Jahre damit beschäftigt, mich zu verstecken.«

»Wie meinst du das?«, fragt Jasper.

Ich schlucke. »Also … diese Jeans? Die weiten T-Shirts? Ich wollte verhindern, dass jemand … mich sieht. Meinen Körper.«

»Warum?« Jasper klingt alarmiert. Er will sich aufsetzen, doch ich drücke ihn mit meinem Körpergewicht zurück ins Bett.

»Ich schätze, ich habe mir eingeredet, meine … ähm … Weiblichkeit wäre verantwortlich für …«

»… den Kuss?«, fragt er flüsternd.

Ich nicke.

»Weißt du«, sagt er, und ich bin unendlich erleichtert, dass er weder lacht noch entsetzt ist, »diese Episode vergessen wir einfach. Ist nie passiert. Das heute ist ein Startschuss für ein neues Leben. Eins ohne diese blöden Schuldgefühle, ohne Verstecken.«

»Ohne Fassade und Filter.«

»Was immer das bedeutet«, sagt Jasper und zieht eine Decke über unsere nackten Körper.

Dass ich dir zeige, wer ich bin, würde ich sagen, wenn wir uns alles, aber auch wirklich alles anvertrauen könnten. Und weil wir das tatsächlich können, sage ich: »Dass ich dir zeige, wer ich bin.«

»Ich kann es kaum erwarten«, erwidert Jasper.

50

Jasper

~ Heute ~

Bonnie zupft am Saum ihres hellgelben Hemdkleides. Doch es bleibt so kurz, wie es ist.

»Ich hätte mir nichts von Lula leihen sollen«, stöhnt sie. »Dabei ist das hier das stoffintensivste Teil, das ich in ihrem Schrank gefunden habe.«

»Du siehst umwerfend aus. Hör auf, dir Sorgen zu machen«, sage ich und drücke ihre Hand.

»Warum mussten wir uns überhaupt schick machen?«, fragt Weston. Er ist mürrisch, weil ich darauf bestanden habe, dass er sich ein Hemd anzieht.

»Weil wir zum Essen eingeladen sind. Und da zieht man sich etwas Hübsches an. Haben jetzt alle genug gemault? Können wir klingeln?«

Ich blicke von Weston zu Maya, dann zu Bonnie. Sie nicken.

»Gut«, sage ich und drücke die Klingel neben dem schmiedeeisernen Tor.

Das Haus ist riesig und wird von einem noch größeren Garten umgeben. Nicht umsonst heißt diese Gegend Garden District. Es erinnert mich an die Südstaatenvilla, in der ich aufgewachsen bin. Das Haus ist hellgrau gestrichen und verziert mit weißen Ornamenten. Korinthische Säulen stützen den prächtigen Balkon im ersten Stock, und schwarze Fensterläden flankieren die deckenhohen Fenster. Wenn jemand nervös sein sollte, dann ich, denke ich. Denn dieser Ausflug kommt mir vor wie eine Reise in meine unglückliche Vergangenheit.

»Ich glaube, ich hätte nicht mitkommen sollen«, sagt Bonnie. Sie fühlt sich sichtlich unwohl.

Aber ich habe ihr lang und breit erklärt, warum ich sie dabeihaben will. Als Teil von mir, als Teil dieser Familie gehört sie jetzt einfach dazu. Und wenn wir bei meinem Großvater und seiner Ex-Schwiegertochter zum Barbecue eingeladen sind, gilt die Einladung automatisch für sie mit. Außerdem will ich sie an meiner Seite haben. Immer.

»Wir hätten zu Hause bleiben und lesen können«, schlägt Weston vor.

»Wes, du hältst die Klappe. Bonnie, du gehörst zu uns. Ende.«

»Ja, Bonnie, du gehörst zu uns«, sagt Maya, reckt ihre Arme in die Luft, damit Bonnie sie auf den Arm nimmt.

»Süße, du bist zu schwer, und es ist viel zu heiß. Lass Bonnie –«

Doch Bonnie kümmert es nicht. Sie hebt meine Tochter hoch und schlingt ihre Arme um sie. Vielleicht halten sie sich gegenseitig, überlege ich.

In diesem Moment wird die Tür geöffnet, und Hugo grinst uns entgegen. Er trägt ein erdiges T-Shirt und die für ihn typische kurze Hose.

»Wieso musste Hugo sich nicht schick machen?«, fragt Weston, wird aber glücklicherweise vom Summen des Toröffners übertönt.

»Kommt rein, kommt rein!«, sagt Hugo. »Hallo, junger Mann!« Er umarmt Weston. »Hallo, junge Dame. Und oh, hallo, junge Dame von Jasper!« Er zieht Bonnie in seinen Arm, und Maya quietscht, weil sie mitten in Hugos Umarmung geraten ist. »Hallo, Jasper!«

»Mir ist nicht entgangen, dass du mich nicht ›junger Mann‹ genannt hast«, sage ich und klopfe ihm auf die Schulter.

»Tja, mir ist nicht entgangen, dass du mich auch noch nie so genannt hast. Wie du mir, so ich dir«, sagt Hugo. »Und jetzt kommt rein, wir warten schon auf euch.«

Wir betreten das kühle Haus. An der Wand hängen goldgerahmte Bilder, rechts neben der Eingangstür führt eine Treppe nach oben. Flügeltüren gehen links und rechts in weitere Räume ab.

»Schuhe könnt ihr anlassen«, sagt Hugo, »aber das Leben ist barfuß schöner.« Er wackelt mit seinen Zehen, und Maya lacht. Sie klettert von Bonnies Arm und tut es ihrem Bruder und Bonnie nach, die ihre Schuhe bereits ausgezogen haben.

Hugo führt uns durch ein elegantes, helles Wohnzimmer mit geschmackvoller Sitzecke und antiken Möbeln. Von der Terrasse dringt ein Stimmengewirr zu uns, das sich nach deutlich mehr Menschen anhört, als ich erwartet hatte. Und tatsächlich, als wir nach draußen treten, erblicke ich nicht nur Franzi und eine junge hübsche Frau, bei der es sich um Faye handeln muss, sondern auch Link und meine Schwiegereltern.

»Überraschung«, sagt Hugo grinsend. »Wir dachten, wenn wir schon die Familie zusammentrommeln, sollten auch wirklich alle dabei sein.«

Für einen kurzen Moment bin ich zu überwältigt, um etwas zu sagen. Ich spüre, dass Bonnie meine Hand loslässt und etwas von mir wegrückt. Dann kommt Leben in die Menschen.

»Ich bin Faye. Schön, dass wir uns endlich kennenlernen. Ich habe schon so viel von dir gehört. Und ihr müsst Weston und Maya sein! Und du bist Bonnie! Ich freu mich, dass du da bist!«

»Hey, Mann!« Link klopft mir auf die Schulter, umarmt Bonnie. Franzi tut es ihm nach, nur dass sie mir ebenfalls um den Hals fällt.

»Mein Junge«, sagt Con, und Charlie rollt auf uns zu und breitet ihre Arme aus, unentschlossen, wen sie zuerst umarmen soll. Ihre Wahl trifft auf Maya, weil sie diejenige ist, die sich sofort auf sie wirft.

Ich blicke mich nach Bonnie um. Sie ist ein paar Schritte zurückgewichen und sieht auf einmal richtig unglücklich aus.

»Hey«, sage ich leise und strecke meinen Arm nach ihr aus, »was ist los?«

»Charlie und Con sind hier«, flüstert sie.

»Ja und?«, frage ich. Sie kennt die beiden. Sie mag die beiden.

»Wir … ähm …«

Und auf einmal verstehe ich.

Angriff ist die beste Verteidigung, deswegen packe ich kurz entschlossen Bonnies Hand und ziehe sie neben mich.

»Charlie, Con, wir haben Neuigkeiten«, sage ich. Ich spüre, wie Bonnie sich aus meinem Griff herauswinden will. Deswegen lasse ich locker, sodass sie ohne Probleme ihre Hand aus meiner befreien könnte. Doch bevor sie die Chance dazu hat, spreche ich weiter. »Bonnie und ich sind ein Paar. Seit genau einer Woche.« Ich strahle, denn diese Tatsache laut auszusprechen macht mich unendlich glücklich.

Ich höre Bonnie neben mir ausatmen. »Wir … ähm … wir wollten es euch eigentlich schonender … Ich …«, stammelt sie.

»Ach Kinder, ist das schön«, ruft Charlie in diesem Moment. Sie fasst nach Bonnies freier linker Hand und zieht sie in eine feste Umarmung.

»Tut mir leid, Charlie«, höre ich Bonnie noch nuscheln, aber diese will davon nichts wissen.

»Ach was!«, sagt Charlie. »Ihr beide, das ist doch wunderbar!«

Mein Blick sucht nach Con. Er hat mir den Rücken zugedreht, reibt sich mit der Hand über den Nacken. Seine Schultern sehen angespannt aus. Dann sacken sie ein Stück nach unten. Und auf einmal habe ich Angst. Blythe war sein Ein und Alles. Hätte ich behutsamer sein müssen? War das hier ein Fehler?

Doch als er sich umdreht, weiß ich, dass er klarkommen wird. Sein Lächeln hat noch nicht ganz seine Augen erreicht, aber das kann man wohl auch nicht auf Knopfdruck erwarten.

»Ich freu mich für euch«, sagt er etwas leiser als seine Frau. »Ich freu mich wirklich.«

»Danke«, erwidere ich und lege ihm den Arm um die Schultern. Leise, sodass nur er es hören kann, füge ich hinzu: »Es ist okay, wenn du ein bisschen Zeit brauchst.«

Sein Lächeln wandert nun höher, und feine Lachfältchen bilden sich um die Augen. »Wenn du glücklich bist, bin ich es für dich mit.« Und mehr gibt es zu dem Thema nicht mehr zu sagen.

Wir sitzen um den großen runden Holztisch herum, trinken Wein, essen Burger, die Con und Faye gemeinsam gegrillt haben, und unterhalten uns. Die Stimmung ist gelöst, nichts hält uns zurück.

Ich blicke von einem zum anderen. Bis vor einem halben Jahr bestand meine Familie noch aus meinen beiden Kindern und mir. Link, Charlie und Con waren zwar ein Teil davon, doch ich hatte oft das Gefühl, allein für alles verantwortlich zu sein. Die Sorgen, die Schulden, die Einsamkeit, all das drohte mich manchmal zu ersticken. Und nun sitze ich hier, habe einen Großvater, eine Stiefmutter, Schwiegereltern, die meine neue Freundin akzeptieren. Ich habe in Link einen Bruder und in Franzi so etwas wie eine Schwägerin in spe. Ich habe meine beiden Kinder, die das Allerwichtigste für mich sind, und ich habe eine Frau an meiner Seite. Es kommt mir vollkommen unwirklich vor. Nicht mehr jede Nacht allein einschlafen zu müssen, jemanden betrachten zu können, wenn ich aufwache. Meine intimsten Gedanken mit jemandem zu teilen.

Ich beuge mich zu Bonnie und küsse ihre Schulter, die von dem Hemdkleid nur halb bedeckt wird. Lausche dem fröhlichen Gelächter meiner Kinder, die durch den Garten jagen. So viel Platz sind sie nicht gewöhnt.

»Ihr könnt jederzeit kommen, um im Garten zu spielen«, sagt Faye, die offenbar meinem Blick gefolgt ist. »Ihr seid hier immer willkommen.«

»Danke«, erwidere ich. »Aber sie können auch weniger entzückend sein, glaub mir.«

»Das sagst du immer. Aber ich habe sie noch nie unentzückend erlebt«, mischt Bonnie sich ein.

»Ja, weil sie dich lieben«, sage ich. »Da zeigen sie sich immer von ihrer besten Seite.«

»Und dich lieben sie nicht?«, fragt Franzi grinsend.

»Ich bin derjenige, der ihnen sagt, dass sie nicht mit auf Klassenfahrt können«, sage ich. Eigentlich sollte es ein Scherz sein, eine unbequeme Wahrheit, die man als Witz tarnt. Aber sie kommt mir viel ernster über die Lippen.

»Warum können sie nicht mit auf Klassenfahrt?«, fragt Faye, und auf einmal ist es mir unendlich peinlich, dass ich meine Klappe nicht halten konnte.

»Dafür … reicht das Geld oft nicht«, sage ich und taste unter dem Tisch nach Bonnies Hand. Ich brauche sie.

»Verstehe«, sagt Faye. Sie scheint kurz nachzudenken. »Ich will mich nicht aufdrängen, aber ich bin schließlich so etwas wie eine Stiefgroßmutter. Und als solche würde ich ihnen gerne zum Geburtstag und zu Weihnachten kleine Geschenke machen, wenn ich darf. Das könnten vielleicht Klassenfahrten sein. Was meinst du?«

Ich finde es wunderschön, dass Faye einfach nur einen Vorschlag macht. Und noch nicht einmal einen unverschämten. Wenn man sich ihr Haus ansieht, liegt die Vermutung nahe, dass sie ziemlich reich ist. Sie könnte Weston und Maya wahrscheinlich mit teuren Geschenken überschütten. Aber sie weiß, dass es sich nicht gehört. Das finde ich bewundernswert.

»Das würde die beiden sicher freuen«, sage ich deswegen und lächle Faye dankbar an.

»Kann ich mal auf Kaffeefahrt gehen?«, fragt Hugo. »So zum Geburtstag oder zu Weihnachten?«

»Du weißt schon, dass auf Kaffeefahrten vor allem Leute deines Alters mitfahren, oder?«, fragt Faye.

Hugo sieht erschrocken aus. »Ziehe meinen Wunsch zurück.« Er grinst. »Das heißt aber nicht, dass ich das Recht, einen Wunsch zu haben, zurückziehe, damit wir uns richtig verstehen.«

»Oh, keine Sorge, Hugo, wir haben dich alle sehr wohl verstanden«, sagt Franzi schmunzelnd mit einem theatralischen Seufzen.

Die heißen Sommertemperaturen haben nun ihren Höhepunkt erreicht, und Faye serviert eimerweise Eiscreme.

»Ich habe gehört, ihr esst am liebsten Schokolade«, sagt sie zu Weston und Maya, und beide nicken eifrig. Anscheinend war es doch keine so schlechte Idee, heute hierherzukommen.

Der späte Nachmittag wird von einem frühen Abend abgelöst. Die Sonne verschwindet langsam hinter den Bäumen, die Grillen beginnen ihr zirpendes Konzert. Charlie und Con haben Fotoalben mitgebracht, erzählen Geschichten von Blythe, Bonnie und mir, von den Kindern. Fotos werden herumgereicht, während Maya langsam auf meinem Schoß wegdämmert – das Zeichen, dass es für uns langsam Zeit wird, an den Heimweg zu denken.

»Vielen Dank für den herrlichen Nachmittag«, sage ich wenig später zu Faye.

»Kommt bald wieder.« Sie drückt mich fest an sich. »Es ist so schön, wenn ein bisschen Leben im Haus ist. Leben und Kinder.«

»Wir werden dir schrecklich auf die Nerven fallen«, erwidere ich lächelnd.

»Ich freue mich drauf.«

Dann verabschieden wir uns von Hugo, Franzi und Link, der heute Nacht hierbleibt.

»Ihr müsst unbedingt bald alle zusammen zu uns kommen«, sagt Charlie, als Con sie ins Auto hebt. Sein Rücken ist nach dem Hexenschuss glücklicherweise wieder völlig hergestellt. Trotzdem hoffe ich, dass er sich nicht übernimmt.

»Das machen wir«, verspreche ich.

»Ihr alle«, sagt Charlie so laut, dass auch Bonnie es hört.

»Sehr gerne«, erwidert sie. »Danke.«

»Du musst dich nicht bedanken, Bonnie«, sagt Con und geht auf sie zu. »Du gehörst schließlich zur Familie.«

Ihr Strahlen wird so breit, dass es mich bis ins Herz trifft. Ein süßer, schöner Stich durchzuckt mich. Es ist das Gefühl, etwas Kostbares gefunden zu haben.

51

Bonnie

~ Heute ~

Jasper sitzt neben mir auf dem Sofa. Im Fernseher läuft *Millionaire Matchmaker,* wir halten Händchen, und ich habe meinen Kopf auf seine Schulter gelegt. Immer wieder kommen Weston und Maya kichernd angerannt, um weitere Decken und Kissen zu entführen.

»Bald sitzen wir auf dem Boden«, sagt Jasper, als Maya das Kissen hinter seinem Rücken gemopst hat.

»Glaubst du, Patti ist in all den Jahren wirklich nicht gealtert? Ich meine, schau sie dir an, sie sieht immer noch aus wie Anfang dreißig. Aber mit Sicherheit ist sie vor zehn Jahren schon auf die vierzig zugegangen.«

»Wer so viel Glück und Liebe verteilt …«, sagt Jasper lachend. »Das hält sicher jung. Das und die Botox-Behandlungen, die sie von den Schönheitschirurg-Millionären umsonst bekommt.«

Ich kichere und kuschle mich noch enger an Jasper.

»Feeeertig«, rufen Weston und Maya nach einer Weile im Chor. »Ihr könnt kommeeeeen!«

Etwas widerwillig erheben wir uns vom Sofa und schalten den Fernseher aus. Denn das heute ist Westons Abend. Westons Trostpflaster, weil er auf diese Klassenfahrt noch nicht mitkonnte.

Aus den Polstern und Kissen und Decken haben die beiden in der Mitte des Gartens ein richtig gemütliches Lager gebaut. Um uns herum kehrt langsam die Dunkelheit ein. Der Mond steht bereits hoch am Himmel. Weston setzt sich eine Stirnlampe auf und vertieft sich in seine Comics. Heute liest er Volume 1 der *Runaways* zu Ende. Ich lehne mich mit Maya im Arm zurück, die Augen geschlossen, und lausche Jaspers sanfter Vorlesestimme. Ich weiß nicht einmal, worum es in dem Bilderbuch geht, so eingelullt bin ich von alldem Wohlsein um mich herum.

Unser Date vor anderthalb Wochen war tatsächlich genau, wie Jasper gesagt hat, ein Startschuss. Wir befinden uns immer noch am Anfang – am Anfang einer Beziehung, einer Familie. Ich liebe diesen Anfang, liebe den Mann, mit dem ich ihn teile, liebe seine Kinder. Und ich werde alles lieben, was noch kommt. Es ist, als würde nun, da ich es zulasse, all die Liebe, die ich in mir hatte, auf einmal aus mir hinausdrängen. Und das Schöne ist, dass Jasper, Weston und Maya dankbare Abnehmer dafür sind.

Seit unserem Startschuss haben wir keine einzige Nacht getrennt voneinander verbracht. Wir schlafen auf einer neuen Matratze, die wir uns gegönnt haben, nebeneinander ein, wachen nebeneinander auf. Manchmal mit Maya zwischen uns. Oft nur wir beide. Wir erzählen uns alles über einander. In allen Belangen. Wir lernen, was unsere Hände, Lippen, Körper für den anderen tun können, erleben einander, saugen einander auf.

Wir singen miteinander. Links Song, der uns zusammengebracht hat, dessen Text wir spätestens bis zu Al Avrils heiß erwartetem Anruf endlich geschrieben haben müssen, der aber noch keine Fortschritte gemacht hat, weil wir nicht lange genug konzentriert nebeneinandersitzen können. Und weil die Vereinigung unserer Stimmen bewirkt, dass wir uns auf allen anderen möglichen Ebenen vereinigen müssen. Auf der Stelle.

Als Jaspers Stimme verklungen ist, öffne ich die Augen. Er beleuchtet mit der Taschenlampe die letzte Seite, sodass Maya das Bild von zwei Bären betrachten kann, die Hand in Hand in den Sonnenuntergang laufen.

»Also gut, ihr Mäuse, dann kuschelt euch mal in die Decken«, sagt Jasper.

»Dad«, beschwert sich Weston.

»Mausekönig«, korrigiert er und fängt sich ein genervtes Stöhnen von seinem Sohn ein. »Wie gefällt dir dein Campingausflug?«

»Guuuut!«, sagt Maya.

»Das glaub ich dir sofort. Wenn alle zusammen auf engem Raum schlafen. Das ist dein absoluter Traum, oder?«

»Jaaaa!« Sie nickt begeistert.

»Und du, Wes?«

»Find's cool«, sagt er, aber natürlich wäre er jetzt gerade lieber auf seiner Klassenfahrt.

»Hör mal.« Jasper beugt sich zu ihm. »Faye hat gesagt, dass sie dir zum Geburtstag den nächsten Trip mit der Schule schenken würde. Was hältst du davon?«

»Echt jetzt?«, fragt Weston. »Das ist ja cool!«

»War doch nicht so schlecht, dass wir bei ihr zu Besuch waren, oder?«

»Nee«, erwidert er. »Faye ist nett.«

»Das ist sie«, bestätigt Jasper.

»Alle sind nett«, mischt sich Maya ein.

»Alle?«, fragt Jasper.

»Alle, die wir kennen.«

Ich lache leise und hoffe, dass Maya noch lange an diesem Glauben festhält. Jedem, der ihr das Gegenteil beweist, trete ich eigenständig in den Allerwertesten.

Die Nacht ist inzwischen vollständig über uns hereingebrochen. Der Himmel ist sternenklar. Die Bedingungen sind perfekt. Ich löse mich von Maya und stehe etwas schwankend auf. Vom Gartentisch hole ich die Rakete und eine leere Weinflasche. Mit Klebeband habe ich einen neuen Stab befestigt, sodass man sie jetzt ohne Probleme zum Zünden in eine Flasche stecken kann.

»Also dann«, sagt Jasper. »Gute Nacht, Weston.« Er küsst seinen Sohn auf den Kopf.

»Gute Nacht, Dad«, erwidert Weston.

»Gute Nacht, Maya.« Jasper steckt die Decke um sie herum fest und gibt auch ihr einen Kuss.

»Gute Nacht, Dad.«

»Gute Nacht, Bonnie«, sagen sie im Chor.

»Gute Nacht.«

»Gute Nacht, Mom«, sagen wir alle gemeinsam.

Und dann stelle ich die Flasche mit der Rakete in sicherem Abstand auf. »Seid ihr bereit für eine Überraschung, bevor euer Dad und ich uns zu euch legen?«, frage ich.

»Jaaaa!«, sagen Weston und Maya wie aus einem Mund.

»Maya, hast du schon mal eine Rakete gesehen?«

»Nein«, piepst sie unter ihrer Decke.

»Okay, pass auf. Es ist ein bisschen laut, aber wenn du keine Angst hast und dich nicht versteckst, sondern in den Himmel schaust, siehst du ganz viele bunte Lichter, die auf uns runterregnen.«

»Ich hab keine Angst«, sagt sie. »Mit euch hab ich keine Angst.«

Jasper ist neben mich getreten. Er hat seinen Arm um meine Taille gelegt. »Bereit?«, fragt er.

»Bereit«, sage ich, beuge mich vor und zünde die Zündschnur mit einem Feuerzeug an.

Sie sprüht kleine Funken, brennt langsam nach oben ab.

Und dann schießt die Rakete mit einem lauten *Wuuuuuuuu-uusch* in den Himmel, wo sie mit einem gedämpften Knallen ihren rosafarbenen und goldenen Lichterregen entlädt.

»Oooooooh«, macht Maya, und trotz der Dunkelheit sehe ich, dass ihre Augen leuchten.

»Ich liebe dich«, flüstert Jasper, und das Glück, das ich empfinde, potenziert sich. Potenziert sich ins Unermessliche.

Es ist ein vollkommener Augenblick. Eine winzige Momentaufnahme nur, aber der Beweis dafür, dass es sich lohnt, mutig zu sein. Dass Freundschaften und Liebe es wert sind. Dass es sich lohnt, sich verletzlich zu machen, trotz des Schmerzes, den man vielleicht empfindet.

»Jetzt«, flüstere ich, sodass lediglich Jasper es hören kann, und umfasse den herzförmigen Anhänger meiner Kette. »Jetzt kann sie sich zurücklehnen und Nektar und Ambrosia schlürfen. Denn jetzt weiß sie, wie glücklich wir sind.«

ENDE

Danksagung

Die Geschichte von Bonnie und Jasper war wohl bislang meine emotionalste. Beim Schreiben – besonders während der Szenen, in denen getrauert wird – hatte ich manchmal regelrecht körperliche Schmerzen vor Kummer, was dieses Schreiberlebnis absolut einzigartig gemacht hat. Ich fühle immer mit meinen Figuren, doch irgendetwas hat die Liebe der beiden an sich, das mich völlig eingenommen hat. Und ich hoffe, dass ihr es beim Lesen ebenso gemerkt habt. Denn Fakt ist: Ich mache das ja nicht zum Spaß. Auch zum Spaß, aber nicht nur. Ich schreibe schließlich für euch und hoffe, euch mit meinen Büchern schöne Lesestunden zu bescheren, ebenso wie ihr mir mit eurer Begeisterung, euren wunderbaren Rezensionen und Rückmeldungen glückliche Momente beschert. Ich danke euch allen von Herzen dafür.

Mein Dank gilt außerdem all den wundervollen Menschen beim Piper Verlag, die an diesem Buch beteiligt waren. Es ist mir eine Ehre, Teil dieses Verlags zu sein, mitzubekommen, wie ihr euch für eure Arbeit, die Bücher, die Autor*innen begeistert. Ich kann mir keinen besseren Verlag wünschen.

Vor allem, weil meine sagenhafte Lektorin Greta dort ist, mit der die Zusammenarbeit so großartig ist. Mit der zusammen jeder Schritt vom ersten Satz bis zum fertigen Buch Spaß macht und mit der ich noch auf viele weitere Projekte hoffe!

Außerdem danke ich meiner Redakteurin Anita, die mit mir am Text gefeilt hat.

Riesiger Dank gebührt meinem Wunder-Agenten Niclas (ihr kennt ihn schon aus vorangegangenen Danksagungen). Niclas ist mein Fels in der Brandung, mein Zuhause in der Literaturwelt. Er ist Cheerleader und beruhigender, weiser Mann in einer Person und für meine Arbeit von un-schätzba-rem Wert. Sucht euch einen Niclas, wenn ihr könnt.

Ich danke meinen lieben Testleserinnen Sabine, Susi, Ina, Nini, Isi, Jennifer für Kritik an den richtigen Stellen und Lob an allen anderen. Ihr habt keine Ahnung, wie viel mir euer Engagement bedeutet. Ich hoffe, ich kann mich irgendwann revanchieren.

Inniger Dank geht auch an meine Freundinnen und Freunde, meine Familie. Die immer da sind, wenn ich sie brauche – manchmal auch darüber hinaus. Vor allem Linus mit seinem Musikwissen und seiner Musik, die die Musik von After Hours ist. Und ganz besonders auf Nena, Sophie und Sarah als meine engsten Autorinnenfreundinnen kann ich in diesem verrückten Leben nicht mehr verzichten. Denn wer nicht selbst drin steckt, kann sich das Ausmaß des Wahnsinns einfach nicht vorstellen.

Und schließlich Maxi, der jedes Mal als Letztes genannt wird, weil dieser Absatz immer der schwierigste im ganzen Buch ist. Ich bin kein gefühlsduseliger Mensch, aber dieser Mann macht, dass ich mir wünschte, es zu sein, einfach um in Worte zu fassen, was er mir bedeutet. Kitschiger wird es nicht mehr, denn jetzt sage ich einfach Danke. Danke, Maxi, für alles.